PUPETTA

GUTE MÄDCHEN GEHORCHEN

ISABELLE HERZOG

Black Edition

Eine explizite Triggerliste findest du im Buch auf der letzten Seite.

PUPETTA

ISABELLE HERZOG

Black Edition

Black Edition by Versum Verlagsgruppe GmbH

Pupetta - Gute Mädchen Gehorchen
2. Auflage

Coverdesign: Ria Raven
Umschlaggestaltung: Ria Raven
Lektorat & Korrektorat: Alina Alerion
Satz: Christelle Zaurrini
Bildmaterial: shutterstock.com, midjourney
Druck und Verarbeitung:
Druckerei Abedik
Printed in EU
ISBN 978-3-98942-630-6

Weitere Informationen unter:
www.black-ed.de
TikTok: black.edition.verlag
Instagram: black.edition.verlag

VORWORT

Pupetta, es gibt ein paar Worte, die ich dir mit auf den Weg geben möchte, bevor du dieses Buch liest. Du wirst an einigen Stellen Szenen finden, die einvernehmlich sind und dir ein bisschen Romantik geben. Dies ist aber keine vorrangige Liebesgeschichte. Viel eher findest du hier Dunkelheit, menschliche Abgründe und Leid. Wie sagt Isabelle immer so schön? *Leid ist endlos*. Und das wirst du hier auch herausfinden.

Aber kommen wir zu den wichtigsten Punkten, bevor wir richtig starten. Dieses Buch kannst du in dem Subgenre NonCon einordnen, das bedeutet, dass ein gewisser Zwang zum Beispiel in Spice-Szenen vorkommen kann. Nicht alles geschieht unter Einwilligung. Wobei du dir aber sicher sein kannst: Ich werde dich nicht im Abgrund zurücklassen. Wir gehen gemeinsam da durch.

Das Buch

Ich beobachte dich ...

Wenn du deinen Hund ausführst, wenn du deinen Mann vögelst, wenn du auf deinen Laptop einschlägst, weil er nicht tut, was du willst. Ich bin dein Schatten. Wenn ich bei dir bin, dann ist dein Leben unter Kontrolle. Nur mit mir kannst du existieren, denn ich gewähre es dir. Du stehst unter meiner Gnade. Doch immer, wenn du schaust, weil du meine Anwesenheit spürst, erhaschst du mich nicht.

Ich weiß, wer du bist, *Pupetta*. Jeden Zentimeter von dir kenne ich in- und auswendig. Aber du kannst dich nicht an mich erinnern, obwohl du mir so nahe bist.

Ich verspreche dir,
dass ich dich auf Arten leiden lasse,
die dein Kopf sich gar nicht vorstellen kann.
- X

PROLOG

X

Während ich durch die *Via dell'Aranceto* streifte, umhüllte mich das intensive Aroma reifender Orangen. Die Pflastersteine unter meinen Füßen waren rutschig und die Orangenbäume, die sich zu beiden Seiten der Straße aneinanderreihten, neigten sich schwer unter der Last der Früchte und der Wassermassen, die ihre Blätter zu Boden drückten.

Vor mir erhoben sich die Häuser von Bella, Lea und Cara, die ein perfektes Dreieck in der Mitte der Straße bildeten. Bellas Haus war ein charmantes, zweistöckiges Gebäude mit verwitterten roten Ziegeln, dessen Fensterläden in einem lebhaften Blau angestrichen waren. Ein wilder Rosengarten umgab das Haus.

Caras Domizil stand direkt gegenüber und bot einen starken Kontrast mit seiner weißen Fassade. Es war moderner, fast kubisch in seiner Form, mit großen Fensterfronten.

Leas Heim vervollständigte das Dreieck, ein malerisches Cottage mit honigfarbenen Steinwänden und einem

Dach aus dunklen Schieferplatten. Efeu kletterte an einer Seite hoch, fest um die alten Steine gewunden.

Ich blieb zwischen diesen drei Häusern stehen, verloren in Gedanken über die Geschichten, die sich hinter diesen Mauern abspielten. Worüber sprachen sie? Was bewegte sie, wenn sie sich wie jede Woche trafen?

In Bellas Haus brannte Licht. Vorsichtig näherte ich mich, die Füße behutsam auf den durchnässten Rasen setzend, bemüht, kein Geräusch zu verursachen, das meine Anwesenheit verraten könnte. Der Rosengarten flüsterte leise, als ich mich durchschlängelte.

Als ich das Fenster erreichte, ließ ich meinen Blick durch die Scheibe schweifen. Dort drinnen saßen sie alle auf dem Sofa, genau wie jeden Mittwoch. Bella, Lea und Cara, vertieft in ihre wöchentliche Zusammenkunft, ein Ritual der Freundschaft, das sie seit Jahren pflegten.

Ich verharrte im Schatten. Jedes Mal, wenn ich hier stand, überkam mich das Gefühl einer bittersüßen Zugehörigkeit. Ich war nicht bei ihnen, konnte ihre Wärme nicht fühlen oder an ihren Gesprächen teilhaben, und doch war ich jede Woche hier, ein Phantom in ihrem Garten, gefangen in dem Wunsch, ein Teil ihrer Welt zu sein.

Ihr Gespräch drehte sich, wie so oft, um Bücher, das sah ich an der Art, wie Cara es immer wieder drehte und den anderen beiden präsentierte. Jede von ihnen hatte eine andere Meinung, einen anderen Geschmack, was ihre Diskussionen lebendig und farbenfroh machte. Zumindest wirkte es so. Manchmal stellte ich mir vor, worüber sie sprachen. Waren es die Charakterentwicklungen, Wendepunkte oder die Kunst des Erzählens?

Hin und wieder durchbrach ein Lachen die Gespräche des Abends. Dieses Lachen war ein Zeugnis ihrer tiefen

Verbundenheit, eine Melodie, die durch die Dunkelheit tanzte und in meinem Versteck im Garten widerhallte.

Vorsichtig legte ich die Hand gegen das Fenster. Ihr sorgloses Lachen und die Wärme, die ihr Beisammensein ausstrahlte, erfüllten mich mit einem tiefen Verlangen, dieses Gefühl einzufangen, zu konservieren und in Gläser abzufüllen. Wie gerne hätte ich diese Essenz der Sorglosigkeit eingefangen, um sie in Momenten der Einsamkeit oder Melancholie hervorholen und mich daran erfreuen zu können.

Ich stellte mir vor, wie ich diese Gläser in Reihen anordnen würde, jedes sorgfältig beschriftet mit den Namen der drei Frauen und dem Datum des jeweiligen Mittwochabends. Irgendwann würde ich ein Teil davon sein.

Diese Sehnsucht, die in mir brodelte, war nicht länger nur ein stilles Verlangen; sie war zu einer Entschlossenheit geworden. Ich würde sie mir holen. Es war ein Vorhaben, das von Geduld und Vorsicht geprägt war, denn ich wusste, dass ein falscher Schritt alles zerstören könnte.

Meine Beobachtungen hatten mir Einblicke in ihre Gewohnheiten, ihre Vorlieben und Abneigungen gegeben. Ich wusste, wann sie allein sein würde, welche Straßen sie entlangging, welche Cafés sie bevorzugte. Mit jedem Detail, das ich sammelte, wuchs meine Zuversicht. Ich würde sie mir holen. Bald würde ich nicht länger der stille Beobachter im Schatten sein. Schon bald würde ich ein fester Bestandteil ihrer Welt werden.

KAPITEL EINS

LEA

Cara und ich saßen nebeneinander auf Bellas Sofa. Das spärliche Mobiliar betonte den Raum und die Ruhe, während strategisch platzierte Kunstwerke und Pflanzen Akzente setzten.

In unseren Händen hielten wir Gläser. Der Rotwein entfaltete sein vollmundiges Aroma in einem Hauch von Vanille und Eiche im Abgang. Beim ersten Schluck breitete sich eine angenehme Wärme in meinem Mund aus.

»Habt ihr gehört, dass Mauro eine Affäre haben soll?«, fragte Cara und warf uns dieses Schmunzeln zu, das sie immer hatte, wenn sie tratschte.

Ich nickte. »Seine Frau hat plötzlich aufgehört, mit mir zu sprechen.« Die Stimmung war entspannt und gelöst; die Unterhaltungen flossen leicht und ohne Eile.

»Vielleicht denkt sie, dass du ihren Mann bumst.« Mit den Fingern strich sie sich eine der kupferfarbenen Locken aus dem Gesicht. Cara sprach die Dinge so platt aus, dass ich mir manchmal nicht sicher war, ob sie wirklich darüber nachdachte.

»Sicherlich. Der Kerl ist locker fünfzehn Jahre älter als ich«, erwiderte ich sarkastisch und deutete auf meinen Ring. »Außerdem bin ich sehr glücklich, auch wenn Keno viel reist.« Schließlich schweifte mein Blick zu Bella, die auffallend ruhig war. »Warum bist du so still?«

Unsicher rieb sie sich mit dem Daumen über die Hände. »Wir sagen uns doch alles, ohne uns zu verurteilen, oder?« Cara und ich nickten synchron. Einige Sekunden ließ sie sich noch Zeit, ehe sie das Wort wieder ergriff: »Ich schlafe schon seit einer halben Ewigkeit mit Mauro.«

Der Moment war geladen, fast greifbar, als ich realisierte, was sie erwähnt hatte. Die Erkenntnis traf mich wie ein Schlag. Mein Blick wanderte zwischen Cara und Bella hin und her, die beide vollkommen ruhig wurden und ihre Blicke zu Boden richteten. Der Wein wurde plötzlich bitter auf meiner Zunge, jeder Schluck ein Echo der Verwirrung und des Unbehagens, das mich erfüllte.

Das Schweigen dehnte sich aus, schwer und undurchdringlich. Ich rang nach Worten, doch keine schienen angemessen, um das auszudrücken, was in meinem Inneren vor sich ging. Hatte sie eine Sekunde an Mauros Frau gedacht? »Warum?«, brachte ich schlussendlich hervor.

»Das ist eine lange Geschichte. Wir haben uns gut verstanden und er hat mir bei einigen Zeitungsartikeln geholfen.«

Cara zog die Augenbrauen zusammen. »Und dann ist sein Schwanz in dich gerutscht?«

»Er lebt mit seiner Frau nur noch wegen der Kinder zusammen«, erklärte sie und klang dabei deutlich dümmlicher, als ich es von ihr gewohnt war. Eigentlich hatte ich sie niemals als naiv wahrgenommen.

Ich hasste Betrug. Es gab nichts auf der Welt, was ich so sehr verabscheute wie Lügen und Verrat.

Vielleicht unterschied mich das von Bella. Für sie waren es immer Mittel gewesen, die ihr zur Verfügung standen. Ich fühlte mich verloren in einem Meer aus Gedanken, während ich versuchte, die Bruchstücke dieser Information zusammenzusetzen. »Das sagt doch jeder Mann, der sich eine Affäre sucht. O mein Gott ... Warum hast du mir das nicht vorher gesagt? Ich war doch neulich noch bei ihnen zum Brunch.« Ich hatte Zeit mit den beiden verbracht und danach noch zu meinem Mann gesagt, was für ein bewundernswertes Paar sie waren.

»Sie haben sicher einen Grund, das zu tun. Oder?« Auffordernd starrte Cara sie an.

Doch sie verneinte. »Es gibt keinen guten Grund, warum er seine Frau betrügt. Für so was gibt es doch niemals eine Rechtfertigung. Er könnte einfach ehrlich sein und es regeln ... Ich denke, das wird er auch tun.«

»Wenigstens erkennst du, dass es nicht richtig ist«, merkte ich an. Es war verwirrend, dieses Bild von Bella, das sich zwischen tiefer Reflexion und augenscheinlicher Unbesonnenheit aufspannte. Wie konnte jemand, der so bedacht und introspektiv schien, sich zugleich so kopflos in eine Affäre stürzen, die alles andere als einfach oder unkompliziert war? Sie zerstörte eine Familie damit.

Cara tippte gegen ihr Glas. »Vielleicht wechseln wir mal kurz das Thema. Steht unser Ausflug am Wochenende noch?«

»Klar«, meinte Bella und wirkte sichtlich erleichtert, dass wir nicht mehr über ihre moralische Verfehlung sprechen mussten.

Ich nickte. »Ja, ich muss Gilbert nur mitnehmen.«

»Es ist absurd, dass du einen Welpen nach der Katze aus deiner liebsten Kinderserie Caillou benannt hast. Das fühlt sich falsch an.« Bella schmunzelte, auch wenn die Situation noch nicht vollkommen entspannt war.

»Er wächst in den Namen hinein.«

»Wenn er irgendwann zur Katze wird?«, erwiderte Bella.

Dieses gemeinsame Lachen wirkte wie Balsam auf die zuvor angespannte Atmosphäre. Es erinnerte uns daran, dass unsere Freundschaft tiefer ging als momentane Meinungsverschiedenheiten oder unerwartete Enthüllungen. In den Klängen unseres Gelächters lag eine universelle Wahrheit: Dass wahre Verbindung in der Fähigkeit liegt, Freude in der Gesellschaft des anderen zu finden, selbst wenn die Wege unserer Gedanken sich manchmal kreuzen oder voneinander abweichen.

Caras Augen glitzerten mit einer Intensität, wie sie es häufig taten, wenn wir zusammen waren. »Ich bin so froh, dass wir uns haben. Uns darf niemals etwas trennen.«

»Niemals.« Sanft tätschelte Bella ihr die Schulter.

Und auch ich stimmte zu. »Wir sind doch Seelenverwandte. Wir haben uns gesucht und gefunden.«

Der Wein schmeckte im Verlauf des Abends süßer, vielleicht wegen des geteilten Lachens, das jede vorherige Bitterkeit weggewaschen hatte. Wir nahmen kleine Schlucke, ließen den Geschmack auf unseren Zungen zergehen.

»Signora Verde hat meine Mülltonnen umgekippt, weil ich den Müll nicht nach ihrer Vorstellung getrennt habe. Diese Frau treibt mich irgendwann in den Wahnsinn«, erzählte ich und regte mich über diese Schreckschraube auf.

»Die Frau hat einen Schaden.« Diesmal war Caras Wortwahl vollkommen richtig.

Bella leerte ihr Glas. »Mir hat sie neulich die Zeitung geklaut, weil sie der Meinung war, ich solle so einen Schrott nicht lesen.«

Ich spürte eine tiefe Dankbarkeit für diese beiden Menschen an meiner Seite. Bella und Cara waren mehr als nur Freunde; sie waren mein sicherer Hafen, ein Zufluchtsort in einer Welt, die manchmal zu groß und zu unübersichtlich schien. Bei ihnen fühlte ich mich verstanden und akzeptiert, mit all meinen Fehlern und Schwächen. Die Erkenntnis, wie viel sie mir bedeuteten, legte sich sanft um mein Herz. Ich wusste, ohne sie wäre ich verloren in einem Meer der Ungewissheit, ohne Anker oder Leuchtturm, der mir den Weg wies. Ihre Gegenwart, ihre Stimmen, selbst ihre stillen Gesten der Zuneigung, gaben mir eine Form von Stärke und Zuversicht, die ich allein nie finden könnte.

Schließlich stellte ich mein Glas auf den Tisch. Eins reichte mir immer, ganz im Gegensatz zu meinen Freundinnen. »Am Anfang fand ich sie wirklich niedlich und schrullig, aber jetzt ist sie einfach nur anstrengend.« Mein Blick streifte hinunter zu der goldenen Uhr, die um mein Handgelenk lag. Ihr leises Ticken erinnerte mich daran, dass die Zeit unerbittlich voranschritt. »Oh, Gilberts Alleinsein-Zeit ist um. Ich muss nach Hause.«

»Du kannst ihn auch einfach mitbringen.« Bella hatte den Welpen direkt ins Herz geschlossen.

»Dann lernt er ja nie, dass die Welt nicht untergeht, wenn er mal kurz allein ist.«

Cara schmunzelte. »Das ist in der Tat ein Argument.« Mit einem leisen Seufzer der Zufriedenheit erhob ich mich von dem weichen Sofa. Ich streckte mich kurz, spürte, wie die angenehme Schwere des Weins in meinen Gliedern nachließ, und wandte mich dann zuerst Cara zu. Mit einem Lächeln umarmte ich sie fest. »Es war schön mit dir«, flüsterte sie mir ins Ohr.

»Kommst du nicht mit?« Eigentlich gingen wir immer gemeinsam.

»Ich bleibe noch. Ich will hören, was es mit Mauro auf sich hat.« In ihrer Stimme lag ein Unterton, der etwas Verheißungsvolles an sich hatte.

Dann drehte ich mich zu Bella. Mit einer Mischung aus Dankbarkeit und Zuneigung beugte ich mich vor und hinterließ einen sanften Kuss auf ihrer Wange. »Wir hören uns, Ladys.«

Nach diesen Abschieden drehte ich mich zur Tür und trat hinaus in die kühle Nachtluft. Der Regen hatte nachgelassen und die frische Luft fühlte sich belebend auf meiner Haut an. Der Gedanke an meinen Welpen zu Hause, der sicherlich schon ungeduldig auf sein nächtliches Abenteuer wartete, brachte ein Lächeln auf meine Lippen.

Der Abend und die Wärme der gemeinsamen Stunden mit Bella und Cara wirkten in mir nach, während ich die Straße entlangschritt.

Plötzlich nahm ich ein Geräusch wahr, das mich aus meiner Reflexion riss. Waren das Schritte? Instinktiv beschleunigte ich, mein Herz raste bei dem Gedanken, dass mir jemand in der Dunkelheit folgte. Ich hasste es, allein im Dunkeln unterwegs zu sein. Kenos Worte hallten durch meinen Kopf. Er hatte mir gesagt, dass ich in der Kleinstadt nichts zu befürchten hatte. Deswegen hatte ich dem Hund zugestimmt, obwohl ich nachts auch mit ihm rausgehen musste.

Die Schritte hinter mir wurden ebenfalls schneller, ein Echo meiner eigenen Eile. Ich warf einen flüchtigen Blick über meine Schulter, konnte aber im spärlichen Licht der Straßenlaternen niemanden ausmachen. Dennoch blieb das unverkennbare Gefühl, nicht allein zu sein, ein ständiger Begleiter, der meinen Puls in die Höhe trieb.

Mein Verstand rang mit der Vernunft, die mir sagte, dass es wahrscheinlich nur ein anderer Nachtschwärmer war, der seinen Weg nach Hause antrat, und der irrationalen Furcht, die die Dunkelheit und die unerwartete Gesellschaft in mir auslösten. Ich beschloss, meine Schritte weiter zu beschleunigen, getrieben von dem Wunsch, die vertraute Sicherheit meines eigenen Zuhauses so schnell wie möglich zu erreichen.

Jede Bewegung fühlte sich an, als würde er die Entfernung zwischen mir und meiner Haustür vergrößern, statt sie zu verringern. Gerade als mein Herzschlag seinen Höhepunkt erreichte und ich beinahe zu rennen begann, spürte ich plötzlich eine starke Hand, die sich von hinten um mich legte. Bevor ich auch nur einen Laut von mir geben oder mich wehren konnte, spürte ich etwas vor meinem Gesicht. Der Geruch war süßlich und beängstigend fremd.

In diesem Moment erstarrte die Zeit und ein kalter Schauer der Angst durchfuhr mich. Ich wollte schreien, kämpfen, mich befreien, aber meine Muskeln reagierten nicht auf meine verzweifelten Befehle. Die Hilflosigkeit war erdrückend, als ob ich in einem Albtraum gefangen wäre, aus dem ich nicht erwachen konnte.

Fast so schnell, wie das Bewusstsein für meine Umgebung geschärft worden war, begann es, zu schwinden. Die Schatten der Nacht verschmolzen zu einem undurchdringlichen Nebel und die Geräusche um mich herum wurden dumpf und weit entfernt. Ein Gefühl der Schwerelosigkeit überkam mich, als würde ich in einen bodenlosen Abgrund sinken.

Und dann wurde alles schwarz.

KAPITEL ZWEI

X

Der Timer tickte unaufhörlich. Ihre Arme und Beine hatte ich gefesselt. Trotz der Situation wirkte ihr Gesicht überraschend friedlich, als würde sie durch die sanften Landschaften eines Traums wandern, weit entfernt von der Realität ihres Daseins in diesem Raum.

Ich betrachtete sie, verlor mich darin, ihren nackten Körper anzusehen. Es war faszinierend, wie der Schlaf die Linien der Anspannung und Sorge, die ihr Gesicht im Wachen zierten, glättete und sie in eine scheinbare Unschuld hüllte. Ihre Locken breiteten sich wie ein goldener Fächer auf dem Kissen aus, umspielten ihr Gesicht und verliehen ihr eine fast engelsgleiche Anmut. Es war, als hätte die Zeit innegehalten, um diesen Moment der Ruhe zu würdigen, einen seltenen Augenblick der Stille in einer Welt, die sonst von Chaos und Unruhe geprägt war.

Vorsichtig legte ich ihr das Tuch auf das Gesicht und überschüttete es mit Wasser, sodass es auf ihrem Gesicht anlag. Dann zog ich die Seiten straff und schaute ihr dabei zu, wie sie allmählich aufwachte. Lea rang nach Luft, ihre

Brust hob und senkte sich ruckartig, während sie versuchte, durch den feuchten Lappen zu atmen. Jeder Luftzug schien vergeblich, als würde es jede Spur von Sauerstoff verschlucken, bevor es ihre Lungen erreichen konnte.

Ihr Kampf wurde intensiver je mehr Wasser ich auf ihr Gesicht schüttete, ihre Bewegungen unkoordiniert und panisch, als sie realisierte, dass es fast unmöglich war. Ihr nackter Brustkorb bebte, als sie nach jedem möglichen Luftmolekül schnappte, das möglicherweise durch das dichte Gewebe hindurchsickern könnte.

Die Kraft ihres Überlebenswillens war in diesem Moment fast greifbar, manifestiert in dem heftigen Auf und Ab ihres Brustkorbs, der sich gegen mich wehrte. Es war ein Kampf, der grundlegender nicht sein konnte.

Ich mochte es, dabei zuzusehen. Die Vorstellung, die ich von ihr gehabt hatte, war nicht ansatzweise so gut wie die Realität es jetzt war. Als ihr Ringen um Luft sich weiterhin als fruchtlos erwies, brach aus der Tiefe ihres Wesens ein verzweifeltes Wimmern hervor. Die Töne waren gedämpft durch das feuchte Tuch, doch ihre Verzweiflung war unverkennbar und durchdringend.

Die Vergangenheit hatte mich gelehrt, wie weit ich gehen konnte, ehe sie das Bewusstsein verloren. Und ich gab ihr noch einige Sekunden, ehe ich den Lappen von ihrem Gesicht nahm. »Willkommen, Pupetta.« Meine Stimme war verzerrt durch ein Gerät, das ich in der Maske integriert hatte. So konnte ich ihr nahe sein, ohne dass sie verstand, wer ich wirklich war. »Ich hoffe, deine Anreise war nicht allzu unangenehm.«

Tränen sammelten sich unter ihren geschlossenen Augenlidern und mischten sich mit dem kalten Schweiß der Angst, der ihre Schläfen bedeckte. »Wer bist du?«

Ihr Weinen steigerte sich schnell zu herzzerreißenden

Schluchzern, die ihren Körper in regelmäßigen Abständen erschütterten.

»Ich führe dich durch meine Welt.« Der Anblick ihres Leidens, des Wimmerns und Wehklagens, weckte in mir einen fast unwiderstehlichen Drang, sie zu berühren. Nicht, um sie zu trösten, sondern um jeden Funken ihres Elends in mich aufzunehmen.

Der Wunsch, die Distanz zwischen uns zu überbrücken und meine Hand auszustrecken. Doch trotz dieser intensiven Neigung hielt ich inne, gefangen in einem Netz aus Selbstbeherrschung und dem Bewusstsein über die Grenzen, die ich mir selbst auferlegt hatte. Ich erlaubte es mir nicht, diesem Druck nachzugeben, getrieben von einer tiefen, inneren Überzeugung, dass jede Berührung zu viel wäre.

»Wo bin ich? Was mache ich hier?«

»Ich nenne es gerne *Regno delle Meraviglie*. Du wirst bald verstehen, warum hier Wunder geschehen.« Sie konnte mein Lächeln durch die Maske, die dem Gesicht einer Schaufensterpuppe glich, nicht erkennen, aber es war da.

Panischer zerrte sie an den Fesseln. Ihr Körper zuckte mit jedem Schluchzen, als würde er versuchen, sich von dem Albtraum zu befreien, der sie umklammerte, doch die Seile ließen keinen Widerstand zu. »Ich möchte nicht hier sein. Lass mich nach Hause gehen.«

Ich atmete tief durch, nahm den Duft ihrer blanken Angst in mich auf. »Wenn du etwas für mich tust, dann lasse ich dich gehen.«

»Wirklich?« Ihre Augen wurden groß.

»Ich halte immer mein Wort.« Langsam näherte ich mich ihr, jede Bewegung durchtränkt von einer Mischung aus Entschlossenheit und Unsicherheit. Ich begann, die

Seile, die ihre Arme und Beine so unbarmherzig umklammert hielten, vorsichtig zu lösen.

»Was soll ich tun?«

Mit jeder Schlaufe, die ich öffnete, spürte ich eine merkliche Veränderung in der Luft. Als sie die Freiheit ihrer Gliedmaßen wiedererlangte, zuckte sie überrascht und verwirrt zusammen, ihre Augen weiteten sich in einem Ausdruck von Irritation und Misstrauen. »Ich möchte, dass du es dir selbst machst.«

Lea stutzte.

Ich tigerte durch den Raum, der einer Gummizelle glich. Alles war weiß. Der Boden und die Wände waren aus dem gleichen Material und ich hatte sehr viel Zeit in den Bau gesetzt, damit auch wirklich alles schalldicht war. Kein Schrei durfte jemals nach draußen dringen. Ich hob den Dildo auf, den ich bereitgelegt hatte. Es war mein gutes Herz, das mich dazu gebracht hatte, sie nur anzusehen. »Fick dich selbst«, befahl ich und streckte ihn ihr entgegen.

»Ich ...« Ihre Reaktion war geprägt von einer tiefen Verunsicherung, als könne sie die Motive nicht begreifen. Vielleicht war das auch normal, wenn man nackt in einem Raum aufwachte und keinerlei Orientierung hatte.

Ich hob die Hand und zielte auf ihre Wange. Der Klang des Aufpralls hallte kurz im Raum nach, ein scharfer, schmerzhafter Akzent in der bisherigen Stille. Ihr Kopf drehte sich ruckartig zur Seite unter der Wucht des Schlages, Haarsträhnen wirbelten durch die Luft, bevor sie langsam wieder zur Ruhe kamen. »Was war undeutlich an meiner Aufforderung, Pupetta?« In ihren Augen spiegelte sich ein Wirbel aus Emotionen, doch am deutlichsten war die Angst zu erkennen. Sie war roh und unverfälscht, eine tiefe, existenzielle Furcht, die weit über den Schmerz der Ohrfeige hinausging.

Oh, ich liebe diesen Ausdruck …

Die Angst in ihren Augen war nicht nur eine Reaktion auf den plötzlichen körperlichen Schmerz, sondern auch auf das unerwartete Brechen eines fragilen Vertrauens. In dem Moment, in dem sie dachte, es könnte einen Funken Menschlichkeit in dieser dunklen Situation geben, wurde sie jäh zurück in die harte Realität ihrer Lage geworfen. »Gar nichts«, gab sie kleinlaut zurück.

»Wunderbar. Dann leg los. Reite ihn.« Ich wartete geduldig ab, bis sie den Dildo nahm und sich zuerst etwas schüchtern anstellte. Aus meinen Beobachtungen wusste ich, dass sie bei ihrem Mann keinesfalls so schüchtern war. Ihr rollten die Tränen über die Wangen, als sie sich bemühte, meine Aufgabe zu erfüllen. »Massiere deine Brüste«, forderte ich und hatte insgeheim die Erwartung an sie, dass sie mir eine Show bot. »Gib dir Mühe, Lea. Du willst doch wieder nach Hause, oder?«

Ich öffnete den Reißverschluss meiner Hose und befreite meinen Schwanz aus seiner Gefangenschaft. Allein sie und ihre Freundinnen zu beobachten, hatte mich hart gemacht. Sie dann vollkommen allein für mich zu haben, war etwas vollkommen anderes. Besser. Aufregender. Das Adrenalin rauschte durch meine Adern, eine süße Flut, die mich mit einer Leichtigkeit und einem Gefühl der Unbesiegbarkeit erfüllte. Mit der Hand rieb ich über meine Spitze. »Der Dildo ist eine exakte Nachbildung meines Schwanzes.« Sie stoppte jegliche Bewegung und schaute mich mit großen Augen an.

»Mach weiter. Du willst doch nach Hause, oder?« Wenn ich so viel hätte reden wollen, dann hätte ich mir ein Date ausmachen können. Aber ich wollte es kurz und schmerzlos. Ich mochte es nicht, so viel erklären zu müssen. »Du gehst nicht, bevor du gekommen bist. Das ist mein

Geschenk an dich.« Immer schneller wichste ich meinen Schwanz.

Jeder Atemzug schien ein verzweifelter Kampf zu sein, der ihren Körper in schnelle, ruckartige Bewegungen versetzte. Tränen strömten über ihre Wangen, hinterließen glänzende Spuren auf ihrer blassen Haut, während leise Schluchzer ihren gequälten Atem begleiteten. Die Intensität ihres Weinens verstärkte sich, als könnte sie die inneren Turbulenzen nicht länger im Zaum halten.

Es war, als ob ihr sichtbares Leiden, ihre Panik und Verzweiflung eine dunkle, verborgene Saite in mir zum Schwingen brachten. Ihr Verlust der Kontrolle, ihr offensichtliches Unvermögen, sich der erdrückenden Angst zu entziehen, weckte in mir eine makabre Zufriedenheit.

Meine Reaktion auf ihr Leid war entkoppelt von jeglicher Empathie, ein kaltes, analytisches Interesse an der Wirkung meiner Handlungen auf ihr psychisches Wohlbefinden. Ihre Tränen wurden zu einem Symbol ihrer Schwäche, ihrer vollständigen Unterwerfung unter die von mir geschaffenen Umstände.

Und ich liebte schwache Frauen.

Ich liebte gebrochene Frauen.

Solche mit psychischem Knacks.

Daddy-Issues.

Vielleicht sogar Mommy-Issues.

Mit instabilen Familien und Unsicherheiten.

Diejenigen, die ich manipulieren konnte.

All die Frauen ohne gesunden Respekt.

Die, die ich zu so etwas bringen konnte.

Fuck …

Diese Schwäche war das Allerbeste an ihnen.

Der Rausch durchzuckte meinen Körper und ich kam auf ihre Brüste. Keuchend rang ich um Luft. Das schrille

Geräusch des Timers durchbrach die Stille. Es war ein abruptes Signal, ein vordefinierter Moment, der das Ende unserer gemeinsamen Zeit markierte. Mit einer mechanischen Bewegung griff ich nach der Tablette, die bereitlag. »Zeit, deine Tablette zu nehmen.« Es war nicht gut, dass sie meine Aufgabe nicht hatte erfüllen können. Das bedeutete, dass wir beide noch nicht fertig miteinander waren.

»Was ist das für eine Pille?« Ihre Augen, noch verschleiert von Tränen und Angst, weiteten sich leicht.

»Nimm sie«, sagte ich und schob sie ihr in den Mund. »Schluck.«

Doch sie schüttelte den Kopf. Bockig war sie also auch noch ... Entschlossen hielt ich ihr den Mund und die Nase zu. Vielleicht gefiel es ihr, beinahe zu ersticken, und sie sehnte sich insgeheim nach diesem Gefühl. Als ihre Luftreserven sich dem Ende neigten, schluckte sie die Pille.

Die Verwendung von *Memorase-6* versetzte mich in eine Position der überwältigenden Macht, die weit über die Kontrolle hinausging und tief in die verborgenen Winkel des menschlichen Bewusstseins eindrang. Selbst ihr Hippocampus unterlag mir.

Es gab mir die Fähigkeit, selektiv in die Prozesse ihres Körpers einzugreifen. Ich konnte nicht nur ihre Bewegungen kontrollieren, sondern auch das Gewebe ihrer Erinnerungen formen. Die Wissenschaft hinter *Memorase-6* war für mich wie eine dunkle Kunst, die es mir ermöglichte, die Grenzen zwischen Erinnern und Vergessen zu verwischen.

Mit jedem Mal, wenn die aktiven Wirkstoffe des Medikaments die Blut-Hirn-Schranke durchdrangen und an den neuralen Schaltkreisen arbeiteten, empfand ich eine fast gottgleiche Allmacht daran, Zeuge zu sein, wie ihre jüngsten Erinnerungen, gefiltert durch die pharmakologische Präzision von *Memorase-6*, ausgelöscht wurden.

Diese selektive Amnesie, die sich spezifisch auf die letzten Stunden erstreckte, war wie das Editieren einer Geschichte, bei der ich entschied, welche Kapitel erhalten blieben und welche für immer verloren gingen.

Die Tatsache, dass das Medikament so konzipiert war, dass es sich vollständig und ohne Rückstände abbauen ließ, verstärkte nur meine Zufriedenheit. Es gab keine Spuren, keine Beweise für die Manipulationen, die ich vorgenommen hatte, nur die stille Gewissheit meiner unangefochtenen Kontrolle. Diese subtile, doch absolute Macht über ihr Gedächtnis, über das, was sie als ihre eigene, unveränderliche Vergangenheit betrachtete, erfüllte mich mit einer tiefen, dunklen Befriedigung.

KAPITEL DREI

LEA

Als ich erwachte, spürte ich die sanfte Berührung von Kenos Lippen auf meiner Stirn. »Bist du krank, Baby?«

Meine Augenlider fühlten sich schwer an, als wären sie mit Blei beschwert, und das Licht, das das Schlafzimmer flutete, schien unerträglich hell. Ich versuchte, meine Augen zu öffnen, doch der Versuch verstärkte nur den heftigen Schmerz, der wie eine Welle über mich hereinbrach und mich dazu zwang, sie schnell wieder zu schließen. »O mein Gott ... Ich sterbe ...« Tränen stiegen mir in die Augen, heraufbeschworen durch die Intensität des Kopfschmerzes, der keinen Gedanken ungestört ließ und jede Bewegung zur Qual machte. Es war, als ob jede Zelle meines Gehirns unter einem unsichtbaren Druck stand, der unaufhörlich gegen meine Schädelwände drängte.

Während ich so dalag, überwältigt von Schmerz und Verwirrung, hörte ich die leisen Geräusche von Stoff, der sich bewegte. Keno, der eben noch so nah bei mir war, entfernte sich.

Mit großer Mühe und gegen den Widerstand meiner

schmerzenden Augen öffnete ich sie einen Spaltbreit und sah, wie er sich langsam und bedächtig anzog. »Wie lange warst du denn gestern bei den Mädels? Ich habe dich nicht nach Hause kommen gehört.« Er schlüpfte zuerst in sein Hemd, zog es glatt und knöpfte es mit ruhigen, bedachten Bewegungen zu. Dann griff er nach seiner Hose, die er mit derselben Sorgfalt hochzog und verschloss. »Gab wohl wieder eine Menge Wein.« Lachend ging er ins Badezimmer.

Ich erinnerte mich noch genau daran, wie ich Bellas Haus verlassen hatte. Die Wärme der Verabschiedung lag noch in der Luft und ein leichtes Zögern hatte meine Schritte begleitet, als ich mich in die kühle Nachtluft hinausgewagt hatte.

Die Gedanken an den Weg von ihrer Haustür bis zum Rande der beleuchteten Straße waren klar in meinem Gedächtnis verankert, fast so, als hätte ich diesen Pfad schon unzählige Male beschritten. Doch ab dem Moment, als ich den letzten Lichtschein hinter mir gelassen hatte und in die Dunkelheit der Nacht eingetaucht war, wurde alles bruchstückhaft. Jede weitere Sequenz schien wie ausgelöscht.

Es war, als ob ab dem Moment, in dem ich Bellas Haustür hinter mir geschlossen hatte, ein dichter Nebel über meine Erinnerungen gefallen wäre. Wie ich nach Hause gekommen war, war vollkommen ausgelöscht. Es fühlte sich an, als hätte jemand einen Teil aus meinem Bewusstsein herausgeschnitten, mich mit nichts als einem vagen Gefühl der Verwirrung und einem nagenden Gefühl des Verlustes zurückgelassen.

Ich schob diesen Blackout darauf, dass ich wohl einen Kater gehabt haben musste, eine allzu einfache Erklärung für das rätselhafte Loch in meinem Gedächtnis.

Der Gedanke, dass der Alkohol den Abend so gründlich ausgelöscht haben könnte, war beunruhigend, doch es schien die plausibelste Erklärung zu sein. Es war eine rationale Zuschreibung, die mir half, die Leere zu akzeptieren, die Fehlstelle in meinem Gedächtnis, die mich von dem Moment an Bellas Tür bis zu dem Augenblick trennte, in dem ich in meinem eigenen Bett aufgewacht war, überwältigt von Schmerz und Verwirrung. Seufzend griff ich nach meinem Handy.

ICH, 9:33 UHR

Geht es euch auch so schlecht?

ICH, 9:33 UHR

Ich glaube, mit dem Wein war etwas nicht okay.

BELLA, 9:35 UHR

Du hattest doch nur ein Glas, oder?

CARA, 9:36 UHR

Also mir gehts gut.

ICH, 9:37 UHR

Mir gehts so elend. Mein ganzer Körper tut weh.

CARA, 9:38 UHR

So viel hattest du aber wirklich nicht getrunken.

ICH, 9:39 UHR

Ich weiß nicht, wie ich nach Hause gekommen bin.

BELLA, 9:40 UHR

Du wolltest doch mit Gilbert rausgehen. Hast du das nicht mehr gemacht?

Ich versuchte krampfhaft, die Ereignisse der vergangenen Stunden zu rekonstruieren, doch je mehr ich mich anstrengte, desto mehr schien mein Gedächtnis einem leeren Raum zu gleichen, in dem Echos vergeblich nach Halt suchten. Ein beklemmendes Gefühl der Leere breitete sich in mir aus, als würde ein wesentlicher Teil meiner selbst fehlen.

Instinktiv schaute ich an mir hinunter und erstarrte bei dem Anblick, der sich mir bot: Ich war nackt. Ein kalter Schauer lief mir über den Rücken, nicht nur wegen der Kühle der Luft auf meiner Haut, sondern auch wegen der Erkenntnis, die mit dieser Entdeckung einherging. Ich schlief niemals nackt. Diese einfache, unumstößliche Tatsache stand im krassen Widerspruch zu meiner jetzigen Situation und ließ ein Gefühl des Unbehagens in mir aufkeimen, das sich schnell zu einer tiefen Besorgnis steigerte.

Etwas stimmte nicht. Dieses Bewusstsein durchdrang mich mit einer Intensität, die kaum zu ertragen war. Ein seltsames Gefühl breitete sich in meinem Inneren aus, eine Mischung aus Angst, Verwirrung und dem dringenden Bedürfnis, zu verstehen, was geschehen war. Es war, als ob mein Körper mir Hinweise geben wollte, die mein Geist noch nicht zu deuten wusste.

Die fehlenden Erinnerungen, mein unerklärlicher Zustand der Nacktheit und das tiefe, instinktive Wissen, dass dies gegen meine eigenen Gewohnheiten verstieß, formten ein Rätsel, das mich zutiefst beunruhigte. Es war, als hätte ich die Kontrolle über einen Teil meiner Existenz verloren, und die Suche nach Antworten wurde zu einer dringenden Notwendigkeit, die alles andere in den Schatten stellte.

ICH, 9:48 UHR

Ich habe keine Ahnung. Alles fühlt sich ganz seltsam an.

BELLA, 9:48 UHR

Hattest du nicht gesagt, dass du Migräne hattest? Vielleicht hat sich der Wein nicht mit den Tabletten vertragen.

ICH, 9:50 UHR

Das wirds sein.

CARA, 9:52 UHR

Wir kommen später vorbei und schauen nach dir. Melde dich krank und schlaf.

Das komische Gefühl, das mich durchdrang, war schwer zu fassen, ein verwirrender Wirbel aus Emotionen, der tief in meinem Inneren brodelte. Warum konnte ich mich nicht erinnern? Diese Frage hallte in meinem Kopf wider, ein ständiges Echo, das keine Ruhe finden konnte.

Je mehr ich versuchte, die Lücken zu füllen, desto stärker wurde das Gefühl der Dissonanz in mir. Es war, als stünde ich am Rand eines Abgrunds, unfähig, zu sehen, was sich darunter verbarg, doch zutiefst bewusst, dass der Fall tief und dunkel sein würde. Eine innere Stimme warnte mich, dass etwas Wichtiges, vielleicht sogar Gefährliches, in den verlorenen Stunden verborgen lag, ein Geheimnis, das mein Unterbewusstsein vielleicht zu meinem eigenen Schutz verbarg.

KAPITEL VIER

BELLA

Ich hatte unzählige Stunden damit verbracht, an einem Artikel zu arbeiten, der mir besonders am Herzen lag. Es war eine Enthüllungsgeschichte, die tief in die Abgründe der Finanzwelt eintauchte. Die Recherche war intensiv gewesen; ich hatte Dokumente durchforstet, Quellen verifiziert und jedes Detail akribisch geprüft, um eine Geschichte zu erzählen, die das Potenzial hatte, Wellen zu schlagen. Es war mehr als nur ein Artikel, es war ein Stück meiner Leidenschaft, ein Beitrag, der zeigen sollte, was investigativer Journalismus zu leisten vermochte. Umso größer war der Schock, als mein Chef entschied, mir die Geschichte wegzunehmen und sie stattdessen einem männlichen Kollegen zu übergeben. Die Begründung war fadenscheinig. Ich hatte mein Herz und meine Seele in diese Arbeit gelegt, nur um zu sehen, wie sie mir aus den Händen gerissen wurde, als wäre meine Zeit und Hingabe von keiner Bedeutung. Und das ohne eine richtige Erklärung. Was sollte dieser Kollege besser machen, als ich es getan hatte?

Schließlich streifte ich Richtung Wohnzimmer, in der Hoffnung, dort ein wenig Ruhe zu finden. Jeder Schritt schien meine Enttäuschung und meinen Ärger zu verstärken.

Ich starrte ins Leere und versuchte, die brodelnde Wut in mir zu zähmen. Der Gedanke, dass meine harte Arbeit und meine Leidenschaft so leichtfertig beiseitegeschoben wurden, ließ eine Bitterkeit in mir aufsteigen, die schwer zu schlucken war.

Während ich ziellos durch mein Wohnzimmer streifte, spielte ich mit dem Gedanken, meinen Job hinzuschmeißen. Jeder Schritt, den ich machte, schien diesen Wunsch zu verstärken.

Doch hinter dieser impulsiven Sehnsucht, alles hinter mir zu lassen, lauerte die harte Realität meines Alltags. Die finanziellen Verpflichtungen, die monatlichen Rechnungen, die Miete, die ich an Mauro zahlte – all diese Dinge bildeten eine Kette, die mich an meine aktuelle Situation banden. Ich wusste, dass ich selbst mit dem Gehalt, das ich bekam, kaum über die Runden kam. Die Vorstellung, ohne jegliches Einkommen dazustehen, war beängstigend und ließ mich zögern.

Plötzlich wurde ich von zwei Händen ergriffen. Ein Schrei entwich meiner Kehle. Als ich aufblickte, trafen mich Mauros braune Augen. »Willst du, dass ich einen Herzinfarkt bekomme?« Ich rang nach Luft.

Er drückte mich mit einer Entschlossenheit, die keinen Widerspruch duldete, gegen die Wand. Die Kühle des Putzes presste sich durch meine Kleidung hindurch gegen meine Haut, ein kalter Kontrast zu der Hitze des Moments. Seine Nähe war überwältigend, sein Atem hörbar in der Stille, die uns nun umgab. »Ich dachte, ich überrasche dich mal.«

»Und ich dachte, du hast heute einen wichtigen Termin auf der Arbeit. Mit diesem einen Kunden, dessen Namen ich immer vergesse.«

»Er ist krank geworden und dann habe ich mir spontan den Tag freigenommen, um den Tag mit dir zu verbringen.« Er neigte den Kopf und seine Lippen fanden die meinen.

Als unsere Lippen sich berührten, schien die Welt um uns herum für einen Moment stillzustehen. Der Kuss vertiefte sich schnell, wurde fordernder, leidenschaftlicher, als ob er die ganze Intensität und Komplexität unserer Emotionen in sich aufnehmen wollte. Es war, als würden wir beide nach einem Verständnis suchen, das Worte nicht zu vermitteln vermochten.

Jede Berührung seiner Lippen löste eine Kaskade von Empfindungen in mir aus, ein prickelndes Gefühl, das sich von meinem Mund über meinen ganzen Körper ausbreitete. Das Kribbeln intensivierte sich zu einem Gefühl der Ganzheit und Harmonie, als ob in diesem Kuss alles, was mich vorher belastet hatte, plötzlich leicht wurde.

»Hat dich jemand gesehen, als du hergekommen bist?«

»Bestimmt«, erwiderte er lässig. Jeder Herzschlag hämmerte laut in meinen Ohren. Die Intensität seiner Nähe, die unerwartete Konfrontation, ließ Adrenalin durch meine Adern schießen, was das rasende Pochen meines Herzens nur noch verstärkte. »Aber ich habe Werkzeug dabei. Ich musste dir einfach bei einem Notfall helfen. Vielleicht musste ich einfach ein bisschen herumschrauben.« Mit dem Kopf deutete er auf den Werkzeugkoffer neben sich.

»An mir?« Die Vorlage war einfach zu gut, um sie nicht zu nutzen.

»Auch, aber wohl eher an einem neuen Regal. Oder was ist unsere Ausrede?«

Zärtlich legte ich ihm die Hände an die Wangen und streichelte über den Dreitagebart. Diese Augen kosteten mich meinen Verstand. »Ist mir ganz egal. Du hast mir unglaublich gefehlt.« Langsam ließ ich die Hände über seine Brust gleiten. Ihn in der Nähe zu haben, ließ alles, was mich gerade noch so wütend gemacht hatte, in den Hintergrund treten.

»Es war ein bisschen schwierig in den letzten Wochen, aber ich gebe dich nicht auf. Das habe ich dir damals versprochen und das gilt auch heute.« Immer, wenn er mich ansah, leuchteten seine Augen wie dunkler Bernstein. »Deswegen habe ich das Haus gekauft. Du sollst in meiner Nähe sein.«

»Du machst mich schwach, wenn du so fürsorglich bist, Professore.« Mein ganzer Körper kribbelte, eine Mischung aus Angst, Schock und einer unerklärlichen Erregung, die sich meiner Kontrolle entzog. Es war, als ob jede Zelle meines Seins auf Hochspannung geschaltet wäre, vibrierend vor einer Energie, die ich weder verstehen noch bändigen konnte. Das Kribbeln breitete sich aus, von den Spitzen meiner Finger bis zu den Zehen, ein elektrisierendes Netzwerk aus Sensationen, das mich vollständig umhüllte.

»Dann sind wir ja schon zwei.« Als seine Lippen meinen Hals berührten, spürte ich eine Welle warmer Schauer, die sich über meinen Körper ausbreitete. »Es war die Hölle, dich die letzten zwei Wochen nicht zu sehen und nicht zu dir kommen zu können.«

»Es ist wie damals. Da durftest du auch nur schauen.« Die Schmetterlinge in meinem Bauch begannen zu flattern. Es war, als ob in meinem Inneren ein ganzer Schwarm Schmetterlinge erwacht wäre, deren Flügel gegen meine Bauchdecke schlugen.

»Damals hatte ich auch den Anspruch, professionell zu

sein und dir etwas beizubringen. Jetzt habe ich den nicht mehr.« Er ließ keinen Zweifel daran, wie sehr er mich berühren wollte und hielt mich fester.

Ich öffnete den Knopf seiner Hose und ließ meine Hand hineingleiten. »Du hast mir eine ganze Menge beigebracht«, raunte ich und ließ meine Hand über seinen Penis gleiten. »Und ich bereue keine Sekunde davon.«

Mauros Küsse auf meinem Hals waren wie eine Sprache, die nur wir verstanden, eine Kommunikation, die tiefer ging als Worte. Sie erzählten Geschichten von Zuneigung, Begehren und einer Verbindung, die sich in dem Raum zwischen uns aufbaute. Mit jedem Kuss fühlte ich mich mehr und mehr in den Bann dieses Moments gezogen. »Schreiben kannst du jedenfalls nach all den Kursen und *Privatstunden.*«

»Ich hatte einen guten Professor.« Verschmitzt grinste ich ihn an. Langsam und fast wie in Trance sank ich auf die Knie. Ich hob meinen Blick, um ihn anzusehen, und in diesem Moment fühlte ich eine tiefe Bewunderung für ihn, gemischt mit einer Spur Ehrfurcht. Er war älter als ich, fünfzehn Jahre um genau zu sein, und die Spuren der Zeit, die sich in den Ecken seiner Augen abzeichneten, zeugten von Lebenserfahrung und Weisheit. Die braunen Augen, die mich so oft durch die Brillengläser im Hörsaal gefesselt hatten, blickten nun direkt in meine. Die Brille trug er nur, wenn er kompetent wirken wollte. In meiner Gegenwart hatte er damit aufgehört, als er verstanden hatte, dass ich ihn wegen seiner selbst willen schätzte und nicht aufgrund seines Status.

Schließlich zog ich ihm die Hose aus und ließ meine Hand einige Male über seinen Schwanz gleiten, ohne dabei den Blick abzuwenden. Er stützte die Hand gegen die Wand, als ich über seinen Schaft leckte und das Bändchen mit der Zunge umspielte. Mauro war nicht nur ein Mann, der mich körperlich überwältigte; er hatte mich gelehrt, die Welt zu hinterfragen, tiefer zu graben und niemals zufrieden zu sein mit dem Offensichtlichen. Seine Leidenschaft für sein Fach, seine Art zu lehren und zu inspirieren, hatte in mir eine Flamme entfacht, die bis heute brannte.

Von dieser Position aus schien meine Bewunderung greifbarer. Es war, als ob ich nicht nur zu dem Mann aufsah, der vor mir stand, sondern auch zu dem Wissen und den Idealen, die er verkörperte. Ich öffnete den Mund und ließ seine Spitze eintauchen. Mit mehr Unterdruck nahm ich ihn immer tiefer in mich auf, schätze jeden Zentimeter von ihm. Es fühlte sich unglaublich gut an, zu spüren, wie er immer härter in meinem Mund wurde. Ich merkte jedes Zucken, jedes Pulsieren. Alles davon fühlte sich magisch an.

Doch er zog mich an den Schultern vom Boden hoch und drehte mich mit dem Gesicht zur Wand. Mauro dirigierte meine Hände über den Kopf. Seine Hand glitt so langsam über meine Arme zu meinem Rücken, dass ich eine Gänsehaut bekam. »Du warst auch die beste Studentin, die ich jemals hatte.« Er trat noch näher an mich heran, beugte meinen Oberkörper näher an die Wand, sodass ich ihm meinen Hintern entgegenstrecken musste. »Du hast eine besondere Art, mit Worten umzugehen. Die Art, wie du damit malst, ist einzigartig«, hauchte er zwischen zwei Küssen auf meinen Rücken. Seine Hände glitten über meinen Bauch, bis er meine Brüste über dem Kleid umfasste. »Es ist eine Verschwendung für dieses Wirtschaftsmagazin.«

Mir entwich ein leises Stöhnen, als er fester zufasste. »Ich hasse es auch«, flüsterte ich und streckte ihm den Hintern weiter entgegen, bis er meine Mitte streifte. Durch den Stoff neckte er meine Nippel mit seinem Daumen.

»Wir werden etwas finden, was du wirklich liebst. Ich werde es dir geben und dann kannst du tun, wozu du berufen bist.« Er sprach dicht an meinem Ohr. »Vielleicht ein eigenes Magazin«, sagte er und hauchte federleichte Küsse auf meinen Hals. »Oder du schreibst endlich ein Buch. Das würde unheimlich gut zu dir passen.« Mit einem Ruck presste er seinen Schwanz fester gegen meinen Hintern. »Vielleicht wirst du auch einfach meine Frau und tust den ganzen Tag nur, worauf du Lust hast.«

»Dazu müsstest du dich endlich scheiden lassen.« Ich stöhnte leise auf, als er meine Brüste wieder fester umfasste. »Ich brauche dich, Mauro.« Den Versuch, mich umzudrehen, unterband er. Er machte die Regeln.

»Irgendwann kommt der Moment. Wir brauchen nur noch etwas Geduld«, knurrte er und fuhr mit den Fingern an meinen Hals.

Ich ließ den Kopf gegen seine Brust sinken. »Mit dir fühlt sich alles gut an.«

»Sag mir, was du willst«, flüsterte er mir ins Ohr.

»Fass mich härter an.« Die Worte kamen atemlos über meine Lippen.

»Jetzt darfst du dich umdrehen«, sagte er und stützte die Arme an beiden Seiten meines Körpers gegen die Wand.

»Si, Professore.« Ich folgte seiner Anweisung und lächelte ihn an.

Wissend musterte er mich. »Du magst das, hm?«

»Ich mag dich.« Noch viel mehr mochte ich die Art, wie er mich ansah. Das machte uns aus. Wir wussten nie, was im nächsten Augenblick geschehen würde. Mein Blick wanderte über seinen Körper, auch wenn ich versuchte, ihm zumindest für den Moment in die Augen zu sehen. Er tat das Gleiche, öffnete dabei aber die Knöpfe des Kleides. Schließlich blieben seine Augen an meinem BH hängen.

»Gefällt dir, was du siehst?« Mit dem Zeigefinger fuhr ich die Linie zwischen meinen Brüsten nach.

Sein Blick klebte an meiner Haut, folgte der Bewegung meiner Finger, während er mich immer näher an sich heranzog. »Ein wenig zu gut.«

Herausfordernd lächelte ich ihn an. »Aber warum nimmst du es dir dann nicht, wenn es dir so gut gefällt?« Ich streckte die Hand nach ihm aus und zog ihn näher an mich heran. Im nächsten Moment lagen seine Lippen schon auf meinen. Immer näher presste er sich gegen mich. Mit der einen Hand griff er meinen Nacken, während er mit der anderen den BH öffnete.

»Du hast mir so gefehlt, Bella.« Er massierte meine Brüste, umspielte die Nippel und atmete sein Vergnügen in mein Ohr. Meine Nippel wurden immer härter, aber er plante nicht, die süße Folter zu beenden. Seine Hand schweifte über meinen Bauch und hinterließ eine feine Gänsehaut, ehe er sich den Weg zu meinem Höschen bahnte. »Du bist alles, was ich will.« Mit der anderen Hand zog er meinen Slip aus und drängte mich weiter gegen die Wand.

»Ja.« Ich atmete das Wort aus. »Wir sind perfekt zusammen.«

Er umfasste meine Hüfte. »Ich würde alles für dich aufgeben.« Er unterbrach sich selbst. »Das meine ich ernster, als ich jemals etwas gemeint habe. Ich würde keine Sekunde zögern.« Das hier könnte sein Leben werden. *Ich* könnte sein Leben sein. In kreisenden Bewegungen rieb er sich an meiner Mitte.

»Dann mach es«, hauchte ich unter seinen Berührungen und schloss immer wieder die Augen.

»Ich muss erst ein paar Dinge regeln – finanzielle Dinge.« Ohne den Blick von mir abzuwenden, ging er vor mir auf die Knie und küsste meinen Bauch hinab, bis zu meiner Mitte. »Wag es nicht, deine Augen zu schließen.« Er stoppte. Langsam küsste er an meinen Oberschenkeln hinauf, bis er wieder an seinem Ziel ankam. Aber er leckte mich nicht, so wie ich es erreichen wollte, als ich mich ihm entgegenstreckte. Stattdessen saugte er in kleinsten Bewegungen an der Innenseite meiner Oberschenkel.

»Mauro«, seufzte ich und warf den Kopf in den Nacken. »Bitte quäl mich nicht.« Ich spürte seinen Atem an meiner Mitte, aber er berührte mich einfach nicht mit seiner Zunge. Dafür schenkte er mir unzählige Küsse auf jeden Millimeter der Haut. Mit jeder Berührung seiner Lippen stöhnte ich lauter auf. »Bitte«, flehte ich und sah ihn mit großen Augen an.

»Bist du dir sicher, dass du nicht genau das möchtest?« Er schmunzelte. Als er über meine Mitte leckte, krallte ich mich in seine Haare. Er umspielte meinen Lustpunkt immer intensiver, in kleinen Kreisen, mal mit mehr Druck und dann wieder mit weniger. Immer wieder drückte ich ihm mein Becken entgegen.

Mit zwei Fingern drang er in mich ein und fickte mich langsam, aber tief. Ich war so bereit für ihn. Sein Lecken wurde immer intensiver und mein Stöhnen lauter.

Doch er stoppte und richtete sich auf. »Du musst leise sein. Die Nachbarn könnten dich hören.« Das enttäuschte Seufzen, das über meine Lippen drang, stachelte ihn noch mehr an. Ich würde verdammt viel geben, damit wir uns einmal nicht verstecken müssten. Nur einmal. Nur ein einziges Mal, bei dem wir nicht die Angst haben müssten, dass uns jemand erwischen oder wir zu laut sein könnten.

»Ansonsten muss ich einen Weg finden, um dich zum Schweigen zu bringen.« Ruckartig drehte er mich um und stellte sich hinter mich. Wieder stand ich mit dem Gesicht zur Wand, presste meine Brüste gegen die Kälte. Fest legte er seine Hände um meine Taille und führte seinen Penis zwischen meine Beine. »Kannst du still sein?«

Wieder nickte ich hastig. Meine Wangen röteten sich, als er mich mit seinem Schwanz neckte. Ich würde nicht ruhig sein, davon war ich überzeugt. Zentimeter für Zentimeter versank er tiefer in mir. Fordernd schob ich ihm mein Becken entgegen. Als er begann, sich in mir zu bewegen, stöhnte ich immer lauter auf. Mit einem leichten Klaps erinnerte er mich daran, was wir besprochen hatten. Wir waren nicht bereit, aufzufliegen, auch wenn er mein Stöhnen liebte, das hatte er mir oft gesagt. Als er sich in schnelleren Rhythmen bewegte, konnte ich mich nicht mehr zurückhalten. Ich gab die Kontrolle ab und ließ mich fallen.

»Dein Stöhnen macht mich so an.« Er raunte mir die Worte ins Ohr und fuhr mit der Hand von meiner Schulter über den Hals bis zu meinem Kinn. Immer wieder bewegte ich mein Becken und versuchte, Einfluss auf sein Tempo zu nehmen. »Pssht«, hauchte er mir ins Ohr, um mich wieder daran zu erinnern, dass ich leiser sein musste.

Doch augenscheinlich konnte ich mich nicht mehr daran halten. Mauro wurde schneller und meine Pobacken klatschten immer härter gegen seine Hüften. Er legte eine Hand an meinen Hals und fasste zu. Es nahm mir für einen Augenblick die Luft, um einen Ton von mir zu geben, aber ich spürte, wie mein Unterleib bebte. Ich presste mich gegen ihn und kam. Immer enger zog ich mich um seinen Schwanz zusammen, was ihn zum Keuchen brachte. Erst als ich gegen seine Hand schlug, ließ er mir wieder mehr Luft. Sein Blick lag auf mir. Er beobachtete, wie ich in Wellen kam, ehe er seine letzte Selbstbeherrschung abgab. Keuchend legte er den Kopf in der Beuge meines Halses ab.

»Du bist das Beste an meinem Leben«, flüsterte er und hauchte unzählige Küsse auf meinen Hals.

Schließlich drehte ich mich zu ihm um. Mit einer Mischung aus Entschlossenheit und einer tiefen Zärtlichkeit, die aus meiner Bewunderung und den vielschichtigen Gefühlen für ihn erwuchs, hob ich meine Hände, um sie sanft an Mauros Wangen zu legen. Ich zögerte einen Moment, gefangen in der Intensität seines Blicks, der so viel von unserem geteilten Weg, von den Lektionen im Hörsaal bis zu diesem intimen Augenblick, widerzuspiegeln schien. Dann, getrieben von einem Impuls, der tief aus meinem Inneren kam, beugte ich mich vor und brachte meine Lippen zu den seinen. Er war mein Held, auch wenn er sich selbst niemals so sehen würde.

Seine Hände lagen fest an meiner Hüfte. »Brauchst du noch etwas? Ist dein Auto vollgetankt oder soll ich das schnell erledigen?«

»Weißt du eigentlich, dass du unglaublich süß bist?« Er machte mein Leben so viel besser, in einer Weise, die schwer in Worte zu fassen war. Es war nicht nur das, was er mir beigebracht hatte, oder die Bewunderung, die ich für ihn empfand; es war auch die Art und Weise, wie er mich sah, wie er mich wertschätzte und wie er durch seine bloße Präsenz in meinem Leben eine Quelle der Stärke und Inspiration wurde.

»Dir soll es gut gehen.«

»Mir geht es gut. Ehrlich.« Ich lächelte. Mit ihm an meiner Seite ging es mir gut.

Dann zog er seine Hose wieder an und trat einen Schritt zurück. »Perfekt, ich habe deinen Einkauf bestellt. Er kommt heute Abend an. Es müsste alles dabei sein, was du gerne magst.«

Ich fragte mich, wie ich das Glück verdient hatte,

jemanden wie ihn in meinem Leben zu haben. Seine Fürsorglichkeit, die sich nicht nur in großen Gesten, sondern auch in den kleinen, alltäglichen Aufmerksamkeiten zeigte, war zweifellos seine beste Eigenschaft.

Es waren die subtilen Dinge, die seine tiefe Sorge und Zuneigung offenbarten: Die Art, wie er stets bemerkte, wenn ich einen anstrengenden Tag hatte und ohne ein Wort meinen Einkauf bestellte, wie er geduldig zuhörte, wenn ich von meinen Herausforderungen erzählte, und stets die richtigen Worte fand, um mir Mut zu machen; wie er meine Stirn küsste, wenn Sorgen meine Schlaflosigkeit verursachten. Es war, als ob Mauro intuitiv verstand, was ich brauchte, selbst wenn ich es selbst nicht wusste, und bereitwillig gab, ohne je eine Gegenleistung zu erwarten.

KAPITEL FÜNF

LEA

Seit dem Mädelsabend fühlte ich mich merkwürdig und verunsichert. Die Tatsache, dass ich mich nicht daran erinnern konnte, wie ich nach Hause gekommen war, ließ mich nicht los. Es war, als würde ein wichtiges Puzzlestück meines Lebens fehlen, und je mehr ich versuchte, mich zu erinnern, desto mehr entzog sich die Erinnerung meinem geistigen Zugriff.

Diese Unsicherheit beunruhigte mich zutiefst. Ich machte mir ständig Gedanken darüber, was in jenen verlorenen Stunden passiert sein könnte. Jeder Versuch, die Lücken zu füllen, war in einer Sackgasse geendet, was die Unruhe nur noch verstärkt hatte. Diese anhaltende Ungewissheit hatte mich dazu veranlasst, mich krankzumelden, da ich gespürt hatte, dass ich in meinem aktuellen Zustand nicht fähig war, mich auf die Arbeit zu konzentrieren.

Seit Tagen hatte ich den Buchladen, mein Baby, nicht betreten. Die Vorstellung, mich unter Menschen zu begeben, hatte sich überwältigend angefühlt, als wäre ich nicht in der Lage, die Maske der Normalität aufrechtzuerhalten, während mein Inneres von Zweifeln und Ängsten geplagt worden war. Das Gefühl, dass etwas nicht stimmte, dass vielleicht etwas geschehen war, an das ich mich nicht erinnern konnte, hatte mich in einem Zustand der Lähmung verharren lassen.

Ich hatte mich komisch gefühlt, fast entfremdet von meinem eigenen Selbst, als wäre ich ein Zuschauer meines Lebens, unfähig einzugreifen.

Ich fühlte mich, als wäre ich in einer dauerhaften Panikattacke gefangen. Die Unruhe in mir war mit jeder vergehenden Minute gewachsen, ein ständiges Summen im Hintergrund meines Geistes, das sich nicht abschalten ließ.

Tief in mir spürte ich, dass etwas nicht stimmte, als wäre mein Unterbewusstsein in Aufruhr gewesen, gefangen in einem Netz aus Angst und Beklemmung, das sich nicht entwirren ließ. Diese ständige Alarmbereitschaft meines Körpers und Geistes, das Gefühl, dass eine unbestimmte Bedrohung direkt um die Ecke lauerte, hatte mich zutiefst erschöpft und zugleich alarmiert zurückgelassen.

Jeder Versuch, mich zu beruhigen oder die Ursache für diesen Zustand zu finden, war ins Leere gelaufen. Es war, als ob mein Unterbewusstsein eine Wahrheit kannte, die mir nicht zugänglich war.

Mit zittrigen Händen und dem Gefühl, als würde jeder Schritt eine enorme Anstrengung erfordern, schleppte ich mich zum Schrank, getrieben von der verzweifelten Hoffnung, dass die Tabletten mir zumindest eine vorübergehende Erleichterung verschaffen würden. Die Panik machte es fast unmöglich, klar zu denken, doch der Gedanke an Pillenröhrchen, gab mir einen Funken von Hoffnung.

Mein Vorrat war fast erschöpft; nur noch wenige Tabletten lagen auf dem Boden des Plastiks. Das Bewusstsein, dass mein sicherer Hafen, mein Notausgang aus der alles verschlingenden Panik, im Begriff war, mir entzogen zu werden, ließ mich erneut in eine Spirale der Angst stürzen.

Die Erkenntnis, dass ich mich immer mehr auf diese Tabletten verlassen hatte, um durch den Tag zu kommen, und die Aussicht, ohne sie auskommen zu müssen, verstärkte meine Unruhe ins Unermessliche. Jede Tablette, die ich nahm, fühlte sich nun wie ein doppelschneidiges Schwert an: eine momentane Befreiung, gepaart mit der wachsenden Angst vor dem Moment, in dem sie nicht mehr zur Verfügung stehen würden.

Wie konnte ich mir neue Pillen verschaffen? Bisher hatte ich mich heimlich aus der Apotheke meines Mannes bedient, ein riskantes Unterfangen, das mir zwar den nötigen Nachschub sicherte, aber mit jedem Mal riskanter wurde. Ich war mir schmerzlich bewusst, dass diese heimlichen Entnahmen nicht unbemerkt bleiben würden; früher oder später würde mein Mann das Fehlen bemerken, und ich müsste mich unangenehmen Fragen stellen.

Die Aussicht darauf löste eine neue Welle der Panik in mir aus. Ich fühlte mich wie in einer Zwickmühle, gefangen zwischen der dringenden Notwendigkeit, meine Panikattacken zu kontrollieren, und der Angst vor den Konsequenzen meiner heimlichen Aktionen.

Mein Geist raste, während ich nach alternativen Wegen suchte, um an die Tabletten zu gelangen, ohne weiterhin die Apotheke meines Mannes zu plündern. Könnte ich einen Arzt davon überzeugen, mir ein Rezept auszustellen? Wie könnte ich das rechtfertigen, ohne zu viele Fragen zu meiner Abhängigkeit aufzuwerfen? Oder gab es andere, weniger offensichtliche Quellen, die ich anzapfen könnte?

Diese Gedanken kreisten unaufhörlich in meinem Kopf, während ich verzweifelt nach einer Lösung suchte, die mir einerseits die nötige Erleichterung verschaffen und andererseits mein Geheimnis bewahren würde. Die Angst vor Entdeckung und die Scham über meine wachsende Abhängigkeit machten es mir fast unmöglich, einen klaren Gedanken zu fassen. Jeder Plan, den ich erwog, schien mit Risiken und potenziellen Fallstricken verbunden zu sein, die meine ohnehin schon prekäre Situation weiter verschärfen könnten.

Tränen begannen zu fließen. Mein Weinen wurde hysterischer, ein lautes, schmerzvolles Schluchzen, das den Raum erfüllte und mich meiner eigenen Verletzlichkeit und Abhängigkeit nur allzu bewusst machte. Doch diese Angst war nichts im Vergleich zu der panischen Vorstellung, ohne die Pillen auskommen zu müssen, den unkontrollierbaren Panikattacken hilflos ausgeliefert zu sein.

So stand ich auf, wischte mir die Tränen aus dem Gesicht und versuchte, meine Fassung wiederzugewinnen. Jeder Schritt in Richtung des erneuten Diebstahls fühlte sich an wie ein Verrat – nicht nur an Keno, sondern auch an mir selbst und den Prinzipien, die ich einst hochgehalten hatte. Doch die verzehrende Notwendigkeit, die quälende Abhängigkeit, ließ mir keine andere Wahl. Ich musste es tun, weil ich es brauchte, weil ich ohne die Tabletten nicht funktionierte.

KAPITEL SECHS

X

Es war helllichter Tag, als ich um Caras Haus schlich. Cara, die sich in der Sicherheit ihres eigenen Heims wiegte, zog selten die Vorhänge zu. Als ich mich neben ihrem Schlafzimmerfenster positionierte, verbarg ich mich im Schatten, um unentdeckt zu bleiben.

Mein Herz schlug in einem ruhigen, aber beständigen Rhythmus, der Kontrast zwischen der Ruhe meines Verstecks und der Aktivität in Caras Zimmer war bemerkenswert.

Sie bewegte sich durch ihr Schlafzimmer, während sie die Kameras aufbaute. Ihr Satinmorgenmantel umhüllte ihre Gestalt, das weiche Material schimmerte im Licht. Die blonde Perücke, die in Kontrast zu ihrem natürlichen Haar stand, war mehr als nur ein Accessoire. Es war ihre Tarnung ... oder zumindest das, was sie dafür hielt.

Die Art und Weise, wie sie die Kameras einrichtete, jede Einstellung sorgfältig prüfte, um sicherzustellen, dass der Winkel und die Beleuchtung genau richtig waren, verriet eine tiefe Hingabe an ihr Handwerk. Es war, als ob sie mit jedem Detail, das sie festlegte, eine Geschichte erzählte, die durch das Objektiv ihrer Kameras festgehalten und an ihr Publikum weitergegeben werden würde.

Mit einem letzten prüfenden Blick auf die Einstellungen und einem tiefen Atemzug begann Cara ihr Video.

Langsam und mit einer betonten Anmut, die fast choreographisch wirkte, begann sie, den Morgenmantel auszuziehen. Jede Bewegung war durchdacht, entworfen, um zu fesseln und zu verführen. Der Mantel glitt in einer fließenden Bewegung von ihren Schultern, enthüllte ihre darunter liegenden Dessous Stück für Stück, bis sie schließlich ganz ohne den Mantel dastand.

Anschließend setzte sie sich auf das Bett. Caras Augen fixierten die Kamera. Es war eine Mischung aus Herausforderung und Einladung, ein Spiel mit der Dynamik von Sehen und Gesehen-Werden.

Während sie fortfuhr, spielte sie bewusst mit der Kamera, mal neigte sie den Kopf leicht zur Seite, mal ließ sie ihre Finger sanft über eine Haarsträhne oder die Konturen ihres Gesichts gleiten. Für einige Minuten blieb ich wie gebannt stehen, gefangen von dem Anblick, wie Cara mit ihrem Körper spielte. Es war faszinierend, zu beobachten, wie sie ihre Kunstfertigkeit einsetzte, um eine Verbindung zum unsichtbaren Publikum hinter der Linse herzustellen, und dabei unwissentlich auch mich in ihren Bann zog. Schließlich, als sie nach dem Vibrator griff, riss ich mich von dem Fenster los. Ich konnte ihr nicht wieder dabei zusehen. Nein, heute würde ich es nicht tun. Das hob ich mir für den Abend auf, an dem ich wieder eines ihrer Videos genießen würde. Der Weg durch die Straße zurück nach Hause fühlte sich surreal an, als wäre ich noch immer teilweise in der Szene gefangen, die ich gerade bezeugt hatte. Zu Hause angekommen, ließ ich meine Jacke mit einer beiläufigen Geste fallen. Mein nächster Instinkt führte mich zu meinem Handy. Cara tat sich selbst keinen Gefallen, indem sie wildfremde Männer im Internet reizte. Wusste sie denn nicht, was für seltsame Gestalten dort herumlungerten?

Ich nahm mein Handy und tippte eine Nachricht an sie. Vielleicht war es an der Zeit, dass ich es ihr beibrachte.

ICH, 10:37 UHR

Wie läuft das Geschäft?

ICH, 11:05 UHR

Dein Porno-Business, meine ich.

CARA, 11:10 UHR

Wer bist du?

ICH, 11:11 UHR

Dein Schatten.

CARA, 11:13 UHR

Falls das ein Scherz ist, dann ist das nicht lustig.

CARA, 11:13 UHR

Sie haben wohl die falsche Nummer.

ICH, 11:15 UHR

Das denke ich nicht, Cara.

CARA, 11:17 UHR

Was soll das?

ICH, 11:18 UHR

Es war gut, dass du vorhin die Vorhänge offen gelassen hast. Das hat mir einen guten Blick auf dein neuestes Werk gegeben.

Als die Stunden verstrichen und keine Antwort von Cara kam, begann sich meine anfängliche Besorgnis in Frustration zu verwandeln. Jedes Mal, wenn ich auf mein Handy schaute, hoffte ich auf eine Nachricht von ihr, aber der Bildschirm blieb hartnäckig leer. Dieses Schweigen, diese offensichtliche Ignoranz meiner Versuche, Kontakt aufzunehmen, ließ mich allmählich wütend werden.

Meine Gedanken beschritten dunkle Wege. Wie konnte sie meine Nachricht einfach ignorieren? Wusste sie nicht, wie viel mir an unserer Verbindung lag? Oder war es ihr etwa gleichgültig? Je mehr ich darüber nachdachte, desto mehr begann ich, Cara in einem anderen Licht zu sehen. Vielleicht war sie nicht die Person, die ich geglaubt hatte, zu kennen. Vielleicht verbarg sich hinter ihrer sorglosen Fassade etwas ganz anderes, etwas Dunkles.

In meiner wachsenden Wut und Enttäuschung erinnerte ich mich daran, dass sie jemand war, der immer wieder mit den Gefühlen der anderen spielte. Sie nutzte diese Hingabe für ihre Videos, machte die Männer abhängig von ihrer Nähe. Jede Stunde des Schweigens verstärkte diese Überzeugung, ließ mich an all den Momenten zweifeln, in denen ich geglaubt hatte, eine echte Verbindung zu ihr zu spüren.

ICH, 14:41 UHR

Muss man dich bezahlen, damit du gesprächig wirst?

ICH, 14:48 UHR

Bringt dich all das Geld in Stimmung?

ICH, 14:52 UHR

Ich meine es ernst.

ICH, 14:59 UHR

Antworte mir.

CARA, 15:01 UHR

Hören Sie auf, mich zu belästigen. Ich kenne Sie nicht.

ICH, 15:03 UHR

Du kennst mich.

ICH, 15:04 UHR

Aber noch viel besser kenne ich dich.

ICH, 15:05 UHR

Ich sehe alles, Cara.

ICH, 15:06 UHR

Wirklich alles.

CARA, 15:09 UHR

Hören Sie auf damit oder ich gehe zur Polizei.

ICH, 15:13 UHR

Möchtest du wirklich, dass jeder erfährt, was du für Geld alles tust?

CARA, 15:15 UHR

Ich habe keine Ahnung, wovon Sie sprechen.

ICH, 15:17 UHR

Ich melde mich bei dir.

ICH, 15:18 UHR

Fühl dich nicht zu sicher, Cara.

Könnte es sein, dass sie panisch wurde, weil ich ihr kleines, schmutziges Geheimnis kannte?

Die Tatsache, dass sie heimlich Sexfilme drehte und verkaufte, war etwas, das sie sicherlich vor der Welt verborgen halten wollte. Vielleicht hatte sie Angst davor, dass ich dieses Wissen gegen sie verwenden könnte.

Je mehr ich über diese Möglichkeit nachdachte, desto mehr gefiel mir die Idee, dass sie langsam nervös werden könnte, wie eine Ratte in einem Käfig. Die Vorstellung, dass sie in ihrem eigenen Netz aus Geheimnissen und Lügen gefangen war, dass sie jeden Moment fürchtete, ich könnte ihr Geheimnis aufdecken, gab mir ein Gefühl der Macht. Es war, als hätte sich das Blatt gewendet, als wäre ich derjenige, der die Fäden in der Hand hielt.

Ich stellte mir vor, wie sie unruhig in ihrem Haus umherlief, ständig über die Schulter blickend, besorgt, dass jemand ihr Geheimnis entdecken könnte. Jede unbeantwortete Nachricht von mir, jede Stunde des Schweigens meinerseits, würde diese Angst nur noch verstärken, sie in die Enge treiben und sie dazu bringen, über ihre nächsten Schritte nachzudenken.

In meiner Fantasie wurde diese Vorstellung immer lebendiger. Cara, die sich verzweifelt bemühte, ihre Fassade der Normalität aufrechtzuerhalten, während die Angst und das Misstrauen langsam in ihr aufstiegen. Ich wollte, dass sie sich unsicher fühlte, dass sie die Kontrolle verlor, die sie zu haben glaubte.

Ich kenne dein Geheimnis und
du hast keine Ahnung, wer ich bin.

KAPITEL SIEBEN

BELLA

Auf einer Skala von Eins bis *Ich möchte auf jeden Fall im Boden versinken*: Wie seltsam war es, auf der Grillparty von der Frau meiner Affäre zu sein?

Es war seltsam.

Mehr als das.

Wir saßen in Mauros und Lucias Garten. Zitronen- und Olivenbäume spendeten Schatten, während hier und da Ranken von Bougainvillea an Steinmauern emporwuchsen, ein Anblick, der wie ein Gemälde wirkte. Meine Freundinnen und ich saßen beisammen, unsere Stühle nah beieinander.

Mauro und Lucia saßen an einem anderen Tisch. Sie waren perfekte Gastgeber, die sich von Zeit zu Zeit erhoben, um sicherzustellen, dass es allen an nichts fehlte. Ich starrte immer wieder zu den beiden, auch wenn ich es nicht wollte. Es fühlte sich einfach seltsam an, ihn mit seiner Frau zu sehen, das dachte ich mir jedes Mal. Wie er lachte … Und ihr bescheuertes Grinsen machte mich wütend. Ich hasste es. Ich hasste es so sehr, obwohl ich wusste, dass ich keinen Grund haben durfte, es zu tun. Diese Frau war ein Engel, lud sogar die ganze Straße zu ihrem Geburtstag ein. Und ich verabscheute sie. Vielleicht war sie nicht der schlechte Mensch, sondern ich, weil ich diese Eifersucht spürte.

»Fühlt sich das komisch an, die beiden zusammen zu sehen und zu wissen, dass ihr Lucie beide belügt?«, fragte Lea und hatte dabei einen gewissen Unterton in der Stimme. Eigentlich wollte sie gar nicht kommen nach allem, was ich ihr und Cara erzählt hatte, doch dann hatte sie ihre Meinung plötzlich geändert.

Sie *Lucie* zu nennen, machte aus ihr irgendetwas Liebes, Niedliches. Doch das war sie nicht. Lucia passte besser zu ihr. Es klang erwachsen und nach einer Frau, die genau wusste, wieso sie ihre Ehe an den Abgrund getrieben hatte. »Na ja, es gibt schönere Dinge auf der Welt.«

In der Mitte des Gartens war ein Grill aufgebaut, von dem verlockende Düfte aufstiegen. Mauro wendete Fleisch und Gemüse, wenn er nicht gerade bei Lucia am Tisch saß. Auf einem rustikalen Holztisch waren verschiedene Antipasti liebevoll arrangiert: eingelegte Oliven, Tomaten, hauchdünn geschnittener Prosciutto und frischer Mozzarella, alles umgeben von knusprigem Ciabatta. Direkt daneben stand eine Bar.

Cara legte ihre Hand auf meine. »Wir sind in deinem Team, Bella.«

»Sind wir das?« Lea zog eine Augenbraue in die Höhe. »Ich bin mir da nämlich noch nicht so sicher. Das ist Betrug und das kann niemals richtig sein.«

»Aber Bella ist unsere Freundin. Lucia ist …«

Plötzlich tauchte sie neben uns auf. Ihre straßenköterblonden Haare fielen locker um ihre Schultern und bildeten einen Kontrast zu ihren blauen Augen. Ihr Grinsen war ansteckend. »Was bin ich?«, fragte sie und setzte sich zu uns.

»Eine wundervolle Gastgeberin«, beendete Cara den Satz. Das war es sicher nicht gewesen, was sie hatte sagen wollen. Normalerweise beschrieb sie Lucia immer langweilig oder frigide.

Ich setzte ein Lächeln auf. »Ja, es sieht alles so wundervoll aus. Du kannst wirklich stolz auf dich sein.« Trotz allem waren wir Nachbarn und sollten so etwas wie eine Fassade wahren, oder?

»Mauro hat mir viel geholfen. Er ist so ein Schatz.« Sie bewegte sich mit einer solchen Sicherheit, als wäre jeder Schritt, jede Geste sorgfältig überlegt und doch völlig spontan. Lucia strahlte eine Art von Perfektion aus, die nicht aufgesetzt wirkte, sondern vielmehr eine tiefe Harmonie mit sich selbst und ihrer Umgebung zu sein schien. Sie wusste instinktiv, wie sie sich in jeder Situation zu verhalten hatte, sei es in einem lockeren Gespräch oder beim Gruppieren ihrer Gäste, um sicherzustellen, dass sich jeder wohl und einbezogen fühlte.

Lea stimmte ihr mit einem Nicken zu. »Sicher ist er das. Er hilft, wo er nur kann. Hat er nicht neulich erst dein Regal aufgebaut, Bella?« Hastig nickte ich. Das war die Ausrede gewesen, denn sie hatte ihn in mein Haus kommen sehen. Wobei ich mir sicher war, dass sie genau wusste, was er bei mir gemacht hatte. »Und Keno hilft er auch andauernd, wenn er irgendetwas für die Apotheke braucht.«

»Mauro muss einfach immer etwas mit seinen Händen machen, sonst ist er nicht ausgelastet.« Es war, als ob sie genau wusste, was zu tun war, um jeden um sie herum glücklich zu machen, ohne dabei jemals aufdringlich oder unnatürlich zu wirken.

Jeden, außer mich. Es fühlte sich seltsam an, in ihrer

Nähe zu sein und zu wissen, wie Mauro wirklich über sie dachte, wie kaputt ihr gemeinsames Leben war. Er musste alle Hände voll zu tun haben, weil er es in ihrer Nähe nicht länger als einen Abend aushielt. Deswegen war er immer überall. Deswegen riss er sich förmlich darum, wenn jemand Hilfe brauchte. »Entschuldigt mich kurz, ich fülle mein Glas auf. Wollt ihr auch?«

Die drei schüttelten den Kopf. Dann erhob ich mich, um mich Richtung Bar zu begeben, angezogen von der Aussicht auf ein weiteres erfrischendes Getränk. Mit irgendetwas musste ich dieses beklemmende Gefühl ja herunterspülen. Während ich mich durch die Abendbrise bewegte, erblickte ich Mauro hinter dem Haus. Er schien in Gedanken versunken zu sein, ging auf und ab.

Als ich näherkam, bemerkte ich die leichte Anspannung in seiner Haltung. Ohne ein Wort zu sagen, legte ich sanft meine Hände auf seine breiten Schultern und begann, sie zu massieren, in der Hoffnung, ihm etwas von seiner Last abzunehmen. »Was machst du hier so allein, Bellissimo?«

»Ich musste mal kurz durchatmen. Dieses ganze Theater ist anstrengend.«

»Warum feiert ihr Lucias Geburtstag dieses Jahr so groß?« Meine Finger bewegten sich in bedachten Bewegungen, drückten gegen die verspannten Muskeln.

Genervt seufzte er. »Sie möchte allen zeigen, dass die Gerüchte rund um die Affäre nicht wahr sind.«

»Verstehe, deswegen erzählt sie wohl allen, wie fleißig du bist und dass du immer etwas mit den Händen tun musst, um ausgelastet zu sein.«

»Was?«

»Deine Frau erzählt das und es hat so einen seltsamen Unterton, wenn ich weiß, wo deine Hände die meiste Zeit sind.« *Nämlich an meinem Körper.* Sie waren bei mir und das würde Lucia fertigmachen, wenn sie es wüsste. »Sie spricht über dich wie über einen Hund.« Als wäre es toll, was er für Tricks aufführte, aber am Abend schickte sie ihn zurück in die Hundehütte im Garten. Er würde niemals einen Platz im Haus haben. Ähnlich war es mit Mauro auch. Er konnte tun, was er wollte, noch so viele Tricks aufführen, aber es würde niemals gut genug für sie sein.

Er schaute sich noch einmal um, ehe er die Hände an meine Hüften legte. »Lass sie ihren kleinen Moment haben. Dann fühlt sie sich wieder gut und gibt Ruhe.« Mauro ließ einen tiefen Atemzug los. In der Stille, die nur vom gelegentlichen Rascheln der Blätter und dem fernen Lachen der anderen Gäste unterbrochen wurde, fühlte ich eine tiefe Verbindung zu Mauro, die keine Worte benötigte. »Dass du hier bist, tut mir gut.« Mit einem Blick, der eine Mischung aus Dankbarkeit und tieferer Emotion verriet, zog er mich in Richtung einer abgelegenen Ecke des Gartens. Diese verborgene Nische, umgeben von dichtem Grün, bot uns einen Hauch von Privatsphäre inmitten der lebhaften Gartenparty. »Gott, du fehlst mir so, wenn du nicht so nahe bei mir bist wie in dieser Sekunde.«

»Mauro, das ist gefährlich.«

»Ist mir egal.« Ohne ein Wort zu sagen, umhüllte er mich mit seinen Armen und zog mich nah an sich heran. Seine Lippen fanden meine. Der Kuss war intensiv und voller Verlangen, ließ mich alles um uns herum vergessen. Jetzt zählten nur die Wärme seiner Lippen, die Stärke seiner Umarmung und das klopfende Herz, das ich gegen meine Brust schlagen spürte. »Diese Party ist doch ohnehin nur Theater. Es gibt niemanden, der wegen ihrer Persönlichkeit hier ist. Sie sind alle für den Klatsch hier.«

»Genau deswegen solltest du mir nicht so nahe sein. Uns könnte jemand sehen.« Das Verbotene, das Bewusstsein, dass unsere Beziehung eine Grenze überschritt, die wir nicht überschreiten sollten, verlieh unserem Zusammentreffen eine besondere Intensität.

Jedes Mal, wenn wir uns in solch gestohlenen Momenten fanden, war es, als ob die Welt um uns herum an Bedeutung verlöre, und nur diese süße, gefährliche Aufregung blieb.

»Aber du bist mein Leben, Bella.«

Zurückhaltend schüttelte ich den Kopf. »Nein, das hier ist dein Leben. Diese Party ist es, die Kinder, deine Frau, die mit diesem Dauergrinsen herumläuft.«

Trotz der Leidenschaft und der tiefen Verbindung, die ich zu Mauro fühlte, war mir schmerzlich bewusst, dass ich ihn niemals wirklich besitzen würde. Die Realität seiner Situation – ein Mann, gebunden an seine Familie und seine Verantwortungen, insbesondere an seine Kinder – legte eine unüberwindbare Barriere zwischen das, was wir in diesen gestohlenen Momenten teilten, und die Möglichkeit einer gemeinsamen Zukunft.

Sein Blick schweifte in die Ferne, als könnte er Lucia dort sehen, doch das war nicht möglich. »Ich hasse dieses Grinsen, weil ich weiß, dass es niemals echt ist.«

»Das ist dein Leben, Mauro. Du hast es dir ausgesucht.« Ich löste mich von ihm.

Doch er hielt mich fest. »Du hast gesagt, dass du verstehst, dass ich wegen der Kinder bleibe.«

»Ich verstehe es auch, aber es tut dennoch weh.« Dieses Wissen, dass er niemals *mein* Mann sein würde, solange seine Kinder seine Fürsorge benötigten, durchdrang jeden Kuss, jede Berührung mit einer Melancholie, die schwer auf meinem Herzen lastete. »Du siehst vielleicht dieses Dauergrinsen und regst dich darüber auf, aber ich sehe deine Frau, die jedem erzählt, wie perfekt euer Leben ist. Ich sehe die

Kinder, die die beste Kindheit haben, und dieses verfluchte Lächeln. Und dann fühle ich mich wie die größte Schlampe, weil ich ihr den Mann nehme und ihnen den Vater.«

»Du bist keine Schlampe«, sagte er entschieden.

»Du musst das nicht schönreden.« Die Aufregung, die das Verbotene mit sich brachte, wurde oft überschattet vom Schmerz dieser Erkenntnis. Es war, als ob mit jedem Kuss, jeder zärtlichen Geste, auch das Bewusstsein für die Unmöglichkeit unseres Zusammenseins erneuert wurde.

Er legte seine Hände sanft an meine Wangen. Seine Berührung war zärtlich und zwang mich, innezuhalten und ihm meine volle Aufmerksamkeit zu schenken. Als er mir tief und eindringlich in die Augen schaute, fühlte ich mich gefangen in seinem Blick, der so viel zu sagen schien. »Du bist keine Schlampe. Okay? Ich habe eine Entscheidung getroffen. Ich habe dich gewählt. Ich wollte dir nahe sein und deswegen habe ich das Haus in der Straße gekauft und es dir vermietet. Das war mein freier Wille.« In seinen Augen lag eine unerschütterliche Ruhe, eine Art von Stärke und Verständnis, die mich jedes Mal, wenn ich drohte, von meinen Gefühlen überwältigt zu werden, wieder erdete. Es war, als könnte er die Turbulenzen in meinem Inneren sehen, die Zweifel und Ängste, und mit einem einzigen Blick beruhigen. »Und zur Hölle, das hat niemals nur auf Sex basiert.« Seine Augen schienen direkt zu meiner Seele zu sprechen, mir zu versichern, dass trotz der Komplexität unserer Beziehung, trotz der Schmerzen und des Verlangens, ein Fundament der Verbundenheit und des gegenseitigen Verständnisses bestand. »Vielleicht macht dich das zu meiner Affäre, aber du bist meine Rettung. Du bist mein Leben und wenn dich jemals jemand eine Schlampe nennt, werde ich ihm das Maul stopfen.«

Mauros Art, die eine tiefe Ruhe und Verständnis

ausstrahlte, berührte mich jedes Mal aufs Neue und ließ eine tiefe Dankbarkeit in mir aufkeimen. Ich schlang meine Arme fest um ihn und umarmte ihn mit aller Kraft, die ich aufbringen konnte.

Während ich ihn so fest an mich drückte, spürte ich, wie sich ein Gefühl der Sicherheit und des Angekommen-Seins in mir ausbreitete. Mauros Reaktion erwiderte es und es verstärkte das Gefühl der Geborgenheit und des gegenseitigen Vertrauens.

Seine Art, die mich immer wieder erdete und mir in den stürmischsten Zeiten meines Lebens Halt gab, war etwas, das ich unglaublich schätzte. »Danke für alles«, flüsterte ich in die Stille hinein.

KAPITEL ACHT

CARA

Als ich nach Hause kam, bot sich mir ein Anblick, der mich für einen Moment innehalten ließ. Das Wohnzimmer glich einem Schlachtfeld der Kreativität. Mein Mann, dessen Kunst lange unter einer Blockade gelitten hatte, schien endlich einen Durchbruch erlebt zu haben. Überall um mich herum waren Leinwände verteilt, einige angelehnt an die Wände, andere auf Staffeleien.

Farbflecken zierten den Boden, Spritzer hatten ihren Weg auf die Möbel gefunden und selbst die Fenster schienen nicht verschont geblieben zu sein.

»Babe, ich hatte einen Lauf. Siehst du das? Ich habe so unglaublich viel geschafft.« Er sprach viel zu hastig und hatte dabei ein manisches Glitzern in den Augen.

»Das ist ... das ist super. Wie kam es?« Er hatte in den letzten Monaten nicht ein einziges Bild verkauft, was sich irgendwann auch auf unsere Beziehung und die finanzielle Situation ausgewirkt hatte.

»Da war so ein anonymer Käufer aus den USA und er hat einfach drei meiner Bilder gekauft. Ist das nicht toll?«

»Das ist wundervoll.« Trotz des Chaos konnte ich nicht umhin, eine tiefe Bewunderung für Elias Mut zu empfinden. Er hatte sich seinen Dämonen gestellt, die Blockade, die ihn so lange gefangen gehalten hatte, durchbrochen.

Ohne ein Wort zu verlieren, kam er auf mich zu. Mit einer Bewegung, die sowohl Überraschung als auch tiefe Zuneigung ausdrückte, schlang er seine Arme um mich, hob mich mit einer Leichtigkeit hoch, die seine wiedergefundene Lebensfreude widerspiegelte, und begann, uns beide im Kreis zu drehen. »Das ist der Startschuss. Jetzt wird es richtig gut laufen. Ich spüre das.«

»Ich bin wirklich stolz auf dich.« Die Welt um uns herum verschwamm zu einem Wirbel aus Farben und Licht, während wir lachend und schwindelig von der plötzlichen Bewegung durch das Wohnzimmer wirbelten. Elias Gesicht strahlte vor Glück, ein reines, ungetrübtes Glück, das aus ihm herauszubrechen schien.

»Ich muss jetzt weitermachen. Wir haben doch ein Ziel. Die Selbständigkeit soll sich doch lohnen«, sagte er und ging zur Leinwand zurück.

»Klar, mach mal. Ich gehe ein bisschen lesen.« Tief in mir wusste ich, dass meine Entscheidung, seine Bilder anonym zu kaufen, mehr als nur eine Geste der Unterstützung gewesen war. Es war ein Versuch gewesen, ihm ein Stückchen Hoffnung zurückzugeben, ihn aus der Dunkelheit seiner Depression zu ziehen und ihm zu zeigen, dass seine Kunst geschätzt wurde, dass sie Bedeutung hatte. Und jetzt sah ich die Früchte dieser Entscheidung.

Nachdem ich mich von Elia verabschiedet hatte, machte ich mich auf den Weg zum Flur, wo mich der Anblick eines Stapels Briefe erwartete, der sich auf dem Tisch neben der Tür türmte. Mit einem tiefen Seufzer griff ich nach ihnen, ein Gefühl der Beklemmung bereits im Nacken.

Einen nach dem anderen öffnete ich die Umschläge, und mit jedem Brief, den ich durchsah, wuchs die Schwere in meinem Magen. Rechnungen, eine nach der anderen, entfalteten sich vor mir, jede mit Zahlen, die weit über das hinausgingen, was wir im Moment zu zahlen imstande waren. Strom, Wasser, Kreditrückzahlungen.

Das unwohle Gefühl, das mich beim Anblick der Rechnungen erfasste, war mehr als nur Besorgnis; es war eine tiefe Angst, die mich durchdrang. Ich wusste, dass wir am Rande standen, dass unser finanzielles Gleichgewicht so fragil war wie ein Kartenhaus, das beim geringsten Windhauch einzustürzen drohte.

Mit jedem weiteren geöffneten Brief verstärkte sich das Gefühl der Hilflosigkeit. Die Zahlen schienen zu tanzen, mich zu verspotten, während sie mir die harte Realität unserer Situation vor Augen führten.

Dieses unwohle Gefühl, das mich überkam, war eine Mischung aus Scham, Frustration und der quälenden Frage, wie es so weit kommen konnte.

Ich legte die Briefe beiseite und nahm mir einen Moment, um tief durchzuatmen, um die aufkommende Panik zu beruhigen. In meinem Kopf formte sich ein Mantra der Zuversicht: *Wir schaffen das irgendwie*.

Es war mir wichtig, dass Elia die Freiheit hatte, sich künstlerisch zu entfalten und seiner Leidenschaft nachzugehen.

Mit einer Mischung aus Liebe und Pflichtgefühl gegenüber Elia sagte ich mir, dass ich alles in meiner Macht Stehende tun würde, um sicherzustellen, dass er seinen Weg als Künstler weiterverfolgen konnte, ohne von den Sorgen des Alltags belastet zu werden. Die Entschlossenheit in mir wuchs mit jedem Gedanken daran, wie ich unsere Situation verbessern könnte – sei es durch die Suche nach zusätzlichen Einnahmequellen, das straffere Verwalten unseres Budgets oder das Aushandeln von Zahlungsplänen mit unseren Gläubigern.

In meinem Kopf begann ich, verschiedene Szenarien durchzuspielen, wie wir unsere Ausgaben reduzieren und vielleicht sogar einige unserer Schulden abbezahlen könnten. Ich dachte über mögliche Nebenjobs nach, über Verkäufe von Gegenständen, die wir nicht mehr brauchten, oder über andere kreative Lösungen, um unsere finanzielle Lage zu verbessern.

Als ich die Rechnungen noch einmal durchging, kam mir die seltsame Anfrage von gestern in den Sinn. Ein Mann hatte mir ein Angebot gemacht. Das kam auf der Plattform, auf der ich Videos zur Verfügung stellte, häufig vor. Doch er hatte mir ein Monatsgehalt geboten, wenn ich dafür in ein Glas pinkeln und es ihm schicken würde. Bei dem Gedanken daran lief mir ein Schauer über den Rücken – die Vorstellung, so etwas zu tun, war mir zutiefst unangenehm und widerstrebte jeder Faser meines Wesens. Es war eine Vorstellung, die ich als widerwärtig empfand, ein Eingriff in meine Privatsphäre und Würde, der mich innerlich aufbegehrte.

Doch in Anbetracht unserer finanziellen Situation begann ich, mit dem Gedanken zu ringen. Die Summe, die er bereit war zu zahlen, war nicht unerheblich; es war Geld, das wir dringend benötigten, um einen Teil unserer schier erdrückenden Schuldenlast abzutragen und vielleicht etwas Luft zum Atmen zu bekommen.

Die moralische Zwickmühle, in der ich mich befand, war quälend. Auf der einen Seite standen meine Prinzipien und mein Selbstrespekt, die mir zuriefen, dass ich so ein

Angebot niemals annehmen sollte. Auf der anderen Seite stand die nackte Realität unserer finanziellen Not, die mich dazu drängte, jede Möglichkeit in Betracht zu ziehen, um uns aus diesem Loch zu ziehen.

Es war eine Entscheidung, die weit mehr als nur finanzielle Konsequenzen hatte; es ging um meine Selbstachtung und darum, wie weit ich bereit war zu gehen, um uns aus unserer misslichen Lage zu befreien.

Meine Verzweiflung vertiefte sich, als meine Gedanken immer wieder zu *X* zurückkehrten, der mir Nachrichten geschrieben hatte. Ich hatte keine Ahnung, wer es gewesen war, aber diese Nachrichten ließen mich in einem Zustand der ständigen Angst und Unsicherheit verharren. Es war eine Art von Furcht, die weit über die Sorgen um unsere finanzielle Situation hinausging, eine Angst, die bis ins Mark ging.

Die Unsicherheit darüber, was X von mir wollte oder was seine Nachrichten bedeuteten, hüllte mich wie ein kalter Nebel ein. Jedes Mal, wenn mein Handy vibrierte, zuckte ich zusammen, gefangen in der Befürchtung, dass es eine weitere Nachricht von ihm sein könnte.

Es war, als stünde ich am Rande eines Abgrunds, nicht wissend, was mich in der Dunkelheit erwartete, aber zutiefst besorgt über die möglichen Konsequenzen. Diese Angst war nicht greifbar oder rational, sie war diffus und allgegenwärtig, eine ständige Erinnerung daran, dass es Dinge gab, die weitaus beängstigender waren als finanzielle Not. Inmitten des Strudels aus Angst und Verzweiflung, der mich umgab, kreisten meine Gedanken unablässig um die Suche nach einer Lösung, einem Ausweg aus der finanziellen Misere und der bedrohlichen Situation, die X darstellte. Doch jedes Mal, wenn ich versuchte, einen klaren Gedanken zu fassen, eine Idee zu entwickeln, die uns aus dieser Lage befreien könnte, stieß ich auf eine Mauer aus Unmöglichkeiten.

In meiner Verzweiflung erschienen mir die perversen Angebote, die ich erhalten hatte, als einzige, wenngleich abstoßende Möglichkeit, schnell an das dringend benötigte Geld zu kommen – nicht als Wunsch, sondern als Notwendigkeit, als letzten Ausweg in einer scheinbar ausweglosen Situation.

KAPITEL NEUN

X

Während ich gedankenverloren aus dem Fenster blickte, sah ich Leas Haus auf der anderen Straßenseite. Die Lichter gingen an. Lea, deren Leben von außen betrachtet so geordnet und friedlich wirkte, trug jedoch ihr eigenes Geheimnis mit sich.

Eines Abends, getrieben von der Neugier und vielleicht auch von der Suche nach einer Ablenkung von meinen eigenen Problemen, hatte ich beobachtet, wie sie sich heimlich in die Apotheke ihres Mannes geschlichen hatte. Mit zitternden Händen und hastigen Blicken über die Schulter, als fürchtete sie, jederzeit erwischt zu werden, hatte sie Tabletten aus einer der Schubladen genommen und in ihrer Tasche verschwinden lassen. Dieser Moment, festgehalten in einem Video, enthüllte eine Seite von ihr, die ich nie erwartet hätte.

Nun, da ich sie nach Hause kommen sah, kamen die Erinnerungen an jene Nacht zurück, und mit ihnen das Wissen um ihr Geheimnis.

Die Tatsache, dass Lea regelmäßig Tabletten aus der

Apotheke ihres Mannes entwendete, warf zahlreiche Fragen auf. War es Verzweiflung, die sie zu solchen Handlungen trieb, oder etwas Dunkleres, Unverstandenes? Und was sollte ich mit diesem Wissen anfangen? Sollte ich es für mich behalten, sie konfrontieren oder gar drohen, es ihrem Mann zu offenbaren?

Ich beobachtete sie, wie sie nichtsahnend ihr Haus betrat, fühlte mich zerrissen zwischen dem Impuls, das Richtige zu tun, und der Furcht vor den Konsequenzen, die eine Enthüllung mit sich bringen könnte. Mit dem Handy fest in der Hand, ließen mich der Anblick von Leas Haus und die Erinnerung an das, was ich aufgenommen hatte, einen dunklen Entschluss fassen. In mir wuchs der Gedanke, dieses Wissen zu nutzen, um ihr Angst zu machen. In meiner Lage erschien mir Lea als das schwächste Glied in der Kette, als jemand, den ich unter Druck setzen konnte, vielleicht sogar ohne die Absicht, jemals wirklich etwas zu offenbaren.

Mein Finger glitt über das Display, bis ich das belastende Video fand. Die Bilder auf dem Bildschirm waren ein stummes Zeugnis ihres Geheimnisses, eine Macht, die ich nun in meinen Händen hielt.

Ich begann, eine Nachricht zu tippen, vage genug, um meine Absichten zu verschleiern, aber deutlich genug, um ihr klarzumachen, dass ich etwas wusste, das ihr Leben aus den Angeln heben könnte.

Das Senden der Nachricht war ein Moment der Beklemmung, ein Punkt ohne Rückkehr. Ich stellte mir vor, wie Lea ihr Handy in die Hand nahm, die Nachricht las und eine Welle der Angst und Unsicherheit durch sie hindurchfuhr.

ICH, 19:41 UHR

So eine Tavor-Abhängigkeit kann üble Folgen haben, das weißt du doch. Oder, Lea?

LEA, 19:44 UHR

Wer ist da?

ICH, 19:45 UHR

Dein Schatten, Pupetta.

LEA, 19:45 UHR

Ich kenne Sie nicht.

ICH, 19:46 UHR

Aber ich kenne dich.

ICH, 19:47 UHR

Ich kenne jeden Zentimeter von dir.

ICH, 19:48 UHR

Ich weiß, wie du dich bewegst, wie du weinst, wie du stöhnst und wie du wimmerst.

Dieser Kontakt hat dich blockiert

ICH, 19:49 UHR

Anfängerfehler, Fioricini. Du wirst mich auf diese Art nicht los.

LEA, 19:52 UHR

Was willst du von mir?

ICH, 19:53 UHR

Eine ganze Menge, aber das meiste davon nehme ich mir einfach.

ICH, 19:53 UHR

Erinnerst du dich nicht an mich?

ICH, 19:54 UHR

Lea, ignoriere mich nicht.

LEA, 19:55 UHR

Du redest wirres Zeug.

ICH, 19:56 UHR

Ich weiß, dass du deinen Mann beklaust.

ICH, 19:57 UHR

Du bist abhängig.

ICH, 19:58 UHR

Du schluckst Tavor in Mengen, die einen Elefanten betäuben würden.

ICH, 19:58 UHR

Und wenn das nicht reicht, dann helfen ein paar Schmerzmittel nach.

ICH, 19:59 UHR

Nicht wahr?

LEA, 20:02 UHR

Was willst du von mir?

ICH, 20:03 UHR

Das werde ich dir bald mitteilen.

ICH, 20:04 UHR

Pass auf dich auf, Pupetta.

KAPITEL ZEHN

BELLA

Cara saß entspannt auf meinem Sofa, als wäre es ihr eigenes. Ihre Beine waren lässig übereinandergeschlagen, während sie in einer Zeitschrift blätterte, die sie vom Couchtisch aufgenommen hatte. »Meinst du, er verlässt Lucia irgendwann?«

Aus einem Automatismus heraus nickte ich. »Irgendwann bestimmt.«

»Willst du für immer auf ihn warten?«

Ich schlüpfte von einem Paar Schuhe ins nächste, präsentierte sie Cara und suchte nach ihrer Zustimmung oder einem ihrer Kommentare. »Ich liebe ihn. Er hat so viel für mich aufgegeben, dass ich einfach an ihn glauben will.«

»Was meinst du damit?«

»Er hat seine Lehrtätigkeit aufgegeben, damit es keine Probleme gibt. Ich war doch seine Studentin.« Jedes Paar Schuhe erzählte eine eigene Geschichte, von eleganten Pumps, die ich mir für besondere Anlässe vorstellte, bis hin zu lässigen Sneakers für den Alltag. Cara gab ihre Meinung mit einer Mischung aus ehrlichem Rat und humorvollen

Bemerkungen ab, die mich immer wieder zum Lachen brachten. Diese Ungezwungenheit, mit der wir unsere Meinungen und Vorlieben teilten, machte solche Momente besonders und bekräftigte die tiefe Verbundenheit, die wir zueinander hatten.

»Stimmt, daran habe ich gar nicht mehr gedacht«, meinte sie und warf die Zeitung zurück auf den Tisch.

Obwohl Mauro seine Frau nicht verlassen hatte, war er stets eine Quelle der Fürsorge und Unterstützung für mich. »Jetzt hat er diesen Job in dem Verlag angenommen, aber eigentlich hasst er es. Mauro ist dazu bestimmt, Wissen weiterzugeben.«

»Ich weiß, dass das ziemlich persönlich ist, aber schläft er dann mit euch beiden? Also mit dir und Lucia?«

Angewidert verzog ich das Gesicht. »Die beiden haben seit Jahren keinen Sex mehr. Sie haben sogar getrennte Schlafzimmer. Eigentlich reden sie nur, wenn es um die Kinder geht.« Und es war temporär. Sobald die drei aus dem Gröbsten raus wären, würde er Lucia verlassen, das hatte er mir versprochen.

Er hatte eine feine Art, auf meine Bedürfnisse einzugehen, oft ohne dass ich sie aussprechen musste. Ob es darum ging, mir bei praktischen Angelegenheiten zu helfen oder einfach nur da zu sein, wenn ich jemanden zum Reden brauchte, Mauro war stets aufmerksam und einfühlsam. »Später kommt er noch vorbei.«

Als es an der Tür klingelte, legte ich die Schuhe zur Seite und machte mich auf den Weg zur Eingangstür, neugierig, wer mich zu diesem Zeitpunkt unterbrechen könnte. Ich öffnete die Tür und wurde von der Anwesenheit eines Paketboten begrüßt, der nicht nur mehrere Pakete in den Händen hielt, sondern auch einen prächtigen

Strauß Blumen. Das leuchtende Farbspiel der Blüten hob sich gegen die eintönigen Pakete ab.

»Signora Muratori?«

Ich nickte.

»Ich habe ein paar Lieferungen für Sie.« Der Bote überreichte mir die Päckchen mit einem freundlichen Nicken und ich nahm sie ihm ab. »Da hat sie wohl jemand ziemlich gerne.«

»Sieht ganz so aus.« Mit den Paketen und dem Blumenstrauß vorsichtig balancierend, schloss ich die Tür mit meinem Fuß und drehte mich um, um ins Wohnzimmer zurückzukehren.

Cara blickte neugierig auf, als sie mich sah. »Ist das von ihm?«

»Mir schenkt niemand sonst etwas.« Mit einem Gefühl der Erwartung begann ich, die Pakete vorsichtig zu öffnen. Zuerst kam eine Chanel-Tasche zum Vorschein, ihr klassisches Design und die Verarbeitung ein Zeugnis von Luxus und Stil. Ich konnte nicht anders, als die Tasche mit einem Gefühl der Bewunderung und ein wenig Ehrfurcht zu betrachten.

Dann folgten Kleidungsstücke, sorgfältig gefaltet und von einer Qualität, die sofort ins Auge sprang. Jedes Stück schien sorgsam ausgewählt, um zu meinem Stil zu passen. Dazu kamen noch Dessous.

»Und das merkt Lucia nicht, wenn er all das kauft?«, fragte Cara und stellte sich neben mich.

»Er hat mehrere Kreditkarten und Konten. Eins für mich und die anderen für seine Familie.« Als ich weiter auspackte, entdeckte ich zu meiner Überraschung und Freude auch einen Kuchen sowie eine Auswahl an Pralinen, deren Duft bereits durch die Verpackung drang.

»Fuck ... Du hast echt das große Los gezogen.«

Neugierig auf die Karte, die zwischen den Blumen steckte, griff sie danach. Mit einem schelmischen Grinsen zog sie sie heraus und las die Worte. »Ich sehe dich, Pupetta«, las sie vor. Ihr Grinsen wurde breiter, als sie die liebevollen Worte überflog. »Das ist eine seltsame Art von Dirty Talk.«

»Pupetta? So hat er mich noch nie genannt.« Als ich die Zeilen ebenfalls betrachtete, legte sich eine Stirnrunzel über mein Gesicht. Die Worte, die dort standen, schienen irgendwie fehl am Platz, nicht ganz passend zu dem Mauro, den ich kannte. »Vielleicht ist es eine der vorgefertigten Nachrichten, die Floristen auf die Karten schreiben.«

Mein Handy vibrierte und riss mich aus den Gedanken. Es war Mauro. »Er kommt gleich rüber«, verkündete ich mit ruhiger Stimme.

»Alles klar. Hab den Wink verstanden.« Sie verabschiedete sich von mir und ich drückte ihr einen Kuss auf die Wange. »Wir sehen uns. Genieß den Abend.« Dann ging sie.

Allein gelassen mit den Geschenken und der rätselhaften Karte, betrachtete ich sie erneut. Ich drehte sie in meinen Händen, las die Worte wieder und wieder, versuchte den Sinn zu entschlüsseln, der sich mir nicht ganz erschließen wollte.

Die Verwirrung wuchs in mir, je länger ich über die Karte nachdachte. Warum klang das nicht nach Mauro? Könnte es ein Scherz sein oder steckte mehr dahinter? Diese Fragen wirbelten in meinem Kopf.

Während ich noch darüber grübelte, hörte ich das vertraute Geräusch des Schlüssels, der im Schloss umgedreht wurde. Die Tür öffnete sich und Mauro trat ein. »Oh, meine kleine Aufmerksamkeit ist also angekommen.«

»Klein? Du bist verrückt.« Ohne zu zögern, ging ich auf ihn zu und umarmte ihn. Diese Umarmung war mehr als nur ein Dank für die materiellen Geschenke; sie war eine

Anerkennung seiner Art, Liebe zu zeigen, seiner einzigartigen Weise, Zuneigung durch großzügige Gesten und bedachte Überraschungen auszudrücken. Es hatte Vorteile, die Affäre zu sein, auch wenn die meisten Frauen es bestreiten würden. Ich bekam immer die gute Seite von ihm – die Geschenke, die ungeteilte Aufmerksamkeit, die Liebe. Niemals musste ich mich mit seinen Launen, der Wäsche oder dem alltäglichen Ärger herumschlagen. Ich bekam immer nur das Gute.

Er küsste meine Stirn. »Die Blumen sind schön. Von wem sind die?«

»Sehr witzig.«

»Ich meine das ernst. Wer schenkt dir Blumen?« Seine Miene änderte sich schlagartig, als er die Karte nahm. Seine zuvor warmen und liebevollen Züge wurden ernst und ich beobachtete, wie sich seine Stirn in Falten legte, als er die Worte auf der Karte überflog. »Und wer nennt dich Pupetta?«

Irritiert zog ich die Augenbrauen zusammen. »Die sind von dir. Der Bote hat sie mit all den anderen Dingen gebracht.«

Seine Hände hielten die Karte fester, als ob er durch die bloße Kraft seines Griffs Antworten aus den Worten pressen könnte, die ihn so zu verärgern schienen. »Habe ich dich jemals Blümchen genannt?«

»Nein.«

»Warum sollte ich jetzt damit beginnen?«

Ich stand da, unschlüssig und verwirrt.

»Du hast wohl irgendwem schöne Augen gemacht.«

Sofort machte ich eine wegwerfende Handbewegung. »Das ist absurd.«

Er reagierte nicht sofort, sein Blick immer noch auf die Karte geheftet, als würde er versuchen, hinter die Worte zu blicken, die dort geschrieben standen. »Wer ist der Kerl?«

»Mauro, das ist wahrscheinlich ein Fehler des Floristen. Die sind bestimmt gar nicht für mich.«

Seine Augen funkelten nun finster, durchdrungen von einer Emotion, die ich nicht sofort einordnen konnte. Es war ein schwerer, beunruhigender Blick, der eine Mischung aus Verwirrung, Ärger und vielleicht sogar Verletzung widerspiegelte.

»Wirklich. Es gibt keinen anderen Mann.« Trotz der Kälte, die von ihm ausging, überwand ich meinen anfänglichen Schock und trat vorsichtig auf ihn zu. Ich streckte meine Hand aus. »Wenn, würde ich es dir sagen, obwohl du keinen Grund hättest, sauer auf mich zu sein, immerhin gehst du jeden Abend zu deiner Frau zurück.«

»Das sind so viele Wahrscheinlichkeitsformen in diesem Satz.«

Mit einem Nicken stimmte ich zu. »Es sind auch viele Wahrscheinlichkeitsformen in meinem Leben.« Aber ich nahm sie in Kauf – für ihn.

Ich konnte sehen, wie seine Kiefermuskeln sich anspannten. »Ich bin ein eifersüchtiger Mann, das wusstest du immer.«

»Und ich bin eine loyale Frau. Das solltest du in den letzten vier Jahren gemerkt haben. Nicht wahr?« In meinem Versuch, ihn zu besänftigen, legte ich meine Hand sanft auf seinen Arm.

»Du gehörst mir. Vergiss das nicht.«

»Niemals.«

Mit einer plötzlichen Bewegung griff er nach meinem Nacken und zog mich an sich heran. Seine Hand vermittelte eine Stärke, die mir augenblicklich ein Gefühl von Geborgenheit gab. »Ich meine es ernst. Du wolltest einen

Mann, der weiß, was er will. Ich will dich und ich teile dich nicht. Niemals.«

Mauros besitzergreifende Art, die manche vielleicht als zu forsch empfinden könnten, war für mich ein Anker in der Sturmflut der Unsicherheit und Angst, die mich zuvor erfasst hatte. Seine Nähe, die feste Art, wie er mich hielt, ließ alle Zweifel und Ängste für einen Moment verblassen. »Gut, denn ich möchte nicht geteilt werden. Ich will dich.« Ich schloss meine Augen und lehnte den Kopf gegen seinen Griff. »Nur dich«, flüsterte ich.

Es war, als ob Mauro, ohne ein Wort zu sagen, versicherte, dass er da war, fest an meiner Seite, bereit, mich vor allem zu schützen, was da draußen lauern mochte.

KAPITEL ELF

CARA

X, 12:30 UHR

War ich undeutlich, als ich dir gesagt habe, was du tun sollst?

ICH, 12:35 UHR

Bella ist meine beste Freundin. Ich werde nichts tun, was sie verletzt.

X, 12:36 UHR

Wenn du es nicht tust, dann kümmere ich mich darum, dass es dir wehtun wird.

ICH, 12:37 UHR

Wer zur Hölle bist du?

ICH, 12:37 UHR

Warum tust du das?

X, 12:38 UHR

Ich sorge für Gerechtigkeit.

X, 12:39 UHR

Du hast schlimme, schlimme Dinge getan, Pupetta.

X, 12:40 UHR

Mach es wieder gut.

ICH, 12:41 UHR

Lucia reißt Bella den Kopf ab, wenn sie von der Affäre erfährt.

X, 12:42 UHR

Besser sie leidet, als dass du leidest, oder?

X, 12:43 UHR

Es liegt in der menschlichen Natur, Opfer zu bringen.

X hat ein Video gesendet

X, 12:45 UHR

Ein Klick, Cara. Dann weiß es jeder.

X, 12:48 UHR

Ich brauche deine Antwort.

X, 12:50 UHR

3 …

X, 12:51 UHR

2 …

X, 12:52 UHR

1 …

ICH, 12:54 UHR

Ich mache es.

ICH, 12:54 UHR

Fuck … Ich mache es ja.

ICH, 12:55 UHR

Aber zeig die Videos nicht.

X, 12:56 UHR

Ich halte mein Wort immer.

X, 12:57 UHR

Du hast zwei Stunden.

X, 12:58 UHR

Tick … Tack …

Der Gedanke, die Aufgabe des anonymen Nachrichtenschreibers zu erfüllen und Bellas Affäre zu verraten, lastete schwer auf meinem Gewissen. Jedes Mal, wenn ich darüber nachdachte, fühlte ich, wie sich mein Magen vor Abscheu zusammenzog. Die Vorstellung, in das Leben anderer einzugreifen und möglicherweise unermesslichen Schaden anzurichten, nur um meinen eigenen Umständen zu entkommen, ließ mich zutiefst erschaudern. Es war, als ob ich einen Teil von mir selbst verraten würde, einen Teil, der an das Gute im Menschen glaubte und der sich weigerte, Schmerz und Leid zu verbreiten.

Die Frage, ob ich damit wirklich so viel Schaden anrichten würde, kreiste unaufhörlich in meinem Kopf. Auf der einen Seite stand die Möglichkeit, mit dieser Handlung meine eigenen Probleme zu lösen, auf der anderen die unabsehbaren Konsequenzen, die ein solches Vorgehen für Bella und alle Beteiligten haben könnte. Die Affäre zu verraten, könnte eine Kette von Ereignissen in Gang setzen, die weit über meinen Einflussbereich hinausgingen, mit dem Potenzial, Leben zu zerstören und Beziehungen unwiderruflich zu beschädigen.

Trotz der Verzweiflung und der Not, die mich in diese Überlegungen getrieben hatten, spürte ich eine tiefe Abneigung gegen den Gedanken, diesen Weg zu gehen.

Der innere Konflikt zerriss mich, ließ mich zwischen der Hoffnung auf eine Lösung und der Abscheu vor dem, was ich zu tun erwog, hin und her schwanken.

Mit einer schweren Last auf dem Herzen und dem festen Entschluss, mein Geheimnis um jeden Preis zu schützen, nahm ich die gekauften Kekse und arrangierte sie sorgfältig auf einem Teller. Der Gang zu Lucias Haus war mehr als nur ein einfacher Spaziergang; es war ein Schritt in eine Richtung, die ich nie für möglich gehalten hätte, eine Entscheidung, die mich weit von dem Menschen entfernte, der ich einmal war.

Der Weg zu ihrem Haus fühlte sich länger an als gewöhnlich, jeder Schritt schwer von den Gedanken und der inneren Zerrissenheit, die mich begleiteten. Ich konnte Elia nicht in meine düsteren Überlegungen einweihen, durfte ihm nicht offenbaren, zu welchen Taten ich bereit war, um ihn und seinen Traum zu schützen. Die Vorstellung, dass er jemals erfahren könnte, was ich tat, war unerträglich. Ich wollte, dass er weiterhin daran glaubte, dass ich in Leas Buchladen arbeitete, dass uns das über Wasser hielt. Sein Bild von mir, unsere Beziehung, alles könnte zerstört werden durch die Enthüllung der Wahrheit.

Als ich vor Lucias Haustür stand, zögerte ich einen Moment. Die Tatsache, dass ich bereit war, es zu tun, ließ mich erneut an mir selbst zweifeln. Doch die Verzweiflung und der unbedingte Wille, Elia zu schützen, trieben mich voran. Ich musste unser Geheimnis wahren, um jeden Preis, selbst wenn das bedeutete, meine eigenen moralischen Grundsätze zu verraten.

Mit dem Teller in den Händen klingelte ich an Lucias Tür, mein Herz klopfte heftig vor Nervosität und Angst. Dieser Besuch war mehr als nur eine freundliche Geste; er war Teil eines Plans, den ich widerwillig geschmiedet hatte, getrieben von der Notwendigkeit, die fragile Welt, die Elia und ich uns aufgebaut hatten, zu schützen.

Die Sekunden, bis sie die Tür öffnete, schienen wie Stunden, jede von ihnen gefüllt mit der wachsenden Panik über das, was ich im Begriff war, zu tun.

»Hey, ich dachte, wir trinken mal zusammen einen Kaffee«, sagte ich und zwang mich zu so etwas wie einem Lächeln. »Ich habe auch Kekse dabei.«

Lucias Blick traf mich, leicht irritiert über den unerwarteten Besuch, doch ihre Höflichkeit siegte. »Das ist eine nette Überraschung. Komm rein.«

Ich betrat ihr Haus, den Teller mit Keksen wie ein Schutzschild vor mir haltend, und folgte ihr ins Wohnzimmer, wo ich mich auf einen der gepolsterten Stühle setzte. Die familiäre Wärme ihres Zuhauses kontrastierte scharf mit dem kalten Knoten der Angst in meinem Magen. Ich versuchte, die aufkommende Panik zu unterdrücken, die Tatsache zu ignorieren, dass ich auf der Schwelle zu einer Handlung stand, die alles verändern könnte. »Nimm dir einen.«

»Sind da Nüsse drin? Ich bin nämlich allergisch.«

Abwägend legte ich den Kopf schräg. »Oh, ich habe keine Ahnung. Die sind gekauft. Iss sie vielleicht lieber nicht.«

»Besser ist es. Eine Nuss reicht aus und bei mir gehen alle Lichter aus.« Lucia setzte sich mir gegenüber hin, ihre Augenbrauen leicht hochgezogen. Ich konnte spüren, wie meine Hände leicht zitterten, während ich krampfhaft versuchte, eine Fassade der Normalität aufrechtzuerhalten. Die Worte, die ich geplant hatte, schienen in meinem Hals stecken zu bleiben. »Was kann ich für dich tun? Du siehst bedrückt aus?«

Ich wand mich auf dem Stuhl hin und her, kämpfte mit einem inneren Sturm aus Schuld und Selbstverachtung. »Diese Gerüchte ... Sind die wahr?«

»Um Mauros Affäre? Die sind frei erfunden.«

Jedes Szenario, das ich mir ausgemalt hatte, in dem ich sanft und indirekt auf die Affäre hinwies, schien plötzlich schäbig und feige. Ich hasste mich dafür, dass ich überhaupt erwog, solche Informationen als Waffe zu verwenden, um mein eigenes Geheimnis zu schützen – die verwerflichen Dinge, zu denen ich mich aus Verzweiflung um Geld hatte hinreißen lassen. »Bist du dir da wirklich sicher?«

»Was soll das? Warum bist du hier?«

»Ich habe gesehen, wie er neulich zu einer Nachbarin gegangen ist. Er war dort ziemlich lange.« Das Gewicht dieser Entscheidung drückte schwer auf mir und ich spürte, wie mein Herzschlag in meiner Brust hämmerte, ein wildes Pochen, das meine Angst und meine Zerrissenheit widerspiegelte. Die Vorstellung, dass meine Taten ans Licht kommen könnten, dass Elia oder jemand anderes erfahren könnte, zu welchen Tiefpunkten ich gesunken war, um uns über Wasser zu halten, ließ mich vor Angst erstarren.

»Zu wem?«

Der Konflikt in mir war lähmend und ich verabscheute mich dafür, dass ich mich überhaupt in eine Lage gebracht hatte, in der ich solche Gedanken hegte. »Zu Bella«, gab ich leise zu.

»Er hat ein Regal für sie aufgebaut. Du weißt doch, dass er einfach nicht Nein sagen kann.« Sie versuchte, über die

Sache hinwegzulächeln, doch es war nicht ansatzweise so überzeugend wie sonst.

»Bella und ich sind wirklich gute Freunde. Du weißt hoffentlich, was es bedeutet, dass ich hier bin und dir diese Dinge sage.« Ich kämpfte mit dem Gefühl, zwischen zwei Feuern zu stehen: Auf der einen Seite der Wunsch, meine Integrität zu bewahren und Bella nicht zu schaden, und auf der anderen die schier verzweifelte Angst vor den Konsequenzen meiner eigenen Taten, die drohten, ans Licht zu kommen. Es war, als ob ich in einem Netz aus Lügen und Geheimnissen gefangen war, aus dem es keinen Ausweg zu geben schien, ohne Schaden anzurichten. »Sie haben eine Affäre. Bella hat es mir selbst gesagt.«

Mit jeder Sekunde wurde Lucia bleicher. Etwas in ihr brach, auch wenn sie es um jeden Preis verstecken wollte. »Vielleicht esse ich doch den Keks und hoffe auf Nüsse.«

Mit jedem Gedanken, der mir durch den Kopf ging, spürte ich, wie die Last meiner Situation mich weiter in den Abgrund zog. »Vielleicht täusche ich mich ja auch.«

»Vielleicht? Tust du es oder nicht?«

Was würde der anonyme Nachrichtenschreiber tun, wenn ich zunächst seiner Aufforderung nachkäme, Bellas Affäre zu verraten, aber dann einen Rückzieher machte? Die Ungewissheit über die möglichen Reaktionen und Folgen ließ mich zögern. Diese Überlegung ließ mich noch tiefer in den Strudel der Angst und des Zweifels sinken. Die Vorstellung, mich auf ein gefährliches Spiel mit dem Unbekannten einzulassen, machte mir Angst. Die Möglichkeit, dass meine Handlungen unvorhersehbare und möglicherweise noch schlimmere Konsequenzen nach sich ziehen könnten, ließ mich erstarren. Es war, als stünde ich am Rand eines Abgrunds, unfähig, einen Schritt nach vorn oder zurück zu tun. »Ich denke nicht. Die beiden haben eine Affäre.«

»Warum sagst du mir das?«

»Weil ich Lügen hasse. Wir sollten alle viel ehrlicher zueinander sein.« Ich hatte Bella für ihre Affäre nie verurteilt; ihr Leben und ihre Entscheidungen waren ihre Sache, und es stand mir nicht zu, darüber zu richten oder gar zu entscheiden, ob diese Informationen ans Licht kommen sollten.

Zunächst war es nur ein Zittern ihrer Lippen, ein kaum merkliches Anzeichen von Kummer. Doch dann, fast unerwartet, begannen Tränen ihre Wangen herabzurinnen, anfangs langsam, dann immer schneller, als könnten sie die angestaute Last ihres Herzens nicht länger halten. »Es ist nett, dass du es mir gesagt hast ... vor allem ... vor allem, weil ich sie gerade neulich noch auf der Grillparty hier hatte.« Ihr Weinen wurde schnell heftiger, begleitet von einem tiefen, herzzerreißenden Schluchzen, das den Raum erfüllte. »Da war sie schon irgendwie seltsam zu mir gewesen.«

»Es tut mir sehr leid, Lucia.« Ich löste so viel Schmerz aus, aber ich wusste, dass es nichts im Vergleich zu den Wunden war, die Bella in mir auslösen würde.

»Ich werde schon einen Weg finden. Erstmal muss ich in Ruhe darüber nachdenken.«

Ich saß da, unsicher, wie ich reagieren oder ihr Trost spenden sollte. »Du willst ihn nicht konfrontieren?«

»Damit er mich noch mehr anlügt? Nein, ich gebe dem Scheißkerl keine Option mehr, zu lügen.« Inmitten ihrer Tränen versuchte sie, Worte zu formen, doch was herauskam, waren nur abgehackte Sätze und unzusammenhängende Floskeln, Zeichen ihrer tiefen Verzweiflung und Verwirrung.

»Ich lasse dich jetzt besser allein.« Während Lucias Weinen den Raum erfüllte, stand ich langsam auf, jede Bewegung schwer von dem Gewicht der Situation, die sich vor mir entfaltete. Die Erkenntnis, dass ich, wenn auch indirekt, zu Bellas Unglück beigetragen hatte, ließ eine tiefe Traurigkeit in mir aufkeimen. Mein Herz fühlte sich schwer an, belastet von Schuld und Bedauern über die Rolle, die ich gespielt hatte, indem ich das Geheimnis ihrer Affäre enthüllt hatte.

Mit schweren Schritten bewegte ich mich durch Lucias Haus, das nun von ihrer Verzweiflung durchdrungen war. Jeder Schritt weg von ihr, weg von dem Schmerz, den ich verursacht hatte, fühlte sich an wie ein Verrat. Das Wissen um das Leid, das ich verursacht hatte, war eine stille Last, die mich nach draußen drängte, weg von der unmittelbaren Konfrontation mit den Konsequenzen meiner Handlungen.

Als ich die Tür hinter mir schloss, war es, als würde ich einen Teil meines Herzens zurücklassen, zerrissen von dem Schmerz, den ich verursacht hatte. Die frische Luft draußen bot keine Erleichterung; sie fühlte sich kalt an.

Der Weg von Lucias Haus weg war ein Gang voller Selbstvorwürfe und Nachdenken. Ich fragte mich, wie ich jemals in diese Lage hatte kommen können, in der ich bereit war, das Leben einer Freundin so tiefgreifend zu beeinflussen. Mit jedem Schritt wuchs das Gewicht der Schuld in mir. Es brach mir das Herz, zu wissen, dass ich, in meinem verzweifelten Versuch, mich selbst zu retten, eine Freundin in eine so prekäre Lage gebracht hatte.

KAPITEL ZWÖLF

X

ICH, 16:01 UHR

Pupetta, du hast es wieder getan.

ICH, 16:01 UHR

Ich habe es genau gesehen.

LEA, 16:03 UHR

Ich weiß nicht, wovon du redest.

ICH, 16:04 UHR

Die Tabletten.

ICH, 16:04 UHR

Du hast sie aus Kenos Apotheke geklaut, als er auf dem Kongress war.

ICH, 16:05 UHR

Kommt dir wohl gelegen, dass er sich in der Forschung engagiert, hm?

LEA, 16:05 UHR

Was willst du von mir?

ICH, 16:06 UHR

Es ist sehr nett, dass du fragst.

ICH, 16:06 UHR

Ich habe dir ja letztes Mal gesagt, dass ich mich melde, wenn ich weiß, was du für mich tun kannst.

ICH, 16:07 UHR

Und jetzt weiß ich es.

ICH, 16:07 UHR

Du solltest mich zum Schweigen bringen, bevor ich rede, Lea.

LEA, 16:08 UHR

Wie?

ICH, 16:09 UHR

Weißt du, was deine Freundin Cara beruflich macht?

LEA, 16:09 UHR

Sie ist Fotografin.

ICH, 16:10 UHR

Das ist die offizielle Version.

Du hast ein Video gesendet

LEA, 16:14 UHR

Was ist das?

ICH, 16:15 UHR

Das ist deine Freundin Cara bei der Arbeit.

LEA, 16:16 UHR

Das ist eine Fälschung.

ICH, 16:17 UHR

Schau dir den Account an.

ICH, 16:18 UHR

Es ist alles echt.

ICH, 16:19 UHR

Du siehst eine Menge von ihr.

ICH, 16:20 UHR

Das habe ich auch getan.

LEA, 16:21 UHR

Was hat das mit mir zu tun?

ICH, 16:21 UHR

Du wirst es öffentlich machen.

ICH, 16:22 UHR

Du wirst jedem zeigen, was sie für ein Mensch ist.

LEA, 16:23 UHR

Niemals.

Du hast ein Video gesendet

ICH, 16:24 UHR

Entweder du sagst der Welt, was sie für ein Mensch ist, oder ich zeige ihnen, wer du bist.

ICH, 16:25 UHR

Willst du, dass jeder erfährt, dass der Apotheker mit einem Junkie verheiratet ist? Das zerstört alles, was er sich aufgebaut hat.

ICH, 16:26 UHR

Du hast zwei Stunden, Lea.

ICH, 16:27 UHR

Wenn du es nicht tust, weiß jeder, was du tust.

LEA, 16:28 UHR

Ich verstehe nicht, was du davon hast.

ICH, 16:29 UHR

Du sollst nicht verstehen, sondern es verbreiten.

ICH, 16:30 UHR

Zeig es der Welt auf Social Media.

ICH, 16:31 UHR

Die Zeit läuft.

KAPITEL DREIZEHN

LEA

Die Vorstellung, dass Cara heimlich Sexfilmchen drehte, war schockierend und erschütternd zugleich. Diese neue Facette ihres Lebens war so weit entfernt von dem Bild, das ich von ihr hatte, dass es mich zutiefst infrage stellte, wie gut ich sie wirklich kannte.

Ich fragte mich, ob Bella von ihrem geheimem Doppelleben wusste. War sie in dieses dunkle Geheimnis eingeweiht oder lebte sie, wie ich, in Unwissenheit über die verborgenen Aktivitäten unserer Freundin? Die Möglichkeit, dass sie nichts davon wusste, ließ mich über die Natur unserer Freundschaften und die Geheimnisse nachdenken, die wir voreinander verbargen.

Je mehr ich darüber nachdachte, desto mehr fühlte ich mich entfremdet von der Person, die ich zu kennen glaubte. Cara trug ein Geheimnis mit sich, das eine dunkle Schattenseite ihres Lebens offenbarte, eine Seite, die sie sorgfältig vor uns allen verborgen hielt. Dieses Wissen ließ mich zweifeln und hinterfragte die Authentizität der Bindungen, die ich innerhalb meines Freundeskreises als gegeben betrachtet hatte.

In meinem Kopf drehten sich die Gedanken im Kreis, während ich versuchte, die Motive des anonymen Nachrichtenschreibers zu ergründen. Warum gerade ich? Warum wurde ich zum Ziel seiner Erpressung? Diese Fragen hallten in meinem Kopf wider, begleitet von der wachsenden Panik, dass mein sorgfältig aufgebautes Leben jeden Moment entgleisen könnte. Die Angst, dass meine dunkelsten Geheimnisse enthüllt werden könnten, ließ mir den Atem stocken und einen kalten Schauer über meinen Rücken laufen.

Die Vorstellung, Cara zu verraten, um mich selbst zu schützen, war zutiefst beunruhigend. Sie war eine Freundin, jemand, mit dem ich gelacht, geteilt und dem ich vertraut hatte. Der Gedanke, ihr Vertrauen zu brechen, um meine eigene Haut zu retten, ließ mich innerlich erzittern. Doch die drohende Gefahr, die der anonyme Nachrichtenschreiber über mir schweben ließ, zwang mich, alle möglichen Optionen zu erwägen, so verzweifelt und moralisch fragwürdig sie auch sein mochten. Die Optionen, die vor mir lagen, waren düster: Cara verraten und mit der Schuld leben müssen, die Freundschaft und das Vertrauen, das zwischen uns bestand, unwiderruflich zu zerstören; oder mich der Gnade des anonymen Erpressers zu ergeben und zuzusehen, wie mein Leben durch die Enthüllung meiner Geheimnisse auseinandergerissen wurde.

In diesem Strudel aus Angst, moralischen Bedenken und der verzweifelten Suche nach einer Lösung fühlte ich mich wie in einem dunklen Labyrinth gefangen. Die Panik über das mögliche Entgleisen meines Lebens und die Schwierigkeit, eine Freundin zu verraten, um mich zu retten, wogen schwer auf mir und ließen mich zweifeln, ob es überhaupt einen Weg gab, der mich unbeschadet aus dieser verzwickten Lage führen konnte.

Mit zittrigen Händen ging ich zum Schrank, wo ich eine Handvoll Tabletten herausnahm, in der Hoffnung, dass sie mir helfen könnten, die überwältigende Panik zu lindern, die mich umklammerte. Jede Pille schien wie ein schwacher Versuch, die Angst zu betäuben, die in mir hochkochte, eine Angst, die durch die unerträgliche Entscheidung, die vor mir lag, genährt wurde.

Ich schluckte sie ohne Wasser, fühlte mich hin- und hergerissen zwischen der Loyalität zu meiner Freundschaft mit Cara und der verzweifelten Notwendigkeit, Keno und unser gemeinsames Leben zu schützen. Doch die Alternative – nichts zu tun und zuzusehen, wie Keno alles verlor, wegen Diebstählen, die er nie gemeldet hatte – war undenkbar.

In meinem Kopf wog ich die Optionen gegeneinander ab, ein schmerzhafter innerer Kampf, bei dem es schien, als gäbe es keinen richtigen Ausweg.

Jeder Atemzug fühlte sich schwer an, jede Entscheidung, die ich erwog, war mit Schuld und Angst behaftet.

Ich stand am Scheideweg, unfähig, einen klaren Weg zu sehen, der mich aus dieser verzweifelten Lage führen konnte, gefangen in einem Netz aus Angst, Loyalität und der schmerzhaften Notwendigkeit, eine Entscheidung zu treffen, die mein Leben und das der Menschen, die ich liebte, für immer verändern könnte.

Mit zitternden Händen und einem schweren Herzen saß ich vor meinem Computer, bereit, den Post auf Social Media vorzubereiten, der das Video enthalten würde, das der anonyme Nachrichtenschreiber mir geschickt hatte. Jeder Klick, jede Bewegung fühlte sich an wie ein Verrat –

nicht nur an Cara, sondern auch an meinen eigenen Werten und Überzeugungen.

Das Video lag wie ein dunkler Schatten auf meinem Desktop. Der Gedanke, es öffentlich zu machen und damit Cara unermesslichen Schmerz zuzufügen, ließ mich innerlich erzittern. Ich fühlte mich wie der schlechteste Mensch auf der Welt, gefangen in einem Netz aus Erpressung und Verzweiflung, gezwungen, gegen eine Freundin zu handeln, um mich selbst und meine Liebsten zu schützen.

Während ich den Text für den Post formulierte, suchte ich nach Worten, die irgendwie die Situation erklären oder zumindest meine eigenen Schuldgefühle lindern könnten. Doch jedes Wort, das ich tippte, schien hohl. Mit jedem Buchstaben, den ich in die Tastatur hämmerte, wuchs die Last auf meinen Schultern, ein Gewicht aus Scham, Schuld und tiefer Traurigkeit über den Verlust der Unschuld und der Freundschaft, die ich einst so sehr geschätzt hatte.

Der Moment, als ich den Mauszeiger über den Veröffentlichen-Button bewegte, war einer der dunkelsten in meinem Leben. Ich war hin- und hergerissen zwischen dem Wunsch, den Button zu drücken und diesem Albtraum ein Ende zu setzen, und der tiefen Sehnsucht, alles rückgängig machen zu können, zurück zu einem Punkt, an dem Freundschaft und Vertrauen noch intakt waren.

Mit einem tiefen, schmerzhaften Seufzer und Tränen, die mir in den Augen brannten, überwand ich die letzte Hürde meines Zögerns und klickte auf *Veröffentlichen*. Der Beitrag, der das Video enthielt, das Cara in ein so negatives Licht rückte, war nun für die gesamte Nachbarschaft sichtbar, denn sie folgten mir alle auf Social Media.

Kaum hatte ich den Beitrag veröffentlicht, fühlte ich, wie eine Welle der Übelkeit über mich kam. Das Bewusstsein für die unmittelbaren und weitreichenden Folgen meiner Handlung erdrückte mich. Ich wusste, dass das Video nicht nur Caras Leben umkrempeln, sondern auch das fragile Gefüge unserer Nachbarschaft erschüttern würde. Freundschaften könnten zerbrechen, Vertrauen würde verloren gehen und der Frieden, den wir einst genossen hatten, würde vielleicht nie wiederhergestellt werden.

Tränen begannen, unaufhaltsam über meine Wangen zu strömen, während ich das Ausmaß dessen begriff, was ich getan hatte. Ich weinte nicht nur wegen der Angst und der Unsicherheit, die mich zu dieser Tat getrieben hatten, sondern auch wegen des tiefen Schmerzes und der Scham, die mich durchdrangen. Ich hatte einen Punkt erreicht, an dem ich mich selbst nicht mehr erkennen konnte. Ich schämte mich für meine Schwäche, für meine Unfähigkeit, eine andere Lösung zu finden, und für den Verrat an einer Person, die ich als Freundin betrachtete.

Meinst du, ich kann dich zu allem bringen,
was mir vorschwebt, Pupetta?

KAPITEL VIERZEHN

BELLA

Nach einem kurzen Besuch beim Obsthändler am Ende der Straße, wo ich einige Früchte für den Tag ausgesucht hatte, machte ich mich auf den Weg zurück zu meinem Haus. Die Einkaufstasche schwang leicht in meiner Hand, während ich meine Gedanken ordnete und den kleinen Moment der Ruhe genoss, den der Spaziergang mir bot.

Als ich meinem Haus näherkam, erblickte ich Lucia, die in ihrem Vorgarten stand. Reflexartig hob ich meine Hand zu einem kurzen, höflichen Gruß, doch mein Schritt verlangsamte sich nicht. Ich wollte einfach weitergehen, in der Hoffnung, dass das Winken gereicht hatte und ich mich nicht auf ein Gespräch einlassen müsste. In ihrer Nähe zu sein, war für mich stets mit einem gewissen Unbehagen verbunden, einer Mischung aus Unsicherheit und der subtilen Spannung, die seit einiger Zeit zwischen uns herrschte.

»Bella, hast du kurz mal Zeit?«, rief sie mir nach.

Hastig schüttelte ich den Kopf und beschleunigte meine

Schritte, als wäre ich im Stress. »Es ist gerade ganz schlecht.«

Doch zu meiner Überraschung beließ Lucia es nicht dabei. Mit entschlossenen Schritten folgte sie mir, offensichtlich fest entschlossen, ein Gespräch zu suchen. »Es ist dringend.«

»Jetzt ist nicht der richtige Zeitpunkt, Lucia.« Als ich mich umdrehte, um ihr gegenüberzutreten, spürte ich sofort die Vertrautheit der Unbehaglichkeit, die mich in ihrer Gegenwart stets erfasste. Ihre Augen suchten die meinen und es war offensichtlich, dass sie mehr als nur belanglose Höflichkeiten im Sinn hatte.

»Wann ist denn der richtige Zeitpunkt, um zu klären, warum du meinen Mann fickst?«

Eine Welle der Kälte erfasste mich, als die Tragweite dessen, was ihre Worte bedeuteten, langsam in mein Bewusstsein sickerte. Die Luft schien dichter zu werden, jeder Atemzug schwerer, während ich mit der plötzlichen Offenbarung rang.

Trotz des instinktiven Drangs, zu fliehen oder die Wahrheit abzustreiten, zwang ich mich dazu, äußerlich ruhig zu bleiben. Doch meine Bemühungen waren nur mäßig erfolgreich.

»Wundert es dich, dass ich es weiß?«

»Du solltest das mit deinem Mann klären, nicht mit mir«, begann ich, unsicher, wie ich fortfahren sollte, wie ich durch dieses Minenfeld aus Verrat, Schmerz und enttäuschten Erwartungen navigieren konnte. Jedes Wort, das ich wählte, schien unzureichend.

»Also bestreitest du es nicht mal?«

»Das wäre nicht fair, oder?«

»Fair?« Scharf sog sie die Luft ein. »Wow, dass ausgerechnet du von Fairness sprichst, hätte ich nicht erwartet.

Du nimmst drei Kindern ihren Vater, ihr Zuhause und die heile Familie. Ist dir das eigentlich bewusst?«

Mein Versuch, ruhig zu bleiben, wurde durch die Intensität von Lucias Blick und die drückende Stille, die sich um uns legte, erschwert. Es war, als ob die Welt um uns herum zum Stillstand gekommen war. »Zu so etwas gehören immer mehrere Leute.«

»Vor allem gehört eine Schlampe dazu, die sich an einen verheirateten Mann ranmacht. Wie lange läuft das schon?«

»Rede mit deinem Mann, Lucia.« Die Situation zu meistern, ohne meine Fassung vollständig zu verlieren, war eine Herausforderung.

»Ich rede aber mit dir.« Ihre Worte waren klar und deutlich, getragen von einer Mischung aus Schmerz und Empörung, die in ihrer Lautstärke widerhallten. Ich warf einen nervösen Blick umher, besorgt darüber, dass unsere Nachbarn jedes Wort mitbekommen könnten, jedes bisschen schmutzige Wäsche, das wir hier in aller Öffentlichkeit wuschen.

Beschwichtigend hob ich die Hände. »Kannst du etwas leiser sprechen? Die Nachbarn sind alle im Garten.«

»Sollen sie etwa nicht hören, dass du meinen Mann verführt hast?« Sie sprach extra laut.

In einem Moment der Entschlossenheit packte ich Lucia am Arm und zog sie ein Stück zur Seite, immer weiter zu ihrem Haus, weg von neugierigen Ohren. »Okay, das ist eine lange Geschichte, die du mit ihm diskutieren solltest und nicht mit mir. Mauro wird dir alles erklären.«

Immer verächtlicher funkelte sie mich an. »Was bist du eigentlich für ein Mensch, dass du dennoch auf meine Geburtstagsfeier gehst? Du fickst meinen Mann und kommst auf meine Party.«

»Ich wollte höflich sein.«

»Dann hättest du meinen Mann nicht vögeln sollen.«

Ich spürte den Drang in mir aufsteigen, ihr eine klare Ansage zu machen, ihr die Grenzen aufzuzeigen und vielleicht sogar einen Teil meiner eigenen Frustration und Verletzlichkeit freizulassen. Doch ich hielt mich zurück, erinnert an Mauros Worte, dass Lucia in einer labilen emotionalen Verfassung sei.

Dieses Wissen, dass ihre psychische Stabilität möglicherweise auf dem Spiel stand, ließ mich innehalten und meine Worte sorgfältig wählen.

»Wie lange läuft das schon?« Schließlich verschränkte sie die Arme vor der Brust. »Antworte mir oder ich schwöre dir, dass ich der ganzen Straße erzähle, was du für eine Schlampe bist.«

»Etwas mehr als vier Jahre.« Mauro hatte mir anvertraut, dass er Lucia nicht verlassen könne, gerade wegen dieser Fragilität, und dieses Wissen lastete schwer auf mir in diesem Moment. Es war ein Balanceakt, meine eigene Position zu verteidigen, ohne Lucia weiteren emotionalen Schaden zuzufügen. Jedes Wort, das ich wählte, war durchdrungen von der Sorge, sie könnte in ihrer Verfassung nicht in der Lage sein, eine Auseinandersetzung zu bewältigen.

»Vier Jahre?« Langsam und fast wie in Zeitlupe sank sie gegen die Hauswand, als würden ihre Beine ihr nicht mehr die nötige Stütze bieten können. Ihr Körper zitterte leicht, und in ihren Augen spiegelte sich eine tiefe Traurigkeit, die mir durch Mark und Bein ging. »Da war unser jüngster Sohn noch ein Baby.«

Ich nickte. Das war eine Tatsache, die ich nur zu gut wusste.

»Wo habt ihr euch kennengelernt?«

»An der Universität. Mauro war mein Professor.«

»Ich fasse es nicht ...« Der Anblick ihres Leidens, wie sie

so verloren und gebrochen wirkte, traf mich tief im Inneren. Es war, als würde jede Faser meines Seins von dem Wunsch durchdrungen, ihr irgendwie zu helfen, ihr Leid zu lindern, obwohl ich wusste, dass die Worte, die ich aussprechen könnte, kaum ausreichen würden, um die Wunden zu heilen, die sie in sich trug. »Er hat zu der Zeit unglaublich viel gearbeitet. Wir haben uns dauernd deswegen gestritten.« Ich senkte den Blick. »Klar, vermutlich hat er nicht gearbeitet«, erkannte sie selbst.

Die Luft um uns herum war erfüllt von einer schweren Stille, die nur durch Lucias leises Schluchzen unterbrochen wurde. Jeder ihrer Atemzüge schien Mühe zu kosten, ein Kampf gegen die überwältigende Flut von Emotionen, die sie zu ertränken drohte. »Lucia, ich wollte nie, dass du das so erfährst. Ich rede seit Jahren auf ihn ein, dass er ehrlich zu dir ist, aber ...«

»Aber was?«

»Nichts. Er wollte es so.«

»Warum? Was hat er dir gesagt?«

Es tat mir unglaublich leid, sie in einem solchen Zustand zu sehen, eine Freundin so verletzt zu wissen. Doch inmitten all dieser Wirren und der Schuldgefühle, die mich umklammerten, blieb eine unerschütterliche Wahrheit bestehen – meine Liebe zu Mauro. »Das ist doch nicht wichtig. Taten sagen mehr als Worte.«

»Was hat er dir gesagt?«

»Dass du verrückt bist, instabil«, gab ich schließlich zu. Jetzt war es doch ohnehin egal. Wir würden uns alle neu sortieren müssen, ob wir wollten oder nicht.

»Dieser Mistkerl ... Wirke ich instabil auf dich?« Krampfhaft lächelte sie mich an, als wollte sie mir beweisen, wie stark ihre Fassade sein konnte.

Ich hielt sie nicht nur für labil, sondern auch für ein

wenig irre. Ich hatte viele Geschichten über sie gehört, die mich zu dieser Annahme getrieben hatten. »Ich möchte, dass du weißt, dass mir das lange Schweigen leidtut.«

»Aber die Affäre tut dir nicht leid?«

Diese Liebe, so komplex und mit Herausforderungen behaftet sie auch sein mochte, war die treibende Kraft hinter so vielen meiner Entscheidungen. Sie war ein leuchtender, wenn auch manchmal schmerzhafter Punkt in meinem Leben, eine Quelle von Hoffnung und Sehnsucht. Die Vorstellung, mit Mauro zusammen sein zu können, frei von den verwickelten Geheimnissen und den Schatten, die unsere Beziehung umgaben, war eine Vision, die ich kaum zu hoffen gewagt hatte. »Nein, ich liebe Mauro. Ich bereue keine Sekunde, lediglich die Umstände.«

»Du zerstörst eine Familie.« Lucias Wissen um die Affäre, so verheerend es auch schien, trug paradoxerweise den Keim einer möglichen Lösung in sich. Vielleicht war dies der Wendepunkt, der nötig war, um die festgefahrenen Umstände zu verändern, um uns allen eine Chance auf Neuanfang zu geben. »Das hat sogar deine Freundin gesagt.«

»Was?« Ich stutzte.

»Cara. Sie hat es mir gesagt.«

Die Welt um mich herum begann zu schwanken, und ich spürte, wie jede Faser meines Seins von einem tiefen, durchdringenden Schmerz erfasst wurde. Die Worte hallten in meinem Kopf wider, unaufhörlich, unerbittlich, ein Echo des Verrats, das mich lähmte.

Mit taumelnden Schritten bewegte ich mich rückwärts, bis mein Rücken die Hauswand hinter mir berührte. Langsam, fast wie in Trance, ließ ich mich zu Boden sinken.

Jeder Gedanke an unsere gemeinsamen Momente, an das Lachen und die Nähe, die wir geteilt hatten, schien nun vergiftet von der Bitterkeit des Verrats. Es fühlte sich an, als wäre ein unsichtbarer Schleier zerrissen worden, hinter dem sich eine Wahrheit verbarg, die ich nie hatte sehen wollen.

Tränen stiegen in meine Augen, überwältigt von einer Flut aus Schmerz, Enttäuschung und einem tiefen Gefühl des Verlustes. Es war, als hätte ich nicht nur eine Freundin verloren, sondern auch einen Teil von mir selbst, der noch an das Gute und Reine in den Menschen geglaubt hatte.

»Sieht so aus, als wurden wir beide betrogen, hm?« Ihr Blick war nicht anmaßend oder von Genugtuung erfüllt. Sie sah mich an, als würde sie meinen Schmerz verstehen.

KAPITEL FÜNFZEHN

X

ICH, 9:10 UHR

Hast du meine Blumen bekommen, Pupetta?

BELLA, 9:19 UHR

Wer bist du?

ICH, 9:20 UHR

Dein Schatten.

ICH, 9:20 UHR

Haben sie dir gefallen?

BELLA, 9:22 UHR

Hör auf, mir zu schreiben. Ich kenne dich nicht.

ICH, 9:23 UHR

Du kennst mich vielleicht nicht, aber ich sehe dich jeden Tag.

BELLA, 9:24 UHR

Du kranker Spinner …

ICH, 9:25 UHR

Tat es weh, als du die Wahrheit über Cara erfahren hast?

ICH, 9:25 UHR

Lea ging es ähnlich, aber dann hat sie sie verraten.

ICH, 9:26 UHR

Und deine ach so tolle Freundin Cara hat dich verraten.

ICH, 9:27 UHR

Die Frage ist nur, wen du verrätst, Pupetta.

ICH, 9:27 UHR

Oder besser gesagt: Wen rettest du?

BELLA, 9:29 UHR

Lass mich in Ruhe.

ICH, 9:30 UHR

Ich erzähle der Welt, was du mit Mauro getrieben hast.

ICH, 9:31 UHR

Jedes schmutzige Detail.

ICH, 9:31 UHR

Jedes kranke Sexspielchen.

ICH, 9:32 UHR

Ich gebe alle Beweise seiner Frau und wenn sie sich von ihm scheiden lässt, dann schwöre ich dir, dass kein Richter dieser Erde zulässt, dass er jemals wieder in die Nähe seiner Kinder kommt.

BELLA, 9:34 UHR

Fuck …

BELLA, 9:36 UHR

Was ist das für eine kranke Scheiße?

ICH, 9:37 UHR

Frag das den Professor mit den Vorlieben, die besser niemand erfahren sollte.

ICH, 9:38 UHR

Niemand sollte jemals hören, wie sehr ihn junge Frauen reizen.

ICH, 9:38 UHR

Wo liegt die Grenze bei ihm?

ICH, 9:39 UHR

Wie jung dürfen sie sein?

ICH, 9:40 UHR

Und ab wann wird Lucia nervös werden, wenn es um seine Tochter geht?

BELLA, 9:41 UHR

Mauro würde niemals so etwas tun.

BELLA, 9:41 UHR

Das ist doch krank.

ICH, 9:42 UHR

Es ist alles eine Sache der Auslegung. Du weißt doch, dass die Leute nur das glauben, was sie glauben wollen.

BELLA, 9:44 UHR

Wer bist du?

ICH, 9:45 UHR

Dein Schatten, das habe ich doch schon gesagt.

BELLA, 9:46 UHR

Was willst du von mir?

ICH, 9:47 UHR

Sorg dafür, dass Lucia verschwindet, bevor sie dafür sorgt, dass du verschwindest.

BELLA, 9:48 UHR

Das ist ein schlechter Scherz, oder?

ICH, 9:49 UHR

Räum sie aus dem Weg.

ICH, 9:50 UHR

Beseitige sie.

BELLA, 9:51 UHR

Nein.

ICH, 9:51 UHR

Dann schicke ich all das Material nicht nur an Lucia, sondern auch an Mauros neuen Chef und die Universität.

ICH, 9:52 UHR

Schauen wir mal, wie lange er noch die Position hat, die ihm jetzt gehört.

BELLA, 9:53 UHR

Mach das nicht.

BELLA, 9:53 UHR

Er hat das nicht verdient.

ICH, 9:54 UHR

Er hat sich nicht an die Regeln gehalten und eine Grenze überschritten.

ICH, 9:55 UHR

Seine Studentin zu vögeln, ist nicht richtig.

ICH, 9:55 UHR

Aber seinen Professor zu vögeln …

ICH, 9:56 UHR

Das machen nur böse Mädchen.

ICH, 9:56 UHR

Du solltest nicht mit dem Feuer spielen, Bella.

BELLA, 9:57 UHR

Tue Mauro nichts.

ICH, 9:58 UHR

Du kennst meine Bedingung.

ICH, 9:58 UHR

Töte sie.

BELLA, 9:59 UHR

Ich bin keine Mörderin.

ICH, 9:59 UHR

Willst du nicht endlich glücklich mit ihm werden?

ICH, 10:00 UHR

Das ist die Chance.

ICH, 10:00 UHR

Zwei Fliegen mit einer Klappe.

ICH, 10:01 UHR

Du hast drei Stunden, Pupetta. Ansonsten handle ich.

ICH, 10:02 UHR

Und das wird dir nicht gefallen.

ICH, 10:03 UHR

Tick … Tack …

KAPITEL SECHZEHN

CARA

Während ich bei Bella war, fiel mir auf, dass sie mich mit einem seltsamen, fast durchdringenden Blick ansah, der mir ein unbehagliches Gefühl gab. Ich konnte nicht genau deuten, was hinter diesem Blick steckte, aber er ließ mich zweifeln und rätseln über die Ursache ihrer verstohlenen Blicke. »Wo ist Lea?«, hakte ich nach, um nicht fragen zu müssen, warum sie mich so anschaute.

»Sie hat Migräne.«

Mitleidig seufzte ich. »Das hat sie ganz schön oft in letzter Zeit.«

»Ja, ich glaube, etwas stimmt nicht. Vielleicht hat sie Ärger mit Keno.«

Um die wachsende Spannung und die Unsicherheit zu überbrücken, griff ich zu meinem Handy und begann, durch die Timeline meines Social-Media-Feeds zu scrollen, in der Hoffnung, mich abzulenken und das seltsame Gefühl, das Bellas Blicke in mir ausgelöst hatten, zu vertreiben. Die vertrauten Bilder und Posts von Freunden und Bekannten zogen an mir vorbei, bis ich abrupt an einem Beitrag von Lea hängen blieb. »Ich glaube es nicht«, stieß ich aus.

Der Schock traf mich wie ein Schlag ins Gesicht, als ich realisierte, was Lea geteilt hatte: mein Video. Mein Sexvideo. Ich erstarrte innerlich, eine Kälte breitete sich in mir aus und mein Herz begann, heftig zu pochen. Die Welt um mich herum schien für einen Moment stillzustehen, als ich entsetzt auf den Bildschirm starrte. Der Gedanke daran, wie viele Menschen das Video bereits gesehen haben könnten, wie es mein Ansehen und meine Beziehungen beeinflussen würde, ließ mich vor Angst und Scham erstarren.

»Was ist denn?«

Überwältigt von Scham und der Last des Geheimnisses, das ich getragen hatte, fand ich mich in einem Moment der unerträglichen Wahrheit wieder. »Ich muss dir etwas sagen.«

»Okay, dann los.«

Mit zittriger Stimme und gesenktem Blick gestand ich Bella das Ausmaß meiner Verzweiflung und die Maßnahmen, zu denen ich gegriffen hatte, um uns finanziell über Wasser zu halten. Die Worte fielen mir schwer, jedes einzelne schien eine weitere Schicht meiner Würde abzutragen. »Elia und ich haben ein paar finanzielle Probleme, seitdem er seiner Berufung nachgeht und ... und ich musste einen Job annehmen, den ich niemals machen wollte, aber ich musste es tun, um über die Runden zu kommen.«

»Was machst du denn? Du arbeitest doch schon in Leas Buchladen.«

»Ich habe versucht, es geheim zu halten, aber Lea hat es gerade auf Social Media gepostet.« Dann drehte ich das Handy, sodass sie es sehen konnte. Die Stille, die meinen Worten folgte, war erdrückend. Ich wagte es kaum, Bella anzusehen, aus Angst vor dem Urteil, das ich in ihren Augen finden würde.

Bella zögerte einen Moment, bevor sie langsam nickte. Mit einem tiefen Atemzug startete sie das Video, ihre Augen fest auf den Bildschirm gerichtet, während ich nervös daneben saß.

Anfangs war ihr Gesichtsausdruck einer starrer Ungläubigkeit, als könne sie nicht fassen, was sie sah. Ihre Augen weiteten sich vor Entsetzen, und ihre Hand flog unwillkürlich zu ihrem Mund. Ihre Augenbrauen zogen sich zusammen und in ihren Augen spiegelte sich ein komplexes Gemisch aus Mitleid, Verwirrung und einer tiefen Traurigkeit. Es war, als ob sie mit jedem weiteren Frame des Videos nicht nur den Inhalt verarbeitete, sondern auch das Ausmaß meiner Verzweiflung und die Schwere der Entscheidungen, die ich getroffen hatte.

Zu meiner Überraschung bemerkte ich auch Spuren von Verständnis in ihrem Blick, ein schmerzhaftes Mitgefühl, das mich gleichermaßen überraschte und erleichterte.

Als das Video endete, nahm die Stille den Raum vollkommen ein. Bella sah mich an und es war unmöglich, zu sagen, was in ihr vorging. »Ähm ... Ich weiß nicht, was ich dazu sagen soll.«

Das Geständnis lastete schwer auf mir, ein Gewicht, das ich lange getragen hatte und das nun in der Luft zwischen uns hing. Ich fühlte mich nackt und bloßgestellt, meiner Fassade beraubt, mit nichts als meiner Verzweiflung und meinem Bedauern, die mich umgaben.

Die Angst vor Bellas Reaktion, vor der Möglichkeit, dass dieses Geständnis alles verändern könnte, was wir hatten, war lähmend.

»Ich werde Lea jetzt umbringen müssen.« Überwältigt von einer Flut aus Wut und Entschlossenheit sprang ich auf, mein Herz pochte wild vor Zorn über Leas Verrat. Ohne ein weiteres Wort zu verlieren, stürmte ich aus Bellas Haus, getrieben von dem dringenden Bedürfnis, Lea zur Rede zu stellen. Jeder Schritt, den ich machte, war schwer von der Wut und der Entschlossenheit, die in mir brodelten, einer Mischung aus Schock über das, was geschehen war, und der festen Absicht, Antworten zu fordern.

»Warte mal, woher weiß sie das? Hast du es ihr gesagt?« Bella folgte mir mit schnellen Schritten durch den Vorgarten.

»Natürlich nicht. Mir ist das unglaublich unangenehm. Ich würde niemals darüber sprechen.« Bella folgte mir hastig, ihre Schritte eilten hinter mir her. Trotz meiner blinden Wut spürte ich, wie sie versuchte, mit mir Schritt zu halten. »Ich verstehe nicht, warum sie es gepostet hat.«

»Sie nimmt wieder Tabletten.«

Abrupt blieb ich stehen. »Was?«

»Ihre Pupillen auf der Party haben sie verraten. Ich bin mir sicher, dass sie wieder drauf ist. Vielleicht hat sie es deswegen getan.«

»Das ist keine Entschuldigung.« Mein Gang zu Leas Haus, das direkt neben Bellas stand, fühlte sich an wie ein Marsch in die Schlacht. Jeder Schritt war geladen mit der Energie meiner Empörung und dem brennenden Verlangen nach Konfrontation. Die kurze Distanz zwischen den Häusern schien sich zu dehnen, als ob die Welt innehielt, um Zeuge dieses entscheidenden Moments zu werden.

Als ich Leas Haus erreichte, zögerte ich keinen Moment. Meine Hand ballte sich zur Faust, bereit, an ihre Tür zu hämmern, bereit, die Wahrheit zu fordern und sie zur Rechenschaft zu ziehen. Die Wut, die in mir kochte, ließ kaum Raum für andere Gedanken oder Gefühle, nur das brennende Verlangen, diesen Verrat nicht ungesühnt zu lassen.

»Wir sollten uns etwas beruhigen, okay?«

Kaum hatte Lea die Tür geöffnet, spürte ich, wie meine Beherrschung entglitt. Ohne einen Moment des Zögerns ließ ich meiner aufgestauten Wut freien Lauf. »Und du nennst dich wirklich meine beste Freundin?«

Lea wich zurück, sichtlich geschockt über die Intensität meiner Reaktion. Ihre Augen weiteten sich vor Überraschung und Schmerz, während sie eine Hand an ihre Wange legte, als könnte sie kaum glauben, was gerade geschehen war. »Es tut mir leid.«

»Nimm diesen Beitrag runter.«

»Kann ich nicht«, erwiderte sie mit zarter Stimme.

»Warum nicht?« Jedes Wort, das ich aussprach, war durchtränkt von dem Gefühl des Verrats und der Verletzung, das mich überwältigte.

»Es geht nicht.« In Leas Augen spiegelte sich eine Mischung aus Reue und Verteidigung, als sie nach Worten suchte, um ihr Handeln zu erklären oder zu rechtfertigen.

Bella trat schnell vor, um sich zwischen uns zu stellen. Ihre Hände hob sie beschwichtigend, als wollte sie eine unsichtbare Barriere errichten, die weitere Ausbrüche verhindern sollte. Ihr Blick wechselte besorgt zwischen uns hin und her, als sie versuchte, die aufgeladene Atmosphäre zu durchdringen und uns zur Vernunft zu bringen.

»Ich habe unsere Freundschaft immer für unzerstörbar gehalten, aber scheinbar haben wir uns alle ineinander getäuscht.« Ich konnte in ihren Augen lesen, dass sie von meinem Handeln wusste, dass der seltsame Blick, den sie mir zuvor zugeworfen hatte, ihre Ahnung und vielleicht sogar ihr Wissen um die Geschehnisse widerspiegelte. Diese Erkenntnis traf mich wie ein Schlag, ein weiterer

Stich ins Herz, der die ohnehin schon schmerzhafte Situation noch weiter verschärfte.

»Was soll das heißen?« Lea wirkte total neben der Spur, die Tränen standen sofort in ihren Augen.

»Du hast Cara verraten und sie hat mich verraten.« Bellas Blick, der zwischen uns hin und her wanderte, schien eine stumme Frage zu stellen: Wie hatten wir es nur so weit kommen lassen? Wie hatte die Verzweiflung, die Angst und der Schmerz uns dazu getrieben, einander so wehzutun?

Sie wusste es. In meinem Inneren brannte der Wunsch, ihr zu erklären, zu gestehen, warum ich zu solchen Maßnahmen gegriffen hatte, dass es mir zutiefst leidtat, aber die Worte blieben mir im Halse stecken. Es war, als würde eine unsichtbare Mauer mich daran hindern, die Wahrheit auszusprechen, getrieben von der Angst vor den Konsequenzen, die das volle Ausmaß meines Geständnisses mit sich bringen könnte. »Ich wollte das nicht.«

»Was ist nur los mit uns allen? Das sind doch nicht wir.«

Während ich dort stand, gefangen in meiner eigenen Unfähigkeit, die Wahrheit zu offenbaren, begann ich, mich zu fragen, ob Lea vielleicht ähnlichen Zwängen ausgesetzt war. War es möglich, dass auch sie von dem anonymen Nachrichtenschreiber erpresst wurde? Diese Frage ließ mich innehalten, brachte eine neue Dimension des Verständnisses und vielleicht sogar des Mitgefühls für Leas Handlungen mit sich.

Der Gedanke, dass Lea, so wie ich, Opfer einer Erpressung geworden sein könnte, ließ mich in einem anderen Licht auf die Situation blicken. Diese Überlegung machte es nicht einfacher, die Schäden zu akzeptieren, die durch unsere Handlungen entstanden waren, aber sie fügte eine Schicht der Komplexität hinzu, die ich zuvor nicht in Betracht gezogen hatte. Es war ein schwacher Trost, doch in diesem Moment der Verzweiflung klammerte ich mich an jeden Funken Verständnis und Mitgefühl, den ich finden konnte, in der Hoffnung, dass es irgendwie einen Weg geben könnte, die zerrütteten Beziehungen zu heilen und einen Weg aus dem Labyrinth aus Geheimnissen und Lügen zu finden, das uns alle gefangen hielt.

»Ich kann nicht glauben, dass du Lucia von der Affäre erzählt hast«, warf Bella ein und plötzlich verstand ich den verächtlichen Blick noch besser. Es war Schmerz. Der absolute und pure Schmerz.

Lea sog die Luft ein. »Du bist zu Lucia gegangen?«

Überwältigt von einem Gefühl der Ungerechtigkeit und der aufgestauten Wut, die sich in mir aufgebaut hatte, erreichte ich schließlich meinen Siedepunkt. Leas Verhalten, die Art und Weise, wie sie es immer wieder schaffte, die Situation so zu drehen, dass ich als die Einzige dastand, die einen Fehler gemacht hatte, brachte das Fass zum Überlaufen. »Du hast meinen Job geleakt!«, schrie ich und erinnerte sie daran, dass sie mindestens genauso viel Scheiße gebaut hatte wie ich.

»Das ist nicht das Gleiche. Du weißt, was Mauro über seine Frau sagt. Was ist, wenn sie jetzt die Nerven verliert und so irre wird, wie er immer behauptet? Dann ist Bella in Gefahr.« Leas Muster, sich selbst als unschuldig darzustellen und die Schuld auf mich zu schieben, war ein Tanz, den wir schon zu oft getanzt hatten, und jedes Mal hinterließ er einen bitteren Nachgeschmack. Dieses Mal jedoch fühlte es sich anders an, intensiver, als hätte sich jede bisherige Frustration und jedes zurückgehaltene Wort zu einer explosiven Kraft verdichtet.

»Ich bin auch in Gefahr. Ich und meine Partnerschaft. Elia weiß nicht, was ich tue, um unsere Rechnungen zu bezahlen.«

»Wir haben alle zu viele Geheimnisse.« Lea raufte die Haare an der Kopfhaut und zerrte daran, um sich selbst zu regulieren.

»Danke für diese Predigt. Fang nächstes Mal mit deinen Sünden an, wenn du ein reines Gewissen willst, und nicht mit meinen.« Schließlich wandte ich mich ab und stürmte davon. Jeder Schritt weg von Lea und dem Ort unserer Auseinandersetzung fühlte sich an wie eine Flucht, eine verzweifelte Suche nach Distanz und nach einem Ort, an dem ich mich sammeln und die heftigen Emotionen, die mich überwältigt hatten, verarbeiten konnte.

Kaum hatte ich meine Haustür hinter mir geschlossen, um mich von der aufgewühlten Außenwelt abzuschirmen, fühlte ich plötzlich einen festen Griff an meinem Arm. Bevor ich überhaupt realisieren konnte, was geschah, wurde ich mit einer solchen Kraft gepackt, dass mir der Atem stockte. Panik flutete meinen Körper, mein Herz schlug wild gegen meine Brustwand, während ich versuchte, mich zu befreien, doch es war, als ob die Hände, die mich hielten, aus Eisen waren.

Die Welt um mich herum begann, zu verschwimmen, Farben und Formen lösten sich auf in eine undurchdringliche Dunkelheit. Ein kalter Schauer lief mir über den Rücken, als die Realität zu entgleiten schien und ich in eine tiefe Schwärze hineingezogen wurde. Jeder Versuch, mich zu wehren oder um Hilfe zu rufen, schien in diesem erdrückenden Schwarz verloren zu gehen, das mich umhüllte. Die Dunkelheit war vollständig und lähmend, ein Vakuum, das jedes Licht, jede Hoffnung zu verschlingen schien.

KAPITEL SIEBZEHN

BELLA

Die Situation mit dem seltsamen Nachrichtenschreiber hatte einen Punkt erreicht, der mich zutiefst erschütterte. Der Druck, der auf mir lastete, war so intensiv, dass ich fest davon überzeugt war, dass Mauro alles verlieren würde, sollte ich nicht handeln. Die bloße Vorstellung, dass der Mensch, den ich liebte, durch meine Handlungen oder durch mein Versäumnis zu handeln, zu Schaden kommen könnte, war unerträglich. Mauro hatte so etwas nicht verdient; er war unschuldig in diesem verworrenen Spiel aus Erpressung und Drohungen, das sich um mich entfaltete.

Doch die Alternative, die der Nachrichtenschreiber mir präsentierte, war undenkbar. Lucia töten? Das war jenseits von allem, was ich mir je hätte vorstellen können. *Ich bin keine Mörderin.* Der bloße Gedanke daran ließ einen kalten Schauer über meinen Rücken laufen und füllte mein Herz mit Abscheu. Wie konnte ich nur in eine Lage geraten sein, in der solch eine schreckliche Option überhaupt in Betracht gezogen wurde?

In meinem Inneren tobte ein Sturm aus Angst,

Verzweiflung und moralischem Konflikt. Einerseits wollte ich Mauro vor dem drohenden Unglück bewahren, das unsere gemeinsame Zukunft zerstören könnte. Andererseits konnte ich nicht gegen meine eigenen tiefsten Überzeugungen verstoßen und einen unschuldigen Menschen schädigen, geschweige denn etwas noch Schlimmeres tun.

Jeder Versuch, einen Ausweg aus dieser verzweifelten Situation zu finden, scheiterte. Ich war gefangen in einem Netz aus Manipulationen und unmöglichen Entscheidungen, das der Nachrichtenschreiber geschickt um mich gewoben hatte. Doch tief in meinem Herzen wusste ich, dass ich nach einer anderen Lösung suchen musste, einem Weg, der es mir erlauben würde, meine Integrität zu bewahren und gleichzeitig die Menschen, die ich liebte, zu hüten.

Die letzte Stunde war eine Tortur gewesen, ein endloser Strom aus Angst und Verzweiflung, der mich unerbittlich umklammerte. Jedes Rascheln, jedes noch so leise Geräusch ließ mich hochschrecken. Der Gedanke an Mauro, an alles, was auf dem Spiel stand, trieb mich an. Ich backte einen Kuchen. Ich verwendete Reste, die ich noch zu Hause hatte: Schokolade, Sahne, Mehl, Rosinen – alles, wovon ich hoffte, dass es schmecken würde.

Während der Kuchen im Ofen backte, packte ich zitternd eine Pistole in meine Handtasche. Jeder Teil meines Seins schrie auf bei dem Gedanken, doch der drängende Wunsch, Mauro zu retten, überwog jede Angst, jeden Zweifel. Er war mehr als nur ein Teil meines Lebens; er war mein Anker, meine Zuflucht, die Liebe meines Lebens. Die Vorstellung, ihn zu verlieren, ihn leiden zu sehen, war unerträglich und so fand ich mich bereit, zu Maßnahmen zu greifen, die ich niemals für möglich gehalten hätte.

Als der Kuchen fertig gebacken war, holte ich ihn aus

dem Ofen. Die Hitze schien in krassem Gegensatz zu der Kälte zu stehen, die sich in meinem Inneren breitgemacht hatte. Mit zittrigen Händen löste ich ihn aus der Form und platzierte ihn auf einem Teller, wobei jede meiner Bewegungen von einer tiefen Nervosität begleitet wurde.

Mit dem Teller in der Hand und der Handtasche, die schwer an meiner Schulter hing, trat ich hinaus. Der Weg zu Lucias Haus kam mir länger vor als je zuvor, jeder Schritt ein Kampf gegen die wachsende Angst und Nervosität, die mich umklammerte. Die ruhige Nachbarschaft fühlte sich plötzlich fremd und bedrohlich an, als ob selbst die vertrauten Häuser und Bäume Zeugen meiner inneren Zerrissenheit waren.

Als Lucias Haus in Sicht kam, spürte ich, wie meine Schritte zögerlicher wurden, meine Hände feucht vor Schweiß. Mit einem tiefen Atemzug drückte ich den Klingelknopf an Lucias Tür, mein Herz klopfte unruhig bei dem Gedanken an das Bevorstehende. Nach einem Moment, der mir wie eine Ewigkeit vorkam, öffnete sie die Tür. Ihr Gesichtsausdruck verriet wenig Begeisterung über meinen unangekündigten Besuch. Ihre Augen musterten mich kurz, ein Hauch von Skepsis lag in ihrem Blick, doch als sie den Kuchen in meinen Händen sah, schien sich ihre Miene leicht zu entspannen. »Was willst du denn hier?«

»Das ist ein Versöhnungsangebot.«

»Plötzlich so reumütig?«

Zögerlich nickte ich, immerhin musste ich ins Haus. Ich konnte sie wohl nicht im Vorgarten erschießen. »Du hast nicht mit Mauro geredet, sonst hätte er mir schon etwas gesagt.«

»Richtig. Ich muss mir erst überlegen, wie es weitergehen wird.«

»Ich beantworte dir die Fragen, die du hast«, sagte ich, damit sie mich endlich ins Haus ließ.

»Dann komm rein.« Mit einem knappen Nicken nahm sie mir den Kuchen ab. Ich folgte ihr durch den Flur in die Küche, mein Herzschlag immer noch laut in meinen Ohren. In der Küche angekommen, stellte sie den Kuchen auf die Arbeitsfläche und begann, ihn zu schneiden. Ich beobachtete sie, wie sie das Messer durch den Kuchen führte, jede Scheibe ein Symbol der Normalität, die wir beide zu wahren versuchten, obwohl unter der Oberfläche so viel mehr brodelte. »Da sind keine Nüsse drin, oder?«

Mechanisch schüttelte ich den Kopf. Ich konnte nicht besonders gut backen, deswegen hätte ich mich niemals an so etwas kompliziertes herangetraut. »Was willst du wissen, Lucia?«

»Was hast du ihm gegeben, was ich nicht konnte?«

Als ihr Blick bohrender wurde, begann ich zu sprechen: »Wir haben uns gut verstanden, hatten sofort diese Nähe. Es hat von der ersten Sekunde an geknistert und es war so spannend. Wir haben die gleichen Interessen und Vorlieben.«

»Was für Vorlieben?«

»BDSM, Dominanz und Unterwerfung«, gestand ich.

Sie schnitt das letzte Stück zurecht, dann legte sie das Messer neben den Kuchen. »Dann tust du auch dieses ganze sadistische Zeug mit ihm?«

Wieder nickte ich. Mauro, der der immer mein Fels in der Brandung gewesen war – könnte er der Schlüssel sein, um diesen Albtraum zu beenden, ohne gegen meine tiefsten Überzeugungen verstoßen zu müssen?

»Wow ...« Ihre Bewegungen waren mechanisch, als sie begann, sich hastig Stücke des Kuchens in den Mund zu stopfen. Es war, als ob sie versuchte, mit jedem Bissen die

Wut und die Frustration, die in ihr brodelten, herunterzuschlucken, als könnte das Essen irgendwie die emotionale Last lindern.

Ich beobachtete sie, wie sie kämpfte, die Stücke kaum kauend, bevor sie sie herunterschluckte, und ich spürte eine Welle des Mitleids in mir aufsteigen. Trotz des Drucks, der auf mir lastete, und der Situation, in der ich mich befand, wurde mir in diesem Moment bewusst, wie tief menschlich und verletzlich Lucia war. »Ich glaube, ich kann gar nicht so viel Kuchen essen, wie ich kotzen möchte.«

In den tiefsten Ecken meines Bewusstseins gab es eine Faszination, eine dunkle Neugier, die mich zu Mauro hinzog, jenseits der konventionellen Grenzen der Liebe und des Verlangens. Unsere Beziehung, die oft die Vorstellungen dessen überschritt, was allgemein als akzeptabel angesehen wurde, war ein Tanz am Rande des Abgrunds, ein Spiel mit dem Feuer, das ebenso berauschend wie gefährlich war.

Doch diese Leidenschaft, die zwischen uns bestand, war nicht ohne Risiko. Ich war mir der Tatsache bewusst, dass die Intensität unserer Begegnungen von Außenstehenden missverstanden, sogar als Missbrauch von Macht oder Vertrauen ausgelegt werden könnte.

Der anonyme Nachrichtenschreiber, der uns bedrohte, schien genau diesen Aspekt unserer Beziehung ins Visier zu nehmen. Die Angst, dass Mauro für das, was zwischen uns geschah, zur Verantwortung gezogen werden könnte, dass unsere intimsten Momente gegen uns verwendet werden könnten, war ein schrecklicher Gedanke, der mich quälte.

Die Idee, Lucia zu schaden, wurde in dem Moment, in dem ich sie so sah, noch absurder und grausamer. Trotz der extremen Situation, in der ich mich befand, und des Drucks, Mauro zu schützen, konnte ich nicht übersehen, dass Lucia ein lebendiges, fühlendes Wesen war, dessen

Leben nicht einfach ausgelöscht werden konnte. Ihre Hand fuhr unvermittelt an ihre Kehle, als würde sie versuchen, ein unangenehmes Gefühl dort zu lindern.

Ihre Augen weiteten sich leicht und ich konnte sehen, wie sich ihre Atemzüge veränderten, unregelmäßig und scheinbar angestrengt. »Sind da Nüsse drin?« Ich verneinte. »Bist du sicher? Mein Hals kribbelt nämlich so komisch.«

Ich überlegte noch einmal. Butter, Mehl, Milch, Eier ... »Nein, ich habe keine Nüsse reingemacht.«

Zuerst dachte ich, es könnte eine vorübergehende Unbehaglichkeit sein, doch dann wurde es immer offensichtlicher, dass Lucia ernsthafte Schwierigkeiten beim Atmen hatte. Sie rang sichtlich um Luft, ihre Atmung wurde zunehmend hektischer und flacher, als ob jedes Einatmen eine enorme Anstrengung für sie darstellte. »Ich habe eine Allergie und das fühlt sich irgendwie so an.« Mit schnellen Schritten ging sie zu ihrer Handtasche und kramte darin. Sie leerte sie aus und schaute mich nur noch verzweifelter an. »Scheiße, mein EpiPen ist nicht da.«

»Bist du *so* allergisch?« Beunruhigt trat ich einen Schritt auf sie zu, unsicher, wie ich helfen könnte, oder was genau die Ursache ihrer plötzlichen Atemnot war.

Ihre Hand an der Kehle, die verzweifelten Versuche, Luft zu bekommen, und die wachsende Panik in ihren Augen ließen mich realisieren, dass dies kein einfaches Unwohlsein war. Etwas Ernsthaftes geschah mit ihr und ich fühlte mich völlig hilflos, unfähig, zu begreifen, wie ich die Situation lindern könnte. »Ich bin verflucht allergisch auf Nüsse. Du wirst welche benutzt haben.«

»Nein, habe ich ehrlich nicht.« Ich überlegte noch einmal. Butter, Mehl, Milch, Eier ... »Ich habe Nussmehl benutzt. Verdammt, das habe ich voll vergessen. Es war so ein Rest aus der letzten Ecke des Schranks.«

»Du bringst mich um!« Sie keuchte und sackte immer weiter auf die Küchentheke. »Ruf einen Notarzt.«

Ich zögerte keine Sekunde, nahm das Telefon und tippte die Nummer ein. Doch ich konnte den Anruf nicht beginnen. Vielleicht war das hier die Lösung. Ich musste sie gar nicht kaltblütig töten, lediglich ein bisschen warten. Quasi aus Versehen. Aus meiner Schusseligkeit heraus. Und am Ende wäre es nur ein blöder Unfall.

Als Lucias Atemnot immer intensiver wurde, begann sie, zu keuchen, ein alarmierendes Zeichen, dass ihre Situation sich rapide verschlechterte. Ihre Atmung war rasselnd und unregelmäßig. »Ruf den Arzt, Bella.« Ihre Haut begann, aschfahl zu werden, und ein besorgniserregendes Keuchen ersetzte ihre einst ruhige Atmung. Ich beobachtete, wie sie verzweifelt nach etwas zu greifen schien, das ihr Halt geben könnte, doch es gab nichts, das die rasche Verschlechterung ihres Zustands aufhalten konnte. »Scheiße, Bella ...«

Innerhalb von Momenten, die sich wie eine Ewigkeit anfühlten, sank Lucia auf die Knie, ihre Kraft schwindend, als die Reaktion ihren Körper übermannte.

Schließlich verlor sie das Bewusstsein, ihr Körper erschlaffte und sie kollabierte auf dem Küchenboden. Der Schock und die Angst, die durch mich hindurchfuhren, als ich das sah, waren überwältigend.

Mit dem Handy fest in der Hand erstarrte ich. Der Schock über Lucias plötzlichen Zusammenbruch lähmte mich. Ihre Gestalt auf dem Boden, die erschreckende Stille, die ihr Fehlen von Atemgeräuschen begleitete, ließ einen kalten Schauer der Realität durch mich hindurchfahren. Sie atmete nicht mehr.

Die Zeit schien sich endlos zu dehnen, während ich dort stand, gelähmt von der Schwere der Situation, überwältigt von der Erkenntnis, dass jede Sekunde zählte und ich dennoch nicht in der Lage war, zu reagieren. Mein Geist raste, gefangen in einer wirbelnden Mischung aus Angst, Panik und der drängenden Notwendigkeit, zu handeln, während mein Körper wie versteinert blieb.

Schließlich zwang ich mich dazu, den Raum zu verlassen, getrieben von der verzweifelten Hoffnung, dass eine Veränderung der Umgebung mich aus meiner Starre reißen könnte. Ohne einen Blick zurückzuwerfen, betrat ich den Nebenraum, das Handy immer noch fest umklammert, als wäre es meine einzige Verbindung zur Realität.

Dort, in der relativen Abgeschiedenheit des Badezimmers, wählte ich Mauros Nummer, meine Finger ungeschickt auf dem Display des Handys.

»Was gibts?«

»Kannst du nach Hause kommen?« Meine Stimme war brüchig, als ich sprach, während ich versuchte, Mauro die Dringlichkeit der Situation zu vermitteln.

»Warum?«

»Es wäre gut, wenn du es tust.« Dann ließ ich kaltes Wasser über meine Hände laufen. Es half mir, einen Moment der Klarheit zu finden. Während ich meine Hände wusch, versuchte ich, meine Gedanken zu ordnen, mich auf das zu konzentrieren, was als Nächstes getan werden musste.

»Badest du oder was ist das für ein Geräusch?«

»Nichts weiter. Ich ...« Was sollte ich nur mit Lucias leblosem Körper machen? Die Vorstellung, sie einfach so dort liegen zu lassen, war unerträglich, und doch war ich völlig überfordert mit der Situation. Die Last der Entscheidung lastete schwer auf mir, während ich versuchte, eine Lösung für das Unvorstellbare zu finden.

Als ich die Küche wieder betrat, erwartete ich, von dem traurigen Anblick von Lucias lebloser Gestalt und dem

Kuchen empfangen zu werden. Doch zu meinem größten Schock waren sowohl der Körper als auch der Kuchen verschwunden. Der Raum, der Sekunden zuvor der Schauplatz einer Katastrophe gewesen war, wirkte nun seltsam unberührt, fast, als wäre nichts geschehen.

Mein Herz schlug wild, während ich versuchte, die Situation zu begreifen. Wie konnte das sein? Wo waren Lucia und der Kuchen hin? Ein kalter Schauer lief mir über den Rücken, als ich den leeren Raum betrachtete, der keinerlei Anzeichen des Dramas zeigte, das sich dort gerade noch abgespielt hatte. »Ich habe keine Ahnung, was gerade passiert.«

»Sag mal, hast du getrunken?«

»Vielleicht«, gab ich zögerlich zurück und legte auf.

Die Verwirrung und Angst, die mich ergriffen, verstärkten nur meine Panik. Hatte ich mir alles nur eingebildet? Oder war etwas noch Unheimlicheres geschehen? Meine Gedanken überschlugen sich, während ich nach Erklärungen suchte, doch keine schien Sinn zu ergeben.

Die leere Küche vor mir ließ mich in einem Zustand tiefer Ungläubigkeit zurück. Lucias Verschwinden zusammen mit allen Spuren des Vorfalls ließ mich die Realität um mich herum infrage stellen. Es war, als hätte sich ein Riss in meinem Verständnis der Welt aufgetan, eine Lücke, durch die jede Gewissheit zu entweichen schien.

Ich drehte mich im Raum um, suchte nach irgendeinem Anzeichen, irgendeinem Beweis dafür, dass das, was ich erlebt hatte, real war. Doch nichts. Kein Hinweis auf Lucia, kein Krümel des Kuchens, der die Küchenoberfläche nur Minuten zuvor geziert hatte.

Wie konnte jemand, ein ganzes Leben, einfach so verschwinden? Wo waren die Beweise für das Drama, das sich hier abgespielt hatte? Die Fragen überschlugen sich in meinem Kopf, doch Antworten blieben aus. Die Welt, die ich zu kennen glaubte, die Regeln und Gesetzmäßigkeiten, die ich als gegeben annahm, schienen plötzlich außer Kraft gesetzt. Ich stand in der Mitte dieses Rätsels, unfähig, die Stücke zusammenzufügen, Ordnung in das Chaos zu bringen, das sich vor mir aufgetan hatte.

KAPITEL ACHTZEHN

X

Cara lag regungslos und nackt vor mir. Sie war gefesselt, doch einen Arm hatte ich freigelassen. Ihre Hand lag in meiner. Ich hielt sie fest, spürte die Wärme ihrer Haut und die leichte Bewegung ihrer Finger wie in einem flüchtigen Traum.

Der Timer lief unaufhörlich weiter, als ich ihr die Möglichkeit gab, meine Maske mit den Fingern zu ertasten. Sie nutzte sie nicht. Dafür schlief sie noch etwas zu tief. Vielleich bräuchte sie noch einige Minuten, bis sie erkennen würde, wie viel Spaß wir beide hatten. Ich ließ ihre Hand über meinen Oberkörper gleiten. Wenn sie mich beim Joggen gesehen hatte, dann hatte sie mich immer angestarrt. Augenscheinlich mochte sie Muskeln und ich ließ sie jeden einzelnen spüren.

Ihre Hand an meinem Körper fühlte sich so natürlich an. Ich ließ sie über meine Haut gleiten, gab mir manchmal einen kleinen Klaps, ehe ich sie zu meinem Penis lenkte und ihre Finger unter meinen begrub.

Das fühlte sich gut an.

Das fühlte sich verflucht gut an.

Immer schneller führte ich ihre Hand, so wie ich es mochte. Und sie war wirklich ein Naturtalent, selbst schlafend. Sie gab sich so viel Mühe, mich glücklich zu machen. Und ich hatte lange genug auf sie gewartet, um lange durchzuhalten. Das hier war der perfekte Moment. Das Warten hatte sich gelohnt. Die Lust bäumte sich in mir auf und ebbte schließlich wie eine Welle ab. Die Spuren unserer Verbindung glänzten auf ihren Brüsten, zeichneten feine Spuren wie auf Landkarten.

Als Cara schließlich aus ihrem tiefen Schlaf erwachte, wurde die Stille des Raums abrupt durch ihr panisches Aufkeuchen zerrissen. Sie nahm mir die Chance, mein Werk einige Sekunden zu bewundern. Ihre Augen rissen weit auf, ein Spiegel der plötzlichen, überwältigenden Angst, die sie erfasste, als sie ihre Lage realisierte. Der Anblick ihrer Fesseln, die Erkenntnis ihrer Hilflosigkeit, ließ sie wild um sich schlagen, soweit es ihre Einschränkungen zuließen. »Scheiße, wo bin ich?«

»Herzlich willkommen, Pupetta.«

Es dämmerte ihr in der gleichen Sekunde. »Du hast mir die Nachrichten geschrieben.« Ihr Atem ging hastig, begleitet von einem Crescendo aus verwirrten und ängstlichen Lauten, als sie versuchte, sich aus ihrer misslichen Lage zu befreien. Die Panik in ihren Bewegungen, das entsetzte Funkeln in ihren Augen, als sie mich ansah, erfüllten mich mit einer dunklen, verstörenden Art von Zufriedenheit.

»Es ist sehr nett von dir, dass du dich an mich erinnerst. Das macht mich stolz, Cara.«

»Was mache ich hier?«

Es gab etwas zutiefst Befriedigendes darin, Zeuge ihrer Angst zu sein, ihrer plötzlichen Erkenntnis der Kontrolle, die ich über sie hatte. Diese Reaktion, so roh und unverfälscht, war ein direktes Feedback auf die Macht, die ich in diesem Moment ausübte, und es verstärkte nur das Gefühl der Überlegenheit. »Du bist hier, um mir ein paar Wünsche zu erfüllen. Einen hast du bereits erfüllt.«

Sie beugte sich vor, um ihren Körper sehen zu können und blieb direkt an meinem Kunstwerk hängen. »Hast du ... Hast du mich ...«

»Ich habe dich benutzt, so wie viele Männer es tagtäglich tun.« Mit einer ruhigen, beinahe sanften Geste streichelte ich Cara über den Kopf, in einem Versuch, ihre Panik zu mildern. Die körperliche Verletzung ihrer Autonomie auf diese Weise war eine solche Grenze. »Du hast dich zu einer Wichsvorlage gemacht.«

»Ich will hier raus. Mach mich los.«

In meinem Inneren war ich fest davon überzeugt, nur mit Frauen intim zu sein, die ihre Zustimmung gaben, die eindeutig und freiwillig ihr Verlangen äußerten. »Ich lasse dich gehen, wenn du tust, was ich sage. Du musst mir noch einen Wunsch erfüllen.«

»Du lässt mich wieder gehen?«

»Ja, das habe ich bei deiner Freundin Lea auch gemacht.« Die Vorkehrungen, die ich getroffen hatte, würden sicherstellen, dass sie sich in wenigen Stunden an nichts erinnern würde, dass die Ereignisse dieser Nacht wie ein Schatten im Morgengrauen verschwinden würden.

Diese Gewissheit, dass ihre Erinnerungen ausgelöscht werden würden, gab mir eine seltsame Form der Rechtfertigung für meine Handlungen, eine Logik, die mir erlaubte, zu führen, ohne mit den langfristigen Konsequenzen meiner Taten konfrontiert zu werden.

»Wirklich?«

»Ich halte mich an mein Wort.«

»Was soll ich tun?«

»Ich dachte schon, du fragst nie.« Als ich begann, die Fesseln zu lösen, bemerkte ich einen Funken Hoffnung, der in ihren Augen aufleuchtete. »Wir werden ein kleines Spiel spielen. Ich habe da etwas vorbereitet.«

Ich reichte ihr eine Schüssel mit gefalteten Zetteln und forderte sie auf, einen davon zu ziehen, ohne zu verraten, was die Konsequenzen ihrer Wahl sein könnten. Der Ausdruck des Ekels und der Furcht, der sich auf Caras Gesicht abzeichnete, als sie die Zettel betrachtete, war unverkennbar. Es war, als könnte sie die dunkle Aura spüren, die meine Handlungen umgab, als ahnte sie, dass jede Entscheidung, die sie traf, sie tiefer in das Netz aus Manipulation und Führung ziehen würde, das ich um sie gewoben hatte.

»Du ziehst zwei Zettel und diese Aufgaben erfüllst du. Erst einen, dann den anderen. Und dann lasse ich dich gehen.«

Ihre Hand zögerte, schwebte über den Zetteln, bevor sie schließlich einen auswählte. »Fuß ablecken steht da.«

Die Dynamik zwischen uns war geladen mit einer komplexen Mischung aus Macht, Angst und einem zähen Ringen um Autonomie. Während ich Caras Reaktion beobachtete, konnte ich nicht umhin, die tiefe Störung in der Situation zu erkennen, das Machtgefüge, das ich geschaffen hatte. »Gib mir einen kleinen Moment.« Ich ging in die Ecke des Raumes und griff Lucia an den Beinen, um sie zu bewegen.

Als Cara den Körper erblickte, den ich mühsam bewegte, erbleichte sie sichtlich. Der Anblick von Lucia, die regungslos dalag, löste in ihr einen Schock aus, der tief saß. »Das ist Lucia.« Ihr blieb der Mund offen stehen.

»Ja, das war deine Freundin Bella. Sie hat einfach die

Nerven verloren.« Ich beobachtete, wie Cara mit der Situation rang, ihre Augen weiteten sich in Panik. Die Angst, die sie ergriff, war greifbar. Ich wollte, dass Cara eine Prüfung bestand, einen Test, der ihre Entschlossenheit und ihren Willen auf die Probe stellen sollte. »Jetzt kümmere dich um deine Aufgabe.«

»Aber sie ist tot.« Sie wirkte immer unsicherer.

»Knie dich hin und erfülle deine Aufgabe, Pupetta.« Denn ich war kein geduldiger Mann und würde nicht ewig warten.

Cara sank zu Boden. Ihre Reaktion war instinktiv, ein Versuch, die Realität zu verarbeiten, die sich ihr präsentierte. Sie kniete da, gefangen in einem Strudel aus Emotionen, während sie wiederholt würgte. Kurz leckte sie darüber, aber nur mit der Spitze der Zunge.

»Tue es richtig. Mit Hingabe«, herrschte ich sie an. »Saug an dem Zeh.« Ich wollte jede Sekunde davon sehen und keine einzige verpassen.

Es schüttelte sie immer wieder, aber sie lehnte sich vor und nahm Lucias großen Zeh in den Mund.

»Tu es, als würdest du einen Blowjob geben. Viel Spucke und Gefühl.«

Sie tat es, sodass ich die Spucke über den Fußrücken fließen sehen konnte. Das war gut. Dann saugte sie und ließ ihren Kopf auf und abgleiten, ehe sie sich zur Seite beugte und heftig würgte. Es vermischte sich mit dem hemmungslosen Weinen.

Sanft strich ich ihr über den Kopf. »Du bist ein gutes Mädchen.«

Trotz der offensichtlichen Spannung und der emotionalen Turbulenzen, die Cara durchlebte, hatte ich vor, das Spiel fortzusetzen. Ich reichte ihr erneut den Stapel Zettel, von denen jeder eine neue Aufgabe barg. Ich wusste genau, dass jede dieser Aufgaben sorgfältig ausgewählt worden war, um meinen persönlichen Vorlieben zu entsprechen, eine weitere Ebene der Kontrolle in diesem komplexen Geflecht aus Macht und Unterwerfung. »Jetzt zieh einen zweiten Zettel.«

Cara warf einen zögerlichen Blick auf die Zettel in meiner Hand, ihre Augen spiegelten die innere Zerrissenheit wider, mit der sie zu kämpfen hatte. Als sie schließlich einen Zettel herauszog, war es, als würde sie sich erneut dem Unbekannten stellen, sich einer weiteren Herausforderung unterwerfen, deren Ausgang ungewiss war.

»Und was steht darauf?«

»Ich tue das nicht.« Hastig schüttelte sie den Kopf.

»Möchtest du denn nicht wieder nach Hause?« Meine Stimme wurde weicher, noch sanfter. Ich hörte mich an, als könnte man mir gar nicht misstrauen.

»Das kann ich nicht tun. Das ist widerlich.«

»Wenn du es nicht freiwillig tust, dann bringe ich dich dazu.« Während der Timer unaufhaltsam heruntertickte, ein ständiges, rhythmisches Geräusch, das die angespannte Stille des Raumes durchbrach, beobachtete ich Caras inneren Kampf. Es war ein faszinierendes Schauspiel, Zeuge ihrer Zerrissenheit zu sein, ihrer Versuche, sich mit den Anforderungen, die die Situation an sie stellte, abzufinden. Jedes Zögern, jede Regung in ihrem Gesicht war ein stummer Ausdruck der tiefen emotionalen und psychologischen Auseinandersetzung, die in ihr tobte. »Du darfst dir sogar ein Körperteil aussuchen.« Heute hatte ich meinen großzügigen Tag. »Ich für meinen Teil würde ihr Gesicht nehmen, aber da bin ich wohl etwas vulgär.«

Sie rang so deutlich mit sich, fragte sich selbst, ob sie das mit ihrer Moral vereinbaren könnte und die Antwort war vermutlich Nein. Das könnte sie nicht. Und dennoch würde sie es machen, denn ich sagte es ihr. »Wenn ich das tue, dann lässt du mich gehen?«

»Versprochen.«

Mit einer gewissen dunklen Befriedigung sah ich zu, wie Cara sich schließlich dazu durchrang, auf Lucias Bein zu sitzen und ihre Hüfte zu bewegen. Die Kälte und Härte, die Lucias regungsloser Körper unter ihr bot, musste eine eigenartige Empfindung sein.

Sie rieb sich daran, strich sich immer wieder die Tränen von der Wange. Ich fragte ich mich, ob die kühle, starre Berührung für Cara in irgendeiner Weise angenehm sein könnte oder ob sie lediglich ein weiterer Aspekt des Schreckens war, den sie zu ertragen hatte. Die Komplexität ihrer Empfindungen, die Mischung aus Widerwillen, Angst und vielleicht sogar einer gewissen Neugierde, war schwer zu entziffern, doch sie fügte der Situation eine weitere Schicht an Intensität hinzu.

Ihre Brüste wippten im Takt mit, bannten mich für einen Augenblick. Schließlich griff ich nach Caras Haaren, damit sie ihren Blick hob und mich ansah. Ihre Augen waren verschleiert von Tränen, die unaufhörlich über ihre Wangen strömten. »Das ist auch nicht schlimmer als die Dinge, die du im Internet getan hast, oder?«

Sie bewegte sich weiter, obwohl jede Bewegung ihr sichtlich widerstrebte, ein Beweis für ihre innere Stärke, auch inmitten dieser tief traumatischen Erfahrung. »Ich will nach Hause.«

»Dann arbeite dafür. Komm für mich.« Ich wollte sehen, wie sie sich an der Frau rieb, die ihre beste Freundin getötet hatte.

Ich wollte sehen, wie sie es genoss. Wie sie feucht wurde. Wie sie kam.

Ich wollte das alles sehen, nur nicht dieses Geheule.

Als der Timer schließlich klingelte, durchbrach das Geräusch unser Spiel und markierte das Ende. Sie war nicht gekommen. Wieder eine von ihnen, die mich enttäuscht hatte. Ich zog die Tablette hervor. »Zeit für deine Pille.«

»Was ist das?«

»Das ist nicht wichtig. Schluck sie, wenn du wieder nach Hause willst.«

Trotz der Umstände, trotz der Verzweiflung und des Leidens, das sie durchgemacht hatte, war in ihren Augen ein Funke von Entschlossenheit zu erkennen. Vielleicht war es der Wunsch, ein weiteres Element der Qual zu vermeiden. Mit einer zitternden Hand nahm sie sie von mir und schluckte sie herunter.

Sie war das schwächste Glied in dieser verketteten Reihe von Ereignissen, die ich sorgfältig orchestriert hatte. Ihre Bereitschaft, zu handeln, wenn man es ihr sagte, ihre Fähigkeit, sich trotz der offensichtlichen Angst und Verzweiflung den Aufgaben zu stellen, offenbarte eine Form von Verletzlichkeit, die ich sowohl ausnutzte als auch tief im Inneren verachtete.

Es war diese Verletzlichkeit, diese Bereitwilligkeit, sich zu fügen, die Cara in meinen Augen zu einer Figur machte, die leicht zu manipulieren war, ein Werkzeug in einem größeren Spiel, dessen Regeln und Grenzen ich bestimmte. Doch während ich sie dort sah, so offen empfänglich für die Richtung, die ich vorgab, spürte ich eine tiefe Leere in mir. Die Zeit mit ihr, obwohl sie eine gewisse dunkle Befriedigung bot, erfüllte mich nicht vollständig. Es fehlte etwas.

Was suchte ich wirklich in diesen dunklen Spielen der Macht und Kontrolle? Die Antwort blieb mir verborgen, verloren in dem Labyrinth meiner eigenen Gedanken und der unergründlichen Leere, die kein noch so komplexes Spiel zu füllen vermochte.

KAPITEL NEUNZEHN

LEA

Von Reue überwältigt und getrieben von dem tiefen Bedürfnis, meine Taten wiedergutzumachen, stand ich vor Bellas Tür. Mit zitternder Hand drückte ich die Klingel, mein Herz pochte laut vor Nervosität und Angst vor ihrer Reaktion. Als die Tür sich öffnete und Bella mich mit einem Blick voller Misstrauen und Enttäuschung ansah, spürte ich, wie mir das Herz sank. »Bitte lass uns kurz sprechen.«

»Wir haben uns nichts zu sagen.« Doch bevor ich weiterreden konnte, machte sie Anstalten, die Tür zu schließen.

Sie hielt inne, ihr Blick traf meinen und für einen Moment konnte ich die Verwirrung und den Schmerz in ihren Augen erkennen. Dann, ohne ein weiteres Wort, ließ sie die Tür los und wandte sich ab, um ins Haus zu gehen.

»Bitte, es tut mir schrecklich leid, was ich getan habe.« Ich zögerte nur einen Moment, bevor ich ihr folgte, getrieben von der Notwendigkeit, ihr alles zu erklären, um Vergebung zu bitten. Das Gewicht meiner Taten lastete schwer auf meinen Schultern, als ich durch die vertraute Schwelle ihres Hauses trat, in den Raum, der einst ein Ort der Freude und des gemeinsamen Lachens war.

Bella ging voran, ihre Bewegungen waren steif und abweisend. Ich folgte ihr, unsicher, was ich sagen oder tun könnte, um die Kluft zwischen uns zu überbrücken, um die Wunden zu heilen, die ich verursacht hatte. In diesem Moment war ich bereit, alles zu tun, um ihre Vergebung zu erlangen, um die Freundschaft zu retten, die mir so viel bedeutete. »Warum hast du das getan, Lea?«

»Weiß ich nicht. Ich habe Panik bekommen und dann habe ich es einfach getan.«

Als ich Bella ins Innere des Hauses folgte, fiel mir sofort auf, dass etwas mit ihr nicht stimmte. Ihre sonst so gefasste und ruhige Ausstrahlung war einer nervösen, fast fieberhaften Unruhe gewichen. Sie wirkte unglaublich hibbelig, ihre Bewegungen waren hastig und unkoordiniert, als ob sie von einer inneren Unruhe getrieben wurde.

Sie tigerte im Raum auf und ab, ihre Schritte wurden schnell und ziellos, als könnte sie keinen Moment stillstehen. Ihre Hände fuhren immer wieder durch das Haar oder strichen über die Arme, Zeichen einer tiefsitzenden Anspannung oder Angst, die sie zu übermannen schien.

»Was ist los mit dir, Bella?«

»Ich hatte keine Ahnung, dass sie eine Allergie hat«, murmelte sie zusammenhangslos vor sich her.

»Wer?« Meine Stimme war vorsichtig und leise, fast als fürchtete ich, ihre nervöse Energie noch weiter zu verstärken. Doch Bella schien mich kaum zu hören, so gefangen war sie in ihrem eigenen Wirbel aus Gedanken und Emotionen.

»Lucia.«

»Ich kann dir nicht folgen.«

»Ich habe ihr einen Kuchen gebacken, weil ... Weil dieser Irre mir Nachrichten geschrieben hat und mich bedroht hat. Er hat mich so wahnsinnig gemacht, dass ich nicht anders konnte.« Als Bella schließlich zu sprechen begann, war ihre Stimme hastig, die Worte überschlugen sich fast, als sie versuchte, alles auf einmal herauszubringen. Sie versteckte das Gesicht hinter den Händen. »Dann hat Lucia den Kuchen gegessen und einen anaphylaktischen Schock bekommen.« Ihre Bewegungen waren ruckartig und unkontrolliert, als ob sie die Intensität ihrer Emotionen auf diese Weise kanalisieren musste. »Ihr EpiPen war weg.«

»Hast du einen Arzt gerufen?«

»Wollte ich.« Ihre Stimme brach ab und sie sog die Luft scharf ein. Ihre Augen bewegten sich rastlos, fixierten mal einen Punkt im Raum, dann wieder mich, als sie nach einem Anker suchte, der ihr Halt geben könnte.

»Aber?«

»Ich habe es nicht getan ... Dieser Mensch hat mich erpresst, ich sollte sie aus dem Weg räumen.« Die Geschwindigkeit ihrer Sprache, gepaart mit den heftigen Gesten, machte es schwer, ihr zu folgen, doch die Dringlichkeit in ihrer Stimme und die offensichtliche Verzweiflung in ihren Bewegungen ließen keinen Zweifel daran, dass sie von einer tiefen Angst ergriffen war. Es war, als ob sie gegen eine unsichtbare Kraft kämpfte, die sie zu überwältigen drohte. »Aber ich habe mich furchtbar gefühlt und bin ins Badezimmer gegangen. Als ich zurückgekommen bin, war Lucia weg. Und der Kuchen auch. Es gab keine Beweise mehr.«

Die Panik in ihren Augen, die Verzweiflung in Caras Handlungen – all diese Puzzleteile fügten sich zusammen und enthüllten ein beunruhigendes Bild: Wir waren alle erpresst worden, alle auf unterschiedliche Weise zu Opfern eines größeren, dunklen Spiels gemacht worden, das hinter unserem Rücken gespielt wurde. »Du hast auch diese Nachrichten bekommen?«

Sie nickte.

»Scheiße ... Ich auch.« Diese Erkenntnis, dass wir alle in einem Netz aus Manipulation und Erpressung gefangen waren, schlug ein wie ein Blitz. Cara, Bella und ich, jeder von uns war in seine eigenen Kämpfe verwickelt, doch am Ende waren unsere Schicksale auf verhängnisvolle Weise miteinander verknüpft. Jede von uns trug die Last der Geheimnisse, der Drohungen, die über unseren Köpfen schwebten wie ein Damoklesschwert, bereit, jederzeit herabzufallen. »Deswegen habe ich das mit Caras Video getan. Hast du etwas von ihr gehört? Sie öffnet die Tür nicht.«

»Nein, heute noch nicht.«

»Ich habe ein ganz komisches Gefühl.«

»Was will er von dir?«

»Ich sollte die Videos von Cara leaken und dafür behält er mein Problem für sich.« Trotz dieser Offenbarung, dieser Verbindung, die uns alle band, fühlte sich das Ganze für mich dennoch rätselhaft an, ein Puzzle, dessen Teile nicht ganz zusammenpassen wollten. Warum wir? Was war das Endziel? Die Fragen wirbelten in meinem Kopf herum, während ich versuchte, Sinn in das Chaos zu bringen, das sich vor mir entfaltete. »Wobei ... Ist das überhaupt ein Er?«

»Ich weiß es nicht. Worum ging es bei dir?«

»Um die Tabletten.«

»Verstehe ... Vielleicht hat er sich bei Cara auch gemeldet und deswegen hat sie mit Lucia gesprochen.« Es war nicht nur eine Frage der Erpressung, es ging um Macht, Kontrolle und die dunklen Fäden, die uns alle an die Marionetten eines unsichtbaren Puppenspielers banden.

Dieses Netz aus Lügen, Geheimnissen und Drohungen, das sich um uns gewoben hatte, war dichter und verworrener, als ich es mir je hätte vorstellen können. »Vielleicht sind wir gar nicht unehrlich zueinander, sondern gefangen in unseren Geheimnissen.«

In einem Moment der Klarheit fanden Bella und ich zueinander in einer Umarmung, die mehr war als nur ein körperlicher Kontakt. »Wir müssen zusammenhalten, Bella. Du musst es mir versprechen.«

»Ja, ich schwöre es. Wir sind Freundinnen fürs Leben.« Unsere Arme schlossen sich fest um den anderen. In dieser Umarmung lag eine tiefe Verbundenheit, ein gegenseitiges Verständnis der Schwere unserer Lage und der unbedingten Notwendigkeit, einander zu stützen und zu stärken. »Wenn er sich noch einmal meldet, dann sprechen wir miteinander.«

KAPITEL ZWANZIG

BELLA

Mauro saß mir gegenüber. Jede Linie seines Gesichts, jede Bewegung schien von einer tiefen, inneren Anspannung gezeichnet zu sein, als ob die Ereignisse und Belastungen, die er durchlebt hatte, ihn bis aufs Äußerste ausgelaugt hätten. Sein Blick war in die Ferne gerichtet, verloren in Gedanken oder Erinnerungen, die ihn sichtlich bedrückten.

»Und Lucia lag einfach tot auf dem Rasen?«, fragte ich vorsichtig nach.

Er nickte.

»Wo sind die Kinder?« Ich legte meine Hand behutsam auf seine Schulter, ein stummes Zeichen der Unterstützung und des Mitgefühls, und drückte leicht zu, um ihm zu vermitteln, dass er nicht allein war in diesem Strudel aus Emotionen und Sorgen.

»Ich habe sie für ein paar Tage zu meiner Mutter gefahren. Das müssen sie nicht mitbekommen.« Das Gewicht der Schuld lastete schwer auf mir. In mir wühlte eine quälende Mischung aus Reue und Angst, verursacht durch das Wissen, dass ich auf eine tragische Weise für den Tod seiner Frau verantwortlich war. Er wusste es noch nicht, aber diese unausgesprochene Wahrheit zwischen uns fühlte sich an wie eine unsichtbare Mauer, die mit jedem Moment unserer Begegnung solider wurde.

Mein Herz schmerzte bei dem Gedanken an die bevorstehende Enthüllung, an den unvermeidlichen Moment, in dem Mauro die volle Tragweite meiner Handlungen begreifen würde. Die Vorstellung, den Schmerz in seinen Augen zu sehen, das mögliche Aufblitzen von Verrat und Verlust, war fast unerträglich. Es fühlte sich an, als würde ich innerlich zerreißen – zwischen dem Wunsch, die Wahrheit zu offenbaren, und der Angst vor den zerstörerischen Konsequenzen, die diese Offenbarung mit sich bringen würde.

Ich rang mit mir selbst, gefangen in einem Strudel aus Schuldgefühlen und der verzweifelten Hoffnung, irgendeine Form von Vergebung zu finden, einen Weg, das Unrecht, das ich begangen hatte, irgendwie wiedergutzumachen. Doch tief in mir wusste ich, dass einige Taten unumkehrbar waren, dass die Schatten, die sie warfen, lange nachdem die Tat vollbracht war, weiterbestanden. »Ich muss dir etwas sagen, Mauro.«

»Was denn?«

Ich schluckte hart. »Du musst mir versprechen, dass du nicht wütend wirst.« Mit der anderen Hand versuchte ich, seinen Blick zu fangen, ihm durch meine Augen eine Botschaft der Zuversicht und der Stärke zu senden.

»Ich habe keine Energie mehr, um wütend zu werden.« Die Stille, die den Raum füllte, schien jede meiner unausgesprochenen Gedanken zu verstärken, jedes Gefühl von Reue und Angst zu vertiefen. Ich fühlte mich gefangen in meiner eigenen Haut.

»Ich habe diese Blumen bekommen. Erinnerst du dich?«

Wieder nickte er stumm. »Danach hat es angefangen, dass ich Nachrichten bekommen habe. Jemand hat mich erpresst.«

»Zeig mir die Nachrichten. Wer droht dir?«

Mit zitternden Händen holte ich das Handy hervor, die ich Mauro zeigen musste. Es war ein Moment, den ich am liebsten vermieden hätte, doch die Wahrheit konnte nicht länger verborgen bleiben. Ich reichte ihm mein Handy, auf dem die entscheidenden Nachrichten zu sehen waren, die die tragische Wahrheit offenbarten. Er nahm es zögerlich entgegen, sein Blick zunächst fragend, dann immer konzentrierter, als er die Worte auf dem Bildschirm las. »Ich habe keine Ahnung, wer das ist. Aber er oder sie scheint alles zu wissen.«

»Da steht, dass du Lucia beseitigen sollst.« Mit jeder Zeile, die er las, konnte ich sehen, wie sich seine Miene veränderte. Was als Verwirrung begonnen hatte, verwandelte sich schnell in Ungläubigkeit und dann in eine tiefe, dunkle Wut. Seine Hände umklammerten das Handy fester, seine Kiefermuskeln spannten sich an und seine Augen blitzten vor Zorn auf. Es war, als würde jede Nachricht, jedes Wort, Öl ins Feuer seiner Wut gießen, eine Wut, die sich nicht nur gegen die Umstände richtete, sondern auch gegen mich, den Überbringer dieser verheerenden Nachrichten.

»Ich war bei ihr und hatte eine Waffe dabei. Für einen winzigen Moment habe ich es als einzige Option gesehen.«

»Aber sie hatte keine Schusswunde.«

Peinlich berührt senkte ich den Blick. »Nein, ich hätte nicht abdrücken können. Als Vorwand hatte ich einen Kuchen dabei und ich habe Nussmehl benutzt. Ich bin so eine Idiotin.« Schließlich hob er den Blick vom Bildschirm und unsere Blicke trafen sich. Es war ein Blick, der mich bis ins Mark erschütterte, der mich mit einer Intensität traf, die schwer in Worte zu fassen war. »Du kannst dir nicht vorstellen, wie unglaublich leid es mir tut. Das war nicht meine Absicht gewesen.«

»Du warst das?«

»Na ja, ich habe den Kuchen mitgebracht, aber ich habe ihn ihr nicht in den Mund gestopft. Das war sie selbst. Sie wusste von der Affäre, weil Cara es ihr gesagt hat.« Sein Blick auf mich war durchdringend, als würde er versuchen, hinter die Fassade zu blicken, nach Antworten suchen, die das Unfassbare irgendwie erklärbar machen könnten. »Etwas war seltsam ...«

»Was denn?«

Die Luft um uns herum schien dichter zu werden, schwer von der Last der unausgesprochenen Fragen und Anschuldigungen. Ich stand da, unfähig, mich zu bewegen oder zu sprechen, vollkommen überwältigt von der Gravität des Moments und der zerschmetternden Wirkung meiner Enthüllungen auf Mauro. »Sie wollte dieses Ding holen, was Allergiker immer dabei haben, und es war weg.«

»Das ist unmöglich. Sie ist so penibel dabei.« Nach einem Moment, der sich wie eine Ewigkeit anfühlte, ließ Mauro seinen Blick von mir ab und stützte sein Gesicht in seine Hände. Seine Schultern zuckten leicht.

»Verstehst du nicht, was ich dir sagen will? Ich war nur kurz im Badezimmer, um dich anzurufen und als ich wiederkam, war die Leiche weg. Und jetzt plötzlich taucht sie im Garten wieder auf.« So lange war ich nicht im Badezimmer gewesen, oder? Allein der Gedanke, dass X auch im Haus gewesen sein könnte, ließ mich nervös werden. »Das sind ein paar viele Zufälle, oder?«

Ich saß da, beobachtete ihn. Was ging in seinem Kopf vor sich? Die Barriere seiner Hände schirmte seine

Emotionen ab, machte es unmöglich, einen Einblick in die Wirbel aus Gedanken und Gefühlen zu bekommen, die ihn zweifellos überwältigten. Jeder dieser Seufzer schien eine Last zu tragen, eine stumme Geschichte von Schmerz und Verlust, die zu schwer war, um in Worte gefasst zu werden. »Kannst du bitte etwas sagen? Es tut mir nämlich schrecklich leid.«

»Du glaubst, dass dieser Erpresser sie verschwinden und dann wieder auftauchen lassen hat?«

Das klang verrückt, das wusste ich selbst. Solche Nachrichten zu schreiben, war das eine, aber eine Leiche zu stehlen und sie Tage später auftauchen zu lassen, war etwas vollkommen anderes. »Cara und Lea haben auch solche Nachrichten bekommen. Man droht ihnen auch.«

»Aber eigentlich hat er mir gedroht und nicht dir.« Trotz des schweren Schleiers der Emotionen, der über ihm lag, schien er eine innere Stärke zu mobilisieren, einen Willen zur Fassung, der in diesen dunkelsten Momenten zum Vorschein kam.

Langsam senkte er seine Hände, enthüllte ein Gesicht, das von inneren Kämpfen gezeichnet war, doch zugleich eine Entschlossenheit ausstrahlte. »Hast du eine Vermutung, wer es sein könnte?«

»Nicht einmal ansatzweise. Gefühlt weiß dieser Mensch alles über uns.« Und das war verflucht beunruhigend. »Bist du mir böse?«

Ich beobachtete, wie er sich aufrichtete, seine Haltung eine bewusste Anstrengung zur Selbstbeherrschung zeigte. Es war, als ob er jeden Muskel, jede Faser seines Seins dazu zwang, der Zerbrechlichkeit, die ihn umgab, Trotz zu bieten. »Du hast es nicht mit Absicht getan.«

»Ich hätte das mit den Nüssen wissen müssen ... Es ist mir einfach entfallen.«

Mauros Versuch, sich zusammenzureißen, war ein starker Moment, der die Komplexität des menschlichen Erlebens widerspiegelte – die Fähigkeit, inmitten von Schmerz und Verlust nach Stabilität und Ordnung zu streben. Es war eine Erinnerung daran, dass selbst in den dunkelsten Kapiteln unseres Lebens der Wille zur Erholung und zur Fortsetzung ein zentrales Element unserer Existenz war. »Das ist nicht deine Schuld. Dass der EpiPen nicht da war, ist mehr als seltsam.«

»Meinst du das wirklich ernst?«

Seine Bewegungen waren zögerlich, als ob er jede sorgfältig abwägen würde, doch als er mich erreichte, öffneten sich seine Arme und er zog mich in eine feste Umarmung. »Es löst auch ein paar Probleme, so traurig wie es ist.«

»Eure Kinder tun mir leid. Sie haben ihre Mutter verloren«, murmelte ich und konnte nur daran denken, wie schmerzhaft es gewesen wäre, wenn sie sie gefunden hätten. Gott sei Dank war er es.

Mauro hielt mich an sich gepresst, so fest, als wollte er jeden Abstand zwischen uns überbrücken, jede Barriere, die durch Schmerz und Verrat errichtet worden war, niederreißen. Sein Griff war stark, doch nicht erdrückend. »Ich habe ihnen einen Termin beim Psychologen gemacht, damit sie gleich von Anfang an in guter Betreuung sind.«

In seinen Armen fühlte ich eine Mischung aus Stärke und Verletzlichkeit, eine stumme Anerkennung der Tatsache, dass wir, trotz allem, was geschehen war, immer noch fähig waren, Trost im anderen zu finden. Die Umarmung war ein kraftvolles Zeichen der Menschlichkeit, ein Beweis dafür, dass selbst in den dunkelsten Stunden unser Bedürfnis nach Verbindung, nach Verständnis und Mitgefühl, überwog.

Ich bin so bereit für dich.
Immer.

KAPITEL EINUNDZWANZIG

X

Ich setzte mich an den Schreibtisch und öffnete den Laptop, die Vorfreude ließ mein Herz schneller schlagen. Ich navigierte durch die Seiten, bis ich mich schließlich in Caras Cam-Session einloggte, eine exklusive Stunde, die ich im Voraus mit ihr gebucht hatte. Als sich das Bild öffnete, wurde ich sofort von dem Anblick gefesselt, der sich mir bot.

Cara erschien auf dem Bildschirm, bekleidet mit einem hellgrünen, transparenten Body, der ihre Silhouette auf faszinierende Weise umhüllte. Das sanfte Grün des Stoffes kontrastierte auf verführerische Weise mit ihrer Haut.

»Hey, Bellissimo. Willst du dich nicht zeigen?« Ihre Stimme war tiefer als sonst, verführerischer, während sie mit dem Finger ihre Lippen umspielte.

»Lieber nicht. Ich bin schüchtern.« Doch es waren ihre Haare, die mich besonders in ihren Bann zogen. Heute trug sie keine Perücke. Die roten Locken fielen in weichen Wellen um ihr Gesicht und über ihre Schultern, ein lebendiges Feuer, das in jedem Lichtstrahl zu tanzen schien.

Die Art, wie sie sich bewegte, wie die Locken bei jeder Geste mitschwangen, hatte etwas Hypnotisches, fast Magisches.

Mit einer fließenden Bewegung strich sie den Stoff vor ihren Brüsten zur Seite und begann, sie zu massieren. »Bei mir musst du nicht schüchtern sein.«

Ich lehnte mich zurück und ließ mich von der Szene vor mir faszinieren, von der Eleganz ihrer Bewegungen, der sinnlichen Ausstrahlung, die von ihr ausging. Es war, als würde Cara durch den Bildschirm hindurch eine Verbindung zu mir aufbauen, eine stille Kommunikation, die nur durch Blicke und Gesten erfolgte. »Ist das so?«

»Mhm«, raunte sie und spielte mit dem Finger an ihren Lippen herum.

»Du siehst müde aus.«

Ein winziger Teil ihres Gesichts war irritiert über die Aussage. »Ich hatte einige harte Nächte. Vielleicht werde ich ein bisschen krank.«

Während ich Cara auf dem Bildschirm betrachtete, konnte ich nicht umhin, eine gewisse Genugtuung zu empfinden, die aus dem Wissen herrührte, dass der Stress und die Müdigkeit, die in ihren Bewegungen mitschwangen, auf meine Einflussnahme zurückzuführen waren. Diese dunkle Erkenntnis, dass ich es war, der die Fäden ihres Lebens in der Hand hielt, verlieh mir ein Gefühl der Kontrolle, das sowohl mächtig als auch tief beunruhigend war. »Tust du denn, was ich dir sage?«

»Dafür hast du bezahlt.«

»Es war nicht einfach, einen Termin bei dir zu bekommen.« Ich hatte dafür gesorgt, dass Cara in dieser Weise agierte, dass sie sich in einem Zustand ständiger Anspannung und Erschöpfung befand.

»Ich nehme mir gerne Zeit für meine Kunden«, meinte

sie und stöhnte auf, als sie ihre Nippel gegen den Uhrzeigersinn drehte.

»Ich möchte, dass du dich ausziehst.« Ich öffnete meinen Gürtel und den Kopf meiner Hose.

Dann begann Cara, den grünen Body ganz langsam auszuziehen. Ihre Bewegungen waren bedächtig und sinnlich, jede Geste sorgfältig gewählt, um die Spannung und die Erwartung zu steigern. Der transparente Stoff schimmerte im Licht, während sie begann, ihn über ihre Schultern gleiten zu lassen.

»Das gefällt mir. Berühr dich. Spiel ein bisschen mit dir.«

Als der grüne Body schließlich vollständig abgelegt war, verharrte Cara für einen Moment in einer Pose, die sowohl Verletzlichkeit als auch Stärke ausstrahlte, ehe sie die Finger zwischen ihre Beine gleiten ließ. »Gefällt dir das, Bellissimo?«

»Sehr.« Meine Hand verschwand ebenfalls in meiner Unterhose. Schönen Frauen konnte ich nicht lange widerstehen.

»Spielst du auch ein bisschen mit dir?«

»Möchtest du, dass ich das tue?«

Sie nickte.

»Dann tue ich das.« Ich ließ sie hören, wie ich über meinen Schwanz rieb und es verlangte ihr ein leises Stöhnen ab.

Ihre Bewegungen, die Art, wie sie sich präsentierte, hatten eine faszinierende Anziehungskraft, die mich in ihren Bann zog. Ihre Schönheit war unbestreitbar, und das Begehren, das sie in mir weckte, war intensiv und unübersehbar.

Trotz dieser körperlichen Anziehung empfand ich eine Art von distanziertem Kalkül, wenn ich über Cara und ihre

Rolle in dem komplexen Spiel nachdachte, das sich um uns herum entfaltete. In meinem Geist hatte ich sie als das schwächste Glied in der Kette identifiziert, jemanden, der vielleicht leichter zu manipulieren und zu kontrollieren war als andere. Diese Einschätzung basierte nicht auf einer Minderung ihrer Persönlichkeit oder Fähigkeiten, sondern auf einer kalten Analyse der Dynamik, die ich um uns herum wahrnahm.

»Du bist so hart«, keuchte sie und drang mit zwei Fingern in sich ein.

»Nur für dich.« Diese doppelte Wahrnehmung Caras – einerseits als Objekt meines Begehrens, andererseits als strategischer Punkt in einem größeren Plan – schuf eine innere Dissonanz. Es war, als ob ich zwischen zwei Extremen gefangen war: der unmittelbaren, rohen Anziehungskraft, die sie auf mich ausübte, und der kühlen, berechnenden Logik, mit der ich ihre Stellung und ihren Nutzen in dem verwobenen Netz aus Beziehungen und Intrigen bewertete. »Ich habe die ganze Zeit an dich gedacht.« Der Lusttropfen rann über meine Spitze.

Ihre Bewegungen waren sanft und überlegt, geführt von einem tiefen Verständnis ihres eigenen Körpers und dessen, was ihr Vergnügen bereitete. Es war, als würde sie eine stille Melodie der Lust spielen, deren Rhythmus und Harmonie nur ihr bekannt waren. »Ich möchte, dass du öfter an mich denkst.«

»Du glaubst mir gar nicht, wie oft ich das tue.« Sie und ihre Freundinnen kreisten so oft in meinem Kopf, dass ich es gar nicht mehr zählen konnte. Die drei hatten es mir angetan.

Mit jeder Berührung, jedem Streicheln, entlockte sie ihrem Körper leise Seufzer und Stöhnen, Klänge. »Schaust du oft meine Videos?«

»Jedes einzelne«, raunte ich und wichste immer schneller. Ich würde es nicht lange durchhalten, ihr zuzusehen. Dafür wusste sie zu genau, was sie machen musste, um mich anzumachen.

Ich saß da, gebannt von dem Anblick. Die Intimität des Moments, verstärkt durch die Distanz, die der Bildschirm zwischen uns schuf, verlieh der Szene eine seltsame Art von Intensität. Es war, als ob ich gleichzeitig Voyeur und Vertrauter wäre, eingeladen in einen höchst persönlichen Raum, der gleichzeitig öffentlich und privat war.

Schließlich aktivierte ich meine eigene Kamera. Doch anstatt mich vollständig zu zeigen, richtete ich die Kamera nur auf meinen Unterleib, eine bewusste Entscheidung, die Anonymität zu wahren. Diese Geste war kalkuliert, ein Spiel mit Andeutungen und Halbschatten, das unsere Interaktion in ein neues Licht rückte. Und ich kam. Es war so gut, dass ich meine freie Hand in der Lehne des Stuhls festkrallte. »Das hast du so gut gemacht, Pupetta.« Ich schmunzelte.

Bevor Cara die Gelegenheit hatte, auf meine Worte zu reagieren, beendete ich die Session abrupt und loggte mich aus. Sie sollte wissen, dass ich sie die ganze Zeit beobachtet hatte, dass mein Blick auf ihr lag, auch wenn ich im Verborgenen blieb. Es war eine Demonstration von Macht, aber auch von Distanz, ein Spiel mit Nähe und Entfernung, das die Komplexität unserer Verbindung unterstrich.

KAPITEL ZWEIUNDZWANZIG

CARA

Die Komposition, die dunklen Töne, die Elia gewählt hatte, verliehen dem Werk eine tiefe, fast melancholische Atmosphäre. Doch trotz dieser Schwere gab es eine unbestreitbare Eleganz in den Linien, eine Art von rauer Schönheit, die sich durch die Dunkelheit hindurchzuzwängen schien. »Das sieht fantastisch aus.«

»Etwas dunkel, meinst du nicht?«

»Nein, ich finde es perfekt. Es hat eine Tiefe, die beeindruckend ist.« Ich widerstand dem Drang, mit dem Finger über die Leinwand zu fahren, um die Schönheit zu berühren.

»Ich finde, da fehlt etwas Rot.« Elias Bewegungen waren impulsiv, fast rebellisch, als er zur roten Farbe griff. Ohne zu zögern, klatschte er sie wahllos auf die Leinwand.

Anerkennend nickte ich. »Das sieht nach Leidenschaft aus.«

»Weißt du, was noch mehr nach Leidenschaft aussehen würde?« Nachdem er die Farbe aufgetragen hatte, legte

Elias das Bild sorgfältig auf den Tisch. Mit entschlossenen Bewegungen seiner Hände wischte er über die noch feuchte Oberfläche, verschmierte die Farben in einer Weise, die eine neue Dimension der Bewegung und Dynamik in das Werk brachte.

Dann, mit einer plötzlichen Wendung seiner Aufmerksamkeit, wandte er sich mir zu. Seine Bewegungen waren jetzt zielgerichtet, seine Absichten klar. Er zog mir das Kleid und den Slip aus. »Was tust du?«

Als ich nackt vor ihm stand, hob er mich hoch und setzte mich auf das noch feuchte Bild. Die kühle, nasse Farbe auf meiner Haut, die Textur der Leinwand unter mir, all das verschmolz zu einer Erfahrung, die sowohl surreal als auch zutiefst real war.

»Ich male«, meinte er und verteilte die Farbe auf meinem Körper.

Mit einer ruhigen, fast zeremoniellen Geste nahm er die Farbtöpfe und schüttete die Farben über seine Hände. Sie rann in Strömen über seine Handflächen, tropfte zwischen seinen Fingern hindurch und verwandelte seine Hände in Pinsel, bereit, auf einer neuen Leinwand zu malen.

Dann begann er, seine farbgetränkten Hände über jeden Zentimeter meiner Haut zu streichen. Mit geübten, fließenden Bewegungen verteilte er die Farbe, ließ Linien und Muster entstehen, die sich über meinen Körper schlängelten, als würde er ein neues Kunstwerk direkt auf mir erschaffen. »Elia, das ist kalt.« Ich lachte.

»Gleich nicht mehr.« Die Empfindung seiner Hände auf meiner Haut, gemischt mit der Kühle der Farbe, war atemberaubend. Es war, als würde ich gleichzeitig zum Medium und zur Muse werden. Jede seiner Bewegungen, jede Berührung fühlte sich bedeutsam an, als würde er nicht nur Farbe, sondern auch einen Teil seiner Seele auf mich übertragen. »Stütz die Arme dorthin.« Langsam sank er vor mir auf die Knie und dirigierte meine Beine auf seine Schultern. Bei der ersten Berührung seiner Zunge mit meiner Mitte sog ich die Luft scharf ein. Instinktiv lehnte ich mich noch weiter zurück. »Fuck ...«

Es war nicht nur kalt und fühlte sich seltsam auf der Haut an. Nein, es war auch unglaublich heiß, zu wissen, dass dieses Bild bei irgendwem im Haus hängen würde. Unwillkürlich begann ich, mich zu bewegen, wusste, dass ich die Farbe immer weiter verteilen würde. Er wischte die Finger an der Hose ab, ehe er mich mit zwei Fingern fickte.

»So bringt man Leidenschaft auf die Bilder, Baby.« Elia erhob sich und stand vor mir, seine Augen funkelnd vor einer Mischung aus künstlerischer Inspiration und einem tieferen Verlangen. Ohne ein weiteres Wort zu verlieren, beugte er sich herab und verband unsere Lippen in einem leidenschaftlichen Kuss, der die Luft um uns herum zum Knistern brachte.

Nachdem sich unsere Lippen getrennt hatten, griff Elia nach einem weiteren Farbtopf, seine Augen blitzten vor einer Mischung aus Verspieltheit und Herausforderung. Mit einer fließenden Bewegung kippte er die Farbe über mich, ließ sie in Strömen über meine Haut rinnen. Die Farbe, die meinen Körper bedeckte, fühlte sich an wie ein weiterer Kuss, diesmal jedoch einer, der in schillernden Tönen gesprochen wurde, ein visuelles Liebkosen, das jede Faser meines Seins berührte. Wie in Zeitlupe schob er seinen Schwanz zwischen meine Beine, tauchte langsam ein und ließ mich immer mehr von sich spüren. Mit einer Hand an meinem unteren Rücken verhinderte er, dass ich einen Zentimeter wegrutschte.

Während die Farbe sich ihren Weg über meine Haut

bahnte, zeigte Elias eine verspielte Seite seines Verlangens. Er neckte mich einige Male mit seiner Spitze, ehe er selbst die Kontrolle verlor und immer schneller wurde. Selbstbeherrschung war noch nie sein Ding gewesen.

Ich stöhnte immer lauter auf, suchte irgendwie nach Halt in diesem Rausch. In diesen Momenten, in denen Kunst und Leidenschaft sich vermischten, entstand ein Raum von außergewöhnlicher Intensität und Schönheit. Elias Fähigkeit, mich sowohl als Muse als auch als Partnerin in diesem Tanz der Farben und der Gefühle zu sehen, verwandelte unsere Begegnung in etwas Einzigartiges, eine Erfahrung, die sowohl in der Welt der Kunst verankert war als auch tief in den persönlichen, leidenschaftlichen Ebenen unserer Verbindung wurzelte. Mit einem leisen Keuchen sank er gegen meine Schulter und zog mich sanft in seine Arme. Sein Griff um mich war fest, doch ungemein zärtlich, ein sicherer Hafen, in dem ich zur Ruhe kommen konnte.

In seinen Armen zu sein und seinen Herzschlag gegen meinen zu spüren, brachte eine beruhigende Stille mit sich, die im starken Kontrast zu dem Sturm der Emotionen stand, den wir gerade gemeinsam durchlebt hatten. Es war, als würden wir beide in diesem Moment, eng umschlungen, einen stillen Raum betreten, in dem nichts anderes existierte als das Gefühl der gegenseitigen Anwesenheit und der tiefen Verbindung, die uns band. »Wir überstehen alles zusammen.«

»Wie läuft dein Job in Leas Laden?«

»Ich liebe es. Die Bücher machen mich wirklich glücklich«, log ich.

»Wie kann es sein, dass du dort so viel verdienst?« Elias Atem strich sanft über meine Haut, seine Wärme umhüllte mich und ich fühlte mich geborgen, geschützt vor der Außenwelt und ihren Turbulenzen. Diese Stille, die uns umgab, war erfüllt von einer tiefen Zufriedenheit und einem Gefühl des Angekommen-Seins. In seinen Armen zu ruhen, bedeutete, einen Ort der Ruhe zu finden, einen Moment des vollkommenen Friedens in der stürmischen See des Lebens.

»Ich arbeite auf Provision. Scheinbar bin ich ziemlich gut in dem, was ich tue.«

»Natürlich bist du das. Du bist ja auch meine Frau.« Ich schätzte die Stärke und die Sanftheit, die Elia ausstrahlte, die Art und Weise, wie er mich hielt, als wäre ich ein kostbares Gut, das es zu schützen galt.

Es war, als würden seine Arme eine unsichtbare Barriere gegen die Welt bilden, die uns umgab, und in diesem geschützten Raum konnten wir beide einfach nur sein, verbunden durch das Band unserer gemeinsamen Erfahrungen und der stillen Gewissheit unserer tiefen Zuneigung zueinander. »Ich bin so stolz auf dich, dass du mir diese Chance verschaffst, Cara.«

Mit jedem Tag, der verging, fühlte ich mich zunehmend zerrissen. Die Lügen, die ich Elia gegenüber aufrechterhielt, begannen, schwer auf mir zu lasten. Ich hatte ihm erzählt, ich würde in Leas Laden arbeiten, eine einfache, unschuldige Tätigkeit, die weit entfernt war von der Wirklichkeit meines Lebens. In Wahrheit hatte ich diese Arbeit nur für wenige Wochen ausgeführt, bevor ich mich in eine ganz andere Richtung gewandt hatte.

Das Gewissen nagte unerbittlich an mir, jedes Mal, wenn ich ihm in die Augen sah, jedes Mal, wenn er mich in seine Arme schloss und ich die Wärme und das Vertrauen spürte, das er mir entgegenbrachte.

Meine Lügen bildeten eine unsichtbare Mauer zwischen uns, ein Hindernis, das ich selbst errichtet hatte und das mich nun von ihm trennte. Ich betete in der Stille meines

Herzens, dass er niemals erfahren würde, womit ich mein Geld verdiente, dass diese dunkle Wahrheit niemals das Licht seiner Erkenntnis erblicken würde. Die Vorstellung, die Enttäuschung und den Ekel in seinen Augen zu sehen, sollte er jemals die Wahrheit herausfinden, war unerträglich.

KAPITEL DREIUNDZWANZIG

X

ICH, 13:01 UHR

Pupetta, hast du mich schon vermisst?

ICH, 13:01 UHR

Ich sehe, dass du meine Nachricht gelesen hast.

BELLA, 13:20 UHR

Was willst du?

BELLA, 13:20 UHR

Ich habe die Aufgabe doch erfüllt.

ICH, 13:21 UHR

Ich musste eingreifen, weil du sonst durchgedreht wärst.

BELLA, 13:23 UHR

Was ist das für eine kranke Scheiße?

BELLA, 13:24 UHR

Wieso war ihr EpiPen nicht da?

BELLA, 13:25 UHR

Wie konntest du sie so schnell aus dem Haus schaffen?

BELLA, 13:26 UHR

Und wieso hast du sie einfach auf den Rasen gelegt? Ihre Kinder hätten sie finden können.

ICH, 13:27 UHR

Diese armen Geschöpfe …

ICH, 13:28 UHR

Vielleicht hätten sie sehen sollen, was ihre Mutter für ein Mensch war.

BELLA, 13:29 UHR

Was hat sie dir getan?

ICH, 13:30 UHR

Das ist nicht das Thema.

ICH, 13:30 UHR

Ich habe eine neue Aufgabe für dich.

BELLA, 13:31 UHR

Ich habe deine Aufgabe schon erfüllt. Mehr mache ich nicht.

ICH, 13:31 UHR

Ich bestimme, wann das Spiel endet.

ICH, 13:32 UHR

Wenn du es nicht tust, sorge ich dafür, dass Mauro alles verliert.

ICH, 13:33 UHR

Meinst du, er ist dann noch so interessant für dich?

ICH, 13:34 UHR

Ohne all das Geld, meine ich.

ICH, 13:34 UHR

Wenn er einfach nur ein armer Kerl ist, der drei Kinder an der Backe hat.

BELLA, 13:35 UHR

Ich liebe ihn, egal wie sein Leben aussieht.

ICH, 13:36 UHR

Dann beschütze ihn.

BELLA, 14:36 UHR

Du tust ihm weh, wenn ich es nicht tue, oder?

ICH, 13:37 UHR

Du bist ein schlaues Mädchen, Bella.

BELLA, 14:50 UHR

Was soll ich tun?

ICH, 13:51 UHR

Kenos Geburtstagsfeier ist am Wochenende. Mach das Geburtstagskind glücklich.

BELLA, 14:52 UHR

Glücklich?

ICH, 13:53 UHR

Mach ihn an.

ICH, 13:53 UHR

Flirte.

ICH, 13:54 UHR

Zeig mir, was für eine kleine Schlampe du sein kannst.

ICH, 13:55 UHR

Ich werde auch da sein und keine Sekunde verpassen.

BELLA, 14:56 UHR

Was soll das heißen, dass du auch da bist?

BELLA, 14:57 UHR

Hallo?

BELLA, 14:59 UHR

Was soll das heißen?

BELLA, 15:05 UHR

Sag es mir.

BELLA, 15:06 UHR

HALLO?

BELLA, 15:19 UHR

WAS SOLL DAS HEIßEN?

ICH, 15:20 UHR

Erfülle deine Aufgabe, Pupetta.

ICH, 15:21 UHR

Wenn du versagst, zeige ich jedem, was für perverse Spielchen Mauro und du spielen.

ICH, 15:22 UHR

Und du weißt, was das für ihn heißt.

ICH, 15:24 UHR

Riskiere es nicht.

KAPITEL VIERUNDZWANZIG

BELLA

Wir befanden uns auf Leas Gartenparty, die als Kenos Geburtstagsfeier dienen sollte. Alles war von der Abwesenheit der Gastgeberin und der lebhaften Anwesenheit von Gilbert, dem Welpen der beiden, geprägt. Er war voller Energie und Neugier, flitzte aufgeregt durch die Menge, ein Wirbelwind aus Fell und Freude, der jedem ein Lächeln ins Gesicht zauberte.

Ich stand neben Cara und während wir uns unterhielten, ließen wir unsere Blicke gelegentlich über die anwesenden Gäste schweifen. Unsere Aufmerksamkeit wurde besonders von einer Gruppe von Männern gefangen genommen, die bekannt dafür waren, regelmäßig zusammen joggen zu gehen. Ihre gut gebauten Figuren zeugten von ihrer sportlichen Routine und in ihren Anzügen sahen sie unbestreitbar attraktiv aus. Die Art, wie sie sich bewegten, mit einer gewissen Selbstsicherheit und einem Hauch von Kameradschaft, machte sie zu einem interessanten Anblick.

»Hast du Lea gesehen?«, fragte sie mich und nippte am Aperol.

»Nein, bisher nicht.« Unter ihnen war auch Mauro, der sich durch seine Ausstrahlung hervorhob. Trotz der lockeren Atmosphäre der Gartenparty, schien er eine Art natürliche Autorität auszustrahlen, verstärkt durch sein gepflegtes Äußeres und die souveräne Art, wie er sich in seinem Anzug präsentierte. Seine Teilnahme an der Jogginggruppe schien nicht nur seiner körperlichen Fitness zugutezukommen, sondern verlieh ihm auch eine zusätzliche Facette von Attraktivität. Mein Handy vibrierte und ich ergriff es sofort. Das konnte nichts Gutes bedeuten.

X, 15:42 UHR

Hübsches Kleid. Ich mag den Ausschnitt.

X, 15:42 UHR

Irgendwie zeigt es, was für ein böses Mädchen zu sein kannst.

ICH, 15:45 UHR

Wo bist du?

X, 15:46 UHR

Ganz in der Nähe.

X, 15:46 UHR

Du hast eine Stunde für deine Aufgabe.

X, 15:48 UHR

Los gehts.

Während ich auf Leas Gartenparty stand, umgeben von dem fröhlichen Treiben und dem leisen Summen der Unterhaltungen, ließ ich meinen Blick schweifen, um die Anwesenheit der anderen Gäste aufzunehmen. Was mir auffiel, war, dass viele der Nachbarn, darunter auch Mauro, Keno, Elia und einige andere, in ihre Handys vertieft waren.

Selbst der Sohn von Signora Verde, der neben seiner redseligen Mutter stand, schien mehr an seinem Handy interessiert zu sein als an den Gesprächen um ihn herum.

Die Tatsache, dass so viele meiner Nachbarn und Freunde gleichzeitig am Handy waren, ließ mich über die Möglichkeit grübeln, dass hinter diesen scheinbar harmlosen Aktionen mehr stecken könnte. Die Angst, überall Gefahr zu sehen, begann, sich in meinem Geist zu manifestieren, genährt von der Paranoia, dass in der vermeintlichen Sicherheit meines Umfelds verborgene Bedrohungen lauerten.

Diese wachsende Furcht, dass ich von potenziellen Gefahren umgeben war, wurde durch die allgegenwärtige Ablenkung durch Handys verstärkt. Jedes Flüstern, jede heimliche Nachricht, die ausgetauscht wurde, schien nun verdächtig, ein mögliches Zeichen für verborgene Absichten oder drohende Gefahren. Die Tatsache, dass selbst vertraute Gesichter wie Mauro, Keno und Elia in ihre eigenen digitalen Welten vertieft waren, ließ mich zweifeln und ich hinterfragte die Authentizität der Verbindungen um mich herum.

Diese zunehmende Paranoia, die Fähigkeit zu verlieren, zwischen realen Bedrohungen und unbegründeten Ängsten zu unterscheiden, ließ mich an meinem eigenen Urteilsvermögen zweifeln und verstärkte das Gefühl der Isolation inmitten der scheinbaren Geselligkeit. Keno stand am Grill, die Zange in der Hand, während er sich um die Steaks und Gemüsespieße kümmerte, die über den glühenden Kohlen brutzelten. Die Sonne tauchte den Garten in ein warmes Licht.

Entschlossen, die Gelegenheit zu nutzen, ging ich zu Keno hinüber und stellte mich neben ihn. Ich spürte die wohlige Wärme des Grills und eine andere, subtilere Wärme, die von Keno auszugehen schien. »Oh, das riecht fantastisch. Was ist das für Fleisch?«

»Rinderfilet, das ich selbst mariniert habe. Ich hoffe, du magst Rosmarin. Ich wollte mal etwas Neues probieren.«

Mit einer beiläufigen, aber durchdachten Geste legte ich meine Hand auf seine Schulter. »Ich liebe Rosmarin«, sagte ich, meine Stimme leicht und spielerisch. Ich warf ihm einen schiefen Blick zu, eine Mischung aus Bewunderung und schelmischer Neugier, die meine Absicht unterstrich.

»Das wusste ich ja noch gar nicht über dich.«

»Eigentlich weißt du gar nicht so viel über mich, oder?«

Keno drehte sich leicht zu mir, ein Lächeln umspielte seine Lippen, als er meine Geste und die damit verbundene Ungezwungenheit erwiderte. »Na ja, bei Kopfschmerzen schwörst du auf Aspirin, deine Anti-Baby-Pille kaufst du zwar, aber ich wette, du nimmst sie nicht regelmäßig, denn deine Rezepte sind immer etwas später. Außerdem nimmst du ziemlich oft Vomex gegen Übelkeit.«

Das war verflucht noch mal gruselig. »Ja, ich habe einen nervösen Magen.«

Der Abstand zwischen uns verringerte sich spürbar, bis wir fast Schulter an Schulter standen. Dann ließ er seine Hand sanft über meinen Arm streichen. »Siehst du, ich weiß doch eine ganze Menge über dich.« Beiläufig drehte er das Fleisch.

»Du bist ein sehr aufmerksamer Mann.«

»Sag das mal meiner Frau.« Der Sarkasmus schwang in seinen Worten mit. Ich spürte die Wärme seiner Hand auf meiner Haut. »Apropos ... Wo ist meine Frau?« Kenos Blick schweifte über den Garten.

»Ich habe sie noch nicht gesehen.« Mit der Hand glitt ich weiter über seine Schultern. »Deine Muskulatur ist richtig verspannt.«

Er nickte. »Ja, ich habe in den letzten Tagen superviel gearbeitet.«

»Du Armer. Ich kann ich darum kümmern.«

Kenos Augen hielten meinen Blick gefangen, und in der Tiefe dessen konnte ich eine Vielzahl von Emotionen erkennen – Neugier, Zuneigung, vielleicht sogar ein Hauch von Verlangen.

»Die dunkleren Haare stehen dir.«

»Danke.« Dieses Gespräch hatte etwas Unangenehmes an sich, das ich nicht vollständig greifen konnte.

»Die sehen aus wie flüssige Schokolade. Das ist wirklich verrückt.« Die Art und Weise, wie er mich ansah, während seine Hand noch immer sanft meinen Arm streichelte, ließ mein Herz schneller schlagen. Die Intensität seines Blickes, gepaart mit der Zärtlichkeit seiner Berührung, erzeugte eine elektrisierende Atmosphäre zwischen uns, eine spürbare Spannung, die gleichzeitig neu und vertraut wirkte. »Aber du bist allgemein eine sehr attraktive Frau. Habe ich dir das schon einmal gesagt?«

»Das hast du mir noch nie gesagt.« Gott sei Dank hatte er das bisher nicht getan.

»Aber so oft gedacht. Du hast eine besondere Ausstrahlung.« Sein Flirten, das zunächst spielerisch und harmlos erschienen war, nahm eine Wendung, die mich zunehmend unwohl fühlen ließ. Ich bemerkte, wie seine Blicke immer öfter und offensichtlicher über meinen Körper wanderten, insbesondere verweilten sie auf meinen Brüsten.

Diese unverhohlene Betrachtung, die einen Mangel an Respekt und Grenzen zu offenbaren schien, ließ ein Gefühl der Unbehaglichkeit in mir aufkommen. »Deine Kurven sind an den perfekten Stellen.«

Ich griff nach seinem Kinn und hob es an. »Hier sind meine Augen.«

»Tut mir leid.« Sein Verhalten wirkte auf mich eher aufdringlich und unangebracht. Die Leichtigkeit und das Vergnügen, die ich zuvor in unserem Austausch gespürt hatte, wurden überschattet von einer wachsenden Anspannung und dem Bedürfnis, mich zu schützen.

Gefangen in einem Netz aus Unsicherheit und Unbehagen, begann ich, mich zu fragen, wann ich die mir gestellte Aufgabe als erfüllt betrachten könnte. Die Zweifel kreisten in meinem Kopf, eine endlose Schleife aus Fragen und Sorgen über das, was von mir erwartet wurde und wie weit ich bereit war, zu gehen.

Die Unklarheit meiner Situation, das Fehlen definierter Grenzen oder klarer Anweisungen, ließ mich in einem Zustand der Verwirrung zurück. Wie viel mehr müsste ich mich anstrengen, welche weiteren Schritte müsste ich unternehmen, um das zu erreichen, was scheinbar von mir verlangt wurde? Die Gedanken an die Aufgabe und ihre möglichen Anforderungen fühlten sich wie eine schwere Last an, die immer drückender wurde, je mehr ich über die möglichen Implikationen nachdachte.

Die Frage, wie weit ich gehen müsste, war nicht nur eine praktische Überlegung hinsichtlich der Aufgabe selbst, sondern berührte auch tiefere, moralische und ethische Aspekte meines Handelns. Jeder mögliche Schritt, jede Aktion, die ich in Erwägung zog, schien mit potenziellen Konsequenzen verbunden zu sein, mit dem Risiko, Grenzen zu überschreiten, die ich mir selbst oder die mir die Gesellschaft gesetzt hatte. Die Unsicherheit darüber, wann die Aufgabe als erfüllt gelten würde, und die Frage, wie weit ich bereit war zu gehen, ließen mich in einem Zustand der Ambivalenz zurück. Es war, als stünde ich an einem Scheideweg, unfähig, zu entscheiden, welchen Weg ich einschlagen sollte, getrieben von der Sorge um die ungewissen Folgen meiner Entscheidungen und Handlungen.

KAPITEL FÜNFUNDZWANZIG

LEA

Nachdem ich die Apotheke verlassen hatte, fühlte ich das vertraute, aber quälende Gewicht der Schuld auf meinen Schultern. In einem Moment der Schwäche hatte ich erneut Pillen geklaut. Ohne zu zögern, hatte ich die Tabletten direkt genommen, getrieben von dem überwältigenden Bedürfnis, die inneren Unruhen und Ängste zu dämpfen, die mich unablässig plagten.

Mit gemischten Gefühlen und dem bitteren Nachgeschmack der Tat machte ich mich auf den Weg zurück zur Gartenparty. Ich hatte die Gelegenheit genutzt, als Keno abgelenkt war, ein kurzes Zeitfenster der Unaufmerksamkeit, das mir erlaubte, unbemerkt zu handeln. Doch jetzt, da ich zurückkehrte, fühlte ich mich zerrissen zwischen der Erleichterung über die kurzfristige Linderung, die die Tabletten versprachen, und der tiefen Scham darüber, wie weit ich gesunken war.

Als ich durch den Garten streifte, mit dem Ziel, unbemerkt zu den anderen Gästen zu stoßen, erblickte ich Bella und Keno am Grill. Die beiden schienen in ein intensives

Gespräch vertieft, das mehr als nur freundschaftliche Plaudereien zu beinhalten schien. Ihre Körper waren einander zugeneigt, ihre Blicke trafen sich in einem Spiel aus Andeutungen und versteckten Botschaften, ihre Lacher waren ein wenig zu laut, ein wenig zu herzlich. Das Flirten zwischen ihnen war offensichtlich, eine heftige, fast greifbare Anziehungskraft, die in der Luft zu knistern schien.

Der Anblick traf mich unerwartet, ein Stich des Unbehagens durchzuckte mich. Es war nicht nur die Überraschung, Keno in einem solch vertrauten Austausch mit Bella zu sehen, sondern auch die plötzliche Erkenntnis meiner eigenen Isolation.

Der Anblick von Bella und Keno, wie sie so vertraut und unbeschwert miteinander interagierten, war für mich fast surreal. Bellas verführerisches Lächeln, die Art, wie sie sich ihm leicht zuneigte, als ob jedes ihrer Worte nur für ihn bestimmt sei, ließ mich an der Authentizität meiner eigenen Beziehung zweifeln. Ihre scheinbare Leichtigkeit im Umgang miteinander, ihre offensichtliche Anziehung zueinander, stand in krassem Gegensatz zu dem Wirrwarr aus Angst, Scham und Geheimnissen, das mein eigenes Leben bestimmte.

Überwältigt von Gefühlen der Isolation und des Versagens, getrieben von der Suche nach einem Ausweg aus dem emotionalen Chaos, das mich umfing, stürmte ich ins Haus. Ich griff nach meiner gefährlichen Zuflucht in Momenten der Schwäche. Ohne Rücksicht auf die Konsequenzen nahm ich zu viele davon, getrieben von dem verzweifelten Wunsch, die schmerzhaften Emotionen und die erdrückende Realität, die mich umgaben, zu betäuben.

Schließlich legte ich mich auf das Bett, der Raum um mich begann, zu verschwimmen, als die Tabletten ihre Wirkung entfalteten. Die Realität verlor an Schärfe.

In diesem Moment, allein und überwältigt von den Dämonen, die ich zu lange ignoriert hatte, fühlte ich mich verloren in einem Meer aus Dunkelheit und Verzweiflung.

Langsam, fast unmerklich, verwandelte sich die anfängliche Panik und Verzweiflung in eine ruhigere, gedämpfte Empfindung. Die scharfen Kanten meiner Gedanken und die tiefe Unruhe, die mich zuvor erfasst hatte, lösten sich allmählich auf, als würde eine sanfte Welle sie fortspülen.

Die Geräusche der Gartenparty, das Lachen und Plaudern der Gäste, das zuvor so deutlich zu hören war, verschmolzen zu einem fernen, beruhigenden Hintergrundrauschen.

In dieser verschwommenen, weichen Welt, die sich um mich herum bildete, hörte ich Bellas Stimme neben mir. »Warum bist du nicht draußen bei uns?« Ihre Worte waren nicht klar zu verstehen, doch ihre Präsenz vermittelte ein Gefühl von Nähe und Realität in der zunehmend unwirklich wirkenden Umgebung.

»Lass mich in Ruhe.« Mit geschlossenen Augen gab ich mich dem Drang nach Ruhe und Schlaf hin, der mich überkam. Die Schwere in meinen Gliedern und die Müdigkeit zogen mich tiefer in die Matratze, als ob sie mich einluden, mich von den Wirren und dem Schmerz zu lösen, die mich in den Wachstunden gefangen hielten.

Doch sie griff mich und schüttelte mich. »Was ist los mit dir?«

»Ich muss schlafen ...«

»Es ist Nachmittag.«

»Und?«

Bella schaute mir tiefer in die Augen, aber ich konnte diesem Blick nicht standhalten. »Wie viele Tabletten hast du genommen?«

»Zählt doch alles nicht mehr«, murmelte ich vor mir her. »Nichts hat mehr einen Wert.«

Ihre Hände griffen fest zu, ihre Stimme klang besorgt und drängend, ein ferner Anker in der nebelhaften Welt, in die ich abgedriftet war. Mit einer Mischung aus Sorge und Entschlossenheit half sie mir, mich aufzurichten, ihre Arme stützten mich, während ich mich bemühte, die wachsende Schwere in meinem Kopf zu überwinden. Bella führte mich mit festen, zielgerichteten Schritten durch den Raum. Als wir das Badezimmer erreichten, führte sie mich zur Toilette. *Wie konntest du nur mit meinem Mann flirten?*, wollte ich ihr zurufen, wütend darüber, wie sie sich Keno an den Hals geworfen hatte, als ob zwischen uns nichts wäre, als ob unsere Freundschaft keine Bedeutung hätte. Doch die Worte blieben in meiner Kehle stecken, erstickt von der Schwere der Situation und der körperlichen Erschöpfung, die mich im Griff hielt. »Hat dir Mauro nicht gereicht? Muss es Keno auch noch sein?«

»Was?« Während Bella mich festhielt und mich zwang, den Inhalt meines Magens zu entleeren, überkam mich ein überwältigendes Gefühl der Erleichterung und zugleich der Scham.

»Ich habe euch gesehen«, meinte ich und sackte kraftlos auf den Rand der Toilette.

»Das kam nicht von mir. Dieser irre Nachrichtenschreiber wollte das, sonst enthüllt er wieder etwas.«

Das Wimmern entwich mir ungebremst. »Er spielt mit uns.« In diesem kritischen Moment, als Bella alles tat, um mich zu retten, war jeder Würgereiz, den ihr Finger auslöste, ein Kampf ums Überleben, ein körperlicher Widerstand gegen die Dunkelheit, die mich zu verschlingen drohte. Ihre Entschlossenheit, mich durch diese beängstigende Prozedur zu führen, war ein leuchtender Beweis für ihre Fürsorge und ihr Engagement, mich vor den Konsequenzen meiner eigenen Handlungen zu bewahren. »Baby, du musst jetzt brechen. Gib dir Mühe.« Sie streckte mir die Finger immer tiefer in den Hals. Als die letzten Spasmen nachließen und ich mich erschöpft an die kühle Wand der Toilette lehnte, wurde mir die Gegenwart Bellas schmerzlich bewusst. Die Erinnerung an ihre Interaktion mit Keno, die ich kurz zuvor beobachtet hatte, flammte in meinem Inneren auf und entfachte einen Sturm der Emotionen. Wut, Enttäuschung und ein Gefühl des Verrats vermischten sich zu einem bitteren Cocktail, der schwer in meinem Magen lag.

»Ich hatte keine Wahl und ich schwöre dir, dass es nicht das war, was ich wollte«, sagte sie und streichelte mir über den Kopf.

»Ich verstehe nicht, was er damit bezweckt.«

»Wir müssen ihn kennen«, warf sie ein und schaute mir todernst in die Augen.

»Was?« Erschöpft und mit zitternden Gliedern lehnten Bella und ich uns beide an die kühle Kante der Badewanne, jede auf ihre Weise gezeichnet von den Ereignissen des Abends.

»Er meinte, dass er auch auf der Party sein würde und jeden meiner Schritte sieht.«

»Wem haben wir so wehgetan?« In diesem Moment der Stille, während wir da saßen, nah beieinander und doch jeder in seinen eigenen Gedanken gefangen, wurde mir das volle Ausmaß meiner Verzweiflung bewusst. Ein tiefes Gefühl der Abneigung gegen mein eigenes Leben überkam mich, eine dunkle Flut, die alles zu verschlingen drohte, was mir einst wichtig war. Die Ereignisse schienen unaufhaltsam den Bach hinunterzugehen, jeder Aspekt meines Daseins fühlte sich schrecklich und unüberwindbar an.

»Ich habe nicht den Hauch einer Ahnung«, erwiderte sie. Die Last der Entscheidungen, die Folgen der Handlungen und die unerbittliche Spirale der Abhängigkeit, in die ich mich verstrickt hatte, wogen schwer auf meiner Seele. Die Wände des Badezimmers, die uns umgaben, schienen enger zu werden, als ob sie die Erstickung und Beklemmung, die ich empfand, widerspiegelten. »Aber er will, dass wir uns entzweien, und genau das dürfen wir nicht geschehen lassen.«

»Aber ... aber ich verstehe nicht, was sein Plan ist. Was will dieser Mensch?« Neben mir spürte ich Bellas Gegenwart, ein stummes Zeugnis der Tatsache, dass ich trotz allem nicht völlig allein war. Doch selbst diese kleine Erkenntnis konnte den Schleier der Dunkelheit, der sich über mein Herz gelegt hatte, nicht lichten. Die Kluft zwischen dem, was mein Leben hätte sein können, und der Realität, in der ich mich befand, schien unüberbrückbar.

»Das weiß ich auch noch nicht, aber irgendwann werden wir es erfahren« Die Stille, die uns umhüllte, war erfüllt von ungesagten Worten und unterdrückten Emotionen. »Wir müssen durchhalten, Lea.«

Jeder Atemzug, jede Sekunde, die verging, schien von einer bleiernen Schwere begleitet zu sein, die mich tiefer in einen Strudel aus Hoffnungslosigkeit und Erschöpfung zog. Die Last meiner Probleme, meiner Ängste und meiner Verzweiflung drückte auf meine Schultern wie ein unermessliches Gewicht, das mich zu Boden zwang.

Das Konzept des Durchhaltens fühlte sich nun an wie eine unüberwindbare Mauer, ein endloser Tunnel ohne Lichtblick am Ende. Jeder Versuch, mich aufzurichten und weiterzumachen, wurde überschattet von der überwältigenden Frage, ob es überhaupt einen Sinn hatte, ob es jemals besser werden würde.

Die Gedanken an die Zukunft, die einst von Träumen und Hoffnungen erfüllt waren, schienen nun von einem dichten Nebel der Ungewissheit und der Angst umhüllt zu sein. Der Gedanke, sich Tag für Tag, Stunde für Stunde durchzukämpfen, ohne die Gewissheit eines positiven Ausgangs, war zermürbend. Ich fühlte mich gefangen in meiner eigenen Welt des Schmerzes, unfähig, die Hand zu erreichen, die mir vielleicht helfen könnte.

KAPITEL SECHSUNDZWANZIG

X

Während ich langsam durch das Treiben des Gartenfestes streifte, umfing mich die lebendige Atmosphäre der Feier. Die Luft war erfüllt vom Duft des gegrillten Fleisches, dessen aromatischer Geruch meine Sinne weckte und ein angenehmes Gefühl des Hungers in mir hervorrief. Ich näherte mich dem Grill, wo die Steaks und Würstchen saftig brutzelten und ich den verführerischen Duft tief in mich aufsaugte.

Mit einem Teller in der Hand wandte ich mich den Beilagen zu und schöpfte mir eine großzügige Portion frischen Salats, dessen knackige Blätter und bunte Vielfalt einladend aussahen. Das leichte, gesunde Grün bildete einen angenehmen Kontrast zum herzhaften Fleisch, eine perfekte Kombination für ein sommerliches Fest.

Ihre vertrauten Gesichter, begleitet von freundlichem Nicken und Lächeln, vermittelten Gemeinschaft und Zugehörigkeit. Ich ließ meinen Blick über die fröhlich plaudernden Gäste schweifen, bis er bei Bella und Cara verweilte. Die beiden standen etwas abseits, vertieft in ein lebhaftes Gespräch, das von gelegentlichem Lachen und zustimmenden Nicken begleitet wurde.

Bella fiel mir besonders ins Auge. Ihre Figur, gezeichnet von wohldefinierten Kurven, wurde durch ihr sorgfältig ausgewähltes Outfit perfekt in Szene gesetzt. Die Art, wie sie sich bewegte und gestikulierte, schien ihre natürliche Anmut und das Selbstbewusstsein, das sie in ihrem Körper zu haben schien, zu unterstreichen. Es gab etwas Faszinierendes an der Weise, wie sie stand und sich bewegte, eine Selbstsicherheit und Eleganz.

Cara, die neben ihr stand, hatte ihre eigene, unverwechselbare Art, Aufmerksamkeit zu erregen. Sie fuhr sich während des Gesprächs immer wieder durch die Haare, eine Geste, die sowohl nachdenklich als auch ein wenig flirtend wirkte. Dieses wiederholte Durchstreichen ihrer roten Haare schien fast wie ein unbewusstes Markenzeichen von ihr zu sein, ein Teil ihrer Kommunikation, der Neugier und eine gewisse Unbeschwertheit ausstrahlte.

Die Dynamik zwischen Bella und Cara war faszinierend zu beobachten – zwei starke Persönlichkeiten, die in diesem Moment der Freundschaft und des Austauschs miteinander verbunden waren. Ihre Interaktion war geprägt von einer offensichtlichen Vertrautheit und gegenseitigem Respekt, der in ihrem Lachen und ihren geteilten Blicken zum Ausdruck kam.

Nur Lea fehlte in diesem Bild, ihre Abwesenheit war spürbar und ließ mich mich fragen, wo sie sein mochte. Mit einem Stück perfekt gegrilltem Rinderfilet auf meinem Teller, ließ ich mich an einem ruhigen Ort des Gartens nieder, um diesen kulinarischen Genuss in vollen Zügen zu genießen. Das Filet war außen wunderbar karamellisiert, eine zarte Kruste, die den saftigen, zarten Kern umhüllte.

Jeder Bissen des Fleisches schien auf der Zunge zu schmelzen, entfaltete eine Explosion von Aromen.

Während ich langsam aß, jeden Moment des Genusses auskostend, schweiften meine Gedanken ab und ich stellte mir vor, wie es wäre, wenn Bella und Cara in diesem Moment neben mir säßen. Ich malte mir aus, wie Bella vielleicht ein Stück des Filets probieren würde, ihre Augen sich bei der ersten Berührung des Geschmacks auf ihren Lippen weiten würden. Ihre Wertschätzung für das feine Essen, ihre Fähigkeit, die kleinen Freuden des Lebens zu genießen, würden diesen Moment noch besonderer machen.

Cara würde wahrscheinlich begeistert über die Qualität des Fleisches sprechen, während sie mit einer leichten, ansteckenden Heiterkeit lachte.

In dieser imaginären Gesellschaft fühlte ich eine tiefe Verbundenheit und eine Art von Zugehörigkeit, die weit über das bloße Teilen einer Mahlzeit hinausging. Es war die Vorstellung eines geteilten Erlebnisses, eines Momentes der Gemeinsamkeit, der durch das einfache Vergnügen gut zubereiteten Essens verstärkt wurde.

KAPITEL SIEBENUNDZWANZIG

CARA

Der Anruf von Bella hatte mich veranlasst, mich auf den Weg zum Park zu machen. Doch während ich die vertrauten Pfade entlangging, spürte ich eine gewisse Unruhe, ausgelöst durch den unerwarteten Anruf und die Ungewissheit darüber, was mich erwarten würde.

Die friedliche Stimmung wurde jäh unterbrochen, als die Gruppe von Nachbarn, bekannt dafür, dass sie regelmäßig zusammen joggen gingen, plötzlich an mir vorbeilief. Ihre athletischen Körper bewegten sich mit einer Leichtigkeit und Koordination, die nur durch regelmäßiges Training erreicht wird. Für einen Moment ließ ich meinen Blick länger als beabsichtigt auf ihren oberkörperfreien Gestalten verweilen.

Doch als ich tiefer in den Park vordrang, durch das sanfte Grün der Bäume und das leise Plätschern eines nahegelegenen Brunnens geleitet, entdeckte ich plötzlich Lea. Ihre Anwesenheit hier, fernab von dem vermeintlichen Treffen mit Bella, ließ mich innehalten. Ein kühler Schauer lief mir über den Rücken, als ich realisierte, dass dies alles eine Falle gewesen sein könnte, ein sorgfältig inszeniertes Szenario, um mich aus einem mir noch unbekannten Grund hierher zu locken.

»Ich hätte nicht gedacht, dass du kommen würdest!«, rief Lea und winkte mir zu.

»Bella hat gesagt, sie wäre hier.« Aber ich hätte mir denken können, dass sie nach Leas Beinahe-Ausflug ins Jenseits weich wurde.

Mit langsamen Schritten kam sie mir immer näher. »Es tut mir unendlich leid, Cara. Ich habe mit Bella schon darüber gesprochen. Wir beide werden bedroht. Schreibt dir auch jemand anonyme Nachrichten?«

»Warum ist das wichtig?« Mich überraschte die Erkenntnis, dass ich nicht so wütend auf sie war, wie ich es hätte sein sollen. Die Gespräche mit Bella, in denen sie mir so vieles offenbart hatte, hallten in meinem Kopf nach und warfen ein neues Licht auf die Situation.

»Weil das die Gründe sind, warum wir so gehandelt haben. Das war nicht unser freier Wille. Wir wollten uns oder unsere Liebsten schützen.«

Die Schwere der Erkenntnis, dass Lucia tot war und ich mich in irgendeiner Weise mitschuldig fühlte, lastete schwer auf mir. Diese Schuld, ob gerechtfertigt oder nicht, war ein dunkler Schatten, der jede meiner Handlungen überschattete und mir die Möglichkeit nahm, Lea gegenüber unverhohlen wütend zu sein. Der Gedanke, dass meine eigenen Entscheidungen, egal wie sehr sie durch äußere Umstände beeinflusst wurden, zu solch tragischen Konsequenzen geführt hatten, war eine Bürde, die schwer zu tragen war. »An dem Tag, an dem wir uns gestritten haben, hatte ich ein seltsames Gefühl. Ich bin nachmittags wachgeworden und hab mich seltsam gefühlt.«

»Hattest du auch diesen Kopfschmerz?«

Ich nickte. »Ich habe geweint vor Schmerz.«

»So ging es mir nach unserem Weinabend. Bist ... bist du auch nackt aufgewacht?«

»Ja und ich mache das sonst nie.« Das waren zu viele Parallelen. Das waren zu viele Zufälle, um wirklich nur das zu sein – ein Zufall. In diesem Moment, konfrontiert mit Lea und den komplexen Verwebungen unserer Geschichten, fühlte ich mich gefangen in einem Netz aus Schuld, Mitgefühl und der bitteren Erkenntnis meiner eigenen Verletzlichkeit. Die Erpressung verband mich auf seltsame Weise mit Lea, machte es mir unmöglich, ihr gegenüber die volle Wucht meiner Wut zu entfalten. Stattdessen fand ich mich in einem Zwiespalt zwischen meinem Wunsch nach Gerechtigkeit und dem tiefen Bedürfnis nach Vergebung – sowohl für sie als auch für mich selbst.

»Irgendetwas stimmt nicht. Hier geht etwas vor sich, was wir nicht greifen können.«

»Ich fühle mich so benutzt, aber kann es gar nicht deuten«, sagte ich und rieb mir über die Stirn. Ich konnte mich an nichts erinnern, was dieses Gefühl rechtfertigte. Es war einfach da. Trotz der Komplexität der Situation und der anfänglichen Furcht, dass es sich um eine Falle handeln könnte, fand ich einen unerwarteten Trost in der Erkenntnis, dass Lea möglicherweise ähnliche Erfahrungen wie ich durchlebt hatte.

»So geht es mir auch. Dieses Gefühl macht mich fertig. Es ist, als ob mein Körper etwas sagen will, das ich nicht verstehen kann.«

Die Erleichterung, die ich empfand, war folgenschwer. Es war, als ob ein schweres Gewicht von meinen Schultern genommen wurde, die Erkenntnis, dass es jemanden gab, der das Gewirr aus Angst, Schuld und Erpressung, das mein Leben umgab, wirklich verstehen konnte. Vielleicht war

Lea die Einzige, die dieses seltsame, komplexe Gefühl in mir nachvollziehen konnte, das aus der Konfrontation mit Zwang und der ständigen Bedrohung durch äußere Kräfte entstanden war.

»Bitte vergib mir, was ich getan habe, Cara.«

»Ich kann das nicht. Elia wird durchdrehen, wenn er von diesem Beitrag erfährt.« Allein bei dem Gedanken daran wurde mir schlecht. Das einzig Positive war, dass er in seiner Künstlerblase gefangen war, bis seine Muse ihn wieder verlassen würde. Und das verschaffte mir Zeit.

»Ich habe ihn gelöscht und jedem, der ihn gesehen hat, gesagt, dass sie den Mund halten sollen. Soweit es sie betrifft, war es einfach eine Mutprobe – ein Fake.«

Erleichtert atmete ich auf. »Dieser Mensch spielt uns gegeneinander aus.« Diese Verbindung, die sich in der stummen Anerkennung unserer gemeinsamen Erfahrungen manifestierte, ließ mich für einen Moment all die Isolation und Verzweiflung vergessen, die mich zuvor erfüllt hatten.

»Wir dürfen das nicht zulassen. Wir müssen zusammenhalten. Cara, wir sind doch Freundinnen fürs Leben.«

»Wir müssen der Sache auf den Grund gehen, bevor noch mehr passiert.« Die Vorstellung, dass Lea dieses verworrene Bündel aus Emotionen, das in mir brodelte, wirklich begreifen konnte, brachte einen Hauch von Erleichterung in das Chaos meiner Gedanken.

Vielleicht, nur vielleicht, war sie diejenige, die am besten in der Lage war, die Tiefe und Komplexität des Gefühls zu verstehen, das mich umgab, ein Gefühl, das so schwer in Worte zu fassen war, und das mich doch so unerbittlich festhielt.

Lea senkte den Blick. »Es ist schon etwas passiert. Er wollte, dass Bella Lucia tötet.«

Ein Gefühl des Schwindels ergriff mich.

Die Komplexität der Situation, das Verwoben-Sein unserer Schicksale durch die Machenschaften einer anderen Person, wurde mir plötzlich zu viel. »Und jetzt ist sie tot.«

»Bella war das nicht«, warf sie ein. »Zumindest nicht mit Absicht. Sie hat einen Kuchen gebacken und Lucia hat ihn gegessen. Es war Nussmehl darin und ihr EpiPen war weg.«

»Siehst du nicht, was dieser Mensch aus uns macht? Wir hatten ein ganz normales Leben und jetzt lügen wir andauernd und wissen selbst nicht mehr, wem wir glauben können oder nicht.« Der Gedanke daran, dass dieser Kerl, der uns erpresste, uns in etwas verwandelte, das wir beide zutiefst ablehnten, ließ einen kalten Schauer über meinen Rücken laufen. Die Manipulation, der wir ausgesetzt waren, die Art und Weise, wie unsere Handlungen und Entscheidungen von außen gesteuert wurden, war zutiefst verstörend. Es fühlte sich an, als würde unsere Autonomie, unser Selbst, Schritt für Schritt erodiert, bis nichts mehr übrig war, das wir als unser eigenes erkennen konnten.

»Wir müssen uns glauben. Wir sind unser Safespace.« Lea nahm meine Hand.

Und ich hielt sie so fest, als wäre sie das Letzte, was ich halten konnte. »Was ist unser Plan? Ich meine es ernst, was tun wir?«

»Beten, dass er aufhört, sich zu melden?« In diesem Moment der Verwundbarkeit und des inneren Aufruhrs stellte ich mir die quälende Frage, ob es einen Punkt geben würde, an dem ich mich selbst nicht mehr im Spiegel ansehen könnte. Die Angst, dass die fortwährenden Kompromisse und das gezwungene Handeln gegen meine eigenen Werte und Überzeugungen mich schließlich meiner eigenen Identität berauben würden, war lähmend.

»Das ist eine beschissene Idee.«

»Dann sollten wir herausfinden, wer es ist.«

»Hoffentlich macht diese Antwort es nicht noch viel schlimmer als jetzt schon.« Die beunruhigende Möglichkeit, dass derjenige, der uns erpresste, jemand sein könnte, den wir alle kannten, jemand aus unserem engsten Kreis oder unserer Nachbarschaft, ließ mich erschauern. Diese Vorstellung, dass die Bedrohung so nahe sein könnte, dass wir ihr vielleicht täglich begegneten, ohne es zu wissen, war zutiefst verstörend.

Die Angst war nicht nur abstrakt; sie hatte ein Gewicht, die jede Interaktion, jeden flüchtigen Blick oder zufälligen Kontakt mit den Menschen um mich herum in ein potenzielles Minenfeld verwandelte. Die Vorstellung, dass einer der freundlichen Nachbarn, mit denen wir lachten und die wir grüßten, hinter dieser finsteren Machenschaft stecken könnte, ließ mich an der Aufrichtigkeit jeder Geste, jedes Wortes zweifeln.

Diese panische Angst ließ mich die Welt um mich herum mit neuen, misstrauischen Augen betrachten. Jede unbedachte Bemerkung, jeder versteckte Blick schien nun eine tiefere, dunklere Bedeutung zu haben. Die Paranoia griff um sich, ließ mich Rätsel und Verbindungen dort suchen, wo vielleicht keine waren, und trieb mich in eine Isolation, die selbst inmitten einer Menschenmenge spürbar war.

Die Möglichkeit, dass der Erpresser jemand aus unserem Kreis sein könnte, machte die Situation umso beklemmender. Es war, als ob die Bedrohung nicht nur unsere äußere Sicherheit, sondern auch das Vertrauen und den Zusammenhalt unserer Gemeinschaft untergrub. Jeder konnte der Täter sein, und diese Ungewissheit zehrte an mir, ließ mich zweifeln und fürchtete das Schlimmste nicht nur von Fremden, sondern auch von denjenigen, die ich als Freunde betrachtete.

Frieden ist nur eine Illusion.
Vergiss das nicht, Pupetta.

KAPITEL ACHTUNDZWANZIG

BELLA

Neben mir lag Mauro, sein Atem ruhig und gleichmäßig. Der Anblick, wie er da in meinem Bett lag, schien fast unwirklich, ein Unterschied zu den Hotelzimmern, die bisher unsere Treffen lange Zeit beherbergt hatten.

Langsam kuschelte ich mich an ihn. Die Wärme seines Körpers war beruhigend und vertraut und ich konnte nicht anders, als mich noch näher an ihn zu schmiegen. Meine Lippen fanden sanft seine Brust. »Guten Morgen«, flüsterte ich.

Er blinzelte zaghaft, dann immer schneller. »Oh, ich bin hier eingeschlafen.«

Dies war das erste Mal, dass Mauro offiziell bei mir übernachtet hatte. Diese Tatsache verlieh dem Moment eine besondere Bedeutung, eine Süße, die durch die Einfachheit und Normalität unseres Beisammenseins noch verstärkt wurde.

»Keine Panik. Die Kinder sind noch bei deiner Mutter. Du kannst einfach weiterschlafen. Ich glaube, dein Körper braucht es.« Vorsichtig rutschte ich in seinen Arm.

Das Kuscheln mit ihm, das Gefühl seiner Haut gegen meine, seine ruhigen Atemzüge, die im Einklang mit meinen eigenen waren, schuf eine Atmosphäre vollkommener Harmonie und Geborgenheit. Unsere Körper fanden instinktiv die perfekte Position, in der jeder von uns den maximalen Komfort und die Nähe des anderen spüren konnte. »Es ist unsagbar schön, neben dir aufzuwachen und dich direkt morgens ansehen zu können.«

Ich blickte zu ihm auf, schob mein Bein zwischen seine, um ihm noch näher zu sein. »Ich liebe dich.«

»Ich dich auch, Bella.«

»Wirklich?« Es fühlte sich so unwirklich an.

»Mehr als ich etwas sonst in meinem Leben jemals geliebt habe. Ich glaube, ich habe es schon getan, als du das erste Mal in meinen Hörsaal gestöckelt bist. Du hattest diese weißen High Heels und ein weißes Kleid mit roten Blumen an. Du sahst aus wie aus einer anderen Welt, weil die Studenten meistens nur Jogginghosen trugen.« Während wir dalagen, ineinander verschlungen, in einem stillen Austausch von Wärme und Zuncigung, lösten sich die Grenzen zwischen uns auf. Die sanften Berührungen, die flüchtigen Küsse, die wir austauschten, waren Ausdruck einer tiefen Zuneigung und eines gegenseitigen Verständnisses, das keine Worte benötigte. »Und dann kamst du. Plötzlich hast nur noch du für mich existiert.«

»Du weißt wirklich noch, was ich anhatte?«

Fest entschlossen nickte er. »Es war das gleiche Kleid, das du auch an dem Tag anhattest, als ich es dir das erste Mal ausgezogen hatte. Ich werde niemals die halterlosen Stümpfe vergessen, die so verdammt heiß aussahen.« Die Außenwelt, mit all ihren Anforderungen, Sorgen und Verpflichtungen, schien weit entfernt und irrelevant. Es gab nur uns, das leise Flüstern des Windes draußen, das gelegentliche Zwitschern eines Vogels.

»Du bist das Beste, was mir jemals passiert ist. Ohne dich würde ich immer noch in der Beziehung mit Aurelio, diesem Idioten, festhängen.«

Seine Berührung war zärtlich, fast ehrfurchtsvoll, als wollte er jeden Moment festhalten, jede Nuance meiner Haut unter seinen Fingerspitzen spüren. Seine Augen fingen meinen Blick ein und hielten ihn gefangen. »Ich will alles mit dir und jetzt haben wir die Chance dazu.« Seine Hand lag an meinem Hinterkopf, kraulte durch das Haar. »Begleite mich zur Beerdigung. Ich möchte nicht allein gehen.«

»Aber ... aber das ist ein Bekenntnis.« Ich stützte mich auf den Ellenbogen und schaute ihm tief in die Augen.

Er nickte. »Richtig, das wäre ein Statement. Jetzt können wir es setzen.« In der Tiefe seines Blickes konnte ich eine Vielfalt von Emotionen erkennen – Zuneigung, Verständnis und vielleicht auch eine Spur von Verwunderung über die Tiefe der Verbindung, die zwischen uns gewachsen war. »Vorausgesetzt, du möchtest das.«

»Natürlich möchte ich das. Aber ich will nicht, dass es taktlos wirkt.« Wie würde es aussehen, wenn ich mit ihm – an seiner Seite – auf die Beerdigung seiner Frau gehe?

»Die Kinder kennen dich und sie werden dich lieben, so wie ich es tue.« In seinem Blick fand ich eine unendliche Quelle von Trost und Geborgenheit. Die Liebe, die ich für diesen Mann empfand, war überwältigend, eine mächtige Welle, die mich mit ihrer Intensität und Reinheit umspülte. Ich liebte ihn so unglaublich, mit einer Tiefe und Leidenschaft, die alle früheren Erfahrungen in den Schatten stellte.

»Ich werde niemals versuchen, ihre Mutter zu ersetzen, denn das kann ich nicht.«

»Sie werden das schon verstehen.«

»Vielleicht machen wir einen Schritt nach dem anderen. Wir machen es offiziell, aber sagen den Kindern erst später etwas. Sie haben doch gerade so viel durchgemacht.« Es war, als ob ein lang ersehnter Traum plötzlich Wirklichkeit geworden war, ein kostbares Geschenk, das mit offenen Armen empfangen wurde. »Du warst mit ihnen bei einer Psychologin, nicht wahr? Fragen wir sie, was sie davon hält und wann der richtige Zeitpunkt ist.«

Trotz der überwältigenden Emotionen, die seine Worte in mir auslösten, spürte ich tief in mir die Notwendigkeit, einen Moment innezuhalten, einen Schritt zurückzutreten und die Situation mit Bedacht zu betrachten. Mit einem sanften Lächeln und einer Hand, die liebevoll seine Wange berührte, bremste ich ihn.

»Ich habe bei ihr längst über dich gesprochen.«

»Warum?«, flüsterte ich, meine Stimme weich, aber bestimmt. Ich wollte, dass wir beide diesen Weg mit offenen Augen und Herzen gingen, uns bewusst, dass wahre Liebe nicht nur aus großen Gesten und Bekenntnissen bestand, sondern auch aus den stillen, alltäglichen Momenten des Beisammenseins und des gegenseitigen Verstehens.

»Weil die Kinder mich lächeln sehen haben, als ich deine Nachrichten gelesen habe. Dann habe ich ihnen erklärt, was Liebe wirklich ist.«

Mein Wunsch, ihn zu bremsen, kam nicht aus Zweifel oder Unsicherheit, sondern aus der tiefen Überzeugung, dass unsere Beziehung die Zeit und den Raum brauchte, um sich auf natürliche und gesunde Weise zu entfalten. Ich wollte, dass wir jeden Schritt unseres gemeinsamen Weges bewusst erlebten, dass wir die Schönheit jedes Moments schätzten, ohne uns von der Eile des Lebens mitreißen zu lassen.

Mit einem Gefühl der Gewissheit und der tiefen Verbundenheit, das zwischen uns schwebte, bewegte ich mich näher zu Mauro und setzte mich behutsam auf seinen Schoß. Meine Arme legten sich sanft um seinen Nacken, während ich die Wärme seines Körpers spürte, eine Berührung, die mir jedes Mal aufs Neue Geborgenheit und Sicherheit vermittelte.

Mit einer Sanftheit, die unsere tiefe Vertrautheit widerspiegelte, neigte ich mein Gesicht dem seinen zu und unsere Lippen trafen sich in einem Kuss. Dieser Kuss war ein Versprechen, eine Bestätigung all dessen, was wir füreinander empfanden. Er war zärtlich und doch leidenschaftlich, ein Zusammenschmelzen von Seelen, das die Zeit für einen Moment stillstehen ließ.

Jede Berührung, jeder Atemzug während dieses Kusses verstärkte das Bewusstsein, dass Mauro die Liebe meines Lebens war. In ihm fand ich nicht nur einen Partner, sondern einen Seelenverwandten, jemanden, der mich in all meinen Facetten verstand und annahm. Es gab keinen Ort auf der Welt, an dem ich lieber sein wollte, keine andere Person, mit der ich diesen Moment teilen wollte. Mauro war mein Anker, meine Freude und mein Herz und in diesem Kuss fand ich die Bestätigung für alles, was ich fühlte: Er war und würde immer die Liebe meines Lebens sein.

KAPITEL NEUNUNDZWANZIG

X

ICH, 19:05 UHR

Na, Pupetta?

ICH, 19:05 UHR

Wie läuft es in der Pornoindustrie?

CARA, 19:20 UHR

Wag es nie wieder, in meine Streams zu kommen.

ICH, 19:21 UHR

Ach, das meinst du doch gar nicht so.

ICH, 19:21 UHR

In Wahrheit magst du es, eine Wichsvorlage zu sein.

ICH, 19:22 UHR

Ob jetzt meine oder die von unzähligen anderen, zählt doch nicht.

ICH, 19:23 UHR

Oder?

CARA, 19:24 UHR

Wer zur Hölle bist du?

ICH, 19:25 UHR

Ein stiller Bewunderer.

CARA, 19:25 UHR

Ich will deine Bewunderung nicht.

ICH, 19:26 UHR

Das ist blöd für dich.

ICH, 19:26 UHR

Du musst etwas für mich tun.

CARA, 19:27 UHR

Nein.

CARA, 19:27 UHR

Ich habe schon viel zu viel gemacht.

CARA, 19:28 UHR

Lucia ist tot, weil ich Bella verraten habe.

ICH, 19:29 UHR

Wenn einer fällt, dann fallen alle, Pupetta.

CARA, 19:30 UHR

Was soll das heißen?

CARA, 19:33 UHR

Hallo?

CARA, 19:38 UHR

Was soll das bedeuten?

CARA, 19:40 UHR

Willst du uns etwas tun?

ICH, 19:42 UHR

Du weißt, was ich hören will.

ICH, 19:45 UHR

Vorher lasse ich dich nicht in Ruhe.

CARA, 19:48 UHR

Erklär mir, was das heißen soll.

ICH, 19:50 UHR

Ihr seid wie eine Kette.

ICH, 19:51 UHR

Wenn ihr alle in unterschiedliche Richtungen zieht, dann reißt ihr auseinander.

ICH, 19:51 UHR

Und dann bin nur ich da, um euch wieder zusammenzufügen.

ICH, 19:52 UHR

Nach meinen Wünschen.

ICH, 19:53 UHR

So wie ich euch sehe.

CARA, 19:54 UHR

Und wenn ich nicht tue, wirst du was tun?

ICH, 19:55 UHR

Dann werde ich dich auf eine Art leiden lassen, die sich dein Kopf nicht einmal vorstellen kann.

CARA, 20:00 UHR

Was soll ich tun?

Mit einem Lächeln auf den Lippen saß ich da, durchdrungen von einer ruhigen Gewissheit, dass ich Cara genau dort hatte, wo ich sie haben wollte.

In mir brodelte eine kalte Entschlossenheit, die keine Zweifel oder Gewissensbisse zuließ. Ich war bereit, alles zu zerstören, was Cara lieb und teuer war, sollte sie sich weigern, meinen Forderungen nachzukommen. Diese Bereitschaft war nicht von Hass getrieben, sondern vielmehr von einem pragmatischen, wenn auch skrupellosen Kalkül. Cara war zu einem Spielstein in meinem Plan geworden, zu einer Figur, deren Schicksal ich nach meinem Willen formen konnte.

Die Macht, die ich in diesem Moment über sie zu haben glaubte, war berauschend. Es war ein Gefühl von Kontrolle und Überlegenheit, das mir eine perverse Form von Genugtuung verschaffte. In meinem Kopf spielten sich Szenarien ab, wie ich Caras Welt Schritt für Schritt zum Einsturz bringen könnte, sollte sie sich meinen Anweisungen widersetzen. Jede Drohung, die ich aussprach, jeder Hinweis auf die möglichen Konsequenzen ihres Ungehorsams, waren sorgfältig kalkuliert, um ihre Angst und Verzweiflung zu schüren.

Doch trotz meiner scheinbaren Überlegenheit und der kühlen Fassade war mir tief im Inneren bewusst, dass dieses Spiel gefährlich war. Die Linien zwischen Macht und Wahnsinn, zwischen Kontrolle und Zerstörung waren dünn und ich balancierte auf einem schmalen Grat.

KAPITEL DREISSIG

CARA

Als ich Leas Haus betrat, indem ich durch ein Fenster einstieg, wurde mir sofort die Stille des Raumes bewusst, nur unterbrochen von dem Tapsen kleiner Pfoten auf dem Boden. Gilbert, der Welpe, kam freudig auf mich zugetrottet, sein Schwanz wedelte aufgeregt, als er meine Anwesenheit spürte. Trotz der Schwere meines Herzens und der Angst vor den Konsequenzen meiner Handlungen konnte ich nicht anders, als ein Lächeln zu spüren, als ich seine Freude sah. Ich beugte mich hinunter, hob ihn hoch und drückte ihn an mich.

»Hey, kleiner Mann.« Mit ihm sicher in meinen Armen wandte ich mich meiner eigentlichen Aufgabe zu. Ich musste den Ort so arrangieren, dass es nach einem Einbruch aussah, ohne jedoch den unschuldigen Welpen zu verletzen, wie es X von mir verlangt hatte. Mit einem tiefen Gefühl des Widerwillens gegen das, was ich tun musste, begann ich, die Räume sorgfältig zu durchwühlen, Schubladen zu öffnen und Gegenstände leicht zu verstreuen, um den Anschein eines Kampfes und einer Suche zu erwecken.

»Wir machen jetzt einen kleinen Ausflug«, erklärte ich ihm mit ruhiger Stimme.

Ich hatte gewartet, bis Lea und Keno zu ihrem Spaziergang aufgebrochen waren, um sich auszusprechen. Jede Handlung, jeder Tropfen Blut, den ich platzierte, fühlte sich an wie ein Verrat an meinen eigenen Werten, doch die Alternative, Gilbert Schaden zuzufügen, war für mich absolut undenkbar.

Ich fand eine Tasche, die groß genug war, um ihm etwas Komfort zu bieten. Sanft legte ich ihn hinein, achtete darauf, dass er genug Luft bekam und sich nicht eingeengt fühlte.

Dann huschte ich aus dem Haus, das Herz pochte mir bis zum Hals bei dem Gedanken, entdeckt zu werden. Der Abend umhüllte mich wie ein Mantel, als ich mich auf den Weg nach Hause machte, den Welpen sicher bei mir. Als ich meinen Vorgarten erreichte, durchzuckte mich ein Gefühl der Beklemmung bei dem Anblick von Bella, die dort auf mich wartete. In diesem Moment war ihre Anwesenheit das Letzte, was ich gebrauchen konnte, angesichts der komplizierten Lage, in der ich mich befand. Trotz meiner inneren Unruhe zwang ich mich zu einem Lächeln und begrüßte sie, während ich verzweifelt nach einer Erklärung für die Tasche und meinen nächtlichen Ausflug suchte. »Gib mir zwei Minuten. Ich muss ganz dringend pinkeln.« Vor allem musste ich Gilbert verstecken, sonst wäre mein Täuschungsmanöver dahin. Ich hatte nicht den Hauch einer Ahnung, wie oft X uns beobachtete.

Gemeinsam betraten wir das Haus und ich spürte die Schwere der Situation mit jedem Schritt, den ich tat. Ohne ein Wort zu verlieren, steuerte ich direkt das Badezimmer an, Bella im Schlepptau, die sicherlich Fragen hatte, die ich im Moment nicht beantworten konnte oder wollte.

Im Badezimmer angekommen, schloss ich die Tür hinter mir und stand nun vor der nächsten Herausforderung: Wohin mit Gilbert?

»Ist alles okay, Cara?« Bella klopfte gegen die Tür.

»Ja, alles super. Ich bin sofort da.« Vorsichtig beugte ich mich zu ihm. »Du musst ganz leise sein, okay? Sonst haben wir beide ein Problem.« Sich auf einen Welpen zu verlassen, war ähnlich verzweifelt, wie einen Amokläufer um sein Leben anzubetteln. Ich wusste, dass ich verlieren würde.

Nachdem ich ihn notdürftig untergebracht hatte, kehrte ich ins Wohnzimmer zurück, wo Bella wartete. In meinem Inneren betete ich, dass der kleine Welpe ruhig bleiben würde, zumindest so lange, bis ich einen besseren Plan aushecken konnte. Die Unsicherheit darüber, ob Gilbert meine Abwesenheit bemerken und Laut geben würde, lastete schwer auf meinen Schultern. »Was kann ich für dich tun?«

»Warum bist du so seltsam?«

Während ich mich Bella näherte, versuchte ich, eine Fassade der Normalität aufrechtzuerhalten, doch die Anspannung und die innere Zerrissenheit machten es mir extrem schwer. Mein Lächeln fühlte sich gezwungen an und ich musste mich konzentrieren, um meine Stimme gleichmäßig und ruhig klingen zu lassen. »Ich? Ich bin immer seltsam. Das weißt du doch. Willst du Kaffee?«

»Warum siehst du aus wie ein Einbrecher?«

Ich schaute an mir herunter. »Meine anderen Klamotten sind in der Wäsche.«

»Okay ... Was hast du gerade bei Lea gemacht?«

»Stell mir doch nicht so viele Fragen.« In meinem Kopf drehten sich die Gedanken darum, wie ich den Nachrichtenschreiber, der uns in diese verzwickte Lage gebracht hatte, überlisten konnte. Ich wusste, dass ich auf dünnem

Eis tanzte, doch die Entschlossenheit, mich und diejenigen, die mir wichtig waren, zu schützen, gab mir einen Anflug von Mut. Ich probierte, das Gespräch auf belanglose Themen zu lenken, um von meiner offensichtlichen Unruhe abzulenken und Zeit zu gewinnen, während ich fieberhaft nach einem Ausweg aus dieser verzweifelten Situation suchte.

Bella legte den Kopf schräg. »Hast du wieder eine Aufgabe bekommen?«

Jeder Moment, den ich mit Bella verbrachte, während ich versuchte, die Fassade aufrechtzuerhalten, war eine Tortur. Ich spürte, wie meine Fähigkeit, die Situation zu kontrollieren, ins Wanken geriet, und die Angst, dass alles auffliegen könnte, wuchs mit jeder Sekunde. Dennoch klammerte ich mich an die Hoffnung, dass ich irgendwie durch diese Nacht kommen und einen Weg finden würde, den Nachrichtenschreiber auszutricksen, ohne jemanden, den ich liebte, in Gefahr zu bringen.

»Was hast du getan, Cara? Warum bist du so durch den Wind?«

Trotz meiner verzweifelten Versuche, die Normalität zu wahren und Bella nicht in die gefährliche Lage zu ziehen, in der ich mich befand, wurde mir schnell klar, dass ich nicht länger schweigen konnte. Die Last der Geheimnisse und die Angst vor den Konsequenzen meiner Handlungen wurden unerträglich. Mit einem schweren Seufzer und einem Gefühl der Entschlossenheit führte ich Bella zum Badezimmer, bereit, ihr endlich die Wahrheit zu offenbaren.

Als ich die Tür öffnete, sprang Gilbert sofort auf Bella zu. »Ich habe es so aussehen lassen, als hätte ich ihn umgebracht.«

»Wie bitte?«

»Ich sollte ihn töten, aber das könnte ich niemals tun.

Also habe ich ihn entführt.« Mit zitternder Stimme und einem Blick, der sowohl Entschuldigung als auch die dringende Bitte um Verständnis ausdrückte, begann ich, Bella die ganze Geschichte zu erzählen. Ich offenbarte die Drohungen des Nachrichtenschreibers, die verzweifelten Entscheidungen, die ich getroffen hatte, und die Rolle, die Gilbert ungewollt in diesem gefährlichen Spiel spielte. »O Gott ... Ich zweifle langsam an meinem Verstand. Wie kann ich das alles überhaupt in Erwägung ziehen?«

»Lea wird durchdrehen«, meinte sie und warf mir einen ernsten Blick zu.

»Ja, aber das kann unmöglich das Ziel von diesem Kerl sein.« Wie konnte er wollen, dass wir alle durchdrehten? Was brachte ihm das? »Es ist übrigens ein Kerl. Er war in meiner Cam-Session und hat...«

Beschwichtigend hob sie die Hand. »Ich will es gar nicht hören, dieser Irre ...« Der Ekel stand ihr ins Gesicht geschrieben. »Wir werden uns an einen Tisch setzen und mit allen, die Bescheid wissen, reden. Wem hast du es gesagt?«

»Dir und Lea.« Während ich sprach, spürte ich, wie die Last der Geheimnisse langsam von meinen Schultern fiel, ersetzt durch die Hoffnung, dass Bella die Situation verstehen und mir beistehen würde.

»Gut, ich habe es Mauro gesagt.«

Ich stutzte. »Du hast es Mauro einfach erzählt?«

»Seine Frau lag tot im Garten, nachdem sie erst weg war und plötzlich zurückkam. Ich fand das nur fair. Meinst du nicht?«

»Hat Lea es Keno gesagt?«

Sie schüttelte den Kopf. »Die beiden haben Ärger, also glaube ich nicht.«

»Dann setzen wir drei und Mauro uns an einen Tisch.

Vielleicht ist die männliche Sicht gar nicht schlecht. Er ist immer sehr besonnen.« Jedes Wort, das ich aussprach, jedes Geständnis, das ich machte, war begleitet von dem leisen Wunsch, dass diese Offenbarung uns einen Weg aus der Dunkelheit weisen könnte.

»So machen wir es.«

Diese Hoffnung schien nun mehr und mehr von dichten Wolken verdeckt zu werden. Die Realität unserer Situation, die Komplexität der Gefahren, die uns umgaben, und die Ungewissheit darüber, wie wir diesen entkommen könnten, lasteten schwer auf mir. Mit jedem Moment, in dem eine Lösung unerreichbar schien, fühlte ich, wie die Zuversicht, die ich zu bewahren versucht hatte, langsam erodierte, weggespült von einem Strom aus Angst und Zweifel.

Die Schatten der Bedrohung, die über uns hingen, schienen mit jeder Sekunde dichter zu werden, ein unheilvolles Gewicht, das jede Spur von Optimismus zu ersticken drohte.

Jeder Versuch, mich selbst und Bella zu überzeugen, dass wir einen Ausweg finden würden, schien immer mehr wie ein hohles Echo, eine Selbsttäuschung, die in der überwältigenden Stille der Trostlosigkeit verhallte.

KAPITEL EINUNDDREISSIG

LEA

Im Wohnzimmer von Bella herrschte eine gespannte Atmosphäre, die von einer spürbaren Nervosität durchdrungen war. Wir alle, Bella, Mauro, Cara und ich, waren zusammengekommen, und obwohl die Stille zwischen uns lag, waren die unausgesprochenen Worte und Sorgen fast greifbar.

Bella probierte, die angespannte Stimmung zu durchbrechen, indem sie sich mit dem Servieren von Wein beschäftigte. Es war eine willkommene Ablenkung für sie, eine Möglichkeit, sich nützlich zu machen und gleichzeitig ihre eigene Nervosität zu kanalisieren. Dann trat sie näher zur Flipchart und nahm den Stift in die Hand. »Ich bin dafür, dass wir alle Leute sammeln, die infrage kommen.«

»Signora Verde, sie hasst mich einfach. Vielleicht war es ihr Sohn«, warf Cara sofort ein.

Mauro hatte sich ein Buch vom Regal genommen und blätterte scheinbar gelassen darin. Doch seine Augen verrieten, dass er den Inhalt kaum aufnahm. Stattdessen diente das Buch als eine Art Schutzschild, ein Vorwand, um nicht direkt auf die angespannte Situation eingehen zu müssen. »Die Frau ist fast hundert Jahre alt.«

»Das heißt ja nicht, dass sie keine irre Erpresserin sein kann.«

Bella setzte den Stift an. »Wir schreiben sie mit auf. Ich ergänze um Aurelio, meinen Ex. Der war einfach krank.«

»Und du hast ihn verlassen. Das ist wohl ein Motiv«, merkte Mauro an und legte das Buch endgültig zur Seite. »Ich habe diesen Konkurrenten auf der Arbeit, der mir nach seinem Rauswurf gedroht hat, mich fertigzumachen.«

Sie schrieb immer weiter, bis ich das Wort ergriff: »Der Typ, der den Buchladen gegenüber eröffnet hat, hat lange versucht, mich fertigzumachen. Keno hat auch jemanden gefeuert, der sogar geklagt und dann verloren hat.« Ich selbst fand mich in einem Zustand der rastlosen Unruhe wieder, unfähig, stillzusitzen. Stattdessen stand ich auf und ging im Raum umher, mal zu den Fenstern, um hinauszuschauen, mal zu den Bücherregalen, ohne jedoch wirklich etwas zu sehen. Es war ein nervöses Umherwandern, ein körperlicher Ausdruck der inneren Anspannung, die ich verspürte.

Cara seufzte. »Aber Leute, es ist doch total unwahrscheinlich, dass jemand gegen uns alle vorgeht. So oft, wie er uns sieht oder beobachtet, muss er hier wohnen.« Sie griff nach einem der vielen Kissen auf Bellas Sofa und drückte es fest an sich, als suche sie Trost in der weichen Umarmung. Ihr Blick wanderte unruhig durch den Raum, als wäre sie auf der Suche nach einem Ausweg oder zumindest nach einer Erklärung für die bedrückende Stimmung, die uns alle umgab.

»So viel zum Thema ruhige Nachbarschaft …« Mauro klang genauso mitgenommen wie wir alle, als hätte er sich die ganze Nacht das Hirn zermartert, um zu einer Lösung zu kommen.

Bella schaute uns nacheinander an. »Versteht irgendjemand, was er genau mit uns macht? Was ist sein Plan?« Mit entschlossenem Ausdruck begann sie, eine Struktur in das Chaos unserer Gedanken zu bringen, indem sie eine Mindmap erstellte. Ihre Hand führte den Stift mit einer ruhigen Präzision, als sie damit fortfuhr, die einzelnen Namen, Situationen und Drohungen auf dem Papier zu notieren.

»Ich glaube, Cara und ich waren bei ihm und können uns beide nicht daran erinnern«, sagte ich in die aufkommende Stille hinein.

Mauro fixierte uns. »Könnt ihr euch an gar nichts erinnern?«

Langsam schüttelte Cara den Kopf. »Wir sind nackt aufgewacht und hatten heftige Kopfschmerzen.« Mit jeder hinzugefügten Information und jeder neuen Verbindung, die auf der Flipchart sichtbar wurde, schien Bellas Vorgehen nicht nur Ordnung in die verworrenen Gedankenstränge zu bringen, sondern auch eine gewisse Hoffnung zu wecken. Die Mindmap wurde zu einem Werkzeug, das nicht nur unsere Probleme visualisierte, sondern auch potenzielle Wege aus der Krise aufzeigte.

»KO-Tropfen?«

Ich zuckte mit den Schultern. »Ich will ehrlicherweise gar nicht wissen, was mit uns geschehen ist.«

Um jeden Namen herum zeichnete Bella Verbindungslinien, die unsere Beziehungen zueinander und zu den Ereignissen, die uns hier zusammengebracht hatten, darstellten. Es war, als würde sie versuchen, ein visuelles Netz zu weben, das die Komplexität unserer Lage erfassen und ordnen sollte. Mit jedem hinzugefügten Punkt und jeder

Linie, die sie zog, wurde die Mindmap dichter, ein Spiegelbild der verstrickten Verhältnisse, die uns alle umgaben. »Hattet ihr blaue Flecken oder sonstige Wunden, die darauf hinweisen könnten, dass er euch ...«

»Nein«, meinte ich deutlicher, bevor sie ihren Satz beenden konnte.

Auch Cara verneinte.

Mauro stützte den Kopf auf die Hände. »Ihr verschwindet und taucht dann wieder auf, als wäre nichts gewesen. Aber ihr habt ein komisches Gefühl ... Das klingt nach Psychospielchen und nicht nach einem Masterplan.«

»Aber warum? Wer hasst uns alle so sehr?« Bella markierte wichtige Punkte mit unterschiedlichen Farben, wodurch die verschiedenen Themen und ihre Dringlichkeit hervorgehoben wurden. Rot für die dringendsten Angelegenheiten, die sofortige Aufmerksamkeit erforderten; Blau für Informationen oder Personen, die weiterer Klärung bedurften; Grün für Aspekte, die mögliche Lösungsansätze oder Chancen boten.

Als sie den letzten Strich auf der Flipchart zog und einen Schritt zurücktrat, um ihre Arbeit zu betrachten, senkte sich eine tiefe Stille über das Wohnzimmer. Es war, als hätte der Raum den Atem angehalten, gefangen in dem Moment der Offenbarung, den die Mindmap vor uns darstellte.

Jeder von uns saß regungslos.

»Das ergibt alles keinen Sinn.«

Cara nippte am Wein. »Vielleicht verstehen wir ihn nicht, weil wir keine Psychopathen sind.«

»Was ist mit den Nachbarn, abgesehen von Signora Verde?« Trotz Bellas Bemühungen, mit der Mindmap Klarheit in unsere Situation zu bringen, schien mir alles keinen Sinn zu ergeben. Die Linien und Verbindungen, die Namen und Punkte – sie verschwammen vor meinen Augen zu einem unleserlichen Wirrwarr, ein Rätsel, das ich nicht zu lösen vermochte.

»Wer denn? Elia? Keno? Die Jungs, mit denen wir joggen? Das ist doch verrückt.« Mauro sackte gegen die Sofalehne und rieb sich über das Gesicht.

»Alles daran ist verrückt«, merkte Bella schließlich an.

»Wir werden niemals dahinterkommen. Signora Verde ist zu alt für Technik, außerdem war ein Mann in Caras Stream. Aurelio ist inzwischen verheiratet, mein Konkurrent hat die Stadt verlassen und die anderen haben bestimmt auch Gründe, warum sie es nicht sein können.« Mein innerer Zustand verschärfte das Chaos nur noch. Ich hatte heute noch keine Tabletten genommen, ein Umstand, der mich zunehmend nervös machte. Die Entzugserscheinungen begannen, sich bemerkbar zu machen, ein unangenehmes Zittern in meinen Händen, ein Schwitzen, das ich trotz der kühlen Raumtemperatur nicht unter Kontrolle bekam. Jedes Geräusch schien lauter, jede Bewegung im Raum intensiver und ablenkender.

Bella ließ den Stift fallen. »Ich brauche frische Luft. Vielleicht fällt mir dann was ein.« Mit schnellen Schritten ging sie nach draußen.

Ich setzte das Glas an den Lippen an und trank einfach. Ich musste es tun, denn mein Herz schlug so schnell, dass ich es nicht nur in meinen Ohren spürte, sondern auch in meinem Kopf.

»Du wirkst nervös. Brauchst du etwas?«, fragte Mauro mit einer gewissen Besorgnis in der Miene.

»Eine Lösung. Ich halte das alles nicht mehr aus.«

Caras Blick war starr auf die Tafel gerichtet. »Das macht keinen Sinn. Es ergibt einfach keinen Sinn.«

»Wir können unmöglich alle die gleichen Feinde haben.

Wenn dieser Mann nicht aus der Straße kommt, ist das unmöglich.« Mein Geist fühlte sich wie umnebelt an. »Hier sind unsere einzigen Gemeinsamkeiten.«

»Ich habe keine Feinde.« Immer wieder schüttelte Cara den Kopf.

Mauro ergriff erneut das Wort: »Ich habe viele, aber sie kennen Bella nicht.«

»Der Kerl weiß alles über uns. Er ist wie ein Schatten.« Die zunehmenden Entzugserscheinungen machten es mir fast unmöglich, an der Diskussion teilzunehmen oder gar einen konstruktiven Beitrag zu leisten. Jeder Versuch, mich auf das Geschehen zu fokussieren, wurde von der überwältigenden Ablenkung durch meinen eigenen körperlichen und emotionalen Zustand untergraben. Die Nervosität, die mich erfasste, war nicht nur eine Reaktion auf die unsichere Lage, in der wir uns befanden, sondern auch das direkte Ergebnis meines Kampfes gegen die Abhängigkeit, die mich in ihren Klauen hielt.

Wir tranken alle, als die Stille über uns gewann. Die Zeit schien in diesem Zustand des gemeinsamen Trinkens und der stillen Reflexion eine andere Qualität anzunehmen, sie floss langsamer und doch unaufhaltsam, während die Gläser sich leerten und wieder füllten.

Zu meiner Überraschung fand ich Bella jedoch nicht an den Orten, an denen ich sie vermutet hatte. Ein leises Gefühl der Sorge begann, in mir aufzusteigen, als ich mich im Raum umsah und feststellte, dass sie nirgends zu erblicken war. Die Türen und Fenster waren so, wie wir sie gelassen hatten, und es gab keinen offensichtlichen Hinweis darauf, wohin sie gegangen sein könnte.

Meine Suche dehnte sich auf das gesamte Grundstück aus, ich schaute in jede Ecke, in der Hoffnung, einen Hinweis auf ihren Verbleib zu finden oder sie vielleicht in einem stillen Moment für sich allein anzutreffen. Doch die Leere verstärkte nur das wachsende Gefühl der Verwirrung und Besorgnis in mir.

Bellas plötzliches Verschwinden, ohne ein Wort zu sagen oder eine Nachricht zu hinterlassen, war untypisch für sie und ließ viele Fragen offen. »Sie ist weg«, sagte ich den beiden.

»Wie weg?« Mauro sprang sofort auf.

»Sie ist nicht mehr draußen.«

Cara senkte den Blick. »Er hat sie geholt.«

Als Mauro bemerkte, dass Bella verschwunden war und ich sie nirgendwo im Haus finden konnte, sah ich, wie sich seine anfängliche Verwunderung schnell in Panik verwandelte. Seine Augen suchten hektisch den Raum ab, als könne er Bellas Anwesenheit allein durch seinen Willen herbeiführen.

Er stand abrupt auf, während er selbst begann, das Haus nach Bella abzusuchen. Mit jedem Raum, den er betrat, und jeder Ecke, die sich als verlassen erwies, wuchs seine Nervosität. Die angespannten Linien seines Gesichts, die verkrampfte Art, wie er seine Hände zu Fäusten ballte und wieder öffnete, zeugten von der inneren Anspannung, die ihn erfasste.

Seine besitzergreifende Natur kam in diesem Moment vollends zum Vorschein. Seine Stimme, als er ihren Namen rief, trug eine Dringlichkeit in sich, die seine wachsende Verzweiflung verriet.

Die Art und Weise, wie Mauro durch das Haus hastete, ließ keinen Zweifel daran, dass er gewillt war, jeden Stein umzudrehen. Doch mit jedem erfolglosen Versuch, Bella zu finden, wurde seine Panik greifbarer.

KAPITEL ZWEIUNDDREISSIG

X

Mein Blick verharrte auf Bella, die ich mitten im Raum mit einem Seil gefesselt hatte. Es war schon einige Zeit her, dass ich ihr die Arme über den Kopf gebunden und den Strick an dem Haken an der Decke befestigt hatte. Noch wirkte sie etwas schlaff und müde, aber das hatte mich in den letzten Stunden nicht gestört. Ich wusste, wie ich dennoch Spaß mit ihr haben konnte. Und ich hatte jede Sekunde davon genutzt. Sie war anders. Auf sie hatte ich so lange gewartet. Sie jetzt vor mir zu sehen, vollkommen nackt, gab mir Genugtuung. Dieses Gefühl hatte mich hart gemacht. Mehr als einmal.

Ihr gegenüberstehend, fühlte ich die Gewichtung des Moments, das Bewusstsein, dass alles, was bisher geschehen war, uns zu diesem entscheidenden Punkt geführt hatte.

Mit einer langsamen, bedachten Bewegung, die fast eine Art Zärtlichkeit in sich trug, legte ich meine Hand an ihren Hals. »Aufwachen, Bella«, flüsterte ich.

Es war, als würde die Zeit für einen kurzen Augenblick

stillstehen, uns beiden erlaubend, in der Schwebe zu verharren, gefangen zwischen den Möglichkeiten dessen, was sein könnte. Die Stille, die uns umgab, war erfüllt von unausgesprochenen Worten und Emotionen, einem Meer aus Gedanken, das unter der Oberfläche brodelte.

Sie reagierte nicht auf meine sanfte Berührung, weswegen ich die Hand zu ihrem Hals schweifen ließ und zudrückte. Ich umfasste ihn so fest, dass ich mir sicher war, es würde Abdrücke geben. Oh, ich hatte so lange gewartet, mit ihr spielen zu dürfen, dass ich mich jetzt nicht mehr beherrschen wollte. Meine Hand an ihrem Hals war das letzte Kapitel einer Geschichte, die wir gemeinsam geschrieben hatten, das Ende und vielleicht auch der Anfang von etwas, das noch nicht in Worte gefasst werden konnte.

Sie öffnete nicht nur die Augen, sondern auch den Mund, um nach Luft zu ringen. Als sie wirklich wach war, ließ ich ihren Hals los. Sie starrte auf meine Maske. »Wer bist du? Fuck ... Du bist dieser Irre.«

Als sie mir gegenüberstand, entglitt mir die Beherrschung. Bevor ich es selbst realisierte, sauste meine Hand durch die Luft und landete mit einem scharfen Klatschen auf ihrer Wange. Der Laut hallte in dem stillen Raum wider, ein Zeichen meiner verlorenen Selbstkontrolle. »Nenn mich nie wieder so.« Sie schwankte leicht, ihr Gesicht zur Seite gedreht, die Röte der Ohrfeige deutlich auf ihrer blassen Haut abzeichnend. Ein Moment des Schocks, des Innehaltens durchfuhr uns beide. »Entschuldige dich.«

Doch sie schwieg.

Weniger sanft griff ich hier Kinn. »Du bist doch ein gutes Mädchen, oder? Sei mein gutes Mädchen, Bella.« Doch als ich in ihre Augen blickte, die nun von einem

Schleier des Schmerzes und der Verwirrung getrübt waren, erfasste mich eine Welle der Realität. Was hatte ich getan? Wie konnte ich, der ich mich stets als besonnen und gerecht sah, zu solch einer Geduld fähig sein?

»Es tut mir leid«, murmelte sie leise.

»So ist es brav.« Wie einem Hund streichelte ich ihr über den Kopf. »Jetzt wirst du etwas für mich tun.« Mit zögernden Bewegungen löste ich die Fesseln, die ihre Handgelenke umklammert hielten. Das Seil gab nach und ich spürte, wie sie ihre Hände vorsichtig, fast ungläubig bewegte, als könnten sie nicht fassen, dass ihre Bindungen gefallen waren.

Ich trat zurück, gab ihr Raum, die Freiheit zu spüren.

»Ich will nach Hause.« Die Tränen flossen unaufhaltsam über ihre Wangen.

»Keine Panik, ich lasse dich gehen, sobald du mich glücklich gemacht hast«, raunte ich dicht vor ihren Lippen. Mein Warten auf diesen Moment war es wert gewesen. Es war jede verdammte Sekunde wert gewesen. »Knie dich hin.«

Langsam sank sie vor mir auf die Knie, ihr Blick nach oben gerichtet. Ihre Haltung war demütig und doch so stolz, rührte etwas in mir an, das ich lange nicht gespürt hatte.

»Hände in den Schoß«, befahl ich und griff nach dem Ringknebel, den ich bereitgelegt hatte, damit sie mich nicht beißen könnte, egal, was ich tun würde. Ich zog ihn straff. Etwas straffer, als ich es normalerweise tun würde, damit ich mich sicher fühlte. »Ich will, dass du mich ansiehst. Die ganze Zeit.«

Ich hielt ihren Blick gefangen, während ich langsam begann, mein Hemd aufzuknöpfen. Jeder Knopf schien eine Ewigkeit zu benötigen, da ich darauf bedacht war, keinen

Moment ihres Ausdrucks zu verpassen. Ihre Augen folgten jeder meiner Bewegungen, als wäre sie sich unsicher, was sie von dieser Geste halten sollte.

Das Hemd glitt schließlich von meinen Schultern, offenbarte die Haut darunter, die im schummrigen Licht des Raumes schimmerte. »Jetzt gibst du dir Mühe, mich glücklich zu machen. Verstanden?« Ohne den Blickkontakt zu ihr zu verlieren, griff ich nach dem Bund meiner Hose. Langsam, beinahe bedächtig, löste ich den Gürtel, öffnete den Knopf und ließ den Reißverschluss hinunter. Die Stille zwischen uns war mit einer fast greifbaren Spannung aufgeladen, jeder Atemzug schien lauter in dem sonst so stillen Raum. Ich ließ die Hose zu meinen Füßen fallen und trat heraus, stand nun entblößt vor ihr.

Bella ließ sich von mir führen, auch wenn die Tränen auf ihren Wangen etwas anderes behaupteten. Und ich lenkte sie direkt zu meinem Schwanz. Ihr Schweigen war laut in meinen Ohren, eine stille Bitte, die sie nicht in Worte fassen konnte oder wollte.

Sie hatte keine Chance, den Mund zu schließen und ich keine andere Wahl, als meinen Schwanz hineinzuschieben. Ich konnte diesem Impuls keine Sekunde länger widerstehen. Die Wärme, die Nässe – das alles fühlte sich an, als wäre es für mich geschaffen worden. Selbst ihr Würgen war wie ein Bekenntnis für mich. Es war ihre Hingabe, ihr verzweifelter Wunsch, mir zu gefallen. All die verstohlenen Blicke gipfelten in diesem Moment.

Endlich hatte sie meinen Schwanz im Mund.

Endlich fickte ich ihren Mund, so wie ich es mir oft vorgestellt hatte.

Endlich war ich ihr so nahe und konnte tun, was immer ich wollte.

Endlich.

Endlich.

Endlich.

Ich streckte langsam die Hand aus, fast zögerlich, als wäre ich mir der Heiligkeit dieses Moments bewusst. Meine Finger berührten zuerst sanft die Spitzen ihrer Haare. Dann ließ ich meine Hand tiefer gleiten, liebkoste die vollen Längen ihrer Locken, die sich wie ein Wasserfall weicher Seide durch meine Finger zogen. Ich spürte jede einzelne Strähne, bemerkte, wie einige sich um meine Finger wickelten, als würden sie mich willkommen heißen, tiefer in dieses sinnliche Erlebnis einzutauchen. Die Bewegungen meiner Hüfte hingegen sprachen eine andere Sprache. Ich fickte ihren Mund hart, ließ keine Chance für Gnade, denn ich wollte ihr Würgen spüren. Ich wollte sie leiden sehen. Sie sollte kämpfen. Und genau dazu brachte ich sie. Mit einer bewussten Bewegung schloss ich die Hand fester um die Haare. Ich wollte sie steuern, sie kontrollieren. Ich wollte das alles und noch so viel mehr. Der Geruch, der von ihr ausging, war betörend, eine Mischung aus natürlicher Frische und einem Hauch von etwas, das ich nur als die Essenz ihrer selbst beschreiben konnte. Ich atmete tief ein, ließ mich von diesem Duft umhüllen.

Trotz allem verbot ich mir, in ihrem Mund zu kommen. Ich wollte mehr. Es musste mehr sein, denn ich hatte so lange gewartet. »Steh auf«, befahl ich und zog mich aus ihr zurück.

Mit einer geschmeidigen Bewegung erhob sie sich, ihr Körper ein Abbild von Anmut und Stärke, trotz der Tränen. Doch bevor sie sich vollends aufrichten konnte, schloss ich den Raum zwischen uns, meine Hände fanden ihren Platz an ihren Armen, und ich drängte sie mit Nachdruck gegen die Wand. Unsere Körper berührten sich und ich konnte die Wärme ihres Körpers spüren. »Bitte heul jetzt nicht.

Du hast so viel schlimmere Dinge in deinem Leben gemacht, Bella.« Meine Hände wanderten sofort an ihre Brüste, hielten sie, während mein Daumen und Zeigefinger ihre Nippel gegen den Uhrzeigersinn drehten.

Nichts davon wollte sie, das sah ich ihr an, aber ich war verdammt gut darin, diesen Unwillen auszublenden. Sie existierte für mich. Bella war da, weil ich es ihr erlaubte. Ich presste mich enger an sie, ließ keinen Raum zwischen uns, als wollte ich jede Distanz, die uns trennte, ausradieren. Meine Hände ruhten nun neben ihrem Gesicht an der Wand, ein Käfig aus Fleisch und Begehren, der sie umfing, sie festhielt, ohne zu erdrücken. Unsere Blicke trafen sich und in diesem kurzen Moment, der sich wie eine Ewigkeit anfühlte, kommunizierten unsere Augen eine Vielzahl unausgesprochener Worte und Gefühle.

Ihr Wimmern begann leise, ein kaum hörbares Seufzen, das in der Stille des Raumes verloren ging. Doch mit jeder Sekunde, die verstrich, wurde es lauter, drängender, als würde es aus der tiefsten Tiefe ihrer Seele aufsteigen. Zuerst waren es sanfte, zitternde Laute, die von ihren Lippen kamen, Zeichen einer inneren Unruhe, eines Kampfes, der sich in ihr abspielte. »Tu mir nicht weh.«

»Du magst das doch.« Ich drehte ihren Nippel, bis sie schrie. Aus dem Augenwinkel heraus sah ich, wie der Timer immer weiter ablief. »Wir haben nur noch wenige Minuten. Die will ich nutzen, Pupetta.« Dann neigte ich meinen Kopf, näherte mich dem Hals, wo ihr Puls sichtbar unter der Haut schlug. Ich atmete tief ein, nahm ihren Duft in mich auf, der mich wie eine Welle umhüllte. Es war der Duft von warmer Haut, gemischt mit dem subtilen Aroma ihres Parfums, ein Duft, der so einzigartig war wie sie selbst.

Ich schob mich zwischen ihre Beine, spürte, wie

trocken sie war, aber das interessierte mich nicht. Ich wollte sie spüren. Fühlen, ob ich mit meinem Gefühl die ganze Zeit über recht gehabt hatte. »Oh, du hast keine Ahnung, wie lange ich darauf gewartet habe.« Unter meinem Gewicht begann Bella sich zunehmend zu verkrampfen, ihre Muskeln spannten sich an, als würden sie sich gegen die Situation, gegen die Enge des Moments wehren.

»Bitte nicht ...« Die Worte kamen undeutlich aus ihrem Mund. Dann begann sich das Wimmern zu intensivieren, wurde zu einem stetigen Strom aus Klang, der von Schmerz und Verzweiflung erzählte. Es war, als würde jede Faser ihres Seins gegen eine unsichtbare Last ankämpfen, die sie niederzudrücken drohte. Ihre Atmung beschleunigte sich, wurde hektisch, als würde sie nach Luft schnappen in einem Meer aus Emotionen, das über ihr zusammenschlug.

»Ich konnte deinen dunklen Augen noch nie widerstehen.« So fest ich konnte, schlug ich ihr auf den Arsch. »Ich breche gerade die Regeln, aber ich schwöre dir, dass du dich an nichts mehr erinnern wirst.« Ich war mein eigener Herr – ich machte die Regeln. Wann und mit wem ich sie brach, lag allein bei mir, schließlich war ich ein Mann. Die verdammte Welt gehörte mir. »Es ist quasi niemals passiert«, keuchte ich und fickte sie immer härter.

Ihr Wimmern spornte mich nur noch mehr an. Ihre Arme pressten sich nun fest gegen die Wand. Ihre Beine, zuvor sanft und nachgiebig, wurden zu Säulen aus Stein, fest und unnachgiebig. »Aber, wenn ich es richtig mache, dann sehnst du dich morgen nach meinem Schwanz.« Ich packte sie und beugte sie mit Nachdruck über das Bett. Meine Hand knallte immer wieder auf ihren Hintern, bis die rötlichen Male immer leuchtender wurden.

Mit jedem Moment, der verstrich, wurde ihr Wimmern verzweifelter, ein Crescendo aus Angst und Hilflosigkeit, das sich in der Luft zu materialisieren schien. Es war ein Klang, der direkt ans Herz griff, der jeden, der ihn hörte, nicht unberührt lassen konnte. Ihre Verzweiflung war greifbar, ein dunkler Schleier, der sich um sie legte und sie in eine Welt aus Schmerz und Dunkelheit zog. »Hör auf, bitte!«

»Gönn mir doch auch mal Spaß.« Es fühlte sich so verflucht gut an, sie zu ficken. Ihre Atmung, die zuvor ruhig und gleichmäßig war, wurde hektisch. Jeder Atemzug schien ein Kampf, ein Ringen um Ruhe inmitten des Sturms, der in ihr tobte.

Schließlich war es um mich geschehen. Sie nahm mich so gut in sich auf, dass ich nicht anders konnte, als meinem Verlangen nachzugeben. Das Klingeln des Timers durchbrach die Geräusche meines Keuchens. »Zeit für deine Tablette.« Ich eilte, um sie zu holen. Schließlich nahm ich ihr den Ringknebel aus dem Mund.

»Was ist das?« Ihre Hände zitterten unkontrollierbar, als ich ihr die Pille reichte, ein feines Beben, das sich durch ihren ganzen Körper zog und ihr Leiden unterstrich. Sie nahm sie widerstandslos entgegen, ihre Finger berührten die meinen flüchtig, ein leises Zittern in der Berührung, das mehr sagte, als Worte es könnten.

»*Memorase-6*. Es löscht dein Gedächtnis der letzten sechs Stunden. Ich kann ja nicht riskieren, dass irgendwelche Erinnerungen einfach in deinem Kopf hochkommen.«

Als sie die Pille mit zitternden Händen an ihre Lippen führte, war es eine Bewegung, die von einer tiefen Resignation geprägt war, einer stummen Akzeptanz dessen, was sein musste. Das Zittern, das sie umfing, war nicht nur ein Zeichen er Schwäche, sondern auch ein Ausdruck der emotionalen Zerrüttung, die sie erlitt. »Lass mich bitte wieder nach Hause.«

KAPITEL DREIUNDDREISSIG

BELLA

Als ich langsam zu Bewusstsein kam, lag ich auf dem feuchten Rasen. Die ersten Sonnenstrahlen des Morgens durchdrangen die dichten Zweige der Bäume, tanzten auf meiner Haut und versuchten, mich aus der Dunkelheit meiner Gedanken zu locken. Doch jeder Lichtstrahl, der mich berührte, schien meinen heftigen Kopfschmerz nur zu verstärken, ein pochendes Echo der Nacht, die hinter mir lag.

Trotz des Schmerzes, der in meinem Schädel wütete, war mein Geist erschreckend klar. Die Erinnerungen an den Raum, in dem ich die Nacht verbracht hatte, waren lebhaft in meinem Gedächtnis verankert. Es war, als hätte sich jedes Detail des Raumes unauslöschlich in mein Bewusstsein gebrannt.

Ich erinnerte mich an die kahlen Wände, an das gedämpfte Licht, das keinen Schatten warf und keine Orientierung bot.

Selbst jetzt, da ich unter freiem Himmel lag, konnte ich das Gefühl der Enge nicht abschütteln, das mich in jenem

Raum umgeben hatte. Es war, als wäre ein Teil davon mit mir hinausgetreten, haftete an mir wie ein Schatten, den ich nicht abschütteln konnte. Der Kopfschmerz, der mich plagte, war durchtränkt mit der Erinnerung an die Isolation und die beklemmende Atmosphäre der Gummizelle, die mich auch im Licht des neuen Tages noch umfing.

Während ich mich langsam von dem Rasen aufrichtete, meinen Blick über die Umgebung schweifen ließ, in der Hoffnung, ein Stück vertrauter Realität zu erfassen, bemerkte ich etwas Ungewöhnliches. Ich war angezogen. Im Vergleich zu Cara und Lea war ich angezogen und nicht vollkommen nackt. Ich wachte auch nicht im Bett auf, sondern im Vorgarten. Der Himmel an diesem Tag war fast so blau wie die Farbspritzer, die ich auf dem Körper von X gesehen hatte. Es war Elia gewesen. Trotz der schaufensterpuppenähnlichen Maske und der verzerrten Stimme war ich mir sicher. Über seiner rechten Rippe war eine Narbe gewesen. Ein kaum sichtbarer Strich, so wie die, die er trug, nachdem er bei einem Überfall vor einigen Jahren angegriffen worden war.

Die Gewissheit, dass Elia hinter all dem steckte, lag nicht nur in den Farbspritzern oder der Narbe begründet, sondern in der Summe all dieser kleinen Hinweise, die zusammen ein Bild ergaben. Ein Bild, das so charakteristisch für ihn war, in seiner kreativen Ausdrucksweise, seiner impulsiven Art, die Welt um ihn herum zu beeinflussen. Es war, als hätte er seine Signatur hinterlassen, eine Botschaft, die nur ich entschlüsseln konnte, versteckt in den Farbspritzern und der Geschichte, die meine Narbe erzählte.

Mit großer Mühe richtete ich mich auf, mein Körper fühlte sich schwer und träge an, als wäre jede Bewegung ein Kampf gegen unsichtbare Widerstände. Ich schwankte leicht, als ich versuchte, mein Gleichgewicht zu finden, die

Welt um mich herum schien für einen Moment zu wanken. Mit jedem Schritt, den ich in Richtung des Hauses unternahm, wurden die quälenden Erinnerungen stärker, drängten sich auf, forderten meine Aufmerksamkeit. Der Schmerz in meinem Unterleib, ein dumpfes, ziehendes Gefühl, war wie ein ständiger Begleiter dieser Erinnerungen.

Als ich das Haus betrat, umhüllte mich die vertraute Stille des Morgens, ein scharfer Kontrast zu dem Sturm, der in meinem Inneren tobte. Ich schleppte mich zum Schlafzimmer, die Schritte schwer und zögerlich, als wollte ich die Begegnung mit der Realität noch ein wenig hinauszögern. Mauro lag dort, in seinen Klamotten. Sein Anblick, so vertraut und doch so fern in diesem Moment, ließ mich innehalten, doch ich konnte nicht verweilen.

Getrieben von einem unbändigen Bedürfnis, mich von allem zu befreien, was mich an die Ereignisse der letzten Stunden erinnerte, steuerte ich direkt auf die Dusche zu. Ohne einen Gedanken an die Konventionen zu verschwenden, betrat ich die Duschkabine noch in meinen Kleidern, ein stummes Zeichen der Verzweiflung und des Wunsches nach Erneuerung. Ich drehte den Wasserhahn auf, ließ das kalte Wasser über mich strömen, ein befreiender Schauer, der die Farbspritzer, den Schweiß, die Tränen wegwusch.

Das Wasser umhüllte mich, durchtränkte meine Kleidung, machte sie schwer und klebrig auf meiner Haut. Doch in diesem Moment der völligen Hingabe an die kühle Flut, die über mich hereinbrach, fand ich einen seltsamen Trost. Es war, als könnte das Wasser nicht nur die äußeren Spuren der Nacht wegspülen, sondern auch einen Teil der inneren Last, die ich trug. In der Dusche, vollständig bekleidet und dem Wasser ausgesetzt, suchte ich nach einer

Erlösung, die schwerer zu finden war als die Reinigung der Haut.

Das Wasser prasselte noch immer auf mich nieder, als ich realisierte, dass die erhoffte Linderung durch die Pille ausblieb. Die bittere Erkenntnis breitete sich in mir aus, ein schleichendes Gift, das jede Faser meines Seins durchdrang. Ich fühlte mich elend, mein Körper ein Gefängnis aus Schmerz und Verrat, jeder Tropfen Wasser, der auf mich traf, eine Erinnerung an das, was geschehen war.

Die Klarheit, die mit dieser Erkenntnis kam, war schneidend, ein scharfes Messer, das die Illusionen durchtrennte. Elia, der Mensch, dem ich vertraut hatte, der ein Teil meines Lebens war, hatte uns das angetan. Jedes Lachen, jede geteilte Erinnerung, die wir miteinander verbanden, schien nun in einem dunklen, trügerischen Licht zu stehen. Wie konnte jemand, der so nahestand, der Freund und Nachbar, zu dem werden, der uns Schmerz zufügte?

Das Wasser konnte den Schmutz von meiner Haut spülen, doch die Erkenntnis, das Wissen um Elias Taten, klebte an mir wie Pech. Es war eine Last, die schwerer wog als alles, was ich je getragen hatte, ein Schmerz, der tiefer ging als die körperlichen Wunden. Die Verzweiflung, die sich in mir ausbreitete, war nicht nur wegen des Verrats an sich; es war die Zerstörung des Vertrauens, das Gefühl, in der eigenen Naivität gefangen und bloßgestellt zu sein.

Mauro trat ein, seine Augen suchten besorgt den Raum ab, bis sie mich fanden. In dem Moment, als unsere Blicke sich trafen, las ich eine tiefe Erleichterung in seinen Augen, als hätte er das Schlimmste befürchtet und war nun beruhigt, mich hier zu finden, trotz der ungewöhnlichen Umstände.

Ohne zu zögern, ohne auch nur einen Moment der

Unsicherheit, trat er zu mir in die Dusche, unbeirrt von dem Wasser, das nun auch seine Kleidung durchnässte. »Wir werden das Schwein finden. Das schwöre ich dir.« Seine Nähe brachte eine Wärme mit sich, die nicht von der Temperatur herrührte, sondern von dem Gefühl der Sicherheit und des Verstanden-Werdens. In seinen Armen fand ich einen Zufluchtsort, einen Ort, an dem ich die Fassade fallen lassen konnte, die ich so mühsam aufrechterhalten hatte. »Wir waren schon bei der Polizei, aber sie wollen ohne Beweise nichts tun.«

Ich brach zusammen, überwältigt von den Emotionen, die ich so lange zurückgehalten hatte. Die Anspannung, die Angst, der Verrat – alles entlud sich in einem Moment der völligen Hingabe. Ich klammerte mich an Mauro, meine Finger krallten sich in seine durchnässten Kleider, als wollte ich mich vergewissern, dass er real war, dass dieser Moment der Geborgenheit nicht nur eine weitere Illusion war. »Du darfst mich niemals allein lassen.«

»Niemals. Ich verspreche es.« Mauros Arme um mich waren wie ein Anker in einem stürmischen Meer, ein fester Punkt in einem Wirbel aus Chaos. In seiner Umarmung fand ich einen Hauch von Frieden, eine stille Zuversicht, dass egal wie schwer die Last war, ich sie nicht allein tragen musste. Seine Gegenwart war eine stille Erinnerung daran, dass auch in den dunkelsten Momenten Licht zu finden war, solange jemand da war, der bereit war, mit dir durch den Sturm zu gehen.

KAPITEL VIERUNDDREISSIG

CARA

Besorgt über die ungewöhnliche Stille von Bella entschied ich mich, nach ihr zu sehen. Mein Herz schlug schneller, als ich vor ihrer Tür stand, geplagt von einem unbestimmten Gefühl der Vorahnung. Ich klopfte leise, hoffte inständig, dass alles in Ordnung war, doch tief in mir regte sich bereits ein Unbehagen.

Als Bella die Tür öffnete, traf mich der Anblick wie ein Schlag. Sie stand vor mir, überzogen von einem Schleier des Leids. Ihre Haut, die an verschiedenen Stellen blau schimmerte, zeugte von einer körperlichen Tortur, die sie durchlebt haben musste. Jede Bewegung schien ihr Mühe zu bereiten, als ob die bloße Anstrengung, die Tür zu öffnen, all ihre Kräfte aufzehrte. »Was hat er mit dir gemacht?«

Sie schloss die Augen und trat von der Tür weg. »Mauro, lass uns allein.« Ihre Augen waren matt und traurig, umgeben von dunklen Schatten, die von Schlaflosigkeit und Tränen zeugten. »Ich kann mich erinnern«, sagte sie, nachdem er den Raum verlassen hatte.

»Was?«

»Die Tablette, die er mir gegeben hat, heißt *Memorase-6*. Ich habe gegoogelt, das ist ein experimentelles Medikament aus der Kriegsforschung. Es soll bei posttraumatischen Belastungsstörungen eingesetzt werden.«

»Wieso erinnerst du dich und wir uns nicht?«

»Bei mir wirkt es nicht.« Das Schweigen, das ihr folgte, war erdrückend. Es hing zwischen uns wie eine schwere Wolke, geladen mit unausgesprochenen Worten und ungestellten Fragen. Es war offensichtlich, dass etwas Schreckliches geschehen war, ein Ereignis, das tiefe Spuren in ihr hinterlassen hatte, sowohl körperlich als auch seelisch. »Ich war in einer Art Gummizelle. Dort war ein Bett, Geräte, die nach Folter aussahen, und alles war klinisch rein. Er trägt eine Maske, die aussieht wie eine Schaufensterpuppe, und einen Stimmverzerrer.«

Ich stutzte. »Hast du ihn gesehen?«

»Er hat mich vergewaltigt.«

Mit einem Herzen, das von Mitgefühl und Sorge erfüllt war, trat ich näher an Bella heran, um sie in meine Arme zu nehmen. Ich umschloss sie vorsichtig, bedacht darauf, keinen Schmerz zu verursachen, und zog sie sanft an mich. »Das tut mir so leid.«

»Die Polizei glaubt das nicht. Ich habe ihnen alles gesagt, jede einzelne Sekunde und sie glauben es einfach nicht.« Zunächst zögerte Bella, ihr Körper steif und abwehrend, als wäre die Nähe eine weitere Bedrohung in ihrer Welt des Schmerzes. Doch langsam, unter dem Einfluss der behutsamen Umarmung, begannen ihre Abwehrkräfte, nachzulassen. Sie ließ zu, dass die aufgestaute Anspannung, die Furcht und die Verzweiflung, die sie in sich getragen hatte, an die Oberfläche traten. »Ich weiß genau, was ich gesehen habe. Ich weiß genau, *wen* ich gesehen habe.«

»Du hast X gesehen? Ohne Maske, meine ich?«

»Setz dich. Dir wird die Antwort nicht gefallen.« Sie begann, zu schluchzen, zunächst leise, dann immer lauter und verzweifelter. Ihre Tränen waren wie ein Dammbruch, der all den Schmerz, die Angst und die Verwirrung freisetzte, die sie bis zu diesem Moment zurückgehalten hatte.

»Warum ist Lea nicht hier?«

»Ich habe es ihr schon gesagt. Mauro weiß es noch nicht, denn ich möchte nicht, dass er die Nerven verliert. Er wird ihn umbringen und dann verliere ich ihn für immer.«

Ich blieb stehen. »Wer ist es?«

Mit jedem Schluchzer wurde ihre Reaktion intensiver, sie klammerte sich an mich, als wäre ich der einzige feste Punkt in einem Strudel aus Chaos und Leid. Ihre Hysterie wuchs, ihre Atmung wurde hektisch, fast panisch, als könnte sie in diesem Meer aus Tränen und Schmerz untergehen. »Elia. Es ist Elia.«

Unter dem Gewicht der Erkenntnis, dass mein Mann uns allen solches Leid zugefügt haben könnte, begannen meine Knie, zu zittern, mein Gleichgewicht, zu wanken. »Nein ...«

Der Raum um mich herum schien sich zu drehen, jede Stabilität, die ich zuvor gefühlt hatte, löste sich auf. Mit einem Gefühl der Ohnmacht, das sich in mir ausbreitete, ließ ich mich zu Boden sinken, mein Körper gab dem überwältigenden Druck der Realität nach.

»Es war Elia, ich schwöre es dir. Da waren Farbspritzer auf seinem Körper und auf den Händen. Er hatte diese Narbe an der Rippe, wo er damals verletzt wurde.«

»Auf welcher Seite?« Auf dem kühlen Boden kniend, umfing mich eine lähmende Ungläubigkeit. Wie konnte Elia so etwas tun? Die Erinnerungen an gemeinsam verbrachte Zeiten, an Momente der Freude und des unbeschwerten

Miteinanders, standen nun im krassen Gegensatz zu der düsteren Wahrheit, die sich vor mir entfaltete.

»Rechts«, erwiderte sie.

»Nein ...« Die Vorstellung, dass mein Mann fähig sein sollte, solche Taten zu begehen, zerriss mich innerlich. Jedes Lächeln, jede Geste, die einst als Zeichen der Liebe gedeutet wurde, wurde nun von Zweifeln und Fragen heimgesucht. Wie konnten wir so blind sein? Wie konnten die Zeichen, die vielleicht vor uns lagen, übersehen werden? »Das ist doch unmöglich. Warum lässt er uns alles vergessen und dich nicht? Warum tut er das überhaupt?«

»Er denkt, dass ich vergessen habe«, stellte sie richtig.

Ich konnte nicht damit umgehen. Ich konnte es nicht ansatzweise. »Aber ... du hast so viele blaue Flecken. Wir hatten gar keine.«

»Ich weiß nicht, warum er das getan hat. Ich habe nicht den Hauch einer Ahnung, warum er das getan hat oder was der Unterschied zu euch war.«

Anfangs waren es nur einzelne, zögerliche Tropfen, die langsam über meine Wangen liefen. Doch je mehr die Realität des Geschehenen in mir nachhallte, desto weniger kontrollierbar wurden meine Emotionen.

Jeder Atemzug endete in einem erstickten Wimmern und ich fand mich unfähig, die Flut der Tränen zu stoppen, die nun unaufhörlich strömte. Es war, als hätten all die Dämme, die ich um meine Gefühle errichtet hatte, nachgegeben unter der Last der Erkenntnis von Elias Verrat. »Ich werde ihn das fragen.«

»Nicht«, meinte sie und hielt mich zurück.

»Ich muss das wissen.«

»Aber anders, Cara.« Die Hemmungen, die mich sonst im Griff hatten, lösten sich auf, und ich weinte hemmungslos, ohne Rücksicht auf Zeit oder Ort. Jedes Schluchzen schien ein Stück des Schmerzes herauszureißen, das sich so tief in meinem Herzen festgesetzt hatte. Mein Körper bebte unter der Intensität des Weinens, und ich krümmte mich, als könnte ich mich so vor der Realität schützen, die mich so brutal eingeholt hatte. »Ich will, dass er dafür blutet, und dafür brauchen wir Beweise. Wir scheuchen ihn auf und warten ab, was geschieht.«

»Wieso bist du so gefasst?«

»Weil ich keine Wahl habe. Ich kann zusammenbrechen, wenn wir in Sicherheit sind.« Es war, als hätte sie irgendwo in der Tiefe ihres Seins einen Anker gefunden, der sie in diesem Sturm der Emotionen festhielt. Ihre Haltung war ruhig, ihre Miene unergründlich, fast so, als hätte sie sich in eine Festung der Ruhe zurückgezogen, unerreichbar für die chaotischen Gefühle, die mich überwältigten.

Während ich nahezu durchdrehte, gefangen in einem Wirbel aus Schmerz und Verrat, schien Bella eine stille Kraft zu besitzen, die ihr erlaubte, über dem emotionalen Aufruhr zu stehen. Ihre Augen, obwohl sie Zeugen der gleichen Ereignisse waren, die mich so tief erschütterten, bewahrten eine Klarheit, die in krassem Gegensatz zu meinem Zustand stand. Es war, als hätte sie einen Weg gefunden, den Schmerz zu akzeptieren, ohne dass er sie vollständig vereinnahmte.

»Ich breche dann jetzt zusammen«, stieß ich aus und krallte mich an ihr fest.

Ich würde untergehen. Meine Ehe würde untergehen.

Vielleicht würden wir alle einfach untergehen.

»Ich habe den Rest unter Kontrolle.« In ihrer Präsenz lag eine Art stille Autorität, die nicht forderte, aber sanft lenkte, ein Leuchtturm in der Dunkelheit meines Desasters. Bella bewegte sich mit einer bedachten Gelassenheit, die in solchen Momenten der Krise fast surreal wirkte.

Ich, verloren im Sturm meiner Emotionen, und sie, standhaft und ruhig, trotz der Turbulenzen, die uns beide umgaben. Ihre Fassung war wie ein Vorwurf an meine Unfähigkeit, mich zu beherrschen, und gleichzeitig ein Anker, der mir Hoffnung gab, dass auch ich irgendwann wieder festen Boden unter den Füßen finden könnte.

Ihr wollt spielen?
Dann macht euch bereit.

KAPITEL FÜNFUNDDREISSIG

X

ICH, 7:11 UHR

Wo ist der Hund, Cara?

ICH, 7:40 UHR

Antworte mir.

ICH, 7:51 UHR

Wo ist der verdammte Hund?

ICH, 8:13 UHR

Er ist nicht tot.

ICH, 8:33 UHR

Ich habe Lea mit ihm im Park gesehen.

ICH, 8:41 UHR

Du bereust es, wenn du mich jetzt ignorierst.

Ich konnte nicht glauben, dass Cara mich einfach ignorierte. Hatte sie denn nicht gelernt, dass man mich besser nicht ignorieren sollte? Ich wischte zu dem Chat mit Lea.

ICH, 8:50 UHR

Pupetta, habe ich dir gefehlt?

ICH, 9:00 UHR

Lea, antworte mir, wenn ich dich etwas frage.

ICH, 9:20 UHR

Ich werde dich bestrafen, wenn du es nicht tust.

ICH, 9:30 UHR

Oh, du kannst nicht gut mit Strafen umgehen.

ICH, 9:35 UHR

Riskier es nicht.

ICH, 9:40 UHR

Bisher war ich nett zu dir, aber ich kann andere Seiten aufziehen.

Was war mit ihnen los? Wieso reagierten sie beide nicht? In mir wuchs die Wut, weil sie sich meiner Kontrolle entzogen. Das war etwas, das ich nicht dulden wollte und auch nicht dulden konnte. Sie waren meine Frauen, meine Puppen und ich war ihr Spieler. Ich steuerte sie.

ICH, 9:50 UHR

Wie war die Nacht, Bella?

BELLA, 9:52 UHR

Sag du es mir.

ICH, 9:56 UHR

Du hast dich mir sehr gut zur Verfügung gestellt.

BELLA, 9:57 UHR

Gut.

BELLA, 9:58 UHR

Dann hätte ich jetzt gerne eine Erklärung für alles, Elia.

Mein Herz rutschte gefühlte Kilometer nach unten. Wieso konnte sie sich erinnern? Hatte die Tablette versagt? Nein, das war unmöglich. Vielleicht bluffte sie. War sie dazu wirklich in der Lage?

BELLA, 10:05 UHR

Ich weiß alles.

BELLA, 10:10 UHR

Ich kann mich an jedes noch so kleine Detail erinnern.

BELLA, 10:11 UHR

Die Farbspritzer auf deiner Haut, die kleine Narbe an deiner rechten Rippe.

BELLA, 10:13 UHR

Ich weiß, dass du es warst.

BELLA, 10:15 UHR

Jetzt bin ich auf dem Weg, um mich mit den Mädels bei Lea zu treffen.

BELLA, 10:16 UHR

Erklär dich deiner Frau oder ich sage es ihr.

BELLA, 10:17 UHR

Tick …

BELLA, 10:18 UHR

Tack …

Mein Herzschlag beschleunigte sich, als die Panik wie eine Welle über mich hereinbrach, jede Faser meines Seins mit einem Gefühl der Dringlichkeit durchdringend. Der Gedanke, dass jetzt, in diesem kritischen Moment, alles um mich herum zusammenbrechen könnte, ließ mich innerlich erstarren. Meine Gedanken rasten, sprunghaft und unkontrollierbar, von einem Szenario zum nächsten, jedes schlimmer als das vorherige. Die Möglichkeit des Zusammenbruchs, des vollständigen Verlustes all dessen, was mir lieb und teuer war, ließ mich zittern.

Meine Atmung wurde flach, hektisch, als versuchte ich, gegen die aufsteigende Flut der Angst anzukämpfen, die mich zu überwältigen drohte. Jeder Atemzug schien nicht auszureichen, die wachsende Beklemmung in meiner Brust zu lindern. Meine Hände wurden kalt und feucht, während ich fieberhaft nach Lösungen suchte, nach einem Weg, das Unvermeidliche abzuwenden.

Die Räume, in denen ich mich befand, fühlten sich plötzlich beengend an, als würden die Wände näher rücken, den Druck erhöhend, unter dem ich bereits stand. Ich fing an, unruhig hin und her zu laufen, getrieben von der rastlosen Energie der Panik, die keinen Auslass fand. Jeder Schritt, den ich tat, war begleitet von einem stummen Gebet, einem Flehen, dass sich ein Ausweg, eine Rettung zeigen möge.

Meine Gedanken kreisten um die katastrophalen Konsequenzen, die ein Zusammenbruch nach sich ziehen würde. Die Enttäuschung, der Verlust, die Zerstörung von Beziehungen und Träumen – das alles schien nur einen

Hauch entfernt. Ich konnte die Fragilität meiner Situation spüren, wie dünn das Eis war, auf dem ich mich bewegte, und die schiere Angst davor, einzubrechen, lähmte mich.

KAPITEL SECHSUNDDREISSIG

BELLA

In Leas Wohnzimmer herrschte eine greifbare Anspannung, als wir alle zusammenkamen, um die Krise zu besprechen, die uns unerwartet getroffen hatte. Die Wände schienen die wachsende Panik widerzuspiegeln, die in jedem von uns brodelte, ein stummes Echo unserer kollektiven Angst. Das sonst so einladende Zimmer fühlte sich nun bedrückend an, die Möbel und Dekorationen, die einst für Gemütlichkeit sorgten, wirkten plötzlich fehl am Platz, fast spöttisch in ihrer Normalität.

»Bist du sicher, dass das klappt?« Lea, auf der anderen Seite des Zimmers, reagierte mit wachsender Unruhe auf die Krise. Sie rutschte auf ihrem Sitz hin und her, ihre Hände zupften nervös am Saum ihres Kleides, ein sichtbares Zeichen ihrer inneren Unruhe. Mit jeder Minute, die verging, wurde sie ungeduldiger, ihre Bewegungen hektischer, als ob sie durch bloße körperliche Aktivität der lähmenden Angst entkommen könnte. Ihre Augen huschten von einem Gesicht zum nächsten, suchten nach

Antworten, nach einem Funken Hoffnung, den sie in der zunehmenden Dunkelheit festhalten konnte.

»Es muss klappen, andernfalls zweifle ich an meinem Verstand.« Ich war mir so sicher, was ich gesehen hatte, aber je länger ich darüber nachdachte, desto unsicherer wurde ich mir.

Cara konnte ihre Emotionen nicht länger zurückhalten. Tränen überströmten ihr Gesicht, während sie aufstand und den Raum verließ, getrieben von einem Bedürfnis nach Flucht, einem verzweifelten Versuch, dem erdrückenden Gewicht der kollektiven Panik zu entkommen. Ihr Weinen war ein trauriges Lied der Verzweiflung, das die Stille des Raumes durchbrach und ein Echo in den Herzen aller Anwesenden hinterließ.

Das leise Klicken der Haustür, das durch das angespannte Schweigen unseres Wohnzimmers schnitt, ließ mein Herz stocken. In einem instinktiven Reflex griff meine Hand in die Handtasche, wo das kalte Metall der geladenen Waffe eine düstere Erinnerung an die Vorsichtsmaßnahmen war, die ich für notwendig gehalten hatte. Eine Vorsicht, die ich nie zu gebrauchen gehofft hatte, deren Gewicht nun jedoch in meiner Hand lag, schwer und real.

Als unsere drei Männer den Raum betraten, zerbrach in mir eine Welt. Unter ihnen war Mauro, dessen Anwesenheit wie ein Verrat an allem wirkte, was ich für sicher gehalten hatte. Sein Gesicht erschien mir nun fremd und bedrohlich. Die Luft im Raum schien zu erstarren, während die Zeit in einem schmerzhaft langsamen Takt verstrich. »Wir müssen euch etwas sagen«, begann er.

Die Anwesenheit der Männer, ihre Gesichter, ein Spiegelbild der Konflikte und Geheimnisse, die uns bis zu diesem Punkt geführt hatten, ließ eine Last der Erkenntnis auf meine Schultern sinken.

Die Tatsache, dass Mauro unter ihnen war, ließ mich innerlich erzittern. Jede Erinnerung, jedes geteilte Lächeln und jede Berührung, die wir geteilt hatten, fühlten sich plötzlich vergiftet an, verfälscht durch die unheilvolle Präsenz der Waffe, die ich bei mir trug. Der Anblick dieser Männer, die Schwelle unseres Zuhauses übertretend, markierte den endgültigen Zusammenbruch der Welt, wie ich sie kannte, ein Zerfallen von allem, was mir einst heilig war.

»Das ist ein schlechter Scherz, oder?« Ich umklammerte die Waffe in der Handtasche fester.

»Lass es uns erklären.« Mauro sprach ruhig, so wie er es immer tat, wenn er in Konfliktsituationen war.

Sie wirkten angespannt, ihre Blicke flackerten nervös durch den Raum, als wären sie auf der Suche nach etwas Unausgesprochenem, das in der Luft hing. Ihre Bewegungen waren fahrig, unkoordiniert. Trotz dieser offensichtlichen Unruhe war in ihren Gesichtern jedoch keine Spur von Schuld zu erkennen. Ihre Mienen waren von einer Art naiven Unbefangenheit geprägt, als könnten sie die Tiefe der Situation, die sie betreten hatten, nicht vollständig erfassen.

»Auf die Erklärung bin ich gespannt«, meinte Cara und wischte sich die Tränen von der Wange.

Keno setzte sich neben Lea und legte ihr die Hand auf das Bein, als wären wir auf einer Party und dies nur ein ganz normales Gespräch. »Es war eine Idee, quasi eine Fantasie.«

»Es ist etwas außer Kontrolle geraten«, warf Mauro ein.

Ihre Körperhaltung trug eine gewisse Selbstsicherheit in sich, ein Zeichen dafür, dass sie sich ihrer eigenen Position in diesem Drama möglicherweise nicht vollends bewusst waren. Sie tauschten untereinander flüchtige

Blicke, die mehr von Verwirrung als von einem gegenseitigen Verständnis der Lage zu zeugen schienen.

Meine Augen fixierten Mauro, dessen Anwesenheit in diesem Moment eine Verkörperung all dessen war, was mich innerlich zerriss. Jede gemeinsame Erinnerung, jedes geteilte Lachen, das wir einst als kostbar erachteten, fühlte sich nun vergiftet an, verfälscht durch die Entdeckung seines Verrats.

Ohne einen klaren Gedanken, geleitet von der rohen Energie meiner Gefühle, erhob ich meine Hand und ließ sie mit einer Kraft, die ich selbst nicht von mir kannte, auf Mauros Wange nieder. Der Klang der Ohrfeige hallte laut im Raum wider. »Was für eine kranke Fantasie soll das denn sein?«

Sein Gesichtsausdruck im Moment des Aufpralls war einer der schockierten Überraschung, seine Augen weiteten sich, als die Realität dessen, was geschehen war, zu ihm durchdrang. Für einen kurzen, flüchtigen Augenblick spiegelten seine Züge eine Mischung aus Schmerz, Verwirrung und vielleicht einem Anflug von Reue wider.

Elia räusperte sich. »Wir wollten tauschen und wussten, dass ihr niemals zustimmen würdet.«

»Und dann betäubt und entführt ihr uns und löscht unser Gedächtnis? Pack deine verdammte Tasche und verschwinde.« Cara hatte eine Stärke in ihrer Stimme, die ich schon lange nicht mehr gehört hatte.

Doch es war Keno, der die Hände beschwichtigend hob. »Es ist doch niemals etwas Schlimmes passiert. Wir hatten es im Griff. Ihr habt nur mehr Panik bekommen, als geplant war.« Sein Auftreten in diesem aufgeladenen Moment erfüllte mich mit tiefer Abscheu. Es war seine selbstgefällige Art, die mich besonders abstieß, die Art, wie er dastand, mit einem kaum wahrnehmbaren Lächeln, das um seine Lippen spielte, als wäre er amüsiert über die Spannung und das offensichtliche Leid, das die Situation mit sich brachte.

Mein Blick schweifte zu Mauro. »Du hast mich deine Frau aus dem Weg räumen lassen?«

Er nickte nur, aber Elia ergriff das Wort: »Das war nicht einfach, die Leiche so schnell verschwinden zu lassen.« Elia, obwohl sichtlich unruhiger als Keno und mit einer gewissen Nervosität in seinen Bewegungen, zeigte ebenfalls keine echte Reue. Seine Unruhe schien eher aus der Angst vor den Konsequenzen seines Handelns zu resultieren als aus einer aufrichtigen Reue über die begangenen Taten.

»Beruhige dich, es ist nichts passiert, Bella.« In Mauros Unruhe lag ein Hauch von Scham. Doch auch bei ihm war keine direkte Schuld erkennbar, keine Anzeichen von Reue oder das Bedürfnis, sich für irgendetwas zu erklären. Es war, als wären sie alle in eine Situation geraten, deren volles Ausmaß sie nicht zu begreifen schienen.

»Nichts passiert? Ich habe jemanden ermordet. Er hat mich angefasst. Er hat mich geschlagen, gewürgt und vergewaltigt. Das ist für dich nichts?« Mit dem Finger zeigte ich auf Elia und schrie nur noch.

Ich vergaß mich selbst, was Mauro stocken ließ. »Er hat dich gefickt?«

»Das habe ich doch gerade gesagt.«

Plötzlich fixierte Mauro Elia mit einem Blick, der eine Mischung aus Wut, Enttäuschung und einem tiefsitzenden Gefühl des Verrats ausstrahlte. Es war, als hätte sich die ganze angesammelte Spannung in ihm zu einem einzigen, entschlossenen Moment verdichtet. Ohne ein weiteres Wort zu verlieren, stürmte Mauro auf Elia zu, getrieben von einer Intensität, die alle im Raum innehalten ließ. Mit einer Bewegung, die sowohl kraftvoll als auch unerwartet kam, schlug Mauro ihn nieder. Elia fiel zu Boden. »Das war nicht der Deal! Du durftest schauen, aber sie niemals ficken.«

»Ich konnte nicht anders.« Schützend hielt er sich die Hände vor das Gesicht.

»Ich möchte kotzen«, merkte Cara an.

Niemand wagte es, zu sprechen, zu atmen oder sich auch nur zu bewegen; die Stille war so vollkommen, dass sie fast greifbar erschien.

»Warum das alles?«, fragte Lea in die Stille hinein.

»Es war eine Fantasie, die wir alle teilen. Niemand hatte seine eigene Frau. Es war einfach aufregend.« Keno sprach mit einer Ruhe, die die Wut in mir aufsteigen ließ.

Energisch boxte sie ihm gegen die Schulter. »Frauen zu entführen und gegen ihren Willen zu ficken? Was ist das für eine kranke Fantasie?«

Wenn Elia mich gewählt hatte, dann hatte Keno Cara und Mauro Lea. Das Würgen, das sich in mir aufbaute, war unglaublich.

»Die Macht zu haben. Einmal Kontrolle über euch zu haben«, meinte Elia und schaute seine Frau dabei mit einem gewissen Vorwurf im Blick an.

»Pack deine Koffer. Ich will dich nicht mehr sehen.«

»Du auch«, sagte Lea zu Keno.

Endlich fand ich die Kraft, mich zu erheben und Mauro gegenüberzutreten. Mit jedem Schritt, den ich auf ihn zu machte, spürte ich, wie die Fragmente meines gebrochenen Herzens gegen die innere Leere ankämpften, die sein Verrat hinterlassen hatte. Als ich vor ihm stand, hob ich zögernd meinen Blick, um ihm direkt in die Augen zu schauen. In Mauros Augen suchte ich nach einem Funken der Person, die ich zu kennen glaubte.

Doch was ich fand, war ein Wirrwarr aus Schmerz, Reue und einer unergründlichen Distanz, die sich wie ein

Abgrund zwischen uns aufgetan hatte. Seine Augen, die Spiegel seiner Seele, hielten meinen Blick gefangen und offenbarten die Tiefe des Bruches, der uns nun trennte.

»Ich hoffe, jemand verletzt dich irgendwann mal so, wie du mich verletzt hast.« In diesem intensiven Blick lag eine unausgesprochene Frage, eine Suche nach Antworten auf das Warum, eine Suche, die in den Tiefen seiner Augen verloren zu gehen schien. Jetzt sah ich in ihnen nicht nur die Reflexion meines eigenen gebrochenen Herzens, sondern auch das Gewicht der Erkenntnis, dass nichts je wieder so sein würde wie zuvor.

KAPITEL SIEBENUNDDREISSIG

X

Ich saß vor den Bildschirmen, jedes Haus sorgfältig beobachtend, und fühlte Befriedigung dabei, Zeuge zu sein, wie die Beziehungen nach und nach zerbrachen. Es war mein persönliches Puppentheater und ich war der Puppenspieler, der die Fäden zog. Mit jeder meiner Bewegungen, jeder meiner Entscheidungen, lenkte ich die Handlungen und Reaktionen der Menschen, die unwissentlich zu Akteuren in meinem makabren Spiel geworden waren. Ich sah zu, wie Misstrauen und Schmerz sich ausbreiteten, wie einst liebevolle Blicke sich in Kälte verwandelten, und ich genoss es, der Urheber all dieser Zerstörung zu sein.

Die Macht, die ich über diese Menschen hatte, erfüllte mich mit einem Gefühl der Überlegenheit. Jeder Riss in einer Beziehung, jede Träne, die wegen meiner Einflüsse vergossen wurde, war ein Beweis meiner Kontrolle. Ich war der Regisseur dieser Tragödien, der Architekt des Leids, das sich vor mir entfaltete. In meinem Herzen gab es keinen Platz für Reue oder Mitleid; diese Emotionen waren mir fremd, irrelevant in der Welt, die ich für mich geschaffen hatte.

In der Stille meines Raumes, umgeben nur von dem leisen Summen der Bildschirme, spürte ich nicht die Einsamkeit, die andere vielleicht empfunden hätten. Stattdessen fühlte ich mich erfüllt von der Rolle, die ich spielte, von der Ordnung, die ich in das Chaos brachte, das ich selbst erschaffen hatte. Die Zerstörung fremder Leben war für mich nicht mehr als ein Schachspiel, bei dem ich stets mehrere Züge vorausdachte.

Trotz der offensichtlichen Zerstörung, die meine Handlungen anrichteten, zweifelte ich nie an der Richtigkeit meines Weges. In meiner verzerrten Wahrnehmung war ich nicht der Bösewicht, sondern ein Künstler, der in der Lage war, das menschliche Verhalten zu formen und zu manipulieren. Ich war in meiner eigenen Welt gefangen, einem dunklen Spiegelreich, in dem Empathie und Mitgefühl keinen Platz hatten. Ich war der Dirigent eines unsichtbaren Orchesters und mit jeder meiner Entscheidungen lenkte ich die Geschicke der Menschen, die unwissentlich auf meiner Bühne spielten. Sie waren Idioten, zu glauben, dass die drei Männer in der Lage waren, das umzusetzen. Sie waren auch nur weitere Marionetten.

Die Kontrolle, die ich ausübte, war subtil, doch absolut. Ich konnte sie mit einer Leichtigkeit in jede Richtung lenken, die ich wählte, ihre Pfade formen und ihre Entscheidungen beeinflussen, ohne dass sie je einen Verdacht hegten. Sie waren Akteure in einem Stück, dessen Ausgang nur mir bekannt war, Figuren in einem Spiel, dessen Regeln ich bestimmte.

Manchmal, in den ruhigen Momenten zwischen den Szenen des alltäglichen Dramas, lehnte ich mich zurück und ließ das volle Ausmaß meiner Macht auf mich wirken. Die Fähigkeit, mit einem Fingerschnippen Vertrauen zu zerstören oder Liebe zu entfachen, war ein süßes Gift, das durch meine Adern floss. Jede Person, jede Beziehung, die sich auf diesen Bildschirmen entfaltete, war ein Beweis für die Fragilität des menschlichen Geistes und die Stärke meines Einflusses.

In jenen Momenten, als die Geschichten sich vor meinen Augen entfalteten, fühlte ich mich als der unangefochtene Herrscher über das Schicksal derer, die ich beobachtete. Ich war der Puppenspieler, und meine Puppen tanzten nach der Melodie, die ich spielte, unwissend und gefangen in dem Netz, das ich um sie gewoben hatte.

Das Wissen, dass ich sie auf subtile Weise leiden lassen konnte, ohne dass ihnen die wahre Quelle ihres Unbehagens je bewusst würde, erfüllte mich mit einer tiefen, schattenhaften Befriedigung. Ich spielte mit ihren Ängsten, ihren Sehnsüchten, webte Intrigen und Missverständnisse in das Gewebe ihres Alltags, beobachtete, wie sie sich in den von mir gesponnenen Netzen verfingen.

Die Vorstellung, dass ich sie zu allem treiben konnte, was mein Herz begehrte, ließ mich vor Erregung erzittern. Ich war wie ein Künstler, der mit den Emotionen und Beziehungen seiner unwissenden Subjekte malte, jeder Pinselstrich ein weiterer Schritt in ihrem unaufhaltsamen Niedergang. Die Macht, die ich besaß, war nicht nur ein Werkzeug, sondern ein Teil von mir, eine dunkle Facette meines Seins, die ich mit jedem Atemzug nährte.

Ich plante, sie auf Arten leiden zu lassen, die ihre Vorstellungskraft überstiegen, sie durch ein Labyrinth aus Täuschungen und Halbwahrheiten zu führen, bis sie den Boden unter den Füßen verloren. Die subtile Kunst der

Manipulation, die ich beherrschte, erlaubte es mir, ihre Realität zu formen, zu verdrehen und letztlich zu zerstören, ohne dass sie je einen klaren Feind identifizieren konnten.

Das Spiel endete nämlich erst, wenn ich keine Lust mehr hatte.

KAPITEL ACHTUNDDREISSIG

BELLA

Die Morgensonne warf ihr goldenes Licht über die *Via dell'Aranceto*, als Lea und Cara unsere Koffer ins Auto luden. Jeder Koffer, der in den Kofferraum gehoben wurde, fühlte sich an wie das Abstreifen einer Last, ein Loslassen des Stresses und der Sorgen, die uns in den letzten Wochen umgeben hatten. Die Luft war erfüllt von einer Mischung aus Vorfreude und Erleichterung, ein süßer Vorgeschmack auf die Freiheit und die Abenteuer, die vor uns lagen. »Ihr könnt euch nicht vorstellen, wie froh ich bin, dass wir uns endlich eine Auszeit gönnen können.«

»Das wurde auch wirklich Zeit. Dieser ganze Stress bekommt mir nicht.« Cara verstaute die letzten Gegenstände und tauschte aufgeregte Blicke mit uns.

»Hat Elia sich nochmal gemeldet?«, fragte Lea und schloss den Kofferraum.

»Es hat vor ein paar Tagen geendet. Was ist mit Keno?«

Die Atmosphäre war leicht und unbeschwert, durchzogen von dem Gefühl, dass wir gemeinsam, als ein Team, dem Alltag entfliehen und uns eine Auszeit gönnen würden.

Die Vorstellung, gemeinsam neue Orte zu erkunden, fernab der Routinen und Verpflichtungen, ließ ein Gefühl der Verbundenheit und des gemeinsamen Unternehmungsgeistes zwischen uns aufkeimen. »Er soll auf Gilbert aufpassen, aber er hat noch geschlafen. Ich habe den Hund einfach zu ihm ins Zimmer gelassen und bin dann zu euch gekommen. Die beiden werden das hinbekommen.«

»Natürlich werden sie das. Wir werden uns zwei Wochen lang keine Gedanken um etwas machen, außer um uns.« Wir stiegen ins Auto. Ich setzte mich hinter das Steuer, spürte das Lenkrad unter meinen Händen und ein Gefühl der Bestimmtheit durchströmte mich.

»Ich hab uns eine Playlist erstellt.« Kaum hatten wir unsere Sicherheitsgurte angelegt, griff Cara nach ihrem Smartphone und wählte die Musik aus. Die ersten Takte eines Liedes erfüllten den Innenraum des Autos und wir sangen lautstark mit. Unsere Stimmen vermischten sich mit der Musik, schufen eine Melodie der Freiheit und der Unbeschwertheit, die jedes noch so kleine bisschen Stress wie weggeweht erscheinen ließ.

Das Mitsingen war mehr als nur ein Zeitvertreib; es war unsere Art, die Verbindung zu stärken, ein Ritual, das uns auf jeder Reise begleitete. Es gab mir das Gefühl, wieder voll und ganz im Leben zu stehen, mich von den Fesseln des Alltags zu befreien und einfach im Moment zu sein. Mit jedem Lied, das wir anstimmten, wurde die Last der vergangenen Tage leichter, bis sie schließlich ganz von uns abfiel.

Wir fuhren einige Kilometer, die Stimmung im Auto war ausgelassen, die Landschaft zog an uns vorbei wie ein ruhiges Gemälde. Alles schien perfekt, genauso, wie wir es uns vorgestellt hatten, eine Flucht aus dem Alltag in ein kleines Abenteuer. »Ich freue mich so sehr auf unseren Neuanfang.«

»Ich auch. Ich brauche das ehrlich«, meinte Lea und atmete hörbar aus.

Die Straße endete abrupt vor einem hohen Zaun, der wie eine unüberwindbare Barriere vor uns aufragte. Ich bremste das Auto ab und brachte es zum Stehen, mein Blick ungläubig auf das Hindernis gerichtet, das sich uns in den Weg gestellt hatte. Ein Elektrozaun, hier, mitten auf unserer Route – das war unmöglich. Ich hatte diese Straße schon unzählige Male befahren und nie war hier eine derartige Sperre gewesen. Mein Herz begann zu rasen, Panik kroch in mir hoch. Was, wenn wir uns verfahren hatten? Aber nein, das konnte nicht sein. Diese Straße, diese Landschaft, ich kannte sie wie meine Westentasche. »Was zur Hölle ist das?«

»Sieht aus wie ein Zaun.« Cara sprach das Offensichtliche aus.

»Schon klar, das sehe ich auch. Aber dahinter ist ein Wald. Da war vorher nie ein Wald.«

Lea legte mir die Hand auf die Schulter. »Und da war auch kein Zaun.«

Mit zitternden Händen löste ich den Sicherheitsgurt und stieg aus dem Auto. Die kühle Luft schlug mir entgegen, doch sie konnte das Feuer der Verwirrung und Furcht in mir nicht lindern. Der Elektrozaun erstreckte sich in beide Richtungen, so weit das Auge reichte. Es sah nicht aus wie das Ende unserer Straße, nicht wie der Abschluss der Welt, die ich kannte. »Halluziniere ich?«

»Dann tun wir es alle«, sagte Cara und fuhr sich mit den Händen durch die roten Haare.

Die Stille um mich herum war erdrückend, nur unterbrochen vom leisen Summen des Zauns. Die Situation fühlte sich surreal an, wie ein schlechter Traum, aus dem ich jeden Moment aufwachen müsste. Hinter dem Elektrozaun breitete sich ein dichter Wald aus, dessen Ende sich im Nebel des Horizonts verlor. Die Bäume standen dicht an dicht, ihre Äste wogen sanft im Wind, als wären sie die Wächter dieses unerklärlichen Geheimnisses. Ich stand da, mein Blick wanderte von dem undurchdringlichen Grün des Waldes zu dem Zaun, der uns von ihm trennte, und ein Gefühl der Verwirrung überwältigte mich.

Die Straße schien die gleiche zu sein, die wir so oft befahren hatten, doch der Zaun und der dahinter liegende Wald passten nicht in das Bild, das ich von unserer gewohnten Route hatte. Es ergab keinen Sinn. Warum endete unsere vertraute Straße plötzlich an diesem Ort, der aussah wie eine Szene aus einem anderen Leben? »Wir sind eingesperrt. Das ist nicht die Straße.«

»Das ist doch nicht möglich. Ich habe meinen Koffer gepackt. Das war mein Haus.« Lea sah sichtlich verwirrt aus.

Ich versuchte, die Situation zu verstehen, die Logik in dem zu finden, was vor meinen Augen lag, doch je mehr ich darüber nachdachte, desto mehr entglitt mir jede Erklärung. Der Wald hinter dem Zaun, so unberührt und geheimnisvoll, schien mich herauszufordern, seine Rätsel zu entschlüsseln, doch ich stand ratlos da.

Warum sah alles aus wie unsere Straße und doch war es sie nicht? Hatte sich die Landschaft verändert oder hatten wir uns verirrt, ohne es zu merken? Die Diskrepanz zwischen dem Vertrauten und dem Unbekannten, zwischen dem, was sein sollte, und dem, was war, ließ mich zweifeln, an meiner Wahrnehmung, an der Realität selbst. »Ich kapiere das nicht.«

Cara ging auf den Zaun zu. Bevor ich sie warnen konnte, streckte sie ihre Hand aus und berührte die Metallstreben. Ein plötzlicher Blitz zuckte durch ihren Körper, als sie einen Stromschlag bekam. Sie schrie auf und wich zurück, ihre Hand instinktiv an ihre Brust pressend, während Schmerz und Schock über ihr Gesicht huschten. »Scheiße! Was für eine kranke Scheiße.«

Lea wurde immer bleicher. »Es hat nicht geendet. X hat nicht aufgehört, uns zu quälen. Er ist nur besser darin geworden, es zu verstecken.«

Mein Herz begann, schneller zu schlagen, die Unruhe in mir wuchs zu einer lähmenden Angst an. Wir waren nicht nur verloren, sondern auch gefangen, isoliert von der Welt, die wir kannten, durch eine unsichtbare Grenze, die plötzlich auftauchte und uns von unserem Weg abbrachte.

Ich eilte zu Cara, um sicherzustellen, dass es ihr gut ging, während ich gleichzeitig versuchte, einen klaren Kopf zu bewahren. Doch die Erkenntnis, dass wir in dieser unerklärlichen Falle gefangen waren, machte es mir schwer, nicht in Panik zu verfallen. »Das können nicht unsere Männer gewesen sein.«

»Warum nicht?«, fragte Cara und rieb sich über die Hand.

»Hast du dich mal umgeschaut? Der Zaun ist riesig. Das ganze Grundstück ist es. Nicht einmal wir haben den Unterschied zu unseren Häusern bemerkt. Wann hätten die drei das machen sollen?« Die Frage, wie wir hierhergekommen waren, war nun nebensächlich geworden, überlagert von der drängenderen Frage, wie wir hier wieder herauskommen sollten.

Leas Augen wurden immer größer. »Das ist so verflucht gruselig.«

»Wann sind wir hierhergekommen?« Cara schaute mich an, als hätte ich die Antwort auf alle Fragen.

Doch letztlich war es Lea, die etwas in den Raum

stellte, was ich mich nicht fragen wollte. »Oder waren wir schon die ganze Zeit hier?«

Zögerlich schüttelte ich den Kopf. »Nein, letzte Woche war ich noch außerhalb der Stadt und da war kein Zaun. Ich konnte ganz normal fahren.«

Plötzlich durchbrach ein Klingeln die beklemmende Stille, scharf und durchdringend, erinnerte es mich unweigerlich an das Läuten einer Schulglocke. Doch in diesem Kontext wirkte es surreal, fast gespenstisch, und ließ einen Schauer über meinen Rücken laufen. »Und jetzt ist hier ein Zaun ... Ein Elektrozaun. Wir sind eingesperrt wie Tiere im Käfig.«

Kaum hatte das Klingeln nachgelassen, erklang eine Stimme, verzerrt und kaum menschlich, als käme sie aus einer anderen Welt. Es war die Stimme von X, einem Phantom, das bis zu diesem Moment nur eine dunkle Ahnung in meinem Hinterkopf gewesen war. Die Erkenntnis, dass er es war, der hinter diesem Albtraum steckte, ließ mich erstarren. Seine Worte hallten um uns herum, als wären sie direkt für uns bestimmt. »Buongiorno, Pupette. Es hat lange gedauert, bis ihr bemerkt habt, dass ihr wieder bei mir seid.«

Mein Herzschlag beschleunigte sich schlagartig und eine lähmende Nervosität breitete sich in mir aus. Es war X, der uns hierhergebracht hatte. Die Realität dieser Erkenntnis traf mich wie ein Schlag.

»Ich hoffe, ich habe euch gefehlt«, sagte er mit einem Lachen gemischt.

Ich schluckte hart. »Was soll diese Scheiße?« Das Wissen, dass X die Fäden zog, ließ mich an unseren Chancen zweifeln, aus dieser Situation unversehrt herauszukommen.

»Das Spiel endet, wenn ich es sage.« Die Stimme von X,

die durch die Lautsprecher hallte, nahm einen unheimlich wütenden Ton an, der mir bis ins Mark fuhr. Seine Worte, verzerrt und voller Zorn, schienen die Luft um uns herum zu verdichten. Diese unkontrollierte, rohe Aggression in seiner Wortwahl ließ einen kalten Schauer über meinen Rücken laufen und weckte eine tiefe, instinktive Angst in mir. »Und jetzt husch, husch, zurück in eure Häuser. Ich mag es nicht, wenn meine Puppen zu nahe an den Zaun kommen. Das ist gefährlich für euch.«

»Lass uns hier raus!«, schrie Cara und sah sich um, doch sie konnte auch keine Kameras erblicken. *Wie zur Hölle konnte er uns sehen?*

»Zurück ins Haus«, sagte er deutlicher.

Lea verschränkte die Arme vor der Brust. »Und wenn wir das nicht tun?«

Und dann, plötzlich, änderte sich der Tenor seiner Stimme und ein grausames Lachen brach aus ihm heraus. Es war ein Lachen, das keiner Freude entsprang, sondern eher einer dunklen Befriedigung, die aus der Macht und Kontrolle über uns entsprang. »Wollt ihr das nach allem wirklich riskieren?«

Unsere Blicke trafen sich, gefüllt mit einer Mischung aus Angst, Entschlossenheit und der stummen Frage, die in der Luft hing: *Was sollten wir tun?*

Cara biss sich nervös auf die Lippe, ihre Augen flackerten unruhig. Es war offensichtlich, dass der Gedanke, sich dem überwältigenden Einfluss von X zu beugen, ihr zuwider war. Doch die Angst, die in ihren Zügen lag, sprach von der Sorge um unsere Sicherheit, sollte der Versuch zu fliehen scheitern.

Lea schien die Optionen zu durchdenken, die uns noch blieben. Ihre Haltung, angespannt und doch entschlossen, verriet ihren inneren Kampf, die beste Strategie zu finden, um uns aus diesem Albtraum zu befreien. Es war, als würde sie in Gedanken bereits verschiedene Szenarien durchspielen, die uns einen Ausweg bieten könnten.

Und ich, gefangen zwischen der Furcht vor dem, was X noch für uns bereithalten mochte, und dem unerschütterlichen Willen, mich nicht kampflos zu ergeben, fühlte mich hin- und hergerissen. Die Erkenntnis, dass jede Entscheidung, die wir trafen, unser Schicksal besiegeln könnte, lastete schwer auf meinen Schultern.

KAPITEL NEUNUNDDREISSIG

X

Von meinem Schreibtisch aus beobachtete ich, wie Bella, Cara und Lea sich hastig in Richtung ihrer Häuser bewegten, jede von ihnen sichtlich gezeichnet von der Panik und dem Stress der letzten Minuten. Gilbert rannte um meine Füße, denn ihn hatte ich aus dem Haus geholt, bis Lea sich meinen Wünschen fügen würde. Ihre Bewegungen waren eilig, fast stolpernd, als wären sie getrieben von der unausgesprochenen Angst, die in der Luft lag. Ich konnte sehen, wie sie sich immer wieder umschauten, als könnten sie die Schatten der Bedrohung hinter sich spüren, die ich so sorgfältig orchestriert hatte.

Die Art, wie sie sich nur schwer voneinander trennen konnten, ihre zögernden Umarmungen und die verzweifelten Blicke, die sie austauschten, bevor sie sich schließlich in verschiedene Richtungen wandten, verrieten ihre tiefe Verunsicherung.

Ein Lächeln umspielte meine Lippen, als ich die Szene vor mir genoss. Die Furcht zu sehen, die ich in ihren Herzen entfacht hatte, die Panik in ihren Augen, war für mich eine Quelle dunkler Befriedigung. Es war, als würde ich aus der Ferne ein Kunstwerk betrachten, dessen Schöpfer ich war, ein lebendiges Gemälde aus Angst und Misstrauen, das ich nach meinem Willen gestaltete.

Jeder ihrer zögernden Schritte, jede furchtsame Geste, verstärkte das Gefühl der Macht, das ich über sie hatte. Ich war der Puppenspieler und sie waren meine Marionetten, gefangen in einem Netz aus Furcht und Paranoia, das ich um sie gewoben hatte.

Vor mir breitete sich das Panorama meiner Monitore aus, jedes Display ein Portal in die Privatsphäre von Bella, Cara und Lea. Ich lehnte mich zurück, ein Gefühl der Genugtuung durchströmte mich, während ich ihre Bewegungen verfolgte. Sie waren wie Schatten, die hastig durch ihre Häuser huschten, getrieben von der Unsicherheit, die ich in ihnen gesät hatte. Das Beobachten auf diesen Bildschirmen war mehr als nur eine Beschäftigung für mich; es war ein Vergnügen, ein süchtig machendes Spiel.

Jedes Zögern, jede nervöse Geste, die sie machten, war für mich wie Musik in den Ohren. Ich konnte nicht anders, als zu lächeln, als ich sah, wie sie sich in ihren eigenen vier Wänden umschauten, als könnten die Wände selbst ihnen Schaden zufügen. Ihre Paranoia war mein Werk, ein sorgfältig inszeniertes Drama, dessen Regisseur ich war.

Doch mein Vergnügen wurde immer wieder durch einen Blick über die Schulter unterbrochen. Dort saß sie, die dunkelhaarige Frau, deren Anwesenheit in meinem Raum eine ständige Erinnerung daran war, dass ich nicht allein war. Ihre Augen schienen meine Handlungen zu beobachten, als könnte sie in die dunklen Winkel meiner Seele blicken. Jedes Mal, wenn ich ihren Blick spürte, überkam mich ein Gefühl der Unruhe, ein leiser Zweifel, der sich in das Vergnügen meiner Beobachtungen mischte. »Sie sind hübsch, findest du nicht?« Ich sprach einfach weiter, ließ ihr keine Chance, das Gegenteil zu behaupten. »Mich fasziniert jede auf ihre ganz eigene Weise. Cara hat so schöne, rote Haare.«

Trotzdem kehrte mein Blick immer wieder zu den Monitoren zurück, zu dem süßen Gift meiner Überwachung. Ich fühlte mich mehr als je zuvor als Meister meines eigenen Universums. »Bellas Kurven bannen mich. Aber das willst du sicher nicht hören, oder?« Ich schmunzelte. Sicher wollte sie das nicht hören. »Und Lea ist wie ein kleiner Engel. Sie ist so zart und zerbrechlich ... Sie will ich noch mehr brechen, sehen, in wie viele Einzelteile sie zerfallen kann.«

Die Räume, die ich bis ins kleinste Detail ihren echten Heimen nachempfunden hatte, wurden zu ihrer neuen Realität, einem Gefängnis, das sie noch nicht als solches erkannten. Mit jeder ihrer Bewegungen, jeder unsicheren Geste, fühlte ich die Kontrolle in meinen Händen wachsen, ein berauschendes Gefühl der Macht.

Ohne den Blick von den Bildschirmen zu heben, streckte ich meine Hand aus und aktivierte die Verriegelungen aller Türen. Ein leises Klicken bestätigte die Aktivierung, ein Geräusch, das in der Stille des Raumes beinahe feierlich wirkte. Die Frauen waren nun vollständig von der Außenwelt abgeschnitten, gefangen in der Illusion von Sicherheit, die ich ihnen vorgaukelte.

»Sie sind wie Tiere im Käfig, aber ich bin mir sicher, dass sie sich an die Sache gewöhnen werden. Es ist sicher hier, vielleicht schätzen sie das irgendwann.« Während ich sie beobachtete, wie sie weiterhin ahnungslos durch die Räume wanderten, konnte ich nicht umhin, immer wieder nervös über meine Schulter zu blicken.

Jedes Mal, wenn unsere Blicke sich trafen, spürte ich

eine unerklärliche Verbindung, ein Verständnis, das jenseits von Worten lag. Doch gleichzeitig ließ ihre stille Beobachtung mich zweifeln, ließ mich fragen, was sie in mir sah, in meinen Handlungen, in der düsteren Freude, die ich an diesem Spiel der Macht empfand. »Ganz sicher werden sie das«, fügte ich meinen eigenen Worten hinzu.

Ein Lächeln stahl sich über meine Lippen, als ich an den immensen Stolz dachte, den ich empfand. Jedes Detail, von den zierlichen Gartenpflanzen bis hin zu den einzigartigen Mustern des Pflasters, hatte ich akribisch nachbilden lassen, eine genaue Kopie ihrer realen Welt, geschaffen in diesem abgeschotteten Raum.

Die Kunstfertigkeit, mit der ich jedes noch so kleine Detail nachgebaut hatte, war das Produkt unzähliger Stunden der Beobachtung und Planung. Ich hatte ihre Gewohnheiten studiert, ihre Vorlieben und Abneigungen, die Eigenheiten jedes Hauses – nichts war dem Zufall überlassen worden. Die Perfektion, mit der jede Nuance ihrer Umgebung nachempfunden war, ließ keinen Raum für Verdacht, keine Möglichkeit, die Illusion zu durchschauen.

Der Moment, in dem ich sie betäubt und in diese sorgfältig konstruierte Welt gebracht hatte, war der Höhepunkt meiner sorgfältigen Planung. Mit chirurgischer Präzision hatte ich jeden Schritt ausgeführt, darauf bedacht, keine Spuren zu hinterlassen, die ihr Misstrauen wecken könnten. Das Bewusstsein, dass sie nach ihrem Erwachen den Übergang nicht bemerkt hatten, dass sie die Illusion meiner Schöpfung als ihre Realität akzeptiert hatten, erfüllte mich mit einer tiefen Zufriedenheit.

KAPITEL VIERZIG

CARA

Plötzlich durchbrach das Geräusch des verriegelnden Mechanismus die Stille. In diesem Moment, als das endgültige Einrasten der Tür die Realität meiner Situation besiegelte, begann mein Herz heftig zu schlagen, eine wilde, unkontrollierbare Symphonie der Angst.

Die Luft in meinen Lungen schien zu gefrieren, jeder Atemzug wurde zu einem Kampf, als wäre die einfache Handlung des Atmens plötzlich ein unüberwindliches Hindernis.

Mein Blick flackerte fieberhaft umher, suchte nach einem Ausweg, einer Fluchtmöglichkeit, die es nicht gab. Die Wände des Raumes schienen sich auf mich zuzubewegen, enger und bedrohlicher mit jedem Herzschlag.

Ein kalter Schweiß brach aus, überzog meine Haut mit einem schmierigen Film des Entsetzens. Meine Hände zitterten unkontrollierbar, griffen nach etwas Festem, nach einem Halt in diesem Strudel aus Panik, der mich zu verschlingen drohte.

Die Geräusche um mich herum verschwanden, als

würde ich durch einen dichten, erstickenden Nebel wandern, in dem jedes Geräusch, jede Bewegung eine potenzielle Bedrohung darstellte.

Die Gedanken in meinem Kopf überschlugen sich, rasten von einer Katastrophe zur nächsten, ohne einen klaren Faden, ohne einen Ausweg. Die Realität, dass ich gefangen war, eingesperrt und ausgeliefert, brachte eine Lawine der Furcht mit sich, die mich unter sich zu begraben drohte. In diesem Moment der absoluten Hilflosigkeit, als die Tür sich verriegelte und mir jede Hoffnung auf Flucht nahm, wurde die Panik zu einem lebendigen, alles verzehrenden Wesen, das mich mit klauenbewehrten Händen packte und in die Dunkelheit zog.

Wie lange war ich schon in diesem Haus gefangen? Die Zeit schien ihre Bedeutung verloren zu haben, die Tage verschmolzen ineinander, ununterscheidbar und endlos. Jeder Versuch, die vergangenen Stunden und Ereignisse zu ordnen, fühlte sich an, als würde ich nach Rauch greifen – je mehr ich versuchte, sie festzuhalten, desto mehr entglitten sie mir.

Die Räume um mich herum, so täuschend vertraut und doch so fremd, schienen keinen Hinweis auf die verstrichene Zeit zu geben. Es gab keine Markierungen an den Wänden, keine abgelegten Kalenderblätter, die mir helfen könnten, die Dauer meines Aufenthalts zu bestimmen. Die perfekte Nachbildung meines eigenen Zuhauses war zu einer Bühne geworden, auf der die Zeit keine Rolle spielte, ein Ort, der außerhalb der gewohnten Chronologie existierte.

Die Frage nach der Zeit wurde zu einem obsessiven Gedanken, der mich nicht losließ. Wie lange hatte ich geschlafen? Wie viele Mahlzeiten hatte ich in dieser alternativen Realität zu mir genommen? Die Antworten schienen mir zum Greifen nah und entzogen sich doch immer wieder meinem Verständnis, ließen mich in einem Meer aus Unsicherheit und Verwirrung zurück.

Das Fehlen eines klaren Zeitgefühls verstärkte das Gefühl der Isolation und der Entfremdung, das mich umgab. Ich fühlte mich wie ein Schiffbrüchiger auf einer zeitlosen Insel, abgeschnitten von der Welt, die ich kannte, gefangen in einem ewigen Jetzt, das weder Anfang noch Ende zu haben schien. Diese Unfähigkeit, die verstrichene Zeit zu greifen, zu begreifen, verstärkte nur das beklemmende Gefühl der Gefangenschaft in diesem allzu perfekten Puppenhaus.

Mit jeder Minute, die in diesem nachgebauten Haus verging, wuchs meine Unruhe. Die Wände, die mich umgaben, schienen enger zu werden, die Luft dicker, schwerer zu atmen. Der Drang, aus dieser beklemmenden Umgebung zu entfliehen, wurde überwältigend. Ich sprang auf, eilte zur Tür, die meine Freiheit versprach und doch unerbittlich verschlossen blieb.

Meine Hände schlugen gegen das Holz, erst zaghaft, dann immer heftiger, als würde die Intensität meiner Schläge irgendetwas an meiner Situation ändern können. Das dumpfe Echo meiner Verzweiflung hallte durch die leeren Räume, ein sinnloses Aufbäumen gegen die unsichtbaren Fesseln, die X um mich gelegt hatte.

Während ich dort stand, meine Fäuste schmerzend vom Hämmern gegen die Tür, überfluteten mich Fragen. Was hatte X sich dabei gedacht, uns in diese perfide Situation zu bringen? Die Absurdität und die Komplexität seines Plans, unsere gesamte Straße bis ins kleinste Detail nachzubauen, nur um uns in dieser grotesken Nachbildung gefangen zu halten, entging meinem Verständnis. Wer war dieser Mensch, der mit solcher Präzision und

Grausamkeit vorging, der unser Leben zu seinem kranken Spiel machte?

Und dann war da noch die Frage nach dem Geld. Ein Unterfangen dieser Größenordnung, eine ganze Straße nachzubauen, erforderte immense Ressourcen. Woher hatte X das Kapital für ein solches Vorhaben? Wessen kranke Fantasie wurde hier mit scheinbar unbegrenzten Mitteln in die Realität umgesetzt?

Die Antworten auf diese Fragen schienen ebenso verschlossen wie die Tür vor mir. Ich fühlte mich wie eine Figur in einem schlechten Traum, unfähig zu entkommen, zu verstehen. Die Erkenntnis, dass ich nur ein Spielball in X' verstörendem Szenario war, ließ ein Gefühl der Ohnmacht in mir aufkommen, das meine Panik nur noch weiter schürte.

Die Angst, die sich in mir aufgestaut hatte, wurde zu einer überwältigenden Flut, gegen die ich nicht länger ankämpfen konnte. Jedes Hämmern gegen die verschlossene Tür, jedes verzweifelte Rufen nach Hilfe, das unbeantwortet verhallte, ließ die Angst in mir weiter anwachsen, bis sie schließlich jeden rationalen Gedanken erstickte. Mein Atem beschleunigte sich zu hektischen, flachen Zügen, die Welt um mich herum begann zu schwanken, unscharf und unwirklich.

In diesem Strudel aus Furcht und Verzweiflung fanden meine Beine keinen Halt mehr. Meine Knie gaben nach und ich sank zu Boden. Ich zog die Knie an meine Brust, umschlang sie mit meinen Armen, als könnte ich mich so vor der Realität, die mich umgab, abschirmen.

Die Tränen kamen ungebeten. Jedes Schluchzen war ein weiterer Stoß gegen die dünne Fassade der Fassung, die ich zu bewahren versucht hatte, bis nichts mehr von ihr übrig war. Ich war zusammengebrochen, ein hilfloses Bündel aus

Angst und Elend, gefangen in einem Albtraum, aus dem es kein Erwachen gab.

Die Furcht hatte gesiegt, hatte mich vollständig übermannt. In diesem Moment der absoluten Kapitulation war ich mir meiner Verletzlichkeit schmerzlich bewusst, der Tatsache, dass ich allein war, ohne Hoffnung auf Rettung, ein Spielball in einem perversen Spiel, das ich weder verstand noch kontrollieren konnte. Die Wände des nachgebauten Hauses schienen näher zu rücken, jede Hoffnung, jedes Licht der Zuversicht zu verschlingen, bis nichts außer der erdrückenden Dunkelheit der Verzweiflung blieb.

KAPITEL EINUNDVIERZIG

LEA

Es waren vier Tage vergangen. Ich kauerte im Schlafzimmer, in das X mich gesperrt hatte, und kämpfte gegen den kalten Entzug. Jeder Moment war eine Qual, eine endlose Folge von Sekunden, die sich zu einer Ewigkeit aus Schmerz und Verzweiflung dehnten.

Mein Körper rebellierte gegen diese erzwungene Abstinenz, jede Faser schrie nach Erleichterung. Schweißausbrüche überzogen meine Haut, ließen mich frösteln und dann wieder vor Hitze fast vergehen. Meine Glieder zitterten unkontrollierbar, als wären sie nicht länger Teil von mir, sondern gefangen in einem eigenen, schmerzhaften Tanz. Krämpfe durchzogen mich, so heftig und plötzlich, dass sie mir den Atem raubten, mich in eine stumme, keuchende Kreatur verwandelten, die nach Luft schnappte.

Die psychische Tortur war nicht weniger gnadenlos.

Mein Geist war gefangen in einem Wirbel aus Angst, Paranoia und einer verzehrenden Leere, die mich von innen zu verschlingen schien. Halluzinationen tanzten an den kahlen Wänden meiner Zelle, flüsterten Versprechen von

Erlösung, nur um im nächsten Moment in hämisches Lachen auszubrechen. Die Grenzen zwischen Realität und Wahn verschwammen, ließen mich an meinem Verstand zweifeln, an der Existenz einer Welt außerhalb dieser vier Wände.

In wenigen Momenten der Klarheit war mir die Grausamkeit von X' Plan bewusst – mich hier einzusperren, allein mit meinem Leiden, ein Spielball seiner Machenschaften. Ich kämpfte gegen mich selbst, gegen den überwältigenden Drang nachzugeben, gegen die Stimmen in meinem Kopf, die mich zum Aufgeben drängten. Jeder Atemzug, jeder Herzschlag war eine Schlacht, ein verzweifelter Versuch, mich an den letzten Resten meiner Willenskraft festzuklammern. Doch mit jeder verstreichenden Stunde, mit jedem unbeantworteten Schrei nach Hilfe, fühlte ich, wie meine Kräfte schwanden, wie der Kampf gegen die Dämonen des Entzugs einer wurde, den ich nicht gewinnen konnte.

Die Angst vor dem Sterben war allgegenwärtig, ein dunkler Schatten, der über mir schwebte. Ich hatte das Gefühl, als würde ich Stück für Stück aufgeben, als würden meine Lebenskräfte langsam, aber sicher entweichen. Der Schweiß, der meinen Körper überzog, die zitternden Hände, die kaum noch in der Lage waren, etwas zu greifen – alles schien ein Vorbote meines nahenden Endes zu sein.

Ich kauerte mich in einer Ecke der Zelle zusammen. Meine Arme umschlangen meine angezogenen Knie, mein Kopf war gesenkt, das Gesicht verborgen in der Dunkelheit meiner eigenen Verzweiflung. Ich war ein Häufchen Elend, unfähig, den Schmerz zu ertragen oder einen Ausweg aus diesem Albtraum zu finden.

In diesem Moment des absoluten Tiefpunkts öffnete sich die Tür und X trat ein. Seine Silhouette zeichnete sich dunkel gegen das spärliche Licht ab, das von draußen in die Zelle fiel. Sein Erscheinen war wie das eines Geistes, eines Dämons, der gekommen war, um Zeuge meines Leidens zu sein. Er stand da, regungslos, und beobachtete mich, wie ich mich in meiner Ecke zusammengekauert hatte, ein Bild der absoluten Niederlage.

Ich war vollständig seiner Kontrolle ausgeliefert, gefangen in einem Spiel, dessen Regeln nur er kannte. Die Hoffnungslosigkeit, die mich in diesem Moment erfüllte, war erdrückend, ein dunkler Ozean, in dem ich zu ertrinken drohte, während X von oben auf mich herabblickte, der ruhige Beobachter meines Untergangs. »Pupetta, ist das Leben hart?«

Vor X kauernd, brach aus mir ein Strom verzweifelter Bitten und Flehen hervor. Meine Stimme war kaum mehr als ein heiseres Wimmern, durchtränkt von dem unerträglichen Schmerz und der Qual, die der Entzug in mir verursachte. »Du musst mir die Tabletten geben. Ich halte es nicht aus«, keuchte ich immer wieder.

»Du kriegst keine Pillen mehr von mir.«

»Bitte!« Meine Hände streckten sich zitternd nach ihm aus, ein kraftloses Flehen nach den Tabletten, die meinen gepeinigten Körper von diesem entsetzlichen Zustand erlösen könnten. Die Intensität meiner Entzugserscheinungen ließ mich vor ihm zusammenbrechen, mein Stolz, meine Würde, alles war vergessen in diesem Moment der absoluten Schwäche. Ich war bereit, alles zu tun, nur um ein Ende dieses unerträglichen Leidens herbeizuführen. Meine Augen, rot und geschwollen vom unaufhörlichen Weinen, suchten die seinen, flehten um ein Zeichen der Gnade, um eine Spur von Mitgefühl in der Dunkelheit, die ihn umgab.

»Ich habe Nein gesagt«, erwiderte er mit ruhiger Stimme.

Der kalte Entzug hatte mich mit voller Wucht getroffen, ließ mich in einem Meer aus Leid versinken, aus dem es kein Entrinnen gab. Schweiß bedeckte meine Haut, tropfte von meiner Stirn und klebte meine Kleidung an den Körper, ein feuchtes Zeugnis der inneren Schlacht, die ich führte. »Aber ich brauche es. Bitte, ich brauche es so dringend. Mein ganzer Körper tut weh.«

»Du kleine Lügnerin hast allen erzählt, dass du nichts mehr nimmst, und jetzt leidest du wie ein Hund, weil du auf Entzug bist.« Jede Faser meines Seins schien zu schreien, gequält von der Abwesenheit der Substanzen, die mein Leib so verzweifelt begehrte. Mein Fleisch fühlte sich an, als würde es von innen heraus zerrissen, jeder Muskel, jedes Gelenk von einem stechenden Schmerz heimgesucht, der keine Erleichterung kannte. Das Pochen in meinen Adern glich dem hämmernden Schlag eines unerbittlichen Hammers, der jeden Gedanken an Ruhe oder Frieden zunichtemachte.

»Du bist ein wirklich schlechter Mensch.« Ich war zu schwach, um mich aufzurichten, mein Körper eine leere Hülle, die unter dem Gewicht des Entzugs zusammenbrach. Selbst die kleinste Bewegung erforderte eine Anstrengung, die ich kaum aufbringen konnte. Die Qual war allumfassend, ein ständiger Begleiter, der mich in die Dunkelheit zog und jeden Funken Hoffnung erstickte.

Dann hockte er sich neben mich. Seine Hand bewegte sich langsam, fast zärtlich, als er mir über den Kopf strich, als wollte er Trost spenden. Doch jede Berührung brannte auf meiner Haut, jedes sanfte Streicheln war eine Erinnerung an die Kontrolle, die er über mich hatte. »Armes Ding ...«

Seine Mimik war ruhig, fast fürsorglich, ein perfektes Schauspiel der Harmlosigkeit. Aber hinter dieser Maske, in der Tiefe seiner Augen, sah ich die Wahrheit – all die Dunkelheit. »Wenn ich dir helfen soll, musst du etwas für mich tun.«

»Ich mache alles. Ich schwöre es«, stieß ich hastig aus.

»Das ist gut. Ich mag diese Bereitschaft von dir. Das solltest du dir merken.«

»Setz mich nicht auf Entzug. Bitte.« Der Entzug war brutal, ein gnadenloser Sturm, der über mich hinwegfegte und nichts als Zerstörung hinterließ.

»Pupetta, dann musst du etwas für mich tun.« Sein Versuch, Harmlosigkeit vorzutäuschen, konnte die finstere Realität nicht verbergen, die ich in seinen Augen las. Dort, in jenem unergründlichen Abgrund, sah ich den wahren Charakter dessen, der sich neben mich gesetzt hatte. Kein Mitgefühl, keine Regung von Schuld oder Reue – nur die abgrundtiefe Dunkelheit eines Herzens, das längst jegliches Licht verloren hatte. »Wähle eine deiner Freundinnen, die die erste Aufgabe erfüllen soll.«

Der Stich zog durch meinen Magen. »Was für eine Aufgabe?«

»Das erfährst du erst, wenn es so weit ist.«

»Ich kann das nicht«, gab ich sofort zurück. Was wäre, wenn er ihr wehtun würde? Wenn es etwas Furchtbares wäre?

»Dann gibt es auch keine Pillen.« Jeder seiner Schritte hallte in der Stille des Raumes wider, ein markerschütterndes Echo, das die Entfernung zwischen uns vergrößerte. Das Gefühl der Verzweiflung in mir wuchs mit jedem Augenblick, den er sich weiter entfernte, denn in ihm sah ich meine einzige Chance auf Erlösung von diesem unerträglichen Zustand. Die Notwendigkeit der Tabletten, um den schier unerträglichen Entzug zu überstehen, durchdrang jede Faser meines Seins. Mein Körper schrie nach der chemischen Erleichterung, mein Geist flehte um ein Ende des psychischen Terrors. Die Angst, den Verstand zu verlieren, war kein leeres Gefühl mehr; es war eine schreckliche Gewissheit, die mit jeder Sekunde greifbarer wurde. »Du tust ihnen nicht weh, oder?«

Er blieb stehen, aber drehte sich nicht zu mir um. »Wähle eine. Bella oder Cara.«

Tränen strömten ungehindert über meine Wangen, ein Fluss aus Schmerz und Hoffnungslosigkeit. Mein Weinen war hemmungslos. Ich fühlte mich wie ein Ertrinkender, der nach einem Rettungsanker sucht, der aber immer weiter außer Reichweite gerät.

Meine Unruhe steigerte sich zu einem unkontrollierbaren Zustand. Ich wand mich auf dem Boden, getrieben von dem verzehrenden Bedürfnis, das durch meine Adern pochte. Jeder Teil meines Körpers schien zu schreien, zu brennen vor dem Verlangen nach der Substanz, die mir gleichzeitig Rettung und Fluch war. Doch mit jedem seiner Schritte, die ihn weiter von mir wegführten, wuchs in mir die Erkenntnis, dass ich diesem Albtraum allein gegenüberstand. Die Tabletten, die mir so sehr Erleichterung versprachen, waren jenseits meiner Reichweite und mit ihnen schwand die letzte Hoffnung, diesem unerträglichen Zustand zu entkommen.

»Cara ... Aber bitte tue ihr nichts. Bitte tue ihr wirklich nicht weh.« Gefangen in der gnadenlosen Umklammerung des Entzugs, fand ich mich vor einer Wahl, die mein Innerstes zerriss. Jeder Gedanke daran, Cara zu wählen, sie diesem Albtraum auszuliefern, ließ mich vor Selbstverachtung erschaudern. Der Gedanke, jemanden, der mir nahestand, jemanden, den ich als Freundin betrachtete, zu verraten, widersprach allem, was ich je für richtig gehalten hatte.

Mein Körper bebte, gequält von der Not, mein Geist umnebelt von der verzweifelten Sehnsucht nach Erleichterung. Die Notwendigkeit der Tabletten verfinsterte alles andere, machte jede rationale Überlegung zunichte.

Mit jeder Faser meines Seins hasste ich mich dafür, dass ich auch nur in Erwägung zog, Cara diesem Schicksal zu überlassen. Doch in den dunkelsten Winkeln meines Verstands keimte der Gedanke auf, dass ich vielleicht keine andere Wahl hatte. Dieser innere Konflikt, der Kampf zwischen meinem moralischen Kompass und dem überwältigenden Verlangen nach den Tabletten, zerriss mich. Ich fühlte mich schwach, verloren und zutiefst allein mit der Last meiner Entscheidung.

Ich war gefangen in einem Netz aus Schuld und Bedürfnis, unfähig, einen Ausweg zu finden, der mich nicht noch tiefer in den Abgrund der Verzweiflung ziehen würde. In diesem Moment des inneren Kampfes, in dem ich mich dafür hasste, Cara auch nur in Betracht zu ziehen, wurde mir schmerzlich bewusst, wie tief ich bereits gefallen war.

Ihr seid meine Puppen.
Es wird Zeit, dass wir uns
um euch kümmern.

KAPITEL ZWEIUNDVIERZIG

X

Als ich Caras Haus betrat, war die Atmosphäre von einer subtilen Anspannung durchzogen, ein leises Echo der Unstimmigkeiten, die sich zwischen uns aufgebaut hatten. Trotz der kühlen Distanz, die Cara mir entgegenbrachte, ließ ich mich entschlossen auf einem der Küchenstühle nieder. Die Müdigkeit und der Hunger, die mich plagten, ließen mir kaum eine andere Wahl, als mich in ihre Fürsorge zu begeben, so widerwillig sie auch gewährt wurde. »Koch etwas für mich«, befahl ich.

»Ich kann nicht besonders gut kochen.«

»In diesem Punkt bin ich nicht anspruchsvoll. Mach mir irgendetwas. Der Kühlschrank ist gefüllt.«

Cara, die meine Anwesenheit und die damit verbundene Erwartungshaltung nur widerwillig akzeptierte, bewegte sich langsam, fast widerstrebend, in Richtung Kühlschrank. Mit einem Seufzen, das ihre Resignation und vielleicht auch ihre Frustration über die Situation verriet, öffnete sie die Kühlschranktür und griff nach den Eiern. Ihre Bewegungen waren mechanisch, als wäre das Zubereiten einer

Mahlzeit für mich eine Routine, die sie lieber vermieden hätte. »Warum sind wir hier?«

»Weil ich das möchte.«

»Aber warum? Warum wir?«

»Wegen dir.« Während sie die Eier auf die Arbeitsplatte legte und begann, die notwendigen Utensilien für das Kochen bereitzustellen, ließ ich meinen Blick durch die vertraute Umgebung ihres Hauses schweifen. Jedes Detail, von den abgenutzten Fliesen bis zu den von der Sonne gebleichten Vorhängen, erzählte eine Geschichte.

»Wegen mir?«

Cara begann, die Eier in der Pfanne zu braten. Ich beobachtete sie einen Moment lang, sah, wie sie mit der Pfanne rang, und spürte, wie in mir der Drang wuchs, einzugreifen. »Du kannst das wirklich nicht besonders gut.« Mit einem leisen Seufzen stand ich auf und trat hinter sie. Ohne ein Wort zu sagen, um die angespannte Stille nicht zu brechen, streckte ich meine Hand aus und nahm ihr den Pfannenwender ab. »Ich wollte dich hier haben und du würdest niemals ohne deine Freundinnen herkommen.«

»Aber wir kennen uns doch gar nicht.«

»Ich habe dich gesehen. Jedes deiner Videos, dann habe ich dich beobachtet. Zuerst nur deine Social-Media-Kanäle, dann dein Leben.« Ich konnte nicht umhin, Caras Duft einzuatmen. Es war ein vertrauter, beruhigender Geruch, eine Mischung aus ihrem Shampoo und einem Hauch von dem Parfüm, das sie so gern trug. Trotz der Umstände, trotz der ungesagten Worte und der komplizierten Gefühle, die uns umgaben, brachte dieser Duft eine Flut von Erinnerungen mit sich, ein Echo vergangener Tage, in denen unsere Beziehung weniger belastet war. »Ich wollte jedes Detail über dich wissen.« Sie war von Anfang an das Zentrum meiner Obsession gewesen, der lebendige Mittelpunkt einer Welt, die ich um sie herum erschaffen hatte. Ihre Anwesenheit, ihre Stimme, sogar ihre Stille, alles an ihr zog mich in einen Bann, aus dem es kein Entrinnen gab. Sie war nicht nur eine Person in meinem Leben; sie war das Leben selbst, ein leuchtender Stern in der Dunkelheit meiner Existenz. »Magst du deine Eier mit flüssigem Eigelb oder beidseitig gebraten?«

»Ich esse nicht gerne Ei«, erwiderte sie schließlich.

»Mit mir wirst du es essen. Also, wie möchtest du es?«

Sie schluckte hart. »Mit flüssigem Eigelb.« Es vergingen einige Sekunden, ehe sie den Kopf senkte und tief durchatmete, als müsste sie sich Mut aneignen. »Du hast mich also gestalkt?«

»Dich, deine Freundinnen, eure Männer, einige Nachbarn. Ich musste mir schließlich einen Überblick verschaffen.« Ich hatte sie verehrt, sie auf ein Podest gestellt, auf dem sie unerreichbar schien, fast göttlich in ihrer Perfektion. Alles, was ich tat, jede Entscheidung, die ich traf, war darauf ausgerichtet, ihr näherzukommen, sie zu einem Teil meiner Welt zu machen. Sie war alles, was ich wollte, das ultimative Ziel meiner Begierden und Träume.

»Wo sind wir hier?«

»Casa delle bambole«, erklärte ich ihr bereitwillig.

»Was soll das heißen?«

Ich legte meine Hände an ihre Hüften und zog sie näher an mich heran. »Ich habe das Puppenhaus für euch gebaut, weil ihr meine Puppen seid.« Die Faszination für Cara allein reichte nicht mehr aus; ich wollte mehr, wollte die Kontrolle nicht nur über sie, sondern über alles und jeden. Meine Obsession dehnte sich aus, wurde umfassender, allumfassend. Es ging nicht mehr nur um Cara; es ging um die Macht, um die vollkommene Herrschaft über ein ganzes

Universum von Puppen, von denen sie nur die erste gewesen war.

Ihre Muskeln spannten sich an, als wäre jede Faser ihres Seins darauf ausgerichtet, sich gegen meine Nähe zu wehren. Dieser Widerstand, diese unnachgiebige Härte, die sich unter meinen Fingern manifestierte, war ein Zeugnis ihrer inneren Ablehnung.

Diese Reaktion war für mich nicht akzeptabel. In meinem Streben nach Kontrolle und Dominanz war es unerlässlich, dass jede meiner Puppen, Cara eingeschlossen, vollkommen gefügig war, ohne Widerstand, ohne eigene Abwehrmechanismen.

»Wie hast du das gebaut? Das muss doch Unmengen an Geld gekostet haben.«

»Geld spielt für mich keine Rolle. Es ist nur Papier.« Diese Wendung meiner Begierden führte mich auf einen Pfad, der weit über die Grenzen einer normalen Besessenheit hinausging. Ich wollte nicht nur Teil von Caras Leben sein; ich wollte die Leben aller um sie herum formen und kontrollieren. Meine Obsession wurde zu einem Spiel, einem makabren Theater, in dem ich der Regisseur war und die Menschen um mich herum zu meinen Marionetten wurden.

Ihre Anspannung wurde immer deutlicher. »So was können nur reiche Leute sagen.«

»Hm, ich habe nicht behauptet, dass ich arm wäre.« In meinem Kopf formte sich der kalte Entschluss, dass ich Cara dieses Verhalten abgewöhnen musste. Es war notwendig, sie weiter zu formen, zu einem perfekten, willfährigen Teil meiner Sammlung zu machen, der sich nahtlos in das Bild fügte, das ich von meiner Welt hatte.

Jede Regung von Eigenständigkeit, jede Spur von Widerstand musste eliminiert werden, um die vollkommene

Harmonie wiederherzustellen, die ich in meinem Reich der Kontrolle anstrebte. »Schließlich habe ich lange Zeit einen großen Teil deines Lebens finanziert, ohne dass es mir wehgetan hat.«

»Wie konntest du das bauen?«

»Ich habe angefangen, Informationen zu sammeln. Durch Handwerker, Putzfrauen, Elektriker. Jeder, der eure Häuser betreten hat, hat mir ein paar mehr Informationen verschafft.« Das, was ich für uns geschaffen hatte, diese minutiös nachgebaute Umgebung, die bis ins kleinste Detail unserem früheren Leben glich, war ein Meisterwerk meiner eigenen Finesse und meines Einfallsreichtums. Jeder Winkel, jedes Möbelstück, selbst die Art, wie das Licht durch die Fenster fiel, war eine getreue Nachbildung unserer früheren Existenz. Es war, als hätte ich die Realität selbst gebogen, um sie in dieses abgeschirmte Universum zu integrieren, das ich kontrollierte.

»Hier, iss.« Als ich den Teller auf den Tisch stellte und Cara sich gegenüber von mir niederließ, nahm ich mir einen Moment, um sie zu betrachten. Trotz der Spannungen, die zwischen uns lagen, konnte ich nicht leugnen, dass sie eine atemberaubende Erscheinung war. Ihre kupferfarbenen Locken umrahmten ihr Gesicht auf eine Weise, die jedes Mal aufs Neue meine Aufmerksamkeit fesselte. Das Licht der Morgensonne, das durch das Fenster hereinfiel, ließ ihr Haar in einem warmen Glanz erstrahlen, der die Facetten der Farbe zum Leuchten brachte.

Es gab eine natürliche Schönheit in der Art, wie sie dasaß, eine Eleganz, die nicht erzwungen oder inszeniert wirkte, sondern einfach ein Teil von ihr war. Trotz aller Komplexität unserer Beziehung und der Dunkelheit, die sich in den Tiefen meines Wesens verbarg, konnte ich nicht anders, als ihre Schönheit zu bewundern. »Wir haben nicht gemerkt, dass es nicht unsere Häuser sind. Wie hast du uns hergebracht?«

»An dem Abend, an dem ihr Pizza bestellt habt, hattet ihr Wein dazu bekommen. Der war von mir. Ich habe dafür gesorgt, dass ihr einschlaft, dann habe ich euch ins Auto getragen und euch hergefahren. Ihr seid ganz normal in euren Betten aufgewacht, als wärt ihr nach Hause gegangen.« Mein Stolz auf das, was ich erschaffen hatte, und meine Bewunderung für Caras unvergängliche Schönheit vermischten sich zu einem Gefühl der Zufriedenheit. Trotz der dunklen Pfade, die ich beschritten hatte, und der Manipulationen, die ich vorgenommen hatte, gab es eine Art von Frieden, eine Stille, die alles andere in den Schatten stellte.

»Warum das alles?«

»Ihr seid meine Puppen. Ihr braucht mich mindestens genauso sehr, wie ich euch will.« Ich wollte, dass sie über die Oberfläche hinausblickte, dass sie die Genialität erkannte, die in jedem Detail dieser nachgebauten Welt steckte, die ich für uns erschaffen hatte. »Du wirst ganz bald etwas für mich tun, Cara.«

Die Muskulatur um ihren Kiefer herum verhärtete sich. »Was denn?«

Sanft streichelte ich ihr über die Wange. »Das sage ich dir, wenn es so weit ist.« Ich beobachtete sie, wie sie das Essen auf ihrem Teller betrachtete, und fragte mich, ob sie jemals verstehen würde, was es bedeutete, eine Realität so nahtlos zu replizieren, dass sie von der echten nicht zu unterscheiden war. Ich wollte, dass sie die Komplexität hinter der Fassade sah, die Präzision, mit der ich jedes Element unseres früheren Lebens nachgebildet hatte, um uns in dieser abgeschotteten Existenz zu halten.

Es war mehr als nur der Wunsch nach Anerkennung; es war das Bedürfnis, dass sie die Tiefe meines Engagements, die Stärke meines Willens und die Schärfe meines Intellekts erkannte. Ich wollte, dass sie sah, dass diese Schöpfung, so verzerrt sie auch sein mochte, ein Zeugnis meiner Fähigkeiten war, ein Beweis dafür, dass ich in der Lage war, Welten zu formen und Realitäten zu biegen.

In meinem Inneren hoffte ich, dass sie in meiner Brillanz nicht nur den Architekten dieser künstlichen Welt sah, sondern auch den Menschen hinter dem Meisterwerk, jemanden, der fähig war zu tiefen Gedanken und außergewöhnlichen Taten. Ich wollte, dass sie verstand, dass jede Entscheidung, jede Nuance dieser nachgebauten Existenz aus einem Geist stammte, der sich nicht mit dem Gewöhnlichen zufriedengab, der nach mehr strebte, nach der ultimativen Schöpfung.

KAPITEL DREIUNDVIERZIG

BELLA

Das Gefühl des Eingesperrtseins in diesem nachgebauten Haus wurde mit jeder vergehenden Minute unerträglicher. Die Wände schienen enger zu werden, die Luft dicker, jede Faser meines Seins schrie nach Freiheit, nach einem Ausweg aus dieser beklemmenden Falle. Getrieben von der verzweifelten Sehnsucht nach Freiheit, machte ich mich daran, den Draht an der Tür durchzuschneiden, ein flüchtiger Funke von Hoffnung in meinem Herzen, dass ich vielleicht einen Weg nach draußen finden könnte.

Mit zitternden Händen und einem improvisierten Werkzeug arbeitete ich fieberhaft an dem Draht, jedes kleine Stück, das ich durchtrennte, schien mir wie ein Sieg, ein Schritt näher an der ersehnten Freiheit.

Ich drehte mich um und erstarrte vor Schreck. X stand direkt hinter mir, sein Gesicht verborgen hinter einer unheimlichen Schaufensterpuppenmaske, die seiner Erscheinung etwas Gespenstisches, Unmenschliches verlieh. Das plötzliche Auftauchen, die stille Bedrohung, die von ihm ausging, ließ mein Herz in die Höhe schnellen, ein eiskalter Schauer lief mir über den Rücken.

Die Maske, die er trug, entstellte jede menschliche Regung, machte es unmöglich, seine Gedanken oder Absichten zu erahnen. Die Realität, dass er mich bei dem Versuch erwischt hatte, zu entkommen, ließ mich fürchten, was nun folgen würde. »Bitte tu mir nichts.«

Ohne ein Wort zu sagen, griff er mit einer erschreckenden Ruhe nach meinen Armen und führte mich zu einem Stuhl in der Mitte des Raumes. Seine Bewegungen waren präzise und bestimmend, als hätte er diesen Moment schon unzählige Male in Gedanken durchgespielt.

Er drückte mich auf den Stuhl und bevor ich es ganz begreifen konnte, spürte ich, wie er meine Hände hinter meinem Rücken zusammenführte. Das Material, das er benutzte, um sie zu fesseln, fühlte sich kalt und unnachgiebig an meinen Handgelenken an. Mit routinierten Bewegungen zog er die Handschellen straff, sodass meine Hände fest aneinander und an den Stuhl gebunden waren, ohne Spielraum für Bewegung. »Du bist die Schlaueste von ihnen.«

»Ist das so?«

Er nickte. »Aber du stellst dich nicht sonderlich klug an. Den Draht an der Tür durchzuschneiden, war ein großer Fehler.« Dann begann X, sich langsam und bedächtig durch die Küche zu bewegen. Seine Schritte waren leise, fast lautlos, als würde er über den Boden gleiten. Ich beobachtete, wie er jede Schublade mit einer fast methodischen Präzision öffnete, als suche er nach etwas Bestimmtem, doch seine Absichten blieben rätselhaft. »Ist dir aufgefallen, dass ich sogar dein Chaos unter der Spüle übernommen habe? Ich war in jedem Laden, von dem du eine Tüte dort hast.«

Sein Verhalten, diese stille Durchsuchung der Küche,

war unheimlich und zielgerichtet. Er bewegte sich mit einer beunruhigenden Sicherheit, als wäre ihm jedes Detail dieser nachgebauten Umgebung vertraut. Mit jeder Schublade, die er öffnete, jedem Blick, den er über die Oberflächen und in die Ecken warf, wuchs in mir die Erkenntnis, wie tief seine Besessenheit reichte, wie weit sein Wahnsinn ihn getrieben hatte.

Das kalte, berechnende Vorgehen, mit dem er die Küche inspizierte, ließ mich an seiner geistigen Stabilität zweifeln. Es war, als würde er in einer eigenen Welt leben, einem dunklen Labyrinth seines Geistes, in dem die Grenzen zwischen Realität und Wahn verschwommen waren. Seine Bewegungen waren die eines Jägers, eines Raubtiers, das in seinem eigenen Territorium lauerte, doch das Beunruhigende war, dass dieses Territorium eine Welt war, die er selbst erschaffen hatte.

Als er schließlich innehielt und sich langsam umdrehte, um mich anzusehen, traf mich sein Blick wie ein er Schlag. »Das habe ich alles getan und ich bekommen nur Undankbarkeit von dir.«

Trotz der Angst und der Unsicherheit, die mich umgaben, wusste ich, dass ich nicht nachgeben durfte, dass ich X keine Befriedigung verschaffen konnte, indem ich seinen Forderungen nachkam oder ihm die Reaktion gab, die er von mir erwartete. Also wählte ich das Schweigen als meine Waffe, eine stumme Trotzhaltung gegen die überwältigende Macht, die er über mich ausübte.

Jedes Mal, wenn er mich ansah, erwartungsvoll auf eine Reaktion, eine Bitte oder ein Flehen wartend, begegnete ich seinem Blick mit einer ruhigen, unerschütterlichen Miene. Ich spürte, wie jede Sekunde meines Schweigens die Luft zwischen uns mit einer fast greifbaren Spannung auflud, wie mein Widerstand, meine Weigerung, ihm die

Genugtuung meiner Unterwerfung zu geben, ihn zunehmend frustrierte.

»Pupetta, ich will eine Entschuldigung hören.« Die Veränderung in seiner Haltung war kaum wahrnehmbar, doch für mich, die ich nichts anderes tun konnte, als zu beobachten und zu warten, war sie offensichtlich. Seine Bewegungen wurden angespannter, seine Blicke schärfer, und ich konnte beinahe spüren, wie die Wut in ihm aufstieg, eine stille, brodelnde Wut, die durch mein Schweigen angefacht wurde.

Es war ein gefährliches Spiel, das ich spielte, ein Tanz auf dem schmalen Grat zwischen Widerstand und Provokation. Mein Schweigen, meine Weigerung, einzuknicken, wurde zu meinem Schild, zu meiner einzigen Verteidigung gegen die Dunkelheit, die X verkörperte.

In einem plötzlichen Ausbruch der Wut, die mein Schweigen in ihm entfacht hatte, holte X aus und verpasste mir eine heftige Ohrfeige. Der Schlag traf mich unerwartet, eine brutale Manifestation seiner aufgestauten Frustration, und ließ meinen Kopf zur Seite schnellen. Der stechende Schmerz auf meiner Wange brannte sich in mein Bewusstsein, ein rohes, Echo der Spannung, die in der Luft lag. »Ich kriege dich dazu, dich zu entschuldigen, das kannst du mir glauben. Alles, was Elia mit dir gemacht hat, habe ich ihm aufgetragen. Es entspringt meinem Kopf.« Langsam beugte er sich zu meinem Ohr. »Und ich kann noch so viel schlimmer sein.«

Trotz des Schocks und der Demütigung, die der Schlag mit sich brachte, zwang ich mich, die aufkeimende Angst zu unterdrücken. In meinem Kopf formte sich hastig eine Rationalisierung, ein verzweifelter Versuch, einen Sinn in der Gewalt zu finden, die X mir angetan hatte. Ich redete mir ein, dass er mich für irgendetwas brauchte, dass es irgendeinen Grund gab, warum er mich am Leben hielt und in diesem bizarren Spiel gefangen hielt.

Diese Überzeugung, so brüchig sie auch sein mochte, gab mir einen Anker in dem Sturm der Emotionen, der in mir tobte. Wenn er mich wirklich für irgendetwas benötigte, dann würde er mich nicht töten – zumindest nicht sofort. Diese Hoffnung, so dünn sie auch war, half mir, die aufkommende Panik zu dämpfen, den Schmerz und die Demütigung zu ertragen, die seine Hand mir zugefügt hatte.

Ich zwang mich, ihm in die Augen zu sehen, trotz der Tränen, die sich in meinen Augenwinkeln sammelten, trotz des Zitterns, das meinen Körper erfasste. In diesem Blick lag meine stille Trotzhaltung, mein Versuch, ihm zu zeigen, dass er mich zwar brechen, aber nicht meine Entschlossenheit zerstören konnte.

»Welchen Supermarkt magst du lieber? Den von dem alten Herrn oder die Kette am Ende der Stadt?«

Ich kniff die Augen zusammen. »Warum fragst du das?«

»Antworte mir einfach.« Mit einer beunruhigenden Ruhe, die meine Angst nur weiter anfachte, wandte sich X von mir ab und ging zurück zur Küche. Ich beobachtete ihn, mein Herzschlag beschleunigte sich mit jedem Schritt, den er machte, jede Sekunde meiner Erwartung eine Qual.

»Von dem alten Herrn«, erwiderte ich, ohne zu begreifen, was er eigentlich von mir wollte.

Als er mit einer Plastiktüte in der Hand zurückkehrte, erstarrte ich vor Entsetzen. Die simplen, alltäglichen Gegenstände in seinen Händen verwandelten sich in meinem Kopf in Instrumente des Schreckens.

Bevor ich reagieren konnte, setzte er mir die Plastiktüte über den Kopf. Der plötzliche Verlust von Luft, das Gefühl der Enge um meinen Kopf, ließ eine panische Angst in mir explodieren.

Ich begann zu schreien. Meine Schreie waren gedämpft unter der Tüte, mein Atem beschleunigte sich, jeder Zug nach Luft ließ die Plastikfolie enger an mein Gesicht pressen. Die Welt um mich herum verschwand, zurück blieb nur Dunkelheit und die erdrückende Enge, die mich zu ersticken drohte. Die Angst, die mich übermannte, war allumfassend. Es war die Angst vor dem Unbekannten, vor dem, was X als Nächstes tun würde, und die entsetzliche Vorstellung, in dieser Plastiktüte zu ersticken. Meine Gedanken rasten, getrieben von der panischen Suche nach einem Ausweg, doch gefesselt an den Stuhl war ich seiner Willkür vollkommen ausgeliefert.

Unter der erstickenden Umklammerung der Plastiktüte kämpfte ich verzweifelt um jeden Atemzug. Die Luft in der Tüte wurde schnell verbraucht, ersetzte sich durch das Kohlendioxid meiner eigenen panischen Ausatmungen. Mit jedem Zug wurde der Sauerstoff knapper, jede Einatmung fühlte sich an, als würde sie weniger Leben in meine Lungen bringen.

Meine Hände zerrten instinktiv an den Fesseln, die sie hinter meinem Rücken hielten, eine nutzlose Geste der Verzweiflung, die mich nicht von der Plastikbarriere befreien konnte, die meinen Atem einschnürte. Die Tüte klebte an meinen Lippen und meiner Nase, jede Inhalation zog sie enger gegen mein Gesicht, ein grausamer Zyklus, der das Gefühl der Atemnot nur verstärkte.

Die Welt um mich herum begann zu verschwimmen, die Ränder meines Bewusstseins zu verwischen. Ich sah Sterne vor meinen Augen tanzen, funkelnde Lichter, die in der Dunkelheit hinter der Plastikfolie aufblitzten, ein kosmisches Schauspiel des Sauerstoffmangels, das sich in meinem

Gehirn abspielte. Das Pochen meines Herzens in meinen Ohren war ein verzweifelter Marsch, der schneller und lauter wurde, als wollte es aus meiner Brust springen, um der Enge zu entkommen.

Die Furcht, die mich übermannte, war nicht nur die Angst vor dem Ersticken, sondern auch vor der absoluten Hilflosigkeit, dem Ausgeliefertsein an die Gnade eines anderen, der meine Lebensfäden in seinen Händen hielt.

Langsam nahm er sie wieder von meinem Gesicht. »Oh, du weinst ja schon wieder, Pupetta.« Er klang fürsorglich, fast so, als hätte er mich gerade nicht beinahe ersticken lassen.

Ein dünner Strom frischer Luft drang ein und ich sog ihn gierig ein, als wäre es der süßeste Nektar. Jeder Atemzug fühlte sich an wie ein Geschenk, ein kurzer Aufschub in der Tortur, die er mir auferlegte. Mein Körper bebte, während ich versuchte, die kostbare Luft tief in meine Lungen zu ziehen, zu ringen um jedes bisschen Sauerstoff, das mir zur Verfügung stand.

»Bitte mich um Entschuldigung, Bella.«

Hastig schüttelte ich den Kopf. Ich würde gar nichts mehr machen. Nie wieder. Die Erleichterung war jedoch nur von kurzer Dauer. Mein Stolz, meine Weigerung, ihm die Genugtuung einer Entschuldigung zu geben, ließ die Spannung in der Luft erneut knistern. Trotz der frischen Luft, die meine Lungen füllte, lag eine schwere Last auf meiner Brust, das Wissen, dass diese Atempause nur ein Vorspiel zu weiterem Leid war.

Wie erwartet, wiederholte X den grausamen Vorgang. Erneut wurde die Plastiktüte über meinen Kopf gestülpt, enger diesmal, als wollte er jede Möglichkeit einer erneuten Luftzufuhr unterbinden. Die Dunkelheit kehrte zurück, erdrückender als zuvor, und mit ihr die verzweifelte Angst, die mich beim ersten Mal erfasst hatte.

Ich kämpfte erneut um jeden Atemzug, doch die Luft wurde schneller knapp, mein Körper reagierte mit verstärkter Panik. Die Sterne, die vorher nur am Rand meines Sichtfeldes geflimmert hatten, explodierten nun zu einem ganzen Feuerwerk, ein Zeichen des Sauerstoffmangels, der meinen Körper heimsuchte. Das Ringen um Luft, das verzweifelte Klammern an das Leben wurde zu einem alles verzehrenden Kampf, während X mich erneut der Gnade der Atemluft beraubte, in einem grausamen Spiel der Macht und Unterwerfung.

Die Angst vor dem Tod, die mich umklammerte, während die Luft unter der Plastiktüte immer knapper wurde, war überwältigend. Jeder Teil meines Wesens schrie nach Erlösung, nach einem Ende der quälenden Dunkelheit und der erdrückenden Enge. Mein Herz hämmerte wild gegen meine Brust, als wäre es bereit, aus meinem Körper zu springen, und jeder gescheiterte Versuch, Luft zu holen, ließ die Todesangst in mir weiter anschwellen.

Die Grenze zwischen Leben und Tod schien zu verschwimmen, während ich gegen die unsichtbaren Fesseln kämpfte, die mich an den Rand des Abgrunds drängten. Doch plötzlich, als wäre ein Albtraum zu Ende gegangen, wurde die Tüte von meinem Gesicht gerissen und ich wurde abrupt in die Realität zurückgezogen. Die Luft strömte in meine Lungen, süß und belebend, doch mein Körper zitterte noch immer vor den Nachwirkungen der Todesangst, die mich durchdrungen hatte.

Bevor ich mich von dem Schock erholen konnte, spürte ich, wie X sich mir näherte, bedrohlich und unheilvoll. Ich zuckte zusammen, als ich seinen Atem an meinem Hals fühlte, ein kalter Hauch, der mir Gänsehaut bereitete.

Er roch an meiner Haut, eine Geste, die in ihrer Intimität und Bizarrheit gleichermaßen verstörend war. Diese unerwartete Nähe, nach der erschütternden Erfahrung der Erstickungsangst, ließ mich erstarren. »Ich liebe es, deine Panik zu riechen.«

Die Tränen begannen unaufhaltsam zu fließen, erst langsam, dann immer heftiger, bis ich hemmungslos weinte. Jeder Schluchzer schüttelte meinen Körper.

Bedrohlich hob er die Tüte, um mich daran zu erinnern, dass er etwas von mir erwartete.

»Es tut mir leid«, stieß ich hastig aus. »Es tut mir leid. Ehrlich, es tut mir schrecklich leid. Es tut mir so sehr leid.« Mein Weinen war begleitet von leisen Wimmergeräuschen, die aus meiner Kehle drangen, kaum mehr als ein Flüstern, das meine Angst und meine Ohnmacht verriet. Jedes Wimmern war ein verzweifelter Ausdruck meines inneren Schmerzes, ein stummer Ruf nach Hilfe in einer Situation, aus der es kein Entkommen zu geben schien.

»Du kannst ja doch ein braves Mädchen sein.« Seine Finger glitten über meine Wangen, wischten über meine Tränen. »Öffne deinen Mund.«

Ich tat es, auch wenn sich jeder Teil meines Körpers dagegen wehrte. Er kam mir nahe. So nahe, dass ich für einen Moment dachte, er würde mich küssen. Doch dann spuckte er mir in den Mund. Das Würgen überkam mich in rasanten Wellen.

»Magst du das etwa nicht mehr? Du hast dich so oft von Mauro entwürdigen lassen. So oft hat er dich in diesen Club geschleppt und du musstest so oft knien und tun, was sie dir gesagt haben.« Die Demütigung, die ich unter X' Kontrolle empfand, war überwältigend, eine tiefe, zermürbende Scham, die mich bis ins Mark erschütterte. Seine Fähigkeit, mich zu meinen äußersten Grenzen zu treiben, mich zu brechen und zu manipulieren, hinterließ ein brennendes Gefühl der Erniedrigung in mir. Jede seiner Handlungen, jede Geste und jedes Wort schienen darauf abzuzielen, mich meiner Würde zu berauben, mich zu einem bloßen Objekt seiner perversen Spiele zu degradieren. »Mochtest du das wirklich?«

»Das war etwas anderes.«

»Was war anders?«

Ich senkte den Blick. »Er hat mich niemals gezwungen.«

»Oh, Pupetta ... Zu was zwinge ich dich denn? Ich habe dir ein Haus gebaut, versorge dich, ich kümmere mich sogar um dich.«

Die Intensität dieser Demütigung wurde noch verstärkt durch die Tatsache, dass ich ihm so nahe war, gefesselt und unfähig, mich ihm zu entziehen. Sein Atem an meinem Hals, die Kälte seiner Berührungen, selbst der Blick hinter der unheimlichen Maske – all das verstärkte das Gefühl der Verletzlichkeit und des Ausgeliefertseins. »Du quälst mich.«

Mit dem Daumen umspielte er meine Lippen. »Nein, das ist keine Quälerei. Manchmal benutze ich dich ein bisschen, wenn mir danach ist.« Dann drang er in meinen Mund ein und schob sich immer weiter Richtung Gaumenzäpfchen. Erst tat er es nur mit einem Finger, dann mit zweien. »Saug daran.«

Ich tat es, weil er in der anderen Hand immer noch die Tüte hielt. Es fühlte sich widerlich an. Allgemein war seine Nähe so erdrückend, dass es jeden Millimeter meines Körpers schmerzen ließ. Es war diese unmittelbare Nähe, die es mir fast unmöglich machte, seine Gegenwart zu ertragen. Jeder Moment in seiner Nähe war eine Qual, ein ständiger Kampf gegen die aufsteigende Panik und den Wunsch, zu fliehen, der jedoch durch meine Fesseln brutal unterbunden wurde. Die Luft schien dicker zu werden, als wäre seine bloße Anwesenheit eine erdrückende Last, die auf mir lastete.

Er schob seine Finger immer tiefer in meinen Hals, als versuchte er, mich zum Würgen zu bringen, um mich noch mehr zu quälen. »Du machst das wirklich gut. Vielleicht nutze ich bald mal deinen Mund. Das würde mir gefallen.«

In einem Moment der Verzweiflung und des Überlebensinstinkts, als X mir bedrohlich nahekam, fand ich in mir eine letzte Reserve an Mut und Entschlossenheit. Trotz der Fesseln und der lähmenden Angst, die mich umklammerte, reagierte ich instinktiv. In einer plötzlichen, ruckartigen Bewegung, getrieben von dem tiefen Wunsch, mich seiner Kontrolle zu entziehen, hob ich mein Bein und trat ihm mit aller mir verbliebenen Kraft zwischen die Beine.

Der Treffer erwischte ihn unerwartet, ein direkter Tritt, der seine Dominanz für einen flüchtigen Moment erschütterte. X keuchte vor Schmerz auf, sein Atem wurde zu einem erstickten Ringen, während er versuchte, die plötzliche Intensität des Schmerzes zu verarbeiten. Seine sonst so kontrollierte Fassade bröckelte und er taumelte rückwärts, bis er mit dem Rücken gegen die Wand prallte.

Er rang um Luft und stützte sich an der Wand ab, um nicht zu Boden zu gehen, spürte ich eine flüchtige Welle der Genugtuung. Trotz der überwältigenden Angst und der ausweglos erscheinenden Situation hatte ich es geschafft, ihm ein Zeichen meiner Weigerung, mich seinem Willen zu beugen, zu setzen. Es war ein kleiner Sieg in einem scheinbar aussichtslosen Kampf, ein Funken von Widerstand in der erdrückenden Dunkelheit seiner Kontrolle.

Seine Augen funkelten vor Wut und Schmerz, als er sich wieder aufrichtete. Mit einer raschen, brutalen Bewegung holte er aus und landete einen heftigen Schlag gegen meinen Hals. Seine Faust traf mich mit einer solchen Wucht, dass es mir den Atem raubte.

Der Schmerz explodierte in meinem Kopf, hell und durchdringend, und breitete sich blitzartig in meinem ganzen Körper aus. Die Welt um mich herum begann zu schwanken, die Ränder meines Sichtfeldes verdunkelten sich, als würden sie von einem undurchdringlichen Schleier überzogen.

Ich kämpfte verzweifelt dagegen an, das Bewusstsein zu verlieren, klammerte mich an die schwindenden Fäden der Realität. Doch der Schmerz war überwältigend, lähmend und mit jedem schwindenden Moment wurde es schwerer, die Dunkelheit zurückzudrängen. Schließlich gab ich dem Sog nach, ließ mich in die bodenlose Tiefe ziehen.

Mit einem letzten Aufblitzen von Schmerz wurde mir vollständig schwarz vor Augen und ich verlor das Bewusstsein.

KAPITEL VIERUNDVIERZIG

CARA

Während ich X beobachtete, wie er sich mit einer beunruhigenden Vertrautheit durch mein Haus bewegte, als gehöre er hierher, begann ich, mich zu fragen, ob er jemals seine Maske absetzte. Diese undurchdringliche Fassade, die er stets trug, verlieh ihm eine Aura des Geheimnisvollen, machte ihn zu einer Figur, die sowohl faszinierend als auch zutiefst beunruhigend war.

Die Maske, die er trug, war mehr als nur eine Barriere; sie war ein Symbol der Distanz, der Unnahbarkeit, die ihn umgab. Ich fragte mich, ob sich hinter dieser künstlichen Fassade ein echter Mensch verbarg, jemand mit eigenen Gedanken und Gefühlen, oder ob die Maske alles war, was von ihm übrig blieb. Die Vorstellung, dass er sie ablegen könnte, war ebenso beängstigend wie die Maske selbst – was würde ich in seinem wahren Gesicht sehen? Verletzlichkeit oder eine tiefere Dunkelheit? »Neulich habe ich dir doch gesagt, dass du etwas für mich tun wirst. Erinnerst du dich?«

Die Tatsache, dass er etwas von mir wollte, dass er eine

Aufgabe für mich hatte, verstärkte meine Sorgen nur noch. Was könnte er von mir verlangen und zu welchem Preis? Jede seiner Bewegungen, jedes leise Geräusch, das er verursachte, ließ mich zusammenzucken, ließ mich über die möglichen Konsequenzen meiner Entscheidungen nachdenken.

»Jetzt ist der Moment gekommen.«

Die Panik, die in mir hochkochte, als X verkündete, er wolle seinen Geburtstag feiern, war fast greifbar. Seine Worte, so beiläufig ausgesprochen, als wäre es das Selbstverständlichste der Welt, ließen mich an seiner geistigen Verfassung zweifeln. Wie konnte jemand, der uns so viel Angst und Schrecken eingejagt hatte, erwarten, dass wir nun Teil einer fröhlichen Geburtstagsfeier sein würden? Die Absurdität dieser Vorstellung ließ mich irritiert und fassungslos zurück.

»Mein Geburtstag ist morgen. Ich möchte, dass du ihn organisierst«, sagte er.

»Was?« Ich musste mich verhört haben.

»Ich habe Geburtstag und möchte ihn feiern.« Seine Fähigkeit, von einem Moment auf den anderen von bedrohlichen Taten zu alltäglichen Normalitäten wie einer Geburtstagsfeier zu wechseln, war beunruhigend. Es war, als würde er in zwei Welten leben – einer, in der er der Schöpfer von Angst und Schrecken war, und einer anderen, in der normale gesellschaftliche Konventionen wie Geburtstage noch immer Bedeutung hatten.

»Einfach so?«

»Mit einer Party. Ich lade euch drei ein. Du organisierst alles und gibst mir eine Liste mit Dingen, die du brauchst. Deko und so was.« Die Vorstellung, an einer Feier teilzunehmen, während der Schatten seiner Taten noch immer über uns lag, war surreal.

Es fühlte sich an, als würde er uns in ein weiteres seiner kranken Spiele ziehen, in dem die Grenzen zwischen Normalität und Wahnsinn verschwammen. Seine Forderung, seinen Geburtstag zu feiern, nach allem, was geschehen war, ließ mich an der Realität zweifeln, warf Fragen auf, auf die ich keine Antworten hatte. »Ich brauche Hilfe dabei.«

»Bella wird dir helfen. Sie kann auch mal etwas für mich tun.« Trotz der Angst und der Befremdlichkeit der Situation sah ich eine Chance, mit ihr zu sprechen. Ihre Fähigkeit, auch in den chaotischsten Momenten einen klaren Kopf zu bewahren, war mir schon oft eine Stütze gewesen. Vielleicht konnte sie in diesem Wirrwarr aus Absurdität und Angst einen Ausweg finden, eine Strategie, die uns aus X' bizarrem Spiel befreien könnte.

»Aber ... aber, wenn du uns beobachtest, dann ist es ja keine Überraschung mehr«, log ich, um etwas mehr Freiraum zu bekommen.

Er verstummte und in diesem Schweigen lag eine beunruhigende Ruhe, die meine Sorgen nur noch verstärkte. Was ging in seinem Kopf vor? War dies Teil eines weiteren kranken Spiels oder gab es tatsächlich eine Chance, dass er meiner Bitte nachkommen würde?

»Du hast recht, Pupetta. Es sollte eine Überraschung sein. Ich gebe euch zwei Stunden, um alles zu planen. Sorg dafür, dass es einen Kuchen gibt. Ich mag Schokolade.«

»Okay, dann brauche ich Bella. Ich kann noch weniger backen, als ich kochen kann.«

Daran führte kein Weg vorbei.

»Ich hole sie für dich.« Zu meiner Überraschung erhob sich X schließlich und machte Anstalten, Bella zu holen. Seine Zustimmung, meine Bitte zu erfüllen, war so unerwartet, dass sie mich in meinen Grundfesten erschütterte.

Konnte es wirklich sein, dass er einfach so ging, um sie zu holen, als wäre es eine ganz alltägliche Angelegenheit? Die Tatsache, dass er bereit war, dies zu tun, warf neue Fragen auf und ließ mich über seine wahren Absichten und die möglichen Konsequenzen unserer Geburtstagsfeier nachdenken.

In diesem Moment der Ungewissheit, als X das Haus verließ, um Bella zu holen, klammerte ich mich an die Hoffnung, dass dieses unerwartete Zugeständnis uns einen Vorteil verschaffen könnte. Vielleicht würde ihre Anwesenheit die Dynamik ändern, uns eine Perspektive oder einen Plan bieten, der bisher unerreichbar schien. Doch trotz dieser Hoffnung blieb die Sorge, die Stille von X und sein plötzliches Entgegenkommen könnten Teil eines größeren, dunkleren Plans sein, den ich noch nicht durchschaute.

Nach einer quälend langen Wartezeit, in der jede Sekunde von der bangen Ungewissheit und der Sorge um Bella geprägt war, öffnete sich schließlich die Tür und Bella trat ins Haus. Doch der Anblick, der sich mir bot, ließ mir das Blut in den Adern gefrieren. Ihr Gesicht und ihr Körper waren übersät mit blauen Flecken. Mein Herz krampfte sich zusammen beim Gedanken daran, was X ihr angetan haben musste. Ohne zu zögern, trat ich auf sie zu und schloss sie in meine Arme. Die Wärme unserer Umarmung stand in krassem Gegensatz zu der Kälte des Schreckens, der uns umgab. Ich spürte, wie ihr Körper unter den Nachwirkungen der Misshandlung zitterte, und ein tiefes, überwältigendes Gefühl der Wut und des Schmerzes durchströmte mich. »O mein Gott ... Was ist mit dir passiert?«

»Er hört uns zu«, merkte sie an und umarmte mich nicht.

Sofort schüttelte ich den Kopf. »Wir haben zwei Stunden.« Die Vorstellung, dass er ihr körperlich wehgetan hatte, verstärkte nur die Abscheu und die Verachtung, die ich für ihn empfand. Die Tatsache, dass er fähig war, solche Grausamkeiten zu begehen, machte mir auf erschreckende Weise bewusst, wie gefährlich und unberechenbar er wirklich war.

»Der Kerl ist absolut krank. Es ist das Puppenhaus für ihn.«

»Ja, wir sind die Puppen. Er will, dass wir seinen Geburtstag organisieren.«

»Was ist das für eine kranke Scheiße? Was soll das werden? Ein Harem?« Nachdem die erste Schockwelle ihrer Verletzungen und der Umarmung abgeklungen war, begann eine spürbare Veränderung in Bella vor sich zu gehen. Die Stille und Verletzlichkeit, die sie zunächst umgab, verwandelte sich schnell in eine brodelnde Wut, die aus ihr herauszubrechen schien. Es war ein Verhalten, das ich von ihr kannte und das immer dann zum Vorschein kam, wenn sie sich tief gedemütigt fühlte. Statt sich zurückzuziehen oder in ihrer Verzweiflung zu versinken, reagierte Bella instinktiv mit Angriff, als würde die Wut ihr die Kraft geben, sich gegen das Unrecht, das ihr angetan wurde, zu wehren.

»Ich habe nicht den Hauch einer Ahnung, aber er macht mir Angst. Er sagt, dass es mit mir angefangen hat. Er hat mich entdeckt und dann alle aus meinem Umfeld einbezogen.«

Sie begann, im Raum auf und ab zu tigern, ihre Bewegungen waren energisch und zielgerichtet. Ihre Augen funkelten vor Zorn und in ihrer Stimme lag eine Schärfe, die keinen Zweifel an ihrer Empörung ließ. »Wo ist Lea?«

»Weiß ich nicht. Du musst diesen Kuchen backen, Bella.«

»Ich backe doch nicht noch für diesen Irren.«

»Willst du lieber sterben?«

Ihr aufgebrachtes Verhalten war ansteckend und rüttelte auch an meiner eigenen Resignation. Bellas Fähigkeit, selbst in den dunkelsten Momenten Widerstand zu leisten, erinnerte mich daran, dass auch wir nicht machtlos waren. Ihre Wut, so intensiv und roh sie auch sein mochte, war ein klares Zeichen ihres ungebrochenen Geistes, ihrer Weigerung, sich den Umständen zu beugen. »Ich war kurz davor, vorhin zu sterben. Zweimal. Was ist mit dir? Was hast du bekommen?«

»Nichts.«

»Siehst du. Wir stecken wegen dir in der Scheiße. Weil du diese kranken Sexfilmchen drehen musstest.« Energisch tippte sie mir gegen die Brust.

»Back den Scheißkuchen!«, schrie ich, meine Stimme zitterte vor Angst und der überwältigenden Last der Situation.

»Und was dann? Sitzen wir mit ihm am Tisch und singen *Happy Birthday*?« Ihre Worte waren durchdrungen von der gleichen Panik, die auch mich ergriffen hatte. Jeder Satz, den wir wechselten, schien die Spannung nur zu verstärken, die Luft mit einer fast greifbaren Verzweiflung zu füllen.

»Hauptsache uns passiert nichts.«

»Du bist so kurzsichtig.«

Unsere Auseinandersetzung war weniger ein Streit als vielmehr ein Ventil für die aufgestauten Emotionen, ein Weg, der Angst, die uns lähmte, Ausdruck zu verleihen. Unsere Schreie vermischten sich, wurden zu einem gemeinsamen Ausdruck der Furcht und der Ohnmacht, die wir angesichts unserer aussichtslosen Lage empfanden. Die Tatsache, dass X uns in eine derart verzweifelte Situation gebracht hatte, in der wir nicht mehr miteinander, sondern gegeneinander kämpften, verdeutlichte nur, wie tief wir bereits gefallen waren. »Checkst du nicht, dass das sein

Spiel ist? Er macht uns Hoffnungen und dann trifft der Schlag uns umso schlimmer.«

»Vielleicht ist es diesmal anders.«

»Einen Scheiß wird es anders sein.« Bella nahm mit sichtbarem Widerwillen die Schüssel und die Zutaten zur Hand, die für das Backen eines Schokoladenkuchens benötigt wurden. Jede ihrer Bewegungen war von einer tiefen Abneigung geprägt, als würde jede Berührung mit den Backutensilien ihr Schmerzen bereiten. »Der Kerl ist krank. Welcher erwachsene Mann will denn mit Puppen spielen? Das ist doch nicht normal. Es ist absolut krank, unser Leben so nachzubauen.« Es war offensichtlich, dass ihr die Vorstellung, für X einen Kuchen zu backen, zutiefst zuwider war.

»Es tut mir leid, dass das geschehen ist. Aber ich habe das nicht provoziert oder so.«

Als sie begann, die Zutaten zusammenzumischen, war ihre Miene hart und verschlossen. Die sonst so fließenden und geschmeidigen Bewegungen beim Backen wirkten steif und mechanisch, als wäre jeder Teil dieses Prozesses eine weitere Last, die sie zu tragen hatte. Ihre Augen, normalerweise lebhaft und voller Energie, waren nun matt und ausdruckslos, gerichtet auf die Schüssel vor ihr, doch offensichtlich in Gedanken weit entfernt. »Du hättest einfach in Leas Laden arbeiten können.«

»Und dann wären Elia und ich wahrscheinlich verhungert. Wir hätten das Haus verloren, weil nicht jeder von uns sich nach oben poppt und sich alles bezahlen lässt.«

»Fick dich, Cara.« Ich konnte den inneren Konflikt in ihr sehen, die Auseinandersetzung zwischen dem Wunsch, sich X' Forderungen zu widersetzen, und der Notwendigkeit, sich den gegebenen Umständen zu beugen, um möglicherweise Schlimmeres zu verhindern.

Dieses widerstrebende Akzeptieren seiner bizarren und grausamen Forderung, einen Schokoladenkuchen zu backen, war ein weiterer Beweis für die Zerrissenheit, die wir alle in dieser surrealen und bedrohlichen Situation empfanden.

»Ist doch die Wahrheit. Du konntest dir das alles erlauben, weil Mauro dich finanziert hat. Aber wir haben nicht alle einen Mauro.«

Mit einer Mischung aus Entschlossenheit und Abscheu füllte Bella den Teig in die Kuchenform, ihre Bewegungen abrupt und fast gewaltsam, als wollte sie ihrer inneren Anspannung und ihrem Hass Ausdruck verleihen. Jeder Stoß des Teigs in die Form schien von einer stummen Wut begleitet zu sein, einer tiefen, unausgesprochenen Abneigung gegen die Situation, in der wir uns befanden, und insbesondere gegen X, der uns dazu gezwungen hatte.

Als sie die Form schließlich in den Backofen schob, war ihre Körpersprache straff und angespannt, jeder Muskel schien unter der Oberfläche zu vibrieren. Die Hitze des Ofens warf ein flackerndes Licht auf ihr Gesicht, das ihre harten Züge und den tiefen Schatten des Hasses, der in ihren Augen loderte, hervorhob. Es war ein Hass, der so intensiv war, dass er fast greifbar schien, ein dunkler, erstickender Nebel, der den Raum zwischen uns füllte. »Ich hoffe, er erstickt daran.«

Ich konnte nicht anders, als mich zu fragen, was X ihr angetan haben musste, um eine solche Reaktion in ihr hervorzurufen.

Die Art und Weise, wie sie den Kuchen zubereitete, war mehr als nur Widerwille gegen eine ungewollte Aufgabe; es war ein stiller Schrei des Widerstands, ein Zeichen der Verachtung nicht nur für die Handlung selbst, sondern für den Mann, der uns in diese groteske Farce verstrickt hatte.

KAPITEL FÜNFUNDVIERZIG

X

Sie saß still vor mir, ihr Körper angespannt, doch mit Resignation, die sich über sie gelegt hatte. Ich nahm eine Bürste zur Hand, das Holz kühl in meinen Fingern, und näherte mich vorsichtig den dunkelbraunen Haaren, die in Wellen über ihre Schultern fielen. Das Licht des Raumes fing sich in den Strähnen, ließ sie in verschiedenen Schattierungen von Mahagoni und Tiefbraun schimmern. »Deine Haare sehen heute wunderschön aus. Die neue Kur ist perfekt für deinen Hauttyp.«

Mit einer behutsamen Bewegung setzte ich die Bürste an der Spitze ihres Haares an, ließ sie sanft durch die Längen gleiten. Die Borsten bewegten sich fließend durch die Locken, entwirrten vorsichtig jede kleine Verknotung, die sich gebildet hatte. »Ich mag es, wenn ich dich kämmen kann.«

Die rhythmischen Bewegungen der Bürste schienen eine beruhigende Wirkung zu haben, nicht nur auf sie, sondern auch auf mich. Jedes sanfte Ziehen, jedes Glätten der Haare fühlte sich an wie ein kleines Ritual, eine

Möglichkeit, zumindest für einen Moment, die Schwere der Welt um uns herum zu vergessen. »Deine Haare sind so geschmeidig.« Es begann, unter der sorgfältigen Pflege zu leuchten, die dunkelbraunen Locken fingen das Licht ein und reflektierten es in warmen Tönen. »Ich habe ihr diese wichtige Aufgabe anvertraut, weil ich wissen will, ob sie es wert ist.«

»Ich denke, sie wird das gut meistern. Sie stellt sich am besten von ihnen an.«

Vorsichtig begann ich, ihre Schultern zu streicheln, jede Bewegung bedacht und sanft, als wollte ich mit meinen Händen die Last, die sie trug, ein wenig leichter machen. Meine Finger fanden intuitiv die Stellen, an denen die Verspannungen am stärksten waren, und begannen, sie mit ruhigen, rhythmischen Bewegungen zu massieren. »Bella ist trotzig. Sie muss ich immer körperlich züchtigen.«

Mit jedem sanften Druck meiner Hände versuchte ich, nicht nur die Spannungen zu lösen, sondern auch ein Gefühl des Friedens und der Sicherheit zu vermitteln. »Das ist es nicht, was du wollen würdest. Oder doch?«

Ihre Nähe war wie ein sicherer Hafen, ein stilles Versprechen, dass wir, solange wir beieinander waren, die Stürme, die außerhalb unserer kleinen Zuflucht tobten, überstehen könnten. »Hm, vielleicht wärst du der ganzen Gewalt nicht so abgeneigt.«

Das wunderbare Gefühl, sie hier bei mir zu haben, war ein seltener Lichtblick in der ansonsten so trüben Landschaft unserer aktuellen Realität. Ihre Anwesenheit brachte einen Hauch von Normalität und Frieden in mein Leben, eine sanfte Erinnerung daran, dass trotz der Schatten, die sich über uns legten, immer noch Raum für Momente der Zuneigung und Menschlichkeit war. »Ich bin jedenfalls froh, dass du hier bist. Es ist schön, dass du an meiner Seite bist.«

Ich schätzte jede Sekunde, die wir gemeinsam verbrachten, jedes leise Lächeln, jeden Blick, der mehr sagte, als Worte es je könnten. In ihrer Nähe zu sein, bedeutete, einen Anker inmitten des tobenden Sturms zu haben, einen stillen Punkt der Stärke und Beständigkeit, an den ich mich klammern konnte. »Ich rede so gerne mit dir.« Dann neigte ich mich zu ihr vor. Meine Lippen fanden den Weg zu ihrer Wange.

KAPITEL SECHSUNDVIERZIG

BELLA

Plötzlich packte mich X und zerrte mich mit sich. Bisher war der Kellerzugang immer fest verschlossen gewesen. Doch heute stand die Tür offen, als hätte sie nur auf diesen Moment gewartet. Jeder meiner Versuche, mich aus seinem Griff zu befreien, war vergeblich; seine Entschlossenheit ließ keinen Widerstand zu. Die Treppe hinunter in die Dunkelheit des Kellers, jeder Schritt hallte bedrohlich in dem engen, schlecht beleuchteten Treppenhaus. »Wohin gehen wir?«

»Zeit für eine Entscheidung, Bella«, sagte er mit tiefer Stimme.

Unten angekommen, stieß er mich in einen kargen Raum. Das schwache Licht, das von einer einzelnen Glühbirne an der Decke ausging, warf gespenstische Schatten an die Wände. Mein Blick fiel auf zwei Gestalten im Raum: Elia und Keno, beide gefesselt, ihre Körper übersät mit blauen und grünen Flecken. Sie waren an Stühle gebunden, der Kopf hing kraftlos herab, als hätten sie jeden Widerstand aufgegeben.

Ihre verletzten Körper ließen mich erschaudern. Das Ausmaß der Gewalt, die ihnen angetan worden war, machte mir die Gefahr, in der wir uns alle befanden, schmerzlich bewusst.

»Wie lange sind die beiden schon hier?« Kenos Gesicht war von Prellungen übersät, die in Violett- und Gelbtönen leuchteten, während eine blutige Schürfwunde an seiner Schläfe klaffte.

Seine sonst so lebhaften Augen waren matt und trüb, fast als hätten sie den Willen verloren, gegen die Dunkelheit anzukämpfen. Er atmete schwer, jeder Atemzug schien ihm Mühe zu bereiten, als wäre die Luft um ihn herum zu dick zum Atmen.

»Sie waren erst in meinem Keller, dann habe ich sie zu dir geschafft. Diese Verlierer gehören ganz dir.«

Elia war in einem ähnlich erbärmlichen Zustand. Sein linker Arm hing unnatürlich abgewinkelt an seiner Seite. Hämatome zogen sich wie ein grausames Muster über seine bloßen Arme und sein Gesicht, seine Lippen waren aufgesprungen und blutig. Er hatte den Kopf gesenkt, das dunkle Haar fiel ihm ins Gesicht und verbarg die Ausdrücke des Schmerzes, die sich darunter abzeichneten. »Was für eine Entscheidung steht an?«

»Such dir einen aus, der sterben soll.«

»Was?« Die Frage, was genau geschehen war, quälte mich, während ich dort stand und sie betrachtete. Die Vorstellung, dass X fähig war, solche Grausamkeiten zu begehen, ließ einen kalten Schauer über meinen Rücken laufen und verstärkte die drängende Notwendigkeit, einen Ausweg aus dieser albtraumhaften Situation zu finden, nicht nur für mich, sondern auch für Keno und Elia.

Er durchbohrte mich beinahe mit seinem Blick. »Such dir einen aus, dessen Leben heute endet.«

Der Anblick von Elia weckte eine Flut widersprüchlicher Gefühle in mir. Erinnerungen an die Narbe, die er auf meiner Seele hinterlassen hatte, kamen hoch, ein dunkler Fleck, der mich ständig an das Leid erinnerte, das er mir zugefügt hatte. Ein Teil von mir fühlte, dass er es verdiente, zu leiden, eine Art gerechte Vergeltung für das, was er mir angetan hatte. Doch diese Gedanken waren bitter und schwer zu ertragen, ein Zeichen dafür, dass Hass und Rache eine Last waren, die schwer auf meinem Herzen lastete. »Ich mache das nicht. Das ist bestimmt strafbar oder so.«

»Es nicht zu machen, tut weh, Bella. Hast du die Schmerzen zu schnell vergessen?« Er streichelte mir über die Wange.

»Was machst du mit dem, den ich wähle? Also, wie stirbt er?«

X stellte sich vor mich und blickte mir tief in die Augen, ehe er mein Gesicht in beide Hände nahm. »Das ist erst nach deiner Entscheidung relevant. Wenn du sie nicht triffst, dann wähle ich dich. Und ich werde dir wehtun. *Sie* werden dir wehtun, Bella.« Dieser innere Kampf, das Ringen mit meinen eigenen Gefühlen von Wut, Rache und gleichzeitig Mitleid und Mitgefühl, war zermürbend. Ich stand an der Schwelle zwischen Dunkelheit und Licht, zwischen dem Wunsch, Vergeltung für das mir zugefügte Leid zu sehen, und der tiefen, menschlichen Sehnsucht, Leid in jeder Form zu lindern. »Ich werde jede Sekunde davon genießen.« Ich konnte das Lächeln unter der Maske nicht sehen, aber ich wusste, dass es da war.

Der Gedanke, dass Elia und Keno, trotz allem, was geschehen war, einfach umgebracht werden könnten, lastete schwer auf mir. Es war eine Sache, Gerechtigkeit oder sogar Vergeltung zu suchen, aber eine ganz andere, den

Tod eines anderen Menschen zu akzeptieren oder gar zu befürworten.

Die Erinnerung an Cara und Lea, an die Bande verstärkte meine innere Zerrissenheit. Wie konnte ich nur in Erwägung ziehen, ihre Männer, so fehlgeleitet ihre Taten auch gewesen sein mögen, einem so finsteren Schicksal zu überlassen? Der Gedanke daran, dass ich zu so einer Entscheidung beitragen könnte, ließ mich erschaudern.

»Die Zeit läuft, Pupetta«, erinnerte X mich unliebsam.

Jeder Gedanke an die Möglichkeit, dass ihr Leid durch eine solch endgültige Tat noch vertieft werden könnte, war unerträglich. Es war, als stünde ich am Rande eines Abgrunds, unfähig, einen Schritt zurückzutreten, aber auch zutiefst widerstrebend, den letzten Schritt zu tun. Die Verantwortung, die eine solche Entscheidung mit sich brächte, war erdrückend, eine Bürde, die weit über das hinausging, was ich zu tragen bereit war.

»Drei«, flüsterte er in mein Ohr.

Kenos Blick wurde immer drängender. »Bella, denk nach. Er verarscht dich. Er wird uns alle töten.«

Die Erinnerung an das, was Elia mir angetan hatte, kam mit einer unerbittlichen Klarheit zurück, jedes Detail brannte sich erneut in mein Gedächtnis ein.

»Zwei.«

Die Wunden, die er trug, mochten von X' Hand stammen, doch die Narben, die er in meiner Seele hinterlassen hatte, waren sein Werk, das Ergebnis seiner eigenen Grausamkeit.

»Eins«, murmelte er.

Das Ringen mit der eigenen Moral, der Gedanke, ihm vielleicht eine Form von Gerechtigkeit zu wünschen, wurde überschattet von der schmerzhaften Klarheit, dass ich sein wahres Opfer war. Die Erinnerung an die Vergewaltigung, an die Entwürdigung und den Verlust der Kontrolle, ließ einen tiefen, unheilbaren Riss in meinem Inneren zurück, eine Wunde, die vielleicht nie ganz heilen würde.

»Wie lautet deine Entscheidung, Pupetta?«

Nur mit Mühe konnte ich ihm den Blick zuwenden. »Elia«, entwich es mir atemlos.

»Du Miststück!« Irgendwie konnte er die Kraft zusammenkratzen, um zu brüllen.

Zufrieden nickte X mir zu und strich sein Jackett zur Seite. Er zückte die Waffe und stellte sich hinter mich. Dann richtete er mich so aus, dass ich Elia direkt treffen würde. Das war nicht der Deal gewesen. Er hatte niemals gesagt, dass ich ihn töten würde. Das Metall fühlte sich fremd und bedrohlich in meiner Hand an. Mit einem klickenden Geräusch entsicherte er die Waffe und trat einen Schritt zurück, als ob er mir die Bühne für das, was kommen sollte, überlassen wollte. »Ziele zwischen die Augen. Dann ist es schnell vorbei.«

»Ich habe noch nie wirklich geschossen.«

»Nicht?«

Hastig schüttelte ich den Kopf. »Nein, ich hatte die Waffe und habe nur die Stunden genommen. Aber ich kann nicht auf einen Menschen schießen.« Mein Atem stockte, als ich die Pistole auf Elia richtete. Sein Blick traf meinen, ein stummes Flehen lag in seinen Augen, das in krassem Gegensatz zu den Erinnerungen stand, die mich quälten. Die Erinnerung an das, was er mir angetan hatte, blitzte in meinem Geist auf, ein Sturm aus Schmerz und Wut. Doch in diesem entscheidenden Moment, mit dem Finger am Abzug, fand ich nicht die Kraft, die Tat zu vollenden. Trotz der tiefen Narben, die Elia in mir hinterlassen hatte, erstickte die Menschlichkeit in mir den Ruf nach Vergeltung. Ich zitterte, unfähig, den Abzug zu betätigen, gefangen in dem Konflikt zwischen Gerechtigkeit und Gewissen.

»Wieso hattest du dann eine Pistole?«

»Mauro wollte das zu meinem Schutz.«

Seine Hand umfasste die meine und mit einer kaltblütigen Entschlossenheit, die mir das Blut in den Adern gefrieren ließ, drückte er den Abzug. Die Knalle der Schüsse hallte durch den Raum, ein markerschütterndes Echo, das mich bis ins Mark erschütterte.

Ich stand da, schockiert und entsetzt über die Tat, die sich vor meinen Augen abgespielt hatte. X' Handlungen hinterließen eine neue Wunde in meiner Seele.

In dem Moment, als der Schuss durch den Keller hallte und Elia regungslos zusammenbrach, entwich meiner Kehle ein Schrei. Es war ein Ausdruck purer Verzweiflung, ein Flehen an die Welt, dass dies nicht die Antwort sein konnte. »Noch mehr Tote sind nicht die Lösung!«, schrie ich, meine Stimme überschlug sich vor Emotion. Jedes Wort war durchtränkt von der schmerzhaften Erkenntnis, dass Gewalt nur zu weiterem Leid führen würde.

»Das ist Gerechtigkeit für dich, Pupetta. Er hat dir doch sehr wehgetan, oder?«

Das Gefühl, dass alles so unendlich falsch war, umklammerte mein Herz mit eisernen Fingern. Ich konnte nicht verstehen, wie X glauben konnte, dass dieser Weg uns irgendwie zu etwas Gutem führen könnte. Die Luft im Keller schien dicker zu werden, schwer von der Last der geschehenen Tat und der unzähligen Fragen, die in meinem Kopf wirbelten.

»Ich verstehe nicht ... Warum?«, stammelte ich, mein Blick fiel auf X, der regungslos dastand, eine Statue der Kälte. »Warum glaubst du, dass mir das irgendwie helfen würde?« Die Worte kamen zögerlich, erstickt von der Welle der Emotionen, die mich überrollte. Es war, als stünde ich an einem Abgrund, unfähig, zu begreifen, wie die Welt, wie jemand, so tief fallen konnte.

Auf meine Frage reagierte er nicht. Was vermutlich auch kein Wunder war, denn eigentlich erklärte er sich selbst niemals. »Jetzt wird Keno dafür sorgen, dass die Leiche verschwindet.« Seine Hände griffen nach den Fesseln, die Kenos Handgelenke umklammerten, und in wenigen Bewegungen löste er sie. »Iss ihn.«

Keno, der bis zu diesem Moment reglos und mit gesenktem Kopf dagesessen hatte, schien von der plötzlichen Freiheit seiner Glieder überrascht zu sein. Sein Gesicht, übersät mit Prellungen und Schnitten, zeigte einen Ausdruck blanken Entsetzens. Er hob den Kopf, seine Lippen bewegten sich stumm, als würden sie nach Worten suchen. Doch keine Worte kamen heraus, nur ein stummes Keuchen.

Bevor Keno jedoch die Gelegenheit bekam, seine Fassungslosigkeit in Worte zu fassen, richtete X die Waffe, die er zuvor mir in die Hand gedrückt hatte, nun auf ihn. Die Bedrohung, die von der Mündung der Pistole ausging, war unmissverständlich. »Ich meine es ernst. Mach es.« X' Bewegungen waren präzise und bedrohlich, seine Augen fixierten Keno mit einer Intensität, die keinen Zweifel an seiner Bereitschaft ließ, die Waffe auch einzusetzen. »Oder willst du auch sterben?«

Jedes Atom meines Seins schrie nach Flucht, nach Erlösung von diesem Albtraum, der mit jeder Sekunde realer und unerträglicher wurde. »Er kann doch nicht einfach in sein Bein beißen. Er ist doch kein Tier.«

»Du hast recht. Das ist ein Argument.« Er versenkte die Hand in der Hosentasche und zog ein Taschenmesser hervor. Ohne eine Sekunde zu zögern, schnitt er ein Stück aus Elias Wade und spießte es auf das Messer. »Gern geschehen«, meinte er und streckte es Keno entgegen.

Als die grausame Realität dessen, was X verlangte, zu mir durchdrang, überkam mich eine Welle des Ekels, so intensiv, dass sie fast körperlich schmerzte. Die Vorstellung allein, dass ein Mensch zu so einer Tat gezwungen werden könnte, war abstoßend und widersprach allem, was ich je über Menschlichkeit und Moral gelernt hatte. Es war, als würde jede Faser meines Seins sich gegen diese perversen Forderungen wehren.

Ich konnte fühlen, wie ich innerlich zerbrach, wie Stück für Stück die Person, die ich einmal gewesen war, von der Dunkelheit verschlungen wurde, die X um sich verbreitete. Der Druck dieses inneren Zerfalls war erdrückend, ein ständiger Kampf zwischen dem Wunsch, standhaft zu bleiben, und der erschütternden Erkenntnis, dass ich vielleicht nicht stark genug war, um diesem Wahnsinn zu widerstehen.

Jeder Teil meines Körpers schrie nach Flucht, nach einem Ausweg aus diesem Albtraum, doch ich wusste, dass es keinen gab. Die Drohung, die in X' kalten Augen lag, war unmissverständlich: Sollte Keno sich weigern, seinen abscheulichen Befehl auszuführen, würde es Konsequenzen geben, nicht nur für ihn, sondern auch für mich.

»Iss es oder ich schwöre dir, dass ihr es beide bereuen werdet.«

Mein Herz raste, als die Realität der Situation mich einholte. Die Vorstellung, dass X uns beiden Schaden zufügen würde, sollte seine Forderung nicht erfüllt werden, ließ eine Welle der Angst durch mich hindurchfahren, die so intensiv war, dass sie fast körperlich schmerzte. Ich fühlte mich gefangen zwischen dem Wunsch, Keno zu helfen, ihn zu ermutigen, standhaft zu bleiben, und der lähmenden Furcht vor dem, was X als Vergeltung tun könnte. »Keno, iss es. Er scherzt nicht.« Ich hasste mich selbst für diese Aufforderung.

Die Tränen strömten unaufhaltsam über meine Wangen, während ich in einer Welle der Verzweiflung und des Entsetzens hysterisch zu weinen begann. Mein ganzer Körper zitterte vor Schrecken und Abscheu, als ich sah, wie Keno, überwältigt von der grausamen Forderung X' und der drohenden Gefahr, die über uns schwebte, schließlich nachgab.

»Iss du es doch«, fauchte er.

Doch X schüttelte nur den Kopf. »Nein, es ist deine Aufgabe. Du willst die Lady das doch nicht tun lassen.«

»Sie ist keine Lady.« Mit zitternden Händen und einem Blick, der von tiefem Ekel und Verzweiflung geprägt war, führte er das Stück Fleisch, das ihm X gegeben hatte, zu seinen Lippen. Sein erster Biss war zögerlich und sofort begann er zu würgen, gequält von dem Geschmack und der Vorstellung dessen, was er tat. Doch die Angst vor den Konsequenzen, die X' Vergeltung mit sich bringen würde, trieb ihn voran.

»So ist es gut. Jetzt machst du weiter, bis alles weg ist.«

Mit jeder Bewegung, mit jedem weiteren Bissen, der ihm sichtlich Überwindung kostete, zerbrach etwas in mir. Ich konnte den Blick nicht abwenden, gefangen in dem Horror des Moments, unfähig, die Realität zu akzeptieren, die sich vor meinen Augen entfaltete. Das Würgen und die Tränen in Kenos Augen, als er sich zwang, den letzten Rest des Fleisches herunterzuschlucken, waren ein grausames Spiegelbild meiner eigenen inneren Zerrissenheit.

Mein Weinen war der einzige Ausdruck der Qual, die ich empfand, ein verzweifelter Versuch, der Dunkelheit, die uns umgab, irgendwie zu entkommen. Doch es gab kein

Entkommen, keine Erleichterung des Albtraums, der sich vor uns abspielte.

Mein Magen rebellierte gegen die überwältigende Übelkeit, die sich in mir aufbaute. Ich konnte den metallischen Geschmack der Angst im Mund spüren, während mein Körper sich gegen das, was ich gesehen und gefühlt hatte, wehrte. Die Bilder, die sich in mein Gedächtnis gebrannt hatten, die Geräusche von Kenos Würgen und das schrille Echo meiner eigenen Verzweiflungsschreie, ließen mich an den Rand der Ohnmacht treiben. Schließlich gab mein Körper dem Impuls nach, sich von der Last der Ekelhaftigkeit zu befreien, die mich umklammerte.

Ich beugte mich vor und mit einem krampfhaften Stoß entledigte ich mich der Qual, die in meinem Inneren brodelte. Die Bitterkeit der Galle mischte sich mit den Tränen auf meinen Lippen, ein schmerzhafter Beweis für die Zerrissenheit, die ich empfand.

Das Zittern meines Körpers, die kühle Feuchtigkeit auf meiner Stirn und die schiere Erschöpfung, die mich nach diesem Ausbruch überkam, waren Zeugnisse der Intensität des Ekelgefühls, das mich ergriffen hatte.

»Pupetta, du siehst ihm zu, bis er es erledigt hat. Denk bloß nicht daran, eine Sekunde zu verpassen.« Und er ließ keinen Zweifel daran, wie ernst er es meinte.

KAPITEL SIEBENUNDVIERZIG

X

An meinem Geburtstag fanden wir uns alle in Caras Haus wieder. Der Raum war sanft beleuchtet und auf dem Tisch stand ein selbstgebackener Schokoladenkuchen, dessen Duft verlockend in der Luft lag. Während ich ein Stück des köstlichen Kuchens genoss, konnte ich nicht umhin, die Spannung zu bemerken, die wie ein unausgesprochenes Geheimnis zwischen uns allen schwebte.

Cara saß ungewöhnlich still in einer Ecke des Raumes. Ihre Augen waren nachdenklich und trugen eine Schwere in sich, die ich selten bei ihr gesehen hatte. Es war, als ob sie in Gedanken weit entfernt war, gefangen in einer inneren Welt, die voller Sorgen und unausgesprochener Worte war.

Bellas Blick war unruhig und Lea, die sichtlich von den Pillen beeinflusst war und in ihrer eigenen Welt zu schwebte, fesselten mich. Jedes Mal, wenn sich unsere Blicke trafen, spürte ich eine Intensität in ihren Augen, die schwer zu deuten war. Es war, als würde sie mich mit jedem Blick zu durchdringen versuchen, als suche sie nach

Antworten oder vielleicht nach einem stillen Bündnis inmitten der unterdrückten Unruhe des Abends.

Lea schien von der angespannten Atmosphäre unberührt zu sein. Sie lächelte verschwörerisch. »Stellt euch vor, Pflanzen könnten sprechen«, murmelte sie, ihre Stimme von einer träumerischen Qualität umhüllt. »Ich wette, sie hätten die verrücktesten Geschichten zu erzählen.«

Cara, die sich auf einem gegenüberliegenden Sessel räkelte, hob eine skeptische Augenbraue. »Ja, sicher, Lea. Ich kann mir schon vorstellen, wie mein Ficus mir das Geheimnis des Universums verrät.«

Ich konnte nicht anders, als in Gelächter auszubrechen, die absurde Vorstellung vor Augen. »Vielleicht würde dein Ficus dich einfach nur bitten, ihn nicht neben das zugige Fenster zu stellen.« Ich wusste, dass ihre Pflanzen immer starben. Sie hatte es so oft versucht und es hatte niemals geklappt.

Bella lehnte sich nach vorn, ein nachdenklicher Ausdruck auf ihrem Gesicht. »Es ist absurd, diese Gedanken zu haben.« Ihre Worte hingen einen Moment lang in der Luft und wir alle verfielen in Schweigen.

Lea kicherte und ließ sich tiefer in ihr Kissen sinken. »Ich würde trotzdem gerne wissen, was mein Kaktus über mich denkt«, sagte sie mit einem Funkeln in den Augen. »Vielleicht beschwert er sich über meine Singversuche.«

Cara stieß ein belustigtes Schnauben aus. »Ich bin mir ziemlich sicher, dass er nicht der Einzige ist, der sich darüber beschwert.«

»Ist das euer Ernst?« Bellas bisher nur unterschwellig spürbare Anspannung entlud sich in einem unerwarteten und heftigen Ausbruch. Mit einer abrupten und heftigen Bewegung schleuderte sie ihren Teller mit dem Stück Schokoladenkuchen, auf den Tisch. Der Teller landete mit einem lauten Klirren und Kuchenkrümel sowie Stücke der Glasur verteilten sich chaotisch über die Tischdecke.

»Was denn?«, hakte Cara schließlich nach.

»Sie ist vollkommen auf Pillen, das merkt man doch.« Bella gestikulierte wild mit den Händen.

Lea lachte. »Nur ein bisschen.«

Sie war sich nicht ansatzweise im Klaren darüber, wie groß ihr Problem war.

»Diese ganze Scheiße führt doch zu nichts. Das ist komplett krank!«, schrie Bella, ihre Stimme überschlug sich fast vor Wut. Ihre Augen funkelten vor Zorn und ihre Gesten waren wild und ungestüm.

Ich hob die Hand, um sie zum Schweigen zu bringen. »Halt den Mund, bevor du etwas sagst, das du bereuen würdest.«

»Ich bereue, dass du mir nicht die Kugel verpasst hast. Dann müsste ich mir das hier nämlich nicht mehr geben.« Ihre Worte hallten durch den Raum und die Intensität ihrer Emotionen war fast greifbar. Es war, als ob ihre ganze bisherige Zurückhaltung, ihre ganze Frustration und ihr ganzer Ärger in diesem einen Moment zusammenkamen und sich in einem explosiven Ausbruch entluden.

Cara blieb der Mund offen stehen. »Was für eine Kugel?«

»Oh, du hast es ihr noch nicht gesagt oder es als Drohung verwendet?« In ihrem Blick lag der pure Vorwurf.

»Überlege dir ganz genau, was du jetzt sagst.« Ein falsches Wort von ihr und ich würde die Nerven verlieren. Ein Wort und sie würde all meinen Zorn abbekommen.

»Er hat Keno und Elia festgehalten.«

»Wo sind sie jetzt?«, fragte Cara sofort.

Irgendetwas hakte in Bellas Kopf aus, das merkte ich ihr an. »Elia ist tot, weil er ihn erschossen hat.« Dann nahm sie das Weinglas vom Tisch und setzte es erst wieder von ihren Lippen ab, als es leer war. »Dann hat er ihn von Keno essen lassen.«

Lea lachte. Sie lachte, als hätte sie Bellas Worte nicht gehört. »Das ist ein Scherz, oder?«

Ich fühlte mich von ihrer plötzlichen Wut überrumpelt und zugleich unglaublich wütend. Es war, als ob ihre Emotionen eine Kette von Reaktionen auslösten, die auch in mir brodelten und nun an die Oberfläche drängten. Die Luft zwischen uns knisterte förmlich vor Spannung und für einen Moment schien alles andere unwichtig zu sein, abgesehen von diesem intensiven Austausch voller Emotionen und Anschuldigungen.

»Ich würde keinen Witz machen. Du kriegst es vielleicht nicht mit, weil du auf Pillen bist, und Cara in ihrer verblendeten Welt lebt, aber X spielt mit uns. Das sind irgendwelche kranken Spielchen, die zu nichts führen, außer zu noch mehr Schmerz.« Sie sprach immer schneller. Immer und immer schneller, als wenn sie sich immer weiter in diese Worte hineinsteigerte.

Ich fixierte Bella mit einem Blick, der alle Scherze und jegliche Leichtigkeit vermissen ließ. Meine Augen bohrten sich förmlich in ihre, hart und unerbittlich, als wollte ich ihr ohne Worte eine klare Botschaft übermitteln. Die Luft zwischen uns vibrierte fast vor der Intensität des Moments. »Du hast meinen Geburtstag ruiniert.«

»Oh, nein! Wie furchtbar. Wie konnte ich das nur wagen?« Der Sarkasmus quoll aus jeder ihrer Poren.

»Ja, das frage ich mich auch.« Es war eine Warnung, so deutlich und unmissverständlich, dass sie selbst in der hitzigen Atmosphäre unseres Streits nicht überhört werden konnte.

Meine Worte ließen keinen Raum für Interpretationen;

sie waren eine klare Linie, die ich zog, ein Ultimatum, das ich stellte. Es war eine Grenze, von der ich hoffte, dass sie sie nicht überschreiten würde, denn ich war nicht sicher, was passieren würde, wenn sie es täte.

»Bella, halt jetzt den Mund«, warf Cara ein.

»Ich denke nicht einmal daran. Vielleicht ist das sein großes Problem. Vielleicht kann er einfach nicht damit umgehen, wenn ihm jemand mal die Meinung sagt.« In diesem Moment war alles andere unwichtig. Die Feierlichkeit meines Geburtstags, die Anwesenheit der anderen, der zerstörte Kuchen – all das verblasste hinter der Intensität unseres Austauschs. Es ging nur noch um diesen Konflikt, der zwischen uns schwelte und nun offen ausbrach, um die ungezähmten Emotionen, die wie wilde Flammen loderten. »Was ist der Grund für das alles? Haben deine Eltern dich nicht geliebt? Wurdest du gemobbt? Oder bist du einfach so vollkommen irre auf die Welt gekommen?«

Ich saß da, regungslos, meine Entschlossenheit und meine Warnung klar in meiner Haltung und meinem Blick manifestiert, bereit, die Konsequenzen zu tragen, sollte sie meine Warnung missachten. Es war ein Moment, geladen mit der Möglichkeit von etwas Unumkehrbarem, ein Zerwürfnis, das drohte, nicht nur den Abend, sondern vielleicht auch unsere Beziehung nachhaltig zu verändern. Mein Blick schweifte erst zu Lea und dann zu Cara. »Lea, geh nach Hause und du gehst ins Schlafzimmer. Jetzt!« Als meine Stimme sich zu einem lauten Schrei erhob, spürte ich, wie die angespannte Atmosphäre endgültig zu zerbrechen drohte. Cara, mit einem resignierten Seufzen und einem Blick, der gleichermaßen von Mitleid und Frustration gezeichnet war, wandte sich ab und stieg die Treppe nach oben, offenbar unfähig, den eskalierenden Konflikt noch länger zu ertragen. Lea, deren Zustand durch die

Pillen ohnehin schon prekär war, stand schwankend auf und murmelte etwas Unverständliches, bevor sie sich unbeholfen zum Ausgang tastete und das Haus verließ.

So blieben nur Bella und ich zurück, umgeben von den Trümmern meines Geburtstags, der nun eher einer Schlachtfeldszenerie glich als einer Feier. Die Stille, die nach dem Aufbruch der anderen einkehrte, machte den Raum um uns herum noch drückender, doch meine Wut ließ nicht nach. Ich war außer mir, konnte und wollte nicht akzeptieren, dass Bella diesen Tag, der mir etwas bedeuten sollte, so ruiniert hatte. »Das wirst du bereuen.«

Meine Worte waren wie Pfeile, gespickt mit all dem Unverständnis und der Verletzung, die ich fühlte. Ich stand da, meine Hände zu Fäusten geballt, als ob ich mich auf einen Kampf vorbereiten würde, der weit über verbale Auseinandersetzungen hinausging. Es war ein Moment, in dem alle aufgestauten Emotionen und unausgesprochenen Konflikte, die sich über die Zeit angesammelt hatten, an die Oberfläche brachen und sich ihren Weg bahnten.

Die Luft zwischen uns war elektrisch, geladen mit der Intensität unserer Gefühle, und jetzt war es, als ob die ganze Welt auf unseren Schultern lastete, schwer und unerbittlich. Der Abend, der in Feierlichkeit und Freude hätte münden sollen, endete in einem Sturm aus Vorwürfen und Zorn, der uns beide zu verschlingen drohte.

KAPITEL ACHTUNDVIERZIG

BELLA

X packte mich grob an den Haaren, seine Finger krallten sich fest in die Strähnen, während er mich rücksichtslos hinter sich herzog. Der Schmerz pulsierte durch meine Kopfhaut, jeder Zug ein scharfer Stich, der mich daran erinnerte, wie ausgeliefert ich war. Wir betraten ein Haus, das von außen unscheinbar wirkte, aber außerhalb seines Puppenhauses wohnte Signora Verde in diesem.

Vorbei an kargen Wänden und durch enge Flure zog X mich, bis wir an einem Wohnzimmer vorbeikamen. Dort, auf dem Sofa, saß eine Frau mit dem Rücken zu uns. Ich konnte nur ihre dunklen Haare sehen, die locker über ihre Schultern fielen. Sie rührte sich nicht, als wir vorbeigingen, als wäre sie zu sehr in ihre eigenen Gedanken versunken oder zu gleichgültig, um sich um das zu kümmern, was hinter ihr geschah.

Ohne Vorwarnung stieß X mich plötzlich nach vorn. Ich stolperte ungeschickt, unfähig, mein Gleichgewicht zu halten, und fiel hart auf den Boden eines weiteren Raumes. Der Aufprall ließ mich zusammenzucken, Schmerzen durchzuckten meinen Körper. Ich lag da, versuchte, den Schwindel und die Übelkeit zu unterdrücken, die mich übermannten, während ich mich fragte, was X mit mir vorhatte und wer die mysteriöse Frau mit den dunklen Haaren war.

»Steh auf«, befahl er.

Kaum hatte ich mich aufgerappelt, stand ich wieder auf wackeligen Beinen, als X mir unvermittelt eine Ohrfeige versetzte. Die Wucht des Schlages ließ meinen Kopf zur Seite schnellen und ein stechender Schmerz breitete sich über meine Wange aus. Sein Gesicht war verzerrt vor Wut, die Augen blitzten gefährlich.

»Du bist so respektlos. Hat dir denn niemand Anstand beigebracht?«

Der Raum hatte eine verspiegelte Glasscheibe, die mir auffiel, als ich mir an die Wange fasste. »Ich bin nicht gut darin, meinen Mund zu halten, wenn Unrecht geschieht.«

»Unrecht? Es war mein Geburtstag!« Er begann, wild herumzuschreien, seine Stimme hallte durch den Raum und ließ mich zusammenzucken. Die Intensität seines Zorns war beängstigend; er schien die Kontrolle über sich verloren zu haben, getrieben von einem inneren Sturm, der mit jeder Silbe, die er hervorstieß, an Kraft zu gewinnen schien.

»Und? Es ist nur ein Tag wie jeder andere auch.« In einem plötzlichen Anflug blinder Wut griff X mit seinen kräftigen Händen nach meinem Hals und drückte zu. Seine Finger gruben sich tief in mein Fleisch, schnitten mir die Luft ab, während seine Augen vor Zorn funkelten.

»Es war mein Geburtstag und es sollte perfekt sein. Du hast es versaut.« Ich spürte, wie der Sauerstoff in meinem Körper zur Neige ging, wie Dunkelheit am Rande meines Blickfeldes zu kriechen begann. Panik ergriff mich, wild und unkontrolliert, ein Tier, das in die Enge getrieben wurde und um sein Überleben kämpfte.

Instinktiv hoben sich meine Hände, klammerten sich an seine, in einem Versuch, den eisernen Griff zu lockern, der meinen Atem einschnürte. Ich schlug nach ihm, meine Fäuste trafen seine Arme, seine Schultern, alles, was ich in meiner Blindheit erreichen konnte, doch er war wie ein Fels, unerschütterlich in seinem Zorn.

»Ich sollte dich einfach umbringen.«

Meine Lungen schrien nach Luft, jeder Schlag, den ich ausführte, zehrte an den letzten Reserven meiner Kraft. In meinem Kopf überschlugen sich die Gedanken, wirbelten durcheinander in einem chaotischen Tanz der Verzweiflung. Die Angst, die mich umklammerte, war erdrückend, ein dunkler, alles verschlingender Abgrund.

Plötzlich, mit einer Bewegung, die ebenso unerwartet wie brutal war, stieß er mich von sich. Mein Körper flog rückwärts durch den Raum, getrieben von der rohen Gewalt seines Schubses. Die Welt drehte sich um mich, eine verwirrende Mischung aus Licht und Schatten, bis ich hart auf dem Boden aufkam. Der Aufprall raubte mir den Atem, ließ mich keuchend und hustend zurück, während ich versuchte, die schmerzhaften Stiche in meinem Körper zu ignorieren, die jedes Mal aufflammten, wenn ich einatmete. »Mach doch.«

»Hängst du so wenig an deinem Leben?«

»Das hier ist nicht mein Leben. Es ist eine Abbildung davon, die du erschaffen hast. Aber es hat nicht die Farben, die es ausmachen. Alles ist grau und trist.« Ich lag da, mein Körper ein einziger Schmerz, mein Geist gefangen in der Panik, die mich überrollt hatte. Jeder Atemzug war ein Kampf, jede Bewegung eine Qual. Doch tief in mir wusste ich, dass ich aufstehen musste, dass ich mich nicht von der Angst lähmen lassen durfte.

X schnalzte mit der Zunge. »Ich hätte dich für schlauer gehalten, Bella.«

»Ich bin schlau genug, um zu wissen, wann ich einen irren Mann vor mir habe.« Als ich mühsam meinen Kopf hob, um ihm direkt in die Augen zu schauen, suchte ich nach einem Anzeichen von Menschlichkeit, nach irgendeinem Funken Reue oder Zögern.

Doch was ich in seinen Augen fand, ließ mein Blut in den Adern gefrieren. Sie waren kalt, abgrundtief kalt, entblößt von jeder Emotion, die ich zu greifen versucht hatte. Es war, als blickte ich in die Augen eines Raubtiers, das seine Beute fest im Visier hatte, bereit zum tödlichen Schlag.

»So, du meinst also, dass du mich kennst?« Seine Hand griff nach mir, zerrte an meinem Kleid, als wolle er jede Barriere zwischen uns zerstören. In diesem Moment, getrieben von Angst und Adrenalin, sammelte ich jede verbliebene Kraft, die ich aufbringen konnte. Mit einer verzweifelten Anstrengung hob ich meine Hand und schlug mit aller Macht nach ihm, in der Hoffnung, ihn von mir abzubringen, ihn irgendwie zu treffen, zu verletzen, ihn dazu zu bringen, mich loszulassen. »Du glaubst, dass du das Recht hast, mich als irre zu bezeichnen?« Er riss mir das Kleid vom Leib. »Warum denkst du das? Hm?«

Ich kam nicht gegen ihn an. Seine Reaktion kam prompt und brutal. Ein harter Tritt traf mich, seine Kraft unerbittlich und gnadenlos. Der Schmerz explodierte in meinem Körper, als würde er von innen heraus zerrissen. Ich spürte, wie die Luft aus meinen Lungen gepresst wurde, als ich zurück auf den kalten, harten Boden geschleudert wurde.

»Du hast dieses Recht nicht, denn ich habe es dir nicht gegeben. Du bist nichts weiter als eine Schlampe. Mehr nicht.« In seinen Augen lag nur noch Hass. »Du bist auch keine Puppe, denn Puppen haben Stil – sie besitzen Eleganz. Im allerbesten Fall bist du eine Frau, die man nur für Sex benutzen kann, denn alles andere ist viel zu gut für dich.«

»Halt den Mund!«, brüllte ich und kämpfte wieder gegen ihn an. Ich war es so leid, dass mir irgendwelche Leute sagten, was ich war oder sein sollte.

»Wag es nicht, mich noch einmal anzuschreien oder du lernst mich kennen.«

»Ich schreie, wenn ich das will. Du musst mir nicht das Recht dazu geben. Nein, du hast keine Macht über mich.«

Er packte mich unvermittelt am Haar, sein Griff hart und unerbittlich, zog mich mit sich, als wäre ich nicht mehr als eine Puppe in seinen Händen.

Jeder Versuch, mich zu befreien, schien ihn nur weiter anzutreiben, seine Handlung entschlossener zu machen. Mit einer Kraft, die mich hilflos machte, beugte er mich über die Kante einer Kommode, das harte Holz drückte kalt gegen meinen Unterleib, ließ mich jede Faser der Oberfläche spüren.

»Ich bin nicht deine Marionette, auch wenn du es noch so sehr willst. Und du bist kein Puppenspieler. Du bist einfach nur ein Psychopath, der denkt, er wäre etwas, wenn er grausam ist.«

»Du hast meine Grausamkeit noch nicht kennengelernt, Bella.« Dann, in einem Moment, der sich wie eine Ewigkeit anfühlte, stellte er sich dicht hinter mich. Ich konnte seinen Atem auf meiner Haut spüren, heiß und schwer, ein unheilvolles Vorzeichen dessen, was kommen mochte. Seine Nähe war erdrückend. Ich war gefangen. »Weißt du, ich wollte das nicht tun, weil Elia es schon getan hat. Aber du schreist danach. Du schreist so sehr danach, dass ich nicht anders kann.« Er öffnete seinen Gürtel und zerrte an dem Stoff meines Slips. Es war ein Stoß, ein Sekundenbruchteil, der alles veränderte.

Mein Schrei durchbrach die Stille des Raumes wie ein Donnerschlag, ein verzweifelter, roher Ausbruch meiner Angst und Wut.

»Kannst du mit Schmerz etwa nicht umgehen?« Er fickte mich und nahm keine Rücksicht darauf, wie sehr ich schrie oder mich wehrte. »Kannst du nicht mit den Konsequenzen deines Handelns leben?«

Dieser Mann hatte mich an einen Punkt gebracht, an dem nichts anderes mehr zählte als mein Überlebenswille. Jeder Ton, der meiner Kehle entwich, trug die ganze Verzweiflung und die ganze Abscheu in sich, den ich für ihn empfand. Es war, als würde ich mit jedem Schrei ein Stück meiner Seele freisetzen, in der Hoffnung, dass jemand, irgendjemand, mein Flehen hören und mir zur Hilfe kommen würde. »Das ist traurig, denn im Leben gibt es immer eine Verbindung zwischen Ursache und Wirkung. Ich dachte, das wüsstest du.«

Seine Hände umschlossen meinen Hals wie eiserne Schellen, jeder Finger ein unerbittlicher Druckpunkt, der mir die Luft abschnürte.

Panik breitete sich in meinem Körper aus wie ein rasendes Feuer, während ich verzweifelt und vergeblich nach Atem rang. Ich spürte, wie meine Kraft schwand, mein Körper kämpfte gegen die Ohnmacht, die sich wie ein dunkler Schleier über mein Bewusstsein legte. Die Welt um mich herum begann zu verschwimmen, Geräusche wurden dumpf und ich spürte, wie ich an der Schwelle zum Bewusstseinsverlust taumelte, gefangen in einem Albtraum, aus dem es kein Entkommen zu geben schien. »Eigentlich bist du nichts wert. Das haben die vielen Männer vor mir bestimmt auch erkannt.« Er keuchte, als er sich immer schneller bewegte. »Du lässt dich vielleicht gut vögeln, bist ganz nett anzusehen, aber mehr ist da nicht. Du bist einfach nur ein Objekt, das man gerne benutzt.«

Jeder Atemzug war ein Kampf. Die Erfahrung, dem Tod so nahe zu sein und dann wieder zurückgeholt zu werden, hinterließ eine tiefe, unauslöschliche Narbe in meinem Inneren, ein ständiges Erinnern an die Zerbrechlichkeit des Lebens und die Grausamkeit, zu der Menschen fähig sind. »Hör auf!«

»Ich höre auf, wenn es mir passt.« Seine Hand knallte auf meinen Arsch. Ich verlor das Gefühl für Zeit und Raum, konzentrierte mich nur auf meinen eigenen Atem. Schließlich stieß er mich auf den Boden. »Geh auf alle viere. Ich will sehen, wie du krabbelst.«

Ich hasste ihn mit einer Intensität, die jedes rationale Denken ausschaltete, ein tiefer, dunkler Hass, der jede Faser meines Seins durchdrang. Dieser Hass verlieh meiner Stimme eine Kraft und einen Klang, der weit über die Lautstärke hinausging. Es war ein Schrei, der nicht nur um Hilfe rief, sondern auch mein tiefes Verlangen nach Gerechtigkeit, nach Vergeltung für das Unrecht, das mir angetan wurde, zum Ausdruck brachte. »Kratze ich dein Ego so sehr an?«

»Jemand hätte dir in der Vergangenheit beibringen sollen, den Mund zu halten.« Er griff nach einem Knebel und stopfte ihn in meinen Mund. »Das ist doch gleich viel besser.« Die Spucke lief an meinen Mundwinkeln hinab.

X schaute mich an und ließ die Hand über seinen Schwanz gleiten. Er genoss jeden verdammten Moment meiner Demütigung. »Sieh mir in die Augen, Bella.«

Ich hob langsam den Kopf, um ihn anzusehen, und in meinen Augen loderte ein unkontrollierbares Feuer des Hasses. Jede Faser meines Seins vibrierte vor Verachtung und Widerwillen gegen diesen Mann, der mir so viel Leid zugefügt hatte. Doch anstatt zurückzuweichen, schloss er die Distanz zwischen uns.

Instinktiv wandte ich meinen Kopf ab, konnte seinen durchdringenden Blick nicht ertragen, der mich bis ins Mark erschütterte. Doch er akzeptierte das nicht, sah darin eine Herausforderung. Ohne Vorwarnung zuckte seine Hand hoch und landete mit brutaler Kraft auf meiner Wange. Die Ohrfeige hallte im Raum wider.

Der Schlag ließ einen hellen Fleck vor meinen Augen aufblitzen, begleitet von einem scharfen Stechen, das sich über meine Wange ausbreitete. Tränen stiegen mir in die Augen, mehr aus Wut und Frustration als aus dem körperlichen Schmerz. In diesem Moment war der Hass nicht nur eine brennende Emotion in meinem Inneren; er wurde zu etwas Greifbarem, einer dunklen Kraft, die mich am Leben hielt und mich davor bewahrte, in Verzweiflung zu versinken. Doch gleichzeitig fühlte ich mich ohnmächtig, gefangen in der grausamen Realität seiner Überlegenheit und meiner eigenen Hilflosigkeit. »Sieh mich an. Schau zu mir auf und erinnere dich daran, dass du am Boden kniest und du mir aufblicken musst, weil das dein Platz in der Welt ist.«

Die Tränen begannen zu fließen, unaufhaltsam, als ich mich von der letzten Ohrfeige erholte. Es war mehr als Schmerz, es war die totale Entwürdigung, die mich zum Weinen brachte. Jeder Tropfen, der über meine Wangen lief, war wie ein Stück meiner Würde, das ich verlor. Meine Schultern zuckten unter dem Gewicht meiner Verzweiflung und ich versuchte, die Schluchzer zu unterdrücken, die meinen Körper durchzuckten. Doch es war zwecklos; die Emotionen waren zu mächtig, zu roh, um sie zurückzuhalten.

Er kam und spritze auf mein Gesicht. Ich kniff die Augen zusammen, wollte brüllen, aber kein Laut entwich mir. »Bleib auf dem Boden. Ich bin noch nicht fertig mit dir.«

Als X schließlich zur Tür ging, sein Rücken eine letzte Demonstration seiner Macht und Kontrolle, brach ich vollends zusammen. Meine Beine gaben nach, und ich sank auf den kühlen Boden, meine Tränen bildeten kleine Pfützen auf dem harten Untergrund. Dort, in der Ecke des Raumes, kauerte ich zusammengezogen, umhüllt von der Dunkelheit meiner Verzweiflung. Mein Weinen wurde lauter, verzweifelter.

Es war nicht nur die Gewalt, die mich zu Boden zwang; es war die Erkenntnis meiner Hilflosigkeit, die Schwere des Verrats und die Einsamkeit, die mich in diesem Moment umfing. Ich weinte nicht nur wegen des erlittenen Schmerzes, sondern auch wegen der Verluste, die ich erlitten hatte – der Verlust meiner Sicherheit, meines Vertrauens und eines Teils von mir, den ich vielleicht nie wiederfinden würde. In diesen Tränen lagen alle ungesagten Worte, all der unterdrückte Zorn und die Sehnsucht nach einem Ende dieses Albtraums.

Wenige Minuten, die sich wie eine Ewigkeit anfühlten, vergingen, bevor die Tür erneut aufging und X zurückkehrte. Dieses Mal war er nicht allein; Mauro stand neben ihm, sichtlich gezeichnet von eigenen Verletzungen. Sein Anblick war ein Schock; blaue Flecken und Schrammen zeichneten sein sonst so freundliches Gesicht. Doch was mich am meisten traf, waren die Tränen, die in seinen Augen standen. Es war, als ob sein Schmerz sich mit meinem vermischte, eine Verbindung im Leid schuf, die uns ungewollt wieder näherbrachte. Seine Verletzlichkeit, die so offen zur Schau gestellt wurde, war ein brutaler Spiegel meiner eigenen. In seinen Augen sah ich nicht nur seine Trauer, sondern auch den Wunsch, mich zu schützen, ein Wunsch, der in dieser düsteren Realität zunichtegemacht wurde.

Bei mir bist du sicher, Pupetta.

KAPITEL NEUNUNDVIERZIG

CARA

Das Schweigen, das X an den Tag legte, war beunruhigend und intensiv. Er stand da, mit einer Kälte in seinem Blick, die mehr sagte als tausend Worte. Seine Lippen waren zu einer dünnen Linie gepresst, sein Kiefer angespannt, als müsste er jede Regung, jeden Impuls mit eiserner Selbstkontrolle zurückhalten.

»Geht es Bella gut?«, fragte ich vorsichtig nach.

Sein Verhalten wirkte überkontrolliert, fast unnatürlich. Es war, als ob er in einem ständigen inneren Kampf verwickelt war, zwischen dem Wunsch, seiner Wut freien Lauf zu lassen, und dem Zwang, sich zu beherrschen. Diese Art von kontrollierter Wut war oft die beunruhigendste, denn sie deutete darauf hin, dass er sehr genau wusste, was er tat – und dass jederzeit ein Ausbruch folgen könnte, kalkuliert und zerstörerisch.

»Kannst du es mir bitte sagen?«

Jede seiner Bewegungen, so minimal sie auch sein mochten, schien eine unterdrückte Aggression zu beinhalten. »Ich habe über deine Zukunft nachgedacht, Pupetta.«

»Okay?«

»Du hast dir eine erfolgreiche Karriere aufgebaut, die du nicht einfach aufgeben solltest.«

»Ich ... ähm ... Ich möchte wissen, wie es Bella geht.« Die Sorge um meine Freundin lastete schwer auf mir, eine quälende Unsicherheit, die sich in meinem Inneren ausbreitete und jeden Gedanken verdunkelte. Ich spürte ein nagendes, schlimmes Gefühl in der Magengrube, das sich mit jeder verstreichenden Sekunde zu intensivieren schien.

»Du solltest weiterhin Pornos drehen.« Er ignorierte meine Frage einfach. »Für mich natürlich nur. Ich bezahle dich dafür.«

Mein Geist war gefangen in einem Strudel aus Gedanken und Befürchtungen. Bilder von Bella, wie sie in Gefahr war, flackerten unaufhörlich vor meinem inneren Auge auf. Diese Stille war beängstigend, unheilvoll, als ob sie die schlimmsten Befürchtungen bestätigen wollte.

»Das ist doch kein Problem, oder?«

»Sag mir bitte, wie es Bella geht«, meinte ich deutlicher.

»Du machst einfach so weiter wie bisher. Du hast ein bisschen deinen Spaß vor der Kamera, vielleicht komme ich hin und wieder dazu.« Er sprach, als hätte es keine Relevanz, was mit Bella geschehen war. Es zählte nur, was er wollte. »Ich werde dir drei Drehtage pro Woche einplanen und dir alles besorgen, was du brauchst.«

Das Bedürfnis, Gewissheit über Bellas Wohlergehen zu erlangen, wurde mit jeder Minute drängender.

Es war, als ob jede Faser meines Seins nach einer Bestätigung schrie, dass sie in Sicherheit war, dass das dunkle Szenario, das meine Gedanken malte, nicht Wirklichkeit geworden war. Doch in Anbetracht der aktuellen Situation, gefangen in X‘ undurchsichtigen Absichten und Handlungen, schien jede Hoffnung auf klare Antworten wie eine

Fata Morgana – greifbar in der Theorie, doch unerreichbar in der Realität. »Hast du sie getötet?« Ich schluckte hart.

»Stell nicht so viele Fragen und kümmere dich darum, dass du dich deiner Arbeit widmest. Das ist mir wichtig.«

»Mir ist Bella wichtig. Sie ist meine beste Freundin.« Diese Ungewissheit, gepaart mit der stummen Bedrohung, die X ausstrahlte, ließ mich zutiefst verzweifelt fühlen. Die Möglichkeit, dass Bella Opfer seiner unberechenbaren Launen geworden sein könnte, schnürte mir die Kehle zu. Jeder Gedanke an sie, gefangen oder verletzt, ließ mich innerlich erzittern und verstärkte das ohnmächtige Gefühl, dem Geschehen hilflos ausgeliefert zu sein.

»Deine beste Freundin ist eine Schlampe und noch viel schlimmer als das ist die Tatsache, dass sie sich wie eine verzogene Göre verhält. Das macht mich wütend. Das macht mich so unglaublich wütend.« Jeder Schlag auf den Tisch war ein Donnerschlag, der meine Nerven zum Zittern brachte und die Luft mit einer bedrückenden Schwere erfüllte. »Wir reduzieren deinen Kontakt zu ihr, damit dieses Verhalten nicht abfärbt.«

»Bella ist kein schlechter Mensch. Manchmal ist sie etwas ungehobelt, aber sie meint das nicht so.«

»Sie hat ihre Strafe bekommen. Ich denke, sie überlegt sich in Zukunft zweimal, wie sie mit mir spricht.« Seine Wut baute sich weiter auf, wuchs und intensivierte sich wie ein unaufhaltsames Unwetter, das am Horizont heraufzog. Die Adern an seinen Schläfen traten hervor, pulsierend mit jedem Herzschlag, der durch seinen aufgebrachten Körper raste. Seine Augen funkelten vor Zorn, ein unheilvolles Glühen, das mir unmissverständlich die Tiefe seiner Rage vermittelte. »Ich komme morgen zu dir und bringe dir alles, was du für den Dreh benötigst.«

Ich ließ meinen Widerstand fallen, eine Entscheidung,

die mehr aus der Notwendigkeit der Selbstbewahrung als aus Unterwerfung geboren war. Die Furcht vor weiteren Verletzungen schnürte mir die Brust zu.

Das Puppenhaus, in das er uns gesperrt hatte, fühlte sich an wie ein bizarres Gefängnis aus Psychoterror und Manipulation. Jeder Raum schien eine eigene verdrehte Realität zu haben, entworfen, um uns zu verwirren und unsere Seelen zu zermürben. Warum er uns dorthin gebracht hatte, was er mit diesem makabren Spiel bezweckte, entzog sich meiner Vorstellungskraft.

Es war, als würde er versuchen, jede Grenze zu überschreiten, die ich mir selbst gesetzt hatte, jede persönliche Linie zu verwischen, bis ich nicht mehr wusste, wo ich endete und der von ihm erzwungene Schatten meiner selbst begann. Die Sinnlosigkeit seiner Forderungen, die krankhafte Lust, die er daraus zu ziehen schien, mich zu demütigen und zu kontrollieren, ließ mich in einem Meer aus Verwirrung und Angst treiben.

Ich fragte mich, was er damit bezweckte, uns in dieses perverse Spiel zu verwickeln. War es reine Machtgier, die Befriedigung, die er aus der totalen Kontrolle zog, oder gab es ein tieferes, noch finstereres Motiv hinter seinen Handlungen? Die Antworten darauf lagen jenseits meines Verständnisses, verborgen in den dunklen Ecken seines Geistes. In dieser Ungewissheit gefangen, blieb mir nichts anderes übrig, als mich dem Strom zu überlassen, in der Hoffnung, irgendwie durch diese düstere Episode meines Lebens zu navigieren, ohne mich selbst vollständig zu verlieren.

KAPITEL FÜNFZIG

X

Ich trat leise durch den Flur, die Tüten mit Essen fest in meinen Händen haltend. Die Stille des Hauses hüllte mich ein. Leas Schlafzimmer lag am Ende des Ganges, eine Zuflucht, zu der sie sich zurückzog, wann immer die Wirkung der Pillen nachließ und die harte Realität wieder Einzug hielt.

Mit einem sanften Druck gegen die Tür öffnete ich sie und trat in den Raum, der so sehr Leas Persönlichkeit widerspiegelte. Doch die friedliche Stimmung täuschte; ich wusste, dass der Raum auch ein Gefängnis war, ein Ort, an den Lea floh, um ihren Schmerz und ihre Konflikte zu verbergen. »Ihr habt mich alle enttäuscht.«

»Aber ich habe doch gar nichts getan.« Verteidigend hob sie die Hände.

Ich fand sie in einer Ecke des Zimmers, zusammengerollt, als wollte sie sich vor der Welt verstecken. Ihr Anblick löste einen Stich in meinem Herzen aus, doch ich durfte nicht vergessen, warum ich hier war. Bella hatte durch ihr Verhalten unsere fragile Gemeinschaft gefährdet und Lea hatte es zugelassen, hatte nicht eingegriffen. Auch wenn es mir widerstrebte, ich musste sicherstellen, dass diese Nachlässigkeit Konsequenzen hatte. »Du hast es aber auch nicht verhindert.« Ich setzte mich neben sie, legte die Tüten neben mich. »Ich erwarte von meinen Puppen, dass sie wissen, wie man sich benimmt. Dieses Verhalten ... so etwas dulde ich nicht.«

»Es tut mir leid.« Lea hob langsam den Kopf, ihre Augen suchten die meinen, gefüllt mit einem Gemisch aus Angst, Schuld und einem Flehen um Verständnis. Ich konnte die Spuren der Pillen in ihrem Blick erkennen, das matte Glänzen, das von ihrer inneren Zerrissenheit zeugte.

»Nein, das tut es nicht. Du sagst das nur, weil du die Pillen willst. Du meinst es nicht so.«

Ihre Unterlippe bebte. »Doch, ich meine es so. Ich schwöre es.«

Ich griff ihr Kinn und hob es an. »Lüg mich nicht an.« Meine Worte hingen schwer in der Luft zwischen uns. Ich wollte ihr nicht wehtun, wollte nicht der Henker sein, der die Strafe verkündet. Doch tief in mir wusste ich, dass Disziplin und Ordnung notwendig waren, um zu überleben, um uns vor weiterem Schaden zu bewahren.

Mit einer Mischung aus Verachtung und Zorn betrachtete ich Lea, deren Anblick in diesem Moment nichts als Verachtung in mir hervorrief. Ihre Schwäche, ihre Unfähigkeit, sich den einfachsten Realitäten unseres Lebens zu stellen, war mir ein Dorn im Auge. Sie und die anderen hatten mich einmal zu oft enttäuscht und es war an der Zeit, dass sie die Konsequenzen zu spüren bekamen. »Ich habe dir Essen mitgebracht.« Mit einer fast zeremoniellen Geste breitete ich das Essen vor ihr aus – eine bunte Mischung aus Fast Food: Pizza mit Käse, fettige Burger, deren Saucen bereits in die Verpackung sickerten, eine Auswahl an Sushi und verschiedene Sorten Eis. Es war ein Überfluss, der in krassem Gegensatz zu ihrer erbärmlichen Gestalt stand, eine Verspottung ihrer momentanen Schwäche.

»Das ist ziemlich viel.«

»Du wirst das essen«, sagte ich mit einer Stimme, die vor Verachtung triefte.

»Alles? Das ist viel zu viel.«

»Du isst das.« Ich beobachtete sie genau, genoss die Mischung aus Begehren und Ekel, die über ihr Gesicht huschte, als sie das Essen betrachtete. »Ich sage es dir, also tu es.«

Ich beobachtete Lea mit einer Mischung aus Kälte und Genugtuung, als sie zitternd damit begann, das vor ihr ausgebreitete Mahl zu essen. Unsicher griff sie nach einem Stück Pizza, dessen Käse sich zäh zwischen ihren Fingern zog, und dann nach einem Stück Sushi, das sie fast widerwillig in den Mund schob. Ihr Gesicht verzerrte sich bei jedem Bissen, ein stummer Kampf gegen die Sättigung, die viel zu schnell einsetzte.

»Ich kann nicht noch mehr essen«, seufzte sie.

Doch ich ließ nicht locker. »Du machst weiter.«

»Ich kann nicht. Mein Magen platzt gleich.«

»Iss!« Mein Blick bohrte sich durch ihre Haut.

Trotz ihres offensichtlichen Widerwillens und der wachsenden Übelkeit, die in ihren Augen zu lesen war, gehorchte sie. Mit jedem Bissen, den ich sie zwang zu essen, erinnerte ich mich daran, wie oft sie in der Vergangenheit solchen Exzessen gefrönt und sich danach heimlich den Finger in den Hals gesteckt hatte. Doch dieses Mal würde es keine solche Flucht geben, keine vermeintliche Erlösung durch Selbstbestrafung. Dieses Mal würde sie die volle Last ihrer Taten tragen müssen, ohne Ausweg. Ihr Kampf gegen die wachsende Übelkeit und die Scham, die mit jedem Bissen zunahm, war für mich ein Zeugnis ihrer Schwäche und zugleich eine Bestätigung meiner Kontrolle. Jeder Würgereiz, den sie unterdrückte, jedes Zittern ihrer Hand, als sie nach dem nächsten Stück Essen griff, war ein Beweis dafür, dass sie in diesem Moment nichts weiter war als ein Instrument meiner Willenskraft. »Ich kann wirklich nicht mehr.«

Ich griff nach einem weiteren Stück der üppigen Pizza und hielt es fest in meiner Hand. Mit einer entschlossenen Bewegung führte ich es zu Leas Lippen, die sich in einem verzweifelten Versuch, Widerstand zu leisten, fest zusammenpressten. Doch mein Griff um ihr Kinn war unnachgiebig, meine Entschlossenheit unerschütterlich.

»Iss«, befahl ich mit einer Stimme, die keine Gegenrede duldete, während ich das Essen gegen ihren geschlossenen Mund drückte. Ihr Widerstand bröckelte unter dem Druck meiner Hand und widerwillig öffnete sie den Mund, um den Bissen zu empfangen, den ich ihr aufzwang.

Kaum hatte sie zu kauen begonnen, sah ich, wie ihr Gesicht eine aschfahle Farbe annahm und sich ihre Augen weiteten. Ein heftiges Würgen ergriff sie, ihre Kehle arbeitete verzweifelt gegen die aufsteigende Übelkeit. Ich hielt sie fest, entschlossen, sie durch diese Tortur zu führen, doch trotz meiner Bemühungen war ihr Körper nicht in der Lage, das Gezwungene zu akzeptieren. »Du undankbares Stück«, murmelte ich vor mir her.

Mit einem abrupten Ruck ihres Oberkörpers und einem erstickten Keuchen übergab sie sich. Ihr ganzer Körper bebte vor Abscheu und Erschöpfung, während sie sich hilflos in dem eigenen Elend krümmte, das ich über sie gebracht hatte. »Warum tust du das?«

»Strafen gehören zum Leben, Pupetta. Solange ihr euch nicht benehmen könnt, werdet ihr nur durch Schmerzen lernen.« Mit einer kalten Entschlossenheit in meinem Blick betrachtete ich Lea, die vor mir lag, geschwächt und gedemütigt durch die Züchtigung, die ich ihr soeben erteilt hatte. Ihr Zustand, so erbärmlich und zerbrochen, diente als stumme Zeugenschaft meiner Entschiedenheit. Ich war fest entschlossen, diese harte Linie beizubehalten, bereit, jede erforderliche Maßnahme zu ergreifen, um ihre Unterwerfung zu erzwingen.

In meinem Geist formte sich ein unerschütterlicher Vorsatz: Ich würde nicht zögern, diese Strafe immer und immer wieder zu verhängen, so oft es nötig wäre, bis sie und die anderen sich meinen Regeln fügten, bis sie sich in die perfekten Puppen verwandelten, die ich in ihnen sehen wollte. Die Vorstellung, dass sie sich ohne Widerrede meinen Wünschen unterwarfen, dass sie sich in jeder Hinsicht formen und biegen lassen würden, erfüllte mich mit einer dunklen Genugtuung.

Meine Gedanken schweiften zu den verschiedenen Methoden und Strafen, die ich anwenden könnte, jedes Mal ein wenig anders, um jede Hoffnung auf Vorhersehbarkeit oder Gewöhnung zu zerstören. Meine Fantasie malte Szenarien aus, in denen ihre Willenskraft unter dem Gewicht meiner Autorität zerbrach, in denen ihre Seelen so sehr gebeugt wurden, dass sie keinen Gedanken daran verschwendeten, sich gegen mich aufzulehnen.

Ich war bereit, bis an die Grenzen ihrer Belastbarkeit – und darüber hinaus – zu gehen, getrieben von der Überzeugung, dass dies der einzige Weg war, sie zu dem zu formen, was ich für richtig hielt. Diese Bereitschaft, sie wieder und wieder der Prüfung zu unterziehen, war Ausdruck einer finsteren Entschlossenheit, einer unerbittlichen Strenge, die ich als notwendig erachtete.

KAPITEL EINUNDFÜNFZIG

BELLA

Neben Mauro lenkte ich meine Aufmerksamkeit auf die sichtbaren Wunden, die seinen Körper zeichneten. Jede Verletzung, jeder Bluterguss auf seiner Haut erzählte eine stumme Geschichte von Gewalt, die ihm angetan wurde. Ich zwang mich dazu, nicht an meine eigenen Verletzungen zu denken, die X mir zugefügt hatte. Es war, als würde ich versuchen, einen dunklen Schleier über meine eigenen Schmerzen und das erlebte Trauma zu ziehen, in der Hoffnung, es irgendwie in den Tiefen meines Bewusstseins vergraben zu können.

»Was hat er mit dir gemacht?«, fragte er mich, bevor ich ihm die Frage stellen konnte.

»Das zählt jetzt nicht. Du bist verletzt.« Meine Finger zitterten leicht, als ich vorsichtig die Ränder einer der Wunden betrachtete, ohne sie zu berühren, fast so, als könnte meine sanfte Geste eine Art Trost bieten. Mein Blick war fest auf Mauro gerichtet, als wollte ich durch diese konzentrierte Aufmerksamkeit die Realität meiner eigenen Verletzungen ausblenden und mich in die Sorge um ihn flüchten.

»Du auch.«

»Es zählt nicht, was mit mir ist.« In diesem Moment war Mauro die Verkörperung meiner eigenen Verwundbarkeit, die ich so verzweifelt zu ignorieren versuchte. Es war einfacher, mich auf seine Schmerzen zu konzentrieren, als meine eigenen zu akzeptieren. Ich wollte die Erinnerung an das, was X mir angetan hatte, verdrängen, wollte nicht zulassen, dass die Angst und die Ohnmacht, die ich gefühlt hatte, mich vollständig einnahmen. »Wie lange bist du schon hier?«

»Wir waren vor euch hier. Ein oder zwei Tage länger.«

»Elia ist tot«, sagte ich zusammenhangslos.

Er nickte nur. »Das habe ich mir schon gedacht. Keno auch, oder?« Die Tatsache, dass er wieder bei mir war, ließ mich eine Art Sicherheit spüren, die schwer in Worte zu fassen war. Es war paradox – unsere Beziehung war alles andere als einfach, durchzogen von Missverständnissen und Konflikten, und dennoch war es seine Anwesenheit, die mir einen Anker gab in dem stürmischen Meer, das meine Realität geworden war.

»Er ist im Keller. Warum warst du nicht bei ihnen?«

»Ich habe ihn angegriffen, als ich gehört habe, was er mit euch vorhat. Er hat Rollen für euch vorgesehen.«

»Was für Rollen?« Es war, als würde Mauro, trotz unserer Vergangenheit und der vielen ungelösten Fragen zwischen uns, eine stille Zusage verkörpern, dass nicht alles verloren war.

»Lea sollte das Opfer werden, sein Spielball. Cara wollte er an seiner Seite haben als die perfekte Frau.«

Ich schluckte hart. »Und ich?«

»Du warst die Kämpferin, die er brechen müsste.«

Unweigerlich kam die Frage in meinem Kopf auf, ob ich wirklich rebellisch war, weil ich es wollte, oder weil er mich dazu trieb. War mein Widerstand intrinsisch oder von ihm gemacht?

»Ich möchte, dass du weißt, dass das niemals unsere Idee war. Er hat uns alle erpresst, so wie er es mit euch gemacht hat.«

»Warum hast du nicht früher etwas gesagt?« Die Sicherheit, die er mir gab, war nicht die eines Schutzes – wir waren beide verletzlich und in einer prekären Lage. Es war eher eine emotionale Sicherheit, das Wissen, dass man in seiner dunkelsten Stunde nicht allein war.

»Das hätte doch nichts verändert. Er hatte uns in der Hand. Aber bei uns hat er dafür gesorgt, dass wir ab einem gewissen Punkt wussten, dass er uns alle quält.«

»Womit hat er dich erpresst?«

Die Frage, die wie ein ständiger Schatten über mir schwebte, war, ob die Handlungen, die ich vollzog, wirklich ein Spiegel meines wahren Ichs waren oder ob sie lediglich das Produkt der manipulativen Fäden waren, die X geschickt in meinem Geist verwebt hatte.

Es war ein innerer Kampf, der tiefe Risse in meinem Selbstverständnis hinterließ. »Vorrangig mit deinem Leben. Wenn ich nicht getan habe, was er wollte, hat er mir gedroht, dich zu töten. Fuck, ich wollte das doch alles nicht.«

»Was ist das Druckmittel?«

»Die Geschäfte«, gab er kleinlaut zu.

»Was für Geschäfte? Herrgott, verkaufst du Drogen oder was tust du so schlimmes?« Je mehr ich darüber nachdenke, desto mehr verschwammen die Grenzen zwischen dem, was von mir selbst kam, und dem, was von außen aufgezwungen wurde.

Es war, als würde ich mich in einem Labyrinth aus Spiegeln verlieren, unfähig, zu unterscheiden, welches Bild mein echtes Selbst widerspiegelte und welches lediglich eine Verzerrung war, hervorgerufen durch X.

»Wir haben die letzten Wahlen mit einigen Artikeln beeinflusst. Wir haben eine Seite gewählt, die mich meine Karriere kosten kann.«

»Er tut das wegen Cara. Wir sind alle nur in sein Visier geraten, weil sie Pornos gedreht hat. Das ist der einzige Grund, warum wir hier sind, warum er uns quält.« Die Möglichkeit, dass ich zu einem Teil das geworden war, was X in mir sehen wollte, erfüllte mich mit einer tiefen Unruhe. Es war beängstigend zu erkennen, dass die Grenzen meiner Persönlichkeit möglicherweise nicht so festgelegt waren, wie ich einst dachte, und dass ich anfällig dafür sein könnte, von jemandem geformt zu werden, dessen Absichten alles andere als rein waren. Dieses Ringen mit mir selbst führte zu einer endlosen Flut von *Was-wäre-wenn*-Fragen. Was wäre, wenn die Dunkelheit, die ich in mir spürte, nicht nur ein Echo von X war, sondern ein integraler Bestandteil meines Wesens? Was wäre, wenn ich, entkleidet von allen äußeren Einflüssen, immer noch die gleichen Entscheidungen treffen würde? Diese Fragen bohrten tief in meinem Gewissen und hinterließen eine Spur von Zweifel, die schwer zu ignorieren war. »Nur wegen ihr stecken wir in dieser Scheiße. Mauro, ich habe so Panik, dass wir nie wieder hier herauskommen. Was ist, wenn uns niemand findet?«

»Die Leute werden merken, dass wir weg sind. Denk nur an die aufmerksamen Nachbarn oder meine Mutter. Sie werden uns finden, Bella.« Mauro saß da, den Kopf schwer auf seine Hände gestützt, ein Bild der Erschöpfung und des inneren Kampfes. In einem Moment stiller Solidarität lehnte ich mich an ihn, meine Hand fand den Weg über seinen Rücken, zeichnete Muster in der Hoffnung, ihm etwas Frieden zu schenken.

»Was ist, wenn wir vorher sterben?«

»Werden wir nicht.«

Doch die Ruhe hielt nicht lange an. Innerlich unruhig und getrieben von einer Mischung aus Sorge, Wut und dem unbestimmten Bedürfnis, etwas zu ändern, konnte ich nicht länger stillhalten. Ich löste mich von Mauro und erhob mich, begann durch den Raum zu tigern. »Was macht dich da so sicher?«

»Weil ich die stärkste Frau vor mir sehe, die ich kenne.« Er richtete sich auf und legte die Hände an meine Wangen. »Wir werden nicht sterben. Versprich es mir.«

Mit jedem Schritt, den ich machte, wurde die Unruhe in mir stärker. Meine Gedanken rasten, sprangen von einer Sorge zur nächsten, während ich versuchte, einen Ausweg aus der verfahrenen Situation zu finden. Die Nähe zu Mauro, so tröstlich sie auch sein mochte, konnte die Turbulenzen in meinem Inneren nicht beruhigen. »Wir sterben nicht.«

»Noch mal.«

»Wir werden nicht sterben.«

Es war, als würde das Gehen mir helfen, einen Teil der aufgestauten Energie freizusetzen, die mich sonst von innen zu verschlingen drohte. Doch es war mehr als bloße körperliche Unruhe; es war ein verzweifelter Versuch, Klarheit in das Chaos meiner Gedanken zu bringen, eine Antwort auf die unzähligen Fragen zu finden, die mich plagten.

»So ist es gut. Wir werden das überleben und hier rauskommen. Und dann ... keine Ahnung, dann werden wir glücklich.« Er griff mich unvermittelt, seine Hände fest um meine Arme, und zog mich näher an sich heran. »Wir müssen jetzt alle zusammenhalten.« In diesem Moment verlangsamte sich alles um uns herum, als ob die Zeit selbst innehielt, um Zeuge dieses intensiven Augenblicks zu werden. Seine Augen fanden die meinen und es war, als ob er mit seinem Blick direkt in meine Seele eintauchte.

»Das bringt nichts. Lea ist dauernd high und Cara ist ... sie ist irgendwie verblendet.«

»Vielleicht ist Caras Verblendung unsere Chance. Vielleicht kann sie ihn davon überzeugen, dass wir mehr Freiheiten bekommen.« Die Tiefe in seinen Augen war unergründlich, fast hypnotisch, und ich fand mich in ihnen verloren. Es war mehr als nur ein Blick; es war eine stille Kommunikation, ein Austausch von unausgesprochenen Worten und Emotionen, die in der Luft zwischen uns vibrierten. Seine Augen hielten mich gefangen, nicht durch Kraft, sondern durch die schiere Intensität des Moments. »Und auf diese Art werden wir irgendwann einen Weg finden, der Freiheit bringt.«

»Was ist, wenn wir für immer hier sind?«

»Werden wir nicht.« Entschlossen schüttelte er den Kopf. »Aber du musst mir noch etwas versprechen.« In seinen Augen lag eine Mischung aus Schmerz, Verlangen und einer Art von roher, ungeschliffener Ehrlichkeit, die mich völlig entwaffnete. Jeder Versuch, mich dem Blick zu entziehen, scheiterte; es war, als ob er mich mit einem unsichtbaren Band an ihn gefesselt hätte, das stärker war als jeder Griff.

»Was denn?«

»Hör auf, ihm zu widersprechen. Ich ertrage das nicht, dich leiden zu sehen. Ich kann das nicht. Wenn er dir wehtut, dann schmerzt das tausendmal mehr, als wenn er mir etwas tut.« Während er mich so festhielt, spürte ich, wie eine Welle von Emotionen über mich hinwegrollte. Es war eine seltsame Mischung aus Furcht, Faszination und einer unerklärlichen Verbindung, die sich in diesem Moment zwischen uns zu formen schien. Sein Blick ließ mich verletzlich und doch auf seltsame Weise verstanden fühlen, als könnte er durch all die Mauern sehen, die ich um mich herum errichtet hatte.

»Soll ich einfach schweigen?«

»Ja, denn du tust dir selbst am meisten weh, wenn du dich wehrst. Wir müssen dieses Theater einfach eine Zeit lang mitspielen.«

Ich zögerte zunächst, unsicher und von widersprüchlichen Gefühlen geplagt. Doch als ich in seinen Augen eine Spur von Aufrichtigkeit und Verständnis sah, lösten sich meine Zweifel langsam auf. Mit einem tiefen Atemzug überwand ich die letzte Distanz zwischen uns und schlang meine Arme um ihn.

Die Umarmung fühlte sich anfangs fremd an, fast unbeholfen, doch je länger ich ihn hielt, desto mehr schien sich eine vertraute Wärme zwischen uns auszubreiten. Sein Körper gab unter meinen Armen nach und ich spürte, wie er mich vorsichtig erwiderte, seine Arme sich langsam um mich legten. *Vielleicht hat er wirklich recht*, dachte ich. In der Vergangenheit hatte er eine Art gehabt, die Dinge klarer zu sehen als ich, und oft hatte sich sein Rat als wertvoll erwiesen.

KAPITEL ZWEIUNDFÜNFZIG

BELLA

Getrieben von Unruhe und dem drängenden Bedürfnis, mich aus der Situation zu befreien, begann ich, rastlos durch den Raum zu tigern. Meine Schritte waren schnell und unregelmäßig, als würde ich versuchen, den inneren Unruhen und der steigenden Panik zu entfliehen, die mich in ihren Bann zogen. Jede Bewegung, jeder Schritt schien ein verzweifelter Versuch zu sein, einen Ausweg aus meinen Gedanken und der erdrückenden Atmosphäre zu finden.

In meiner aufgewühlten Verfassung entging mir das leise, durchdringende Piepsen der Alarmanlage vollkommen. Meine Sinne waren so sehr auf meine eigene Unruhe und die Suche nach einer Fluchtmöglichkeit fokussiert, dass ich die subtilen Warnsignale der Umgebung völlig ignorierte.

Es war, als wäre ich in meiner eigenen Welt gefangen, abgeschottet von den äußeren Realitäten und Warnungen. Schließlich näherte ich mich der Tür. Mein Herz klopfte wild vor Hoffnung und Angst zugleich, als ich zaghaft meine Hand ausstreckte. Zu meiner überraschenden

Erleichterung und Verwunderung ließ sich die Tür ohne Widerstand öffnen.

Als ich die Schwelle des Gebäudes überschritt, wurde ich von der frischen Luft und dem schwachen Licht der Umgebung begrüßt. Es war ein Moment der Befreiung, der jedoch schnell von einer tiefen Unsicherheit überschattet wurde. Die Erinnerungen an das Haus, in das X mich zuvor brutal gezerrt hatte, kamen in einem stürmischen Wirbel zurück, gefüllt mit Angst und Beklemmung. Und doch, als würde eine unsichtbare Kraft mich leiten, fanden meine Schritte unweigerlich den Weg zurück zu diesem Ort des Unheils.

Die Straßen schienen leer und verlassen, als würde die Welt den Atem anhalten, während ich mich dem Haus näherte. Mit jedem Schritt, der mich näher an das Ziel brachte, wuchs meine innere Anspannung. Die Haustür des düster wirkenden Gebäudes stand unverschlossen da, fast einladend in seiner stummen Herausforderung. Ein Zögern ergriff mich, ein flüchtiger Moment der Vernunft, der mich warnte, doch meine Füße trugen mich weiter, getrieben von einem unerklärlichen Bedürfnis, Antworten zu finden oder vielleicht eine Konfrontation zu suchen, deren Ausgang ich selbst nicht kannte.

Mit einem tiefen Atemzug, der mehr einem Seufzer der Resignation glich, betrat ich das Haus. Die Stille im Inneren wirkte erdrückend, fast als könnte sie die Schritte meines eigenen Schicksals hallen lassen. Ich wusste nicht, was ich von X wollte, was ich zu sagen oder zu tun gedachte. Es war, als hätte mich eine Mischung aus Verzweiflung und der Suche nach einer Lösung, einem Abschluss oder vielleicht sogar nach Vergeltung hierhergeführt. Jeder Schritt in das Innere dieses Hauses war ein Schritt in ein unbekanntes Labyrinth aus möglichen

Konfrontationen und Enthüllungen, doch irgendetwas in mir konnte und wollte nicht zurückweichen.

Mein Blick fiel auf das Sofa, auf dem eine dunkelhaarige Frau saß, ihr Rücken mir zugewandt. Einen Moment lang stockte mein Atem, mein Herz schlug schneller bei dem Gedanken, wer oder was mich hier erwarten könnte. »Es tut mir leid, dass ich einfach so hereinplatze, aber Sie müssen mir helfen.« Mit angehaltenem Atem und von einer unerklärlichen Vorsicht geleitet, näherte ich mich langsam der Gestalt auf dem Sofa. »Werden Sie auch hier festgehalten?«

Jeder Schritt fühlte sich an wie eine Ewigkeit, während ich versuchte, jedes Detail in mich aufzunehmen, bereit, auf jede Bewegung zu reagieren. »Warum antworten Sie mir nicht?« Als ich näherkam, offenbarte sich die Wahrheit, die so unerwartet war, dass sie mich für einen Moment lähmte. Die vermeintliche Frau war nichts weiter als eine Puppe, unglaublich realistisch gestaltet, mit fein gearbeiteten Zügen und dunklen Haaren, die ihr Gesicht verdeckten. Die Detailtreue, mit der sie gefertigt worden war, ließ sie in der Dämmerung des Raumes trügerisch echt wirken.

Die Erkenntnis, dass ich von einer leblosen Nachbildung getäuscht worden war, ließ eine Welle der Erleichterung, aber auch des Entsetzens durch mich hindurchfahren. Die Illusion war so perfekt, dass sie eine tiefe Unruhe in mir hinterließ. In einem plötzlichen Ausbruch der Anspannung, die sich in mir aufgebaut hatte, brüllte ich laut auf, ein unwillkürlicher Ausdruck des Schrecks und der Frustration über die perfide Manipulation, die X in diesem Haus inszeniert hatte. Dieser Schrei war mehr als nur eine Reaktion auf den Schrecken; er war ein Ventil für die aufgestauten Emotionen, die mich überwältigten, ein Aufschrei gegen die Verdrehungen und Täuschungen, die in diesem

Haus lauerten und die mich an meiner eigenen Wahrnehmung zweifeln ließen.

Plötzlich, fast als hätte er meine Anwesenheit schon vor meinem Eintreffen gespürt, stand X neben mir. »Einmal schließe ich dein Haus nicht ab und schon kommst du zu mir. Hast du Sehnsucht, Pupetta?« Seine Stimme trug einen Tonfall, der in scharfem Kontrast zu dem stand, was ich erwartet hatte. »Wie ich sehe, hast du Mamma schon kennengelernt.«

»Mamma?«

»Das ist meine Mutter.« Es war, als hätte er auf irgendeine Weise vorausgesehen, dass ich den Drang verspüren würde, ihn aufzusuchen, als wüsste er um die wirren Gedanken und die Verzweiflung, die mich hierhergetrieben hatten.

Seine Gelassenheit in diesem Moment war beunruhigend, fast unheimlich, als ob er jedes meiner möglichen Szenarien bereits durchdacht und seine Reaktionen darauf vorbereitet hätte.

»Das ist eine Puppe«, korrigierte ich ihn.

»Faktisch ist das korrekt, aber es sind die Überreste meiner Mutter. Ich habe sie aufarbeiten lassen.«

»Du meinst, du hast sie konserviert.« Es fühlte sich an, als ob er jede meiner Bewegungen, jeden meiner Gedanken schon lange vor mir kannte und nun in aller Seelenruhe das Ergebnis seiner Vorhersagen betrachtete. Diese Einsicht, dass er möglicherweise meine Schritte vorausgeahnt hatte, ließ mich erstarren und verstärkte das Gefühl der Ohnmacht, das mich seit meiner Ankunft in diesem Haus umklammerte.

»Ja, genau. Damit sie für immer bei mir sein kann.«

Während X so ruhig und kontrolliert neben mir stand, fragte ich mich, was in seiner Vergangenheit geschehen sein musste, um ihn zu dem Menschen zu machen, der er heute war. Es war schwer vorstellbar, dass jemand ohne tiefgreifende und möglicherweise traumatische Erlebnisse eine derartige Faszination für Puppen und eine solche Neigung zu manipulativem und kontrollierendem Verhalten entwickeln könnte.

Seine Obsession mit Puppen, die so realistisch gestaltet waren, dass sie in der Dämmerung beinahe lebendig wirkten, war nicht nur befremdlich, sondern regelrecht gruselig. Es war, als versuche er, eine perfekte Welt zu schaffen, in der er die absolute Kontrolle hatte, eine Welt, in der die Grenzen zwischen Realität und Fiktion verschwommen waren. Diese künstlichen Wesen, die er so sorgfältig um sich geschart hatte, schienen Ausdruck eines tiefen Bedürfnisses nach Kontrolle und Vorhersehbarkeit zu sein, das in lebenden Beziehungen vielleicht nie erfüllt wurde.

»Aber jetzt, wo ihr zwei euch kennt, kannst du ja auf sie aufpassen«, sagte er und griff nach seiner Jacke.

»Sie ist eine Puppe. Ich denke, sie braucht keinen Aufpasser.« Die Frage nach dem Warum seiner Handlungen und seiner Besessenheit drängte sich immer wieder in den Vordergrund meiner Gedanken. Hatte er in seiner Kindheit oder Jugend Momente der Machtlosigkeit erlebt, die ihn dazu trieben, sich eine Welt zu erschaffen, in der er nie wieder Ohnmacht fühlen musste? Oder war es die Einsamkeit, die ihn zu diesen leblosen Gefährten führte, in der Hoffnung, ein Gefühl der Zugehörigkeit zu finden, das ihm echte menschliche Beziehungen nicht bieten konnten?

»Mamma mag Gesellschaft. Sie ist nicht gerne allein.«

Je mehr ich über X und seine Welt aus Puppen nachdachte, desto mehr fühlte ich mich in ein Labyrinth aus Fragen und Spekulationen gezogen, aus dem es kein Entkommen zu geben schien. Jedes mögliche Szenario, das mir in den Sinn kam, warf nur weitere Fragen auf und ließ mich noch tiefer in das Rätsel eintauchen, das seine Persönlichkeit umgab. Diese Unfähigkeit, ihn oder seine Motive zu verstehen, verstärkte nur das Unbehagen und die Furcht, die ich in seiner Gegenwart empfand, und ließ mich erneut die Kälte spüren, die von ihm ausging.

»Wie dem auch sei. Stell dich besser an als bei deiner letzten Aufgabe. Rede vor allem mit ihr, das mag sie.« Er drückte einige Knöpfe an der Alarmanlage, ehe er aus der Haustür huschte und sie sich verriegelte.

Wunderbar. Ich saß hier fest. Ich trat näher an die Puppe heran, deren realistische Züge mich fesselten. Es war beeindruckend, wie detailgetreu sie gearbeitet war, von den fein gezeichneten Augenlidern bis hin zu den zarten Fingern, die so lebensecht wirkten, dass ich fast erwartete, sie würden sich bewegen. Die Puppe saß regungslos da.

»Das ist also Ihr Sohn?« Sie hätte es besser treffen können. »Ich weiß ja nicht, was sie mit ihm gemacht haben, aber er ist ... ein wenig gewöhnungsbedürftig.« Getrieben von dem Bedürfnis, mehr über ihn herauszufinden, durchsuchte ich den Raum systematisch. Ich schlich von einem Winkel zum anderen, öffnete Schubladen und schaute hinter Bilder, in der Hoffnung, irgendetwas zu entdecken, das mir mehr über ihn verraten könnte. »Wobei es seltsam kreativ wohl eher trifft.«

Mein Herz machte einen Sprung, als ich auf den Pass stieß, der achtlos auf einem Tisch lag. Er trug das Foto des Mannes, den ich als X kannte, doch der Name, der darauf prangte, war Benito Ferrara. Nachdem ich die Pässe durchgesehen hatte, setzte ich meine Suche fort und suchte nach einem Telefon oder irgendeinem Kommunikationsmittel, das mir weitere Hinweise liefern könnte. Doch trotz meiner gründlichen Durchsuchung fand ich nichts. Es war, als hätte Benito Ferrara alles entfernt, was mir hätte helfen können, mehr über ihn oder seine Pläne zu erfahren. »Ihr Sohn ist wirklich kein guter Mensch, Signora.«

Erschöpft von der vergeblichen Suche und den wirbelnden Gedanken in meinem Kopf, ließ ich mich schließlich neben der Puppe auf das Sofa fallen. Ich schloss die Augen, versuchte für einen Moment, die Anspannung und das Chaos um mich herum zu vergessen. Das weiche Polster des Sofas fühlte sich wie eine kleine Oase inmitten des Sturms an, der in diesem Haus und in meinem Inneren wütete.

Kaum hatte ich einen Moment der Ruhe gefunden, spürte ich eine unerwartete Bewegung an meinem Bein. Mein Herz setzte aus vor Schreck und ich riss die Augen auf. Für einen flüchtigen Moment dachte ich, die Puppe neben mir hätte sich bewegt, ein Gedanke, der so absurd wie beängstigend war. »Sie sind doch tot, oder?« Völlig fassungslos und mit einem rasenden Puls erinnerte ich mich daran, dass es sich nur um eine Puppe handelte, eine leblose Nachbildung, die nicht fähig sein sollte, sich zu bewegen. Um mich selbst zu beruhigen und die irrige Wahrnehmung zu widerlegen, schnipste ich mit den Fingern vor dem Gesicht der Puppe herum, beobachtete jede Regung, wartete auf ein Zeichen, das meine Befürchtungen bestätigen oder zerstreuen könnte.

»Natürlich sind Sie das. Vermutlich drehe ich langsam, aber sicher durch.« Doch wie erwartet, blieb die Puppe regungslos, ihre Züge unbewegt und ausdruckslos, unbeeindruckt von meinen hastigen Bewegungen. Die Realisierung, dass es nur meine eigene Anspannung und vielleicht ein Trick des Lichts oder meiner Einbildung gewesen sein musste, ließ mich tief durchatmen. Trotz der erleichternden Gewissheit, dass die Puppe tatsächlich leblos war, blieb ein

Rest Unbehagen zurück, eine Erinnerung daran, wie sehr dieser Ort und seine Geheimnisse meine Wahrnehmung beeinflussten.

Ich rieb mir die Stirn, versuchte, die aufkeimende Panik und das Gefühl der Überwältigung zu unterdrücken. Klarheit war jetzt das Wichtigste.

Jedes Möbelstück, jede Schublade wurde geöffnet, jeder Teppich angehoben, in der Hoffnung, vielleicht eine versteckte Tür oder einen Hinweis auf Benitos Pläne zu finden. Meine Gedanken rasten, während ich Möglichkeiten durchging: Gab es einen Ersatzschlüssel irgendwo? Eine versteckte Passage? Oder vielleicht eine Schwachstelle, die wir ausnutzen können? Die Verzweiflung verwandelte sich langsam in Entschlossenheit, denn die Notwendigkeit, aus dieser Falle zu entkommen, ließ keinen Raum für Selbstmitleid oder Angst.

Mit jedem Schritt, den ich durch das Haus machte, mit jedem erfolglosen Versuch, fühlte ich mich ein wenig mehr wie ein Eindringling in einem Labyrinth, das speziell entworfen wurde, um mich zu verwirren und einzusperren. Doch die Entschlossenheit, mich und die anderen aus dieser misslichen Lage zu befreien, ließ mich weitermachen, trieb mich an, jede Möglichkeit zu erkunden, egal wie gering die Chance auf Erfolg auch sein mochte.

KAPITEL DREIUNDFÜNFZIG

CARA

Ich stand da, eine Mischung aus Angst und Entsetzen in meinen Adern, während ich beobachtete, wie X mit methodischer Präzision die Kameras vor dem Bett einrichtete und positionierte. Jede seiner Bewegungen war bedacht und zielgerichtet, als würde er eine Szene für eine Vorstellung vorbereiten, die weit entfernt von jeglicher Form von Unterhaltung lag. Er prüfte die Winkel, justierte die Linsen und schien in seinem Element zu sein, ein dunkler Regisseur, der ein Szenario orchestrierte, das mir bis ins Mark frösteln ließ. »Willst du mich verkaufen?«

»Wie bitte? So was würde ich niemals tun.«

»Wieso willst du dann einen Film drehen?«

»Für mich«, erwiderte er mit ruhiger Stimme.

Die Kälte in seinen Augen, als er gelegentlich aufschaute, um die Ausrichtung der Kameras zu überprüfen, ließ mich schaudern. Es war, als ob er durch mich hindurchblickte, als wäre ich nicht mehr als ein Objekt in seinem kranken Spiel.

Die Stille im Raum wurde nur durch das leise Klicken

der Kameraeinstellungen und das gelegentliche Surren unterbrochen, als er sie ein- und ausschaltete, um ihre Funktionalität zu testen. »Aber du hast gesagt, dass meine Karriere nicht einschlafen soll.«

»Na ja, du sollst deine Fähigkeiten nicht verlernen.«

»Du hast meinen Mann getötet.« Trotz der lähmenden Angst, die mich umklammerte, konnte ich nicht anders, als fasziniert zu sein von der Effizienz und Kälte, mit der er arbeitete. Jede Kamera war strategisch platziert, um keinen Winkel des Bettes unbedeckt zu lassen, ein verstörender Beweis seiner Absichten und der Entschlossenheit, mit der er sie verfolgte.

Er nickte. »Bella hat ihn ausgewählt.«

»Das hat er nicht verdient.«

»Er hat dir wehgetan, Cara. Jeder, der dir wehtut, verdient den Tod.«

Ich schaute ihn an, mein Blick gefangen zwischen Furcht und der verzweifelten Suche nach einem Funken Menschlichkeit in seinen Augen. Doch was ich fand, war ein unerschütterlicher Ausdruck, der kalt und berechnend war. Meine Angst war wie ein offenes Buch für ihn, jede Zeile ein Zittern meiner Seele, jede Seite ein stummes Flehen um Gnade.

»Aber um so etwas musst du dir jetzt keine Gedanken mehr machen, denn ich passe auf dich auf.«

Ich konnte nicht glauben, was er sagte. Das klang alles so surreal. »Meinst du das ernst? Denn du sperrst uns hier ein. Das ... das ist beängstigend.«

»Hier existiert keine Angst.« Als er seine Hand in meinen Nacken legte, durchfuhr mich ein Schauder. Seine Berührung war gleichzeitig sanft und besitzergreifend, eine erschreckende Mischung aus Fürsorge und Kontrolle. Es war, als wollte er mich beruhigen und gleichzeitig daran erinnern, dass er die Fäden in der Hand hielt, dass jede meiner Bewegungen unter seiner Aufsicht stand. »Sieh mich an, Cara.«

Ich tat es.

»Nimm mir die Maske ab.«

»Wirklich?«

»Ich kann dir doch vertrauen, oder? Du sollst keine Angst vor mir haben.«

Mit einem plötzlichen Ruck zog ich ihm die Maske vom Kopf, die bis dahin eine Barriere zwischen seiner wahren Identität und meiner Wahrnehmung von ihm gewesen war. Als die Maske fiel, enthüllte sie sein Gesicht, und ich war für einen Moment von der Offenbarung überrascht. Seine Züge waren von einem Dreitagebart umrahmt. Seine hellbraunen Haare fielen leicht zerzaust, fast sorglos um seine Stirn.

Sein Gesicht strahlte eine unerwartete Wärme aus. Die Linien um seine Augen deuteten darauf hin, dass er zum Lächeln neigte, und in diesem Moment konnte ich mir vorstellen, wie sein Gesicht sich in einem Moment der Freude aufhellen würde. Trotz der Umstände, die uns hierhergeführt hatten, konnte ich nicht leugnen, dass er attraktiv war, mit einem liebevollen Ausdruck, der in einem krassen Gegensatz zu dem stand, was zwischen uns vorgefallen war.

Als er sich mir näherte, konnte ich die Intensität in seinen Augen erkennen, ein stilles Verlangen, das vielleicht mehr ausdrücken wollte, als Worte es je könnten. Seine Lippen fanden die meinen in einem Moment, der von einer seltsamen Mischung aus Dringlichkeit und Zärtlichkeit geprägt war. Doch in mir regte sich Widerstand gegen diese unerwartete Nähe, gegen die Verwirrung der Gefühle, die er in mir auslöste.

Mit einer Bewegung, die sowohl von meinem Verstand als auch von meinem Instinkt geleitet wurde, schob ich ihn von mir weg.

Sein Gesichtsausdruck wechselte in dem Moment, als er auf Abstand ging, vielleicht überrascht von der Entschlossenheit meiner Ablehnung oder verletzt durch die Zurückweisung. Doch in mir verstärkte sich das Gefühl, dass diese Grenzziehung notwendig war, ein Schutzmechanismus gegen die verwirrenden Strömungen, die zwischen uns fluteten. Trotz der möglichen Zuneigung, die seine Geste angedeutet haben mochte, blieb die Erkenntnis, dass nicht jede Berührung willkommen oder richtig war – besonders nicht in einem Wirrwarr aus Emotionen und Umständen, die alles andere als einfach waren.

Seine Hände fanden meinen Arm, seine Finger zeichneten leichte, fast zärtliche Bahnen über meine Haut, die einen unerwarteten Schauer über meinen Rücken jagten. Die Berührung war sanft, fast tröstend, und rief eine Wärme hervor, die ich nicht erwartet hatte. Dann spürte ich seine Lippen an meinem Hals.

»Hast du nicht immer von einer Welt geträumt, in der du sicher bist? Einer Welt, in der du dir keine Sorgen machen musst, wie du die nächste Rechnung oder den Einkauf bezahlst?« Trotz der sanften Süße dieser Berührungen, trotz des warmen Gefühls, das sie in mir hervorriefen, wusste ich, dass ich mich nicht darauf einlassen durfte. Es war ein Tanz auf dem Drahtseil, ein Spiel mit dem Feuer, in dem ich mich zu verbrennen drohte, wenn ich nicht vorsichtig war. Die innere Zerrissenheit zwischen dem, was sich gut anfühlte, und dem, was richtig war, ließ mich zaudern, hin- und hergerissen zwischen Verlangen und Vernunft. »Wolltest du nicht schon immer einfach tun, worauf du Lust hast?«

In meinem Inneren kämpfte ich mit der Erkenntnis, dass jede weitere Nähe, jede weitere Berührung nur die Verwirrung und das Chaos in mir verstärken würde. Trotz der momentanen Schwäche, die seine Zärtlichkeiten in mir auslösten, wusste ich, dass ich stark bleiben musste, mich nicht in etwas hineinziehen lassen durfte, das am Ende vielleicht mehr Schaden anrichten würde als alles andere. Es war ein Kampf, den ich mit mir selbst ausfocht.

»Ich habe dir eine Welt gebaut, in der du sicher bist, Cara.« Seine Berührungen setzten sich fort, zart und doch mit einer Intensität, die mich zutiefst berührte. Ich stand da, gefangen in dem Zwiespalt zwischen dem Bedürfnis, mich zu widersetzen, und dem Verlangen, mich diesen Empfindungen hinzugeben, die er in mir weckte. Mit jedem sanften Streicheln seiner Finger, mit jeder bedachten Geste schien er tiefer in meine Seele zu blicken, als wollte er die Mauern, die ich um mich errichtet hatte, Stück für Stück einreißen. »Hier, bei mir, kann dir nichts geschehen. Ich würde das nämlich niemals zulassen.«

Langsam drehte ich mich zu ihm um. Als ich ihm gegenüberstand, suchte ich in seinen Augen nach einem Anzeichen dafür, dass er meine Herausforderung verstand, dass er erkannte, wie ich versuchte, ihn und diese Situation zu navigieren. Es war ein Spiel des Verstandes und des Herzens, eine taktische Überlegung, die vielleicht, so hoffte ich insgeheim, in diesem verwirrenden Geflecht aus Macht und Ohnmacht, aus Kontrolle und Hingabe einen Weg für mich finden würde. »Du musst aufhören, meine Freundinnen zu quälen.«

»Sie müssen lernen zu gehorchen.«

»Lass mich das regeln. Ich bekomme das hin«, sagte ich und blickte ihm tief in die Augen. »Vertrau mir.«

»Beweis deine Willigkeit.«

Ich bewegte die Lippen übereinander. Noch bevor ich die Gelegenheit hatte, etwas zu sagen, trat er näher und seine Hände griffen nach meinen Schultern. Der Druck seiner Hände auf meiner Haut war unerwartet und die Intimität dieser Geste ließ mich für einen Moment innehalten. Seine Finger legten sich fest auf meine Schultern und ohne ein Wort zu sagen, zog er mich sanft an sich heran. Das Rascheln von Kleidung und der Klang seines Atems füllten den Raum, als er und ich uns in dieser ungewöhnlichen Nähe befanden. Sein Griff war fest, aber nicht grob und ich spürte, dass hinter dieser Annäherung mehr stand.

Die unmittelbare Nähe und der körperliche Kontakt schufen eine Intensität, die den Raum mit einer Mischung aus Überraschung und Verwirrung erfüllte. Es war, als ob der Raum um uns herum schrumpfte und ich war gefangen in diesem Moment der Unerklärlichkeit. Die Spannung erreichte einen Höhepunkt, als X‘ Hände fest auf meinen Schultern ruhten. Seine Lippen trafen meine in einem Moment, der wie ein Stillstand der Zeit wirkte. Die Wärme seiner Lippen, die sich sanft auf meine legten, erzeugte eine elektrische Ladung, die sich durch meinen gesamten Körper ausbreitete. Das leise Rascheln von Stoff und das gleichmäßige Atmen wurden von der Intimität des Augenblicks übertönt.

Für einen Herzschlag schien die Welt stillzustehen und der Raum wurde von der emotionalen Komplexität dieses Kusses durchdrungen. Die Gefühle, die in der Luft lagen, waren schwer zu benennen, aber der Kuss hatte eine Tiefe, die über die üblichen Grenzen hinausging. Die Realität des Kusses schien mich zu überwältigen und ich versuchte instinktiv, mich von der Intimität dieses Moments zu distanzieren.

In einem reflexartigen Impuls versuchte ich, ihn sanft

wegzuschieben, meine Hände zwischen uns zu legen. Doch X reagierte unmittelbar und fest. Er hielt meine Hände über meinem Kopf.

Seine Hände waren stark und bestimmend und meine Bemühungen, den Kontakt zu lösen, schienen gegen die beharrliche Entschlossenheit seiner Berührung machtlos zu sein. Ein Gefühl von Verwirrung und Unruhe durchzog mich, während ich versuchte zu verstehen, wie wir so schnell in eine solch unergründliche Tiefe geraten konnten. Zwischen uns existierte eine stumme Verständigung und der Raum vibrierte vor Spannung und Ungewissheit. Es war, als ob wir uns in einem Zwischenreich befanden, wo die Grenzen zwischen Kontrolle und Hingabe, zwischen Vernunft und Emotion, auf faszinierende Weise verschwommen waren. Sein Kuss setzte sich fort, beharrlich und sinnlich, als ob er in den Unsicherheiten und Geheimnissen des Augenblicks vertieft wäre. Seine Lippen bewegten sich auf den meinen, ein Spiel aus Nähe und Verlangen. Die Intensität des Kusses nahm zu, als er meine Lippen mit einer Leidenschaft erkundete.

Jeder Kuss trieb mich tiefer in dieses Gefühl hinein. Die Wirkung seiner Küsse war hypnotisch und ich konnte mich dem Sog dieses Moments nur schwer entziehen. Es war ein Tanz zwischen Zuneigung und Verwirrung, ein unerklärliches Zusammenspiel von Emotionen, das den Raum mit einer faszinierenden Intensität erfüllte.

»Das wollte ich schon so lange machen«, raunte er dicht vor meinen Lippen. Als X fortfuhr, mich mit einer Leidenschaft zu küssen, die den Raum zu durchdringen schien, war meine Verwirrung und mein Staunen nicht zu übersehen. Inmitten dieses intensiven Moments, als die Welt um uns zu verschwimmen schien, spürte ich, wie er mich losließ.

Die Stille, die auf das leidenschaftliche Küssen folgte, schien lauter zu sein als alles zuvor. Mein Blick traf seinen und ich konnte die Unsicherheit in seinen Augen sehen. Die Luft war durchzogen von einer Mischung aus aufgeladener Emotion und der Frage, die zwischen uns im Raum hing. Ein Schleier von Verwirrung umgab mich, während ich versuchte, die Realität dieses unerwarteten Moments zu begreifen. Die Atmosphäre war gesättigt von einer seltsamen Mischung aus Nähe und Distanz und die Worte schienen für den Augenblick gefangen in der unerklärlichen Intensität dieses Erlebnisses.

»Bist du sprachlos?« Er lächelte.

In dem Moment, als X mich losgelassen hatte, war die Stille im Raum fast greifbar geworden. Meine Gedanken wirbelten in einem Strudel aus Emotionen, während ich mit einem Gefühl der völligen Perplexität dastand. Die Welt, die eben noch von seinen Küssen durchtränkt war, schien sich in einen Nebel der Unsicherheit zu verwandeln. Zögerlich nickte ich.

»Dann war es ein guter Kuss.«

Ein Augenblick der Lähmung trat ein und ich fand mich in einem Schwebezustand zwischen der Erregung des vorherigen Moments und der Realität, die sich nun vor mir entfaltete. Die Unsicherheit darüber, wie ich auf das plötzliche Ende der Intimität reagieren sollte, legte sich wie eine schwere Decke über meine Gedanken.

Sanft streichelte er mir über die Wange. »Lässt du dich immer so gut küssen?«

Die Frage, wie ich reagieren sollte, hallte in meinem Inneren wider und ich war unsicher, wie ich die Worte finden sollte, um das Unausgesprochene zu adressieren. Als X mich losließ und ich in seine Augen blickte, fand ich mich in einem Strudel von tausend Gedanken wieder, die gleichzeitig durch meinen Kopf wirbelten. In seinen Augen konnte ich eine Mischung aus Emotionen erkennen – Unsicherheit, Erwartung und vielleicht sogar eine Spur von Reue.

Was war gerade geschehen? War es eine Flucht vor der Realität oder ein impulsiver Akt der Verletzlichkeit? Der Raum zwischen uns schien mit ungesagten Worten gefüllt zu sein, während ich versuchte, die Bedeutung dieses Moments zu entwirren.

Er hielt meine Hände immer noch über meinem Kopf fest. »Du siehst mich immer so an ... so ... ich habe keine Ahnung, wie ...« Während ich X in die Augen schaute, spürte ich, wie mein Bauch anfing zu flattern, als hätte eine Schar von Schmetterlingen in mir ihren Tanz begonnen.

»Weil ich das alles für dich getan habe.« In seinen Augen konnte ich eine Mischung aus Emotionen lesen und die Intimität des Moments erzeugte eine aufgeladene Energie. »Das ist der Unterschied. Ich glaube, dass viele Menschen etwas für dich tun würden. Aber ich würde alles geben.« Die Unsicherheit, die zuvor in der Luft lag, wurde von einem Gefühl von Schwerelosigkeit und gleichzeitigem Beben begleitet.

Ein seltsames Gefühl der Weichheit durchzog meine Knie, als ich in X' Augen versank. Es war, als ob die Welt um uns herum für einen Moment in einem unsichtbaren Tanz innehielt. In diesem Moment intensiver Verbindung, als der Raum von einer faszinierenden Energie durchzogen war, konnte ich nicht anders, als den Drang zu spüren, den ich so lange unterdrückt hatte.

KAPITEL VIERUNDFÜNFZIG

BELLA

In Mauros Armen zu liegen, brachte eine unerwartete Ruhe über mich, eine beruhigende Stille, die sich tief in mein Inneres einschlich. Seine Nähe war wie ein sicherer Hafen in einem stürmischen Meer, ein Ort der Zuflucht, an dem ich mich vor den Unwägbarkeiten der Welt verstecken konnte. Wir lagen eng umschlungen da, unsere Körper ineinander verschlungen in einer stillen Umarmung, die mehr sagte als Worte es je könnten. »Kannst du glauben, dass er seine Mutter ausgestopft hat?«

»Rede nicht über diesen Spinner, wenn du in meinem Arm liegst.«

Ich nickte. Wir sollten so wenig wie möglich über ihn reden, um unsere Ruhephasen auszunutzen. »Ich liebe dich, Mauro.« Die Wärme seines Körpers durchdrang die Kälte, die sich in mir ausgebreitet hatte, löste langsam die Knoten der Angst und der Sorge, die sich in meinem Inneren festgesetzt hatten. Sein Atem strich sanft über meine Haut, jedes Ausatmen wie eine beruhigende Melodie, die mich weiter in diesen Zustand der Gelassenheit zog. Ich konnte fühlen, wie sich mein eigener Atemrhythmus dem seinen anpasste, ein stillschweigendes Einverständnis zwischen unseren Körpern, sich in diesem Moment der Ruhe zu vereinen. »Ich wollte damit aufhören, weil ich so wütend war, aber es hat einfach nicht geklappt.«

»Es ist gut, dass es nicht funktioniert hat. Wir dürfen uns nicht aufgeben, denn du bist mein Leben.«

Es gab keine Notwendigkeit für Worte, keine Dringlichkeit für Gespräche. »Ich will hier raus.«

»Wir werden das hinbekommen. Ganz sicher.«

»Cara wird nett zu ihm sein, das hat sie mir gesagt, als wir uns kurz gesehen haben.«

»Das ist sehr gut.« Seine Hand glitt sanft über meinen Rücken, in beruhigenden Bewegungen, die jede angesammelte Spannung in meinem Körper schmelzen ließen. Die sanften Streicheleinheiten fühlten sich an wie flüsternde Versprechen der Sicherheit, die durch meine Haut direkt in meine Seele eindrangen.

»Was ist, wenn wir sie verlieren?«

»Hör auf, in *Was-wäre-wenn-Szenarien* zu denken. Das macht dich irgendwann wahnsinnig«, sagte er und küsste meine Stirn.

»Ich meine es ernst. Sie ist so emotional. Was ist, wenn sie das irgendwann nicht mehr trennen kann?«

»Bella, hör mal genau zu.« Seine Berührungen waren zärtlich und bedacht, als ob er jedes Mal, wenn seine Finger über meine Haut strichen, eine Nachricht der Fürsorge und des Trostes übermitteln wollte. Die Welt außerhalb dieser intimen Blase schien weit entfernt, ihre Probleme und Sorgen für den Moment vergessen. Es gab nur uns, verbunden durch die Stille und das weiche Knistern der gegenseitigen Zuneigung. »Von Menschheitsbeginn an gab es immer Opfer. Menschen haben sich gegenseitig geopfert oder für die größere Sache. Manchmal muss man das in Kauf nehmen.«

»Sie ist meine beste Freundin.«

»Sie hat aber auch nicht verhindert, dass dir all diese Dinge passiert sind. Im Gegenteil. Sie nimmt es hin, weil dieser Spinner es ihr nicht antut.« Mauro schien genau zu wissen, wie er mich berühren musste, um eine Welle der Entspannung durch meinen Körper zu senden. Sein Atem, gleichmäßig und ruhig, strich über meinen Nacken und hinterließ ein Kribbeln, das sich angenehm über meine Haut ausbreitete. »Und das gilt auch für Lea. Auch bei ihr nimmt sie es einfach hin.«

»Ich glaube, dass sie überfordert ist.«

»Sie hat keinen Grund dazu. Du hingegen hast ihn.« Unruhe begann in mir zu brodeln, eine innere Unruhe, die sich nicht länger durch die sanften Berührungen und die beruhigende Nähe zähmen ließ. Langsam löste ich mich aus der Umarmung und richtete mich auf. Die Wärme und Geborgenheit, die ich soeben noch gespürt hatte, wichen einem Gefühl der Beklemmung, das sich in meiner Brust ausbreitete. »Du dürftest überfordert sein oder wütend. Du hast jedes Recht, nachdem dieser Bastard zweimal dafür gesorgt hat, dass du gegen deinen Willen angefasst wurdest.«

»Wir wollten nicht darüber reden«, erinnerte ich ihn und wollte das Thema so schnell wie möglich wieder abschließen.

»Vielleicht müssen wir aber darüber sprechen, denn du tust das ab.«

Nach einem Moment des Zögerns stand ich auf, meine Bewegungen waren etwas steif, als würde mein Körper widerwillig dem Befehl meines Geistes folgen.

Ich begann, durch den Raum zu tigern, meine Schritte

unruhig und ziellos. Jeder Schritt schien die Wände des Raumes enger um mich herum zu ziehen. »Weil ich sonst nicht weitermachen kann.«

»Vielleicht musst du mal Pause machen und dich mit den Wunden befassen. Bella, vielleicht musst du dir selbst eingestehen, dass er dich verletzt hat, dass er ein Opfer aus dir gemacht hat.«

»Ich bin kein Opfer.« Mein Geist raste, Gedanken wirbelten chaotisch durch meinen Kopf, als ich versuchte, einen Ausweg aus meiner inneren und äußeren Gefangenschaft zu finden. Die Grenzen des Raumes erinnerten mich unerbittlich an unsere Situation, an die ausweglose Enge, die mich emotional zu erdrücken drohte.

»Doch das bist du!«

»Nein!«, brüllte ich zurück.

»Die Geschehnisse zu leugnen, wird dir irgendwann auf die Füße fallen.«

Mit jedem Schritt, den ich machte, mit jedem Hin und Her durch den Raum, wuchs die Spannung in mir. »Ich kann das nicht, Mauro.«

»Zwei Männer haben dir wehgetan und das reißt mir mein verdammtes Herz raus. Aber du bestrafst dich selbst noch viel mehr, indem du es nicht anerkennst.« Das Gewicht der Erinnerungen drückte schwer auf mir, eine Last, die mit jedem Gedanken an das, was X mir angetan hatte, schwerer zu tragen war. Es war ein Schmerz, der sich in mein Innerstes fraß. Ich wollte nicht darüber nachdenken, nicht die entblößten Narben meines Selbst betrachten, die er hinterlassen hatte. »Du leugnest es und blendest damit einen Teil von dir aus, der dich jetzt für immer begleiten wird.«

»Ich will das nicht hören.«

»Das weiß ich, aber möglicherweise musst du es hören.

Vielleicht muss ich dir sagen, wie unfair das war oder wie demütigend oder ... oder vielleicht musst du es dir auch einfach selbst eingestehen. Für einen Moment hat dir jemand die Kontrolle genommen und es ist fies, dass du das Gefühl hast, sie jetzt nie wieder zu haben.« Es war ein innerer Kampf, der in der Stille meiner Gedanken tobte. Jeder Versuch, die Gedanken zu verdrängen, schien nur dazu zu führen, dass sie mit größerer Macht zurückkehrten. Die Erinnerungen an die Demütigungen, die Kontrollverluste, die Verletzungen meiner Integrität – sie alle kamen in unaufhaltsamen Wellen, die über mich hinwegrollten und mich in ihren dunklen Tiefen zu ertränken drohten. »Aber das wird nicht so sein. Irgendwann wirst du dieses Gefühl los.«

»Ich muss hier raus.« In meiner wachsenden Verzweiflung und dem drängenden Bedürfnis, diesem Raum und den Erinnerungen, die er barg, zu entfliehen, fand ich mich an der Tür wieder. Mit aller Kraft, die in meinen Gliedern brodelte, zerrte ich an ihr, doch sie blieb unerbittlich verschlossen.

Meine Anstrengungen, die Tür zu öffnen, waren vergebens, und mit jedem erfolglosen Versuch wuchs die Verzweiflung in mir. Die harte Realität, dass keine Flucht möglich war, traf mich mit voller Wucht, und ein Gefühl der Hilflosigkeit breitete sich aus, lähmend und erdrückend. »Ich will nach Hause.«

In diesem Moment des Zusammenbruchs, als die Mauern, die ich um meine Emotionen errichtet hatte, zu bröckeln begannen, spürte ich Mauros Arme um mich. Seine Umarmung war fest.

Meine Knie gaben nach, überwältigt von der Last, die ich trug, und ich brach in seiner Umarmung zusammen. Die Tränen, die ich so lange zurückgehalten hatte, brachen sich

Bahn, ein unaufhaltsamer Strom des Schmerzes und der Verzweiflung. Mauro hält mich fest, ein Fels in der Brandung, der mir erlaubt, mich in meiner Verletzlichkeit zu zeigen, ohne Angst vor dem Fall zu haben.

»So ist es gut. Lass den Schmerz einfach zu.«

Tränen strömten ungehindert über meine Wangen, ein salziger, endloser Fluss des Leids. Jedes Schluchzen war ein Echo des Schmerzes, der in meiner Brust wütete, ein Sturm, der zu lange eingesperrt war und nun mit ungestümer Kraft hervorbrach.

»Wir kommen irgendwann nach Hause, das verspreche ich dir. Dann arbeiten wir alles auf, das wir erlebt haben. Einfach alles.«

»Versprich mir, dass wir glücklich werden.« Die Auseinandersetzung mit diesen Gefühlen, das Eingeständnis des erlittenen Schadens, war ein Prozess, der mich zutiefst verunsicherte und verwundbar machte. Es war, als würde jeder Gedanke daran, wie viel von meiner Würde mir genommen wurde, die Seele ein wenig mehr erodieren, als würde jede Erinnerung an die Demütigung ein weiteres Stück meines Selbstbewusstseins abtragen.

»Ich schwöre es dir«, meinte er und presste meinen Kopf gegen seine Brust. »Ich werde alles dafür geben, dass wir wieder glücklich werden. Wir kommen hier raus und dann steht uns die ganze Welt offen.«

»Ich war mir sicher, dass er mich umbringen wird.« In dem Meer aus Schmerz und Verzweiflung, das mich zu verschlingen drohte, wurde Mauros Anwesenheit zu meinem rettenden Anker. Trotz des Chaos, das in mir tobte, brachte seine Nähe eine unerklärliche Beruhigung mit sich, ein Gefühl der Sicherheit, das sich sanft um mein zerrüttetes Herz legte.

»Niemand wird dir jemals wieder etwas tun. Niemals.«

Sein fester Halt um mich war mehr als eine Umarmung; es war ein Versprechen, ein unerschütterliches Bekenntnis, dass er bei mir bleiben würde, durch die Dunkelheit und zurück ins Licht. Jede seiner Berührungen schien die stürmischen Wellen meiner Emotionen zu glätten, mir Halt zu geben in einem Moment, in dem ich fürchtete, von meinen eigenen Gefühlen überwältigt zu werden. »Wir schaffen das gemeinsam, indem wir tun, was er verlangt. Wir machen ihn nicht mehr wütend und werden gemeinsam mit Lea und Cara eine Lösung finden.«

Ich klammerte mich an ihn, meine Hände suchten Halt in dem Stoff seines Hemdes, als wollte ich mich vergewissern, dass er real war. Seine ruhige Atmung, der gleichmäßige Rhythmus seines Herzschlags gegen meinen, wurde zu einem beruhigenden Mantra, das mich sanft durch die Dunkelheit führte. »Du darfst nicht wieder gehen.«

Dein Schmerz ist mein Schmerz.

KAPITEL FÜNFUNDFÜNFZIG

X

Als ich Bella betrachtete, fiel mir sofort ihre nervöse Ausstrahlung auf. Ihre Hände zitterten leicht und sie warf gelegentlich unsichere Blicke um sich, als würde sie ständig auf der Hut sein vor dem, was als Nächstes kommen könnte. Trotz dieser offensichtlichen Nervosität lag jedoch eine Art stille Akzeptanz in ihrer Haltung, als hätte sie irgendwie einen inneren Frieden mit der beklemmenden Situation geschlossen, in der wir uns alle befanden. »Ich habe gehört, du möchtest jetzt nett zu mir sein?«

»Wenn du dich nicht wie ein Irrer verhältst, dann bin ich nett zu dir.«

Ihr Humor brachte mich zum Lachen. »Ich verhalte mich niemals wie ein Irrer.« Mit einem leisen Seufzer führte ich sie hinunter in den Keller, wo Keno gefangen gehalten wurde. Die Kellertür quietschte leise, als wir sie öffneten. »Aber ich habe eine Aufgabe für dich.«

Keno saß in der Ecke des Raumes, sein Anblick war ein scharfer Kontrast zu dem Bild, das ich von ihm in Erinnerung hatte.

Seine einst kräftige Statur wirkte zusammengesunken, die Schultern hingen herab und in seinen Augen lag ein Ausdruck tiefer Erschöpfung und Resignation. Die Spuren der Einsamkeit und Vernachlässigung waren unübersehbar. Seine Haut war fahl, und unter seinen Augen zeichneten sich dunkle Schatten ab.

»Lass ihn doch gehen. Er ist wertlos für die Sache, oder?« Es war offensichtlich, dass die Tage, die ich ihn allein gelassen hatte, ihre Spuren hinterlassen hatten. Die Isolation und der Mangel an menschlicher Interaktion hatten ihn zermürbt, ihn in einen Zustand gebracht, der weit entfernt war von dem Mann, der er einst gewesen war. »Ich meine, du wolltest Cara, also hast du Elia beseitigt. Das verstehe ich. Aber Keno hat doch keinen Wert für dich.«

»Du hast recht. Für mich ist er wertlos, aber für dich wird er eine Lektion sein.« Als ich Bella und Keno zusammenbrachte, lag eine stumme Spannung in der Luft. Es war, als würden sich in diesem Moment nicht nur zwei Menschen gegenüberstehen, sondern auch die komplexen Emotionen und ungelösten Konflikte, die zwischen uns allen schwelten. »Ich sehe nämlich Potenzial in dir.«

»Potenzial für was?«

»Du könntest meinen Vorstellungen einer Kämpferin entsprechen, wenn du jetzt die richtige Entscheidung triffst.« Trotz der offensichtlichen Anspannung und Nervosität, die sie umgab, lag in ihrer Fähigkeit, Emotionen zu kontrollieren und gegebenenfalls abzuschalten, ein bemerkenswertes Potenzial. Es war eine Art von Resilienz, die nicht jeder besaß, eine seltene Gabe, die in den richtigen Händen zu etwas Großartigem führen könnte.

»Was für eine Entscheidung?«

Mit diesen Gedanken im Hinterkopf, dass sie besonders sein könnte, wandte ich mich einem alten Schrank zu, der in einer Ecke des Raumes stand. Seine schweren Türen quietschten leise, als ich sie öffnete, und enthüllten den Inhalt, der eine Sammlung antiker Folterinstrumente darstellte. Jedes Stück in diesem Schrank erzählte eine Geschichte von Schmerz und Furcht, doch in diesem Moment sah ich sie durch eine andere Linse – als Werkzeuge, die das verborgene Potenzial in Bella wecken könnten. »Kümmere dich um ihn.«

»Ich bin so nicht.«

»Aber du wirst so werden.« Ich würde sie dazu machen. Unter den verschiedenen düsteren Utensilien fiel mein Blick auf einen Streitkolben, dessen metallener Kopf im schwachen Licht des Kellers bedrohlich glänzte. Seine schwere, feste Struktur und die gefährlichen Spitzen, die aus ihm herausragten, machten ihn zu einem Symbol der Macht und der Zerstörung. Mit einer fast ehrfürchtigen Geste nahm ich ihn aus dem Schrank und reichte ihn Bella. »Du wirst mir beweisen, dass du ein braves Mädchen sein kannst.« Bella stand da, den Streitkolben in ihren Händen, und ein Kampf spielte sich in ihren Augen ab. Ich konnte sehen, dass sie diesen Pfad der Gewalt, den ich ihr aufzeigte, ablehnte, dass jede Faser ihres Wesens sich gegen das widersetzte, was von ihr verlangt wurde. Doch in einem Moment tiefer innerer Auseinandersetzung, einem Kampf zwischen Moral und der bedrängenden Situation, in der sie sich befand, riss sie sich zusammen.

Keno stöhnte auf. »Tust du jetzt alles, was er sagt? Ist es das, was du werden willst? Eine Marionette?«

Mit einem Zögern, das in jeder ihrer Bewegungen spürbar war, hob sie den Streitkolben. Ihr erster Schlag gegen Keno war zögerlich, fast als hoffte sie insgeheim, dass dieser Albtraum ein Ende finden würde, bevor sie weitermachen musste. Doch als keine Rettung kam, kein Wunder geschehen zu sein schien, festigte sich ihre Entschlossenheit auf tragische Weise. »Wenn der Puppenspieler höchstpersönlich einen auswählt, sollte man vielleicht gehorchen.«

»Du kannst das besser, Pupetta. Du kannst fester zuschlagen, ich weiß das.« Ich trat hinter sie, aber widerstand dem Drang, sie zu berühren, um sie in die richtige Richtung zu schubsen. Stattdessen vertraute ich darauf, dass sie wusste, was zu tun war.

Sie atmete tief durch. Die Schläge, die folgten, waren geprägt von einer verzweifelten Entschlossenheit. Jeder Aufprall war ein Echo ihres inneren Konflikts, ein körperlicher Ausdruck der Zerrissenheit, die sie empfand.

»So ist es gut«, raunte ich dicht hinter ihr.

Immer wieder wimmerte Keno auf. »Hör auf damit. Er benutzt dich.«

Sie war keine Idiotin. Sicherlich wusste sie, dass ich sie in diesem Moment formte, denn das war es, was ich schon die ganze Zeit tat. Ich prägte sie. »Du bist die Anführerin, Bella.« Mit jedem Schlag, der auf Keno niederging, schien ein Teil ihrer Menschlichkeit, ihrer Seele, mit ihm zu brechen. Die Luft im Keller wurde schwer mit dem Gewicht der Tat, eine stumme Zeugin der Verzweiflung und des Schmerzes, der sich in den dunklen Winkeln des Raumes niederließ. »Lea ist die Abhängige, auf mehr als eine Art, und Cara ist das Naivchen. Aber du bist die Anführin. Du lenkst und steuerst sie.«

Bella setzte ihre Aufgabe mit einer Entschlossenheit fort, die in krassem Gegensatz zu ihrem inneren Widerwillen stand. Ich beobachtete sie, ein Gefühl des Stolzes erfüllte mich angesichts ihrer Fähigkeit, den Befehlen zu folgen, die ich ihr gegeben hatte. Es war eine dunkle Art von Zufriedenheit, die ich empfand, zu sehen, wie sie sich meiner Anleitung fügte und das tat, was von ihr verlangt wurde, trotz der offensichtlichen Qualen, die es ihr bereitete.

»Sorg dafür, dass deine schwachen Freundinnen sicher sind.« Mit dieser Genugtuung im Herzen wandte ich mich dem Schrank zu und entnahm ihm einen Dolch. Das Metall glänzte im schwachen Licht des Kellers. Ich ging zurück zu Bella, deren Atem hektisch ging und in deren Augen sich eine wilde Panik spiegelte. Sanft, aber bestimmt nahm ich den Streitkolben aus ihrer zitternden Hand und ersetzte ihn durch den Dolch. »Stich zu. Tu es mehr als einmal.« Wir konnten ihn nicht länger mitschleppen. Er musste sterben.

»Ich kann das nicht.« Immer wieder schüttelte sie den Kopf.

Dann trat ich neben Bella. Mitleidig musterte ich sie. »Ich habe dir Mauro gegeben. Soll ich ihn dir wieder nehmen?« Ihre Augen weiteten sich beim Anblick des Dolches und für einen Moment konnte ich die nackte Angst in ihnen sehen, die Furcht vor dem, was als Nächstes kommen würde. Doch trotz der offensichtlichen Panik, die sie ergriffen hatte, war ich mir sicher, dass sie in der Lage sein würde, diese weitere Prüfung zu bestehen. In meiner verzerrten Wahrnehmung ihrer Fähigkeiten sah ich in ihr nicht nur das Potenzial zur Gehorsamkeit, sondern auch die innere Stärke, die es ihr ermöglichen würde, auch diese dunkle Aufgabe zu erfüllen. »Möchtest du vollkommen allein sein, Bella?«

Es war ein verstörender Moment der Klarheit, in dem ich erkannte, wie tief ich in diese Spirale der Kontrolle und des Einflusses verstrickt war, wie sehr ich bereit war, die Grenzen der Moral zu überschreiten, um meine eigenen Ziele zu erreichen.

Bella stand da, der Dolch fest in ihrer zitternden Hand, und in ihren Augen lag ein Kampf zwischen Verzweiflung und Entschlossenheit. Mit einer Mischung aus Angst und Entschiedenheit stach sie zu, jede Bewegung getrieben von dem dringenden Bedürfnis, aus dieser Hölle zu entkommen.

Die ersten Stiche waren zögerlich, geprägt von der inneren Qual, die diese Tat für sie bedeutete. Doch mit jedem weiteren Zustoßen schien sie sich mehr in die düstere Rolle zu finden, die ihr aufgezwungen wurde. Die Schreie Kenos erfüllten den Raum, ein grausames Echo der Gewalt, die sich in diesem Keller abspielte.

»Das machst du so gut. Weiter.«

Die Stiche wurden fester, entschlossener, während Kenos Schreie allmählich in ein ersticktes Wimmern übergingen und schließlich ganz verstummten. »Nimm mir nicht Mauro.« Die Stille, die folgte, war erdrückend.

»Wenn du ein braves Mädchen bist, dann kannst du alles von mir haben.«

Erschöpft, emotional am Ende ihrer Kräfte, brach Bella neben Keno zusammen. Ihr Körper zitterte vor Schock und Erschöpfung, während Tränen der Verzweiflung und des Schmerzes unaufhaltsam über ihre Wangen strömten. In diesem Moment, neben dem leblosen Körper Kenos, wurde die ganze Tragweite dessen, was sie getan hatte, überwältigend real. Sie hatte sich und Mauro vielleicht eine Chance auf Rettung erkämpft, doch der Preis, den sie dafür zahlen musste, war ihre eigene Unschuld und ein Stück ihrer Seele, das sie nie wieder zurückbekommen würde. Mit einer Mischung aus Bewunderung und einem tiefen Gefühl der Verbundenheit kniete ich mich neben sie, deren Körper von hemmungslosen Schluchzern geschüttelt wurde.

Vorsichtig legte ich meine Arme um sie, bot ihr einen Halt in diesem Meer aus Verzweiflung und Schmerz, in dem sie zu ertrinken drohte. Ihre Tränen benetzten mein Hemd.

»Ich bin sehr stolz auf dich, das hat dich viel Überwindung gekostet. Nicht wahr?«

Trotz der Grausamkeit der Prüfung, die sie bestehen musste, hatte sie eine Stärke und Entschlossenheit gezeigt, die weit über das hinausging, was ich von ihr erwartet hatte. Ihre Tränen, so schmerzhaft und roh sie auch waren, zeugten von der Menschlichkeit, die trotz allem in ihr erhalten geblieben war. Und in diesem Moment des tiefen emotionalen Austauschs fühlte ich eine Verbindung zu Bella, die sich nicht in Worte fassen ließ. Ihre Fähigkeit, sich den dunkelsten Herausforderungen zu stellen und dennoch weiterzumachen, weckte in mir eine Bewunderung und Zuneigung, die ich bisher nicht gekannt hatte.

»Manchmal müssen wir Dinge tun, die uns widerstreben, um uns selbst zu retten.« Bella machte mich so stolz, dass ich in diesem Moment bereit war, ihr alles zu geben, was sie verlangen würde. Es war, als ob ihre Tapferkeit und ihr Durchhaltevermögen alles in den Schatten stellten, und ich wollte nichts mehr, als sie vor weiterem Leid zu bewahren und ihr zu geben, was immer sie brauchte, um den Schmerz zu lindern. »Ich habe das tun müssen, als ich euch die Freiheit genommen habe, um euch vor euch selbst zu schützen. Ihr habt im Laufe der Zeit vergessen, wer ihr gewesen seid. Deswegen habe ich euch eine Rolle gegeben.«

Ich ließ meine Finger durch ihre dunklen Haare gleiten. Ihre Haare fühlten sich weich und seidig an unter meiner Berührung. Ich atmete tief ein, nahm den subtilen Duft wahr, der von ihr ausging – eine Mischung aus ihrem Shampoo und einer ganz eigenen Essenz, die unverkennbar Bella war. »Du bist die Kämpferin, die Rebellin.« Sie hatte das Potenzial, meine Lieblingspuppe zu werden.

KAPITEL SECHSUNDFÜNFZIG

LEA

Unter dem Einfluss der Tabletten, die durch meine Adern pulsierten und meine Wahrnehmung der Realität verzerrten, fühlte sich die Welt seltsam leicht und unbeschwert an. Ich lehnte mich lässig gegen die Wand von Bellas Schlafzimmer, mein Körper entspannt trotz der angespannten Atmosphäre, die den Raum erfüllte. Meine Augen glitten über die Szene vor mir: X, der auf einem Stuhl saß, und Bella, die neben Mauro stand, ihre Unsicherheit wie ein sichtbares Gewand um sie herum. »Also, was machen wir jetzt? Was wird das?«

»Ihr habt ein bisschen Spaß. Unterhaltet mich.« Benito lehnte sich zurück und überschlug die Beine.

Ein unkontrollierbares Grinsen breitete sich auf meinem Gesicht aus, jedes Mal, wenn der Raum leicht zu schwanken schien, die Farben intensiver leuchteten und die Schwerkraft ihren festen Griff zu verlieren schien. Alles fühlte sich surreal an, wie eine Szene aus einem Traum, in dem die Grenzen zwischen Realität und Fantasie verschwommen waren.

Getrieben von einer spontanen Laune, die die Pillen in mir hervorriefen, löste ich mich von der Wand und bewegte mich langsam auf Bella zu. Meine Bewegungen waren fließend, als würde ich durch Wasser gleiten, jede Geste verstärkt durch das High, das mich umfing. Als ich sie erreichte, streckte ich zögernd meine Hand aus und berührte ihre Haut, die unter meinen Fingerspitzen weich und warm war. »Das ist eine verrückte Idee, oder?«

»Ich wünschte, ich hätte auch die Pillen bekommen, die du hast.« Sie klang sarkastisch.

»Benito hat bestimmt noch welche für dich.« Über die Schulter schaute ich zu ihm. »Kriegt sie auch welche?«

Doch er schüttelte den Kopf. »Bella braucht das nicht. Sie ist die Kämpferin.«

Die Berührung fühlte sich intensiver an, als wäre jeder Nerv in meinem Körper empfänglicher für die kleinste Empfindung. Bellas Haut unter meinen Fingern war wie Seide und das einfache Streicheln schien eine Flut von Farben und Empfindungen in meinem Kopf auszulösen. In diesem Moment, in dem ich sie berührte, schien alles andere unwichtig zu werden, die Schwere der Situation, die uns umgab, verblasste im Hintergrund gegenüber der leichten, fast euphorischen Neugier, die mich erfüllte. Schließlich schweifte mein Blick zu Mauro. »Du bist doch nicht eifersüchtig, wenn ich sie küsse, oder?«

Zögerlich schüttelte er den Kopf. Möglicherweise lag es daran, dass ich eine Frau war, denn bei jedem Mann wäre er vermutlich durchgedreht.

Getrieben von dem unbeschwerten Gefühl, das das High in mir auslöste, und der Neugier, die nun an die Oberfläche drängte, fand ich mich plötzlich in einem Moment der Kühnheit wieder.

Ohne zu zögern und ohne ein Wort zu sagen, neigte ich

mich vor und drückte meine Lippen sanft auf ihre. »Ich wollte das schon ziemlich lange machen. Frag Keno«, sagte ich, als ich mich wieder von ihr löste, doch der Fehler fiel mir sofort auf. »Oh, kannst du ja nicht mehr. Er ist ja tot.«

»Verstehst du, was passiert ist?«

»Ich will es nicht verstehen, Bella. Ich will nur Benitos Aufgabe erfüllen. Mehr nicht.« Nach dem ersten, zögerlichen Kuss, der von einer Mischung aus Verlangen und Unsicherheit geprägt war, fühlte ich mich ermutigt durch Bellas Reaktion, die zwar überrascht, aber nicht abweisend war. Die Hemmungen, die mich zuvor zurückgehalten hatten, schienen wie weggewischt und ich gab mich dem Moment hin, getrieben von einer plötzlichen Welle der Leidenschaft.

Ich zog sie näher an mich heran und küsste sie erneut, diesmal mit einer Intensität und einem Verlangen, das keine Zweifel an meinen Gefühlen ließ. Der Kuss war tief und fordernd, ein stürmisches Meer aus Emotionen, das uns beide umfing. Meine Hände vergruben sich in ihren Haaren, während ihre Lippen auf meine reagierten, ein Tanz der Zuneigung, der in seiner Intensität fast überwältigend war.

Dann wandte ich mich Mauro zu, der die Szene mit einer Mischung aus Überraschung und unausgesprochenen Emotionen beobachtet hatte. Ohne ein weiteres Wort zu verlieren, trat ich an ihn heran und begann, ihm das Hemd auszuziehen. Meine Finger waren geschickt und entschlossen, als ich die Knöpfe öffnete und den Stoff zur Seite schob, um seine Haut freizulegen.

Die Atmosphäre im Raum war geladen mit einer elektrisierenden Spannung, einer Mischung aus Verlangen, Neugier und dem ungewissen Spiel der Macht und Hingabe, das sich zwischen uns entfaltete. Während ich

Mauros Hemd auszog und seine Haut berührte, spürte ich die Hitze seines Körpers, ein stummes Zeugnis der Emotionen, die unter der Oberfläche brodelten. Was X allerdings davon hatte, verstand ich nicht. Er sah uns zu, als würde er in einem Kino sitzen – als wäre das alles für ihn nur eine Vorstellung.

Bella beschleunigte die Sache und stieß Mauro auf das Bett, ehe sie sich mir wieder zuwandte. Über die Schulter schaute sie noch einmal zu ihm, ehe sie die Hände an meine Wangen legte. Sie zog mich näher an sich heran, bis unsere Gesichter nur noch wenige Zentimeter voneinander entfernt waren. Ihr Atem glitt über meine Haut. Langsam öffnete Bella die Lippen, ließ die Zunge zwischen ihnen hervorgleiten. Mir verlangte es ein tiefes Seufzen ab. Letztlich war ich es, die Bella die Hand in den Nacken legte und sie gierig an mich heranzog. Meine Hände wanderten über ihren Körper, was stets unter Mauros wachsamen Blicken geschah. Er und Benito schauten uns an und konnten die Faszination nicht verbergen.

Ich zog Bella den Slip aus und ließ ihn auf den Boden fallen. Mit einem Ruck drängte ich sie gegen den Bettpfosten und lenkte ihre Hände über den Kopf. Sie verschränkte sie um das Holz und lächelte herausfordernd. Dann widmete ich mich ihrer Mitte, ließ die Finger mit wechselndem Druck darüber gleiten. Jedes Mal, wenn Bella die Finger löste, ermahnte ich sie mit meinem Blick. Während meine Finger arbeiteten, zog ich sie näher an mich heran und küsste sie verlangender. Mauro beobachtete das Ganze mit einer Hingabe, die mich schmunzeln ließ. Er war so leicht zufriedenzustellen. Ob X es auch war?

Schließlich glitten meine Finger noch tiefer, zwischen Bellas Beine, aber sie wandte den Blick nicht von Mauro ab. Es war, als wollte sie, dass er ihr jede einzelne Sekunde dabei zusah. Machte es sie an, sich vorzustellen, was er wohl dachte? Wir sprachen kaum miteinander, was vermutlich auch besser war. Bellas Atem wurde immer schneller. Lautlos formten ihre Lippen Worte. Ich biss mir auf die Unterlippe.

Mein Griff wurde fester, aber Bella schaute weiterhin zu Mauro. Vielleicht schaute sie so sehr zu ihm, weil sie auf keinen Fall zu X blicken wollte. Möglicherweise musste sie es ausblenden, um das hier durchziehen zu können. Ihre Nippel richteten sich auf, zogen sich immer weiter zusammen, als sie unter den Berührungen aufstöhnte und den Kopf gegen den Bettpfosten fallen ließ. Mein Blick verharrte auf ihr, auf der Art, wie sie mir ihren Körper entgegenpresste und sich unter den Berührungen wand. Aus dem Augenwinkel bemerkte ich, wie Mauro aufstand und ihre Hände hinter dem Bettpfosten zusammenhielt.

»Du machst das gut«, raunte er, als er ihr zwischen die Beine griff und meine Bewegungen steuerte.

Kurz blickte ich zu Benito, der sich keinen Zentimeter bewegt hatte. Gefiel es ihm? Machte es ihn an? Ich hatte nicht den Hauch einer Ahnung, denn er saß vollkommen ausdruckslos da. Als ich vor ihr auf die Knie ging, sog sie die Luft scharf ein. Mauro hob Bellas Bein an, drückte sich dicht an ihren Körper.

»O mein Gott ...« Die Worte entwichen ihr, als meine Zunge über ihren Lustpunkt glitt. Doch nicht nur ihr schien es den Umständen entsprechend zu gefallen. Das Verlangen lag in reinster Form in seinen Augen. Ich konnte es blitzen sehen.

Böse Zungen würden über Bella sagen, dass sie eine Schlampe war. In den meisten Momenten sogar eine ziemlich verrückte Schlampe ... und ich würde dem vollkommen zustimmen. Die Art, wie sie Mauros Schwanz wichste, während ich sie mit der Zunge verwöhnte, sprach für Können – das Können einer Hure. Bella konnte sicherlich ein Lied davon singen. Schließlich legte Mauro ihr die Hand an den Hals und flüsterte ihr etwas zu. Sie nickte sofort und ließ die Hände sinken. Er legte sich zurück auf das Bett und beobachtete, wie sie aus der Nachttischschublade Handschellen holte.

Als Bella ihn an das Bett fesselte, kam mir der Gedanke, dass X das alles geplant hatte. Vermutlich hatte er jeden Gegenstand sorgsam platziert und nur die einzelnen Personen eingeweiht. Das würde zu seinem Spiel passen. Ich setzte mich neben sie und betrachtete die beiden. Bella reagierte immer erst, wenn er ihr Anweisungen gab, als würde sie die meiste Zeit einfach nur darauf vertrauen, dass er wusste, was er tat. Dann setzte sie sich auf seine Hüften und glitt über seinen Schwanz. Sie ritt ihn, aber sie schien dabei weniger auf ihn und mehr auf sich selbst zu achten. Die Fingernägel vergrub sie immer wieder in seiner Brust, was ihn dazu brachte, den Kopf zurückfallen zu lassen. Erst, als sie auf meinen Arsch schlug, rückte ich näher an ihn heran. Benito gab mir ein Zeichen, das unmissverständlich war.

Ich schluckte hart, ehe ich mich auf Mauros Gesicht setzte und Bella sowie Benito die ganze Zeit ansehen konnte. Es war ein seltsames Gefühl. Zugleich irgendwie berauschend, aber auch nicht. Mein Körper fühlte sich taub an, ebenso alle meine Emotionen. Es war eine Show. Es war das, was X von uns verlangte, ohne dass wir wirklich Freude daran hatten.

KAPITEL SIEBENUNDFÜNFZIG

X

In der Küche stand ich am Herd und kochte. Es war eine fast meditative Tätigkeit, die mich an ruhigere, unbeschwerte Zeiten erinnerte. Wie jeden Tag hatte ich beschlossen, nicht nur für mich, sondern auch für meine Mutter zu kochen, als eine Geste der Fürsorge und der Verbundenheit.

Nachdem das Essen fertig war, richtete ich sorgfältig zwei Teller an, legte Wert auf die Präsentation, als wollte ich durch diese Mahlzeit eine Brücke der Kommunikation und des Verständnisses bauen. Mit einem Lächeln auf den Lippen trug ich die Teller zum Tisch, wo meine Mutter bereits saß. Ich stellte einen der Teller behutsam vor ihr ab, in der Hoffnung, dass der Duft des frisch zubereiteten Essens ihr ein Lächeln entlocken würde. »Ich habe dir immer gesagt, dass Cara die richtige Frau für mich ist.«

Dann setzte ich mich und begann zu essen, immer wieder einen Blick zu meiner Mutter werfend, erwartungsvoll, dass sie ebenfalls beginnen würde. Doch zu meiner Überraschung und wachsenden Sorge rührte sie ihr Essen nicht an. Der Teller vor ihr blieb unberührt, als wäre das sorgfältig zubereitete Mahl nicht mehr als eine weitere Dekoration auf dem Tisch.

»Ich weiß, du hast sie für unscheinbar gehalten, aber so ist sie eigentlich nicht. Sie ist eine wirkliche Lady, nicht so eine Schlampe wie ihre Freundinnen. Die beiden kann man ja zu nichts gebrauchen.«

Die Abwesenheit von jeglicher Regung, die stille Weigerung, auch nur einen Bissen zu sich zu nehmen, hüllte den Raum in eine bedrückende Stille, die in krassem Gegensatz zur wärmenden Atmosphäre der Küche stand. Es war, als hätte sich eine unsichtbare Barriere zwischen uns aufgebaut, die ich mit all meiner Fürsorge und meinem guten Willen nicht zu durchbrechen vermochte. »Ja, ich weiß, so was willst du nicht aus meinem Mund hören, aber es ist die Wahrheit, Mamma.«

Meine Mutter hatte schon immer eine kritische Ader gehabt, besonders wenn es um Entscheidungen ging, die mein Leben und meine Zukunft betrafen. Ihre Meinungen waren oft von einer Mischung aus Sorge und hohen Erwartungen geprägt, und obwohl ich wusste, dass ihre Bedenken aus Liebe kamen, machte mich die Vorstellung, ihre möglicherweise skeptische Reaktion auf meine Pläne mit Cara zu hören, nervös. »Wir werden heiraten, dafür hat sich der Aufwand gelohnt.«

Die Beziehung zu Cara war mir wichtig und die Vision, die wir für unsere gemeinsame Zukunft hatten, war etwas, das mich mit Überzeugung und Hoffnung erfüllte. Doch die Sorge, wie meine Mutter darauf reagieren würde, ließ einen Schatten über diese hoffnungsvollen Gedanken fallen. Würde sie unsere Pläne unterstützen oder würde sie Einwände erheben, die aus ihrer Sicht vielleicht vernünftig, für mich aber hinderlich waren? »Sie wäre niemals ohne ihre

Freundinnen gegangen und jetzt sind wir alle hier. Ich habe ihnen einen Gefallen getan.«

Ich spielte in Gedanken verschiedene Szenarien durch, wie ich das Thema ansprechen könnte, suchte nach den richtigen Worten, die meine Entschlossenheit und meine Gefühle für Cara zum Ausdruck brachten, ohne dabei an der kritischen Haltung meiner Mutter Anstoß zu erregen. Es war ein Balanceakt, der Fingerspitzengefühl und Mut erforderte, besonders in Anbetracht der stummen Distanz, die sich gerade in der Küche zwischen uns aufgetan hatte. »Bist du heute gar nicht hungrig? Probier es wenigstens mal.«

Es war, als ob sich plötzlich alle Puzzleteile meines Lebens zu einem stimmigen Bild zusammenfügten, in dem jeder Aspekt harmonisch ineinandergriff.

Cara, die Lichtgestalt in meinem Leben, stand fest an meiner Seite, ein Fels in der Brandung, der mir Halt und Geborgenheit bot. Die Aussicht, gemeinsam mit ihr durch das Leben zu gehen, erfüllte mich mit einer tiefen Freude und einem Optimismus, der lange Zeit in mir geschlummert hatte. »Ich bin wirklich glücklich, Mamma. Das erfüllt mich alles.«

Lea fand sich zunehmend in der Rolle, die das Schicksal für sie vorgesehen hatte. Ihre Entwicklung und Anpassungsfähigkeit, die Art und Weise, wie sie sich den Herausforderungen stellte und daraus lernte, weckte in mir eine Art von stolzer Bewunderung. Es war, als würde sie vor meinen Augen wachsen, sich entfalten und ihre eigene Stärke entdecken.

Bella, das wilde und ungestüme Wesen, dessen Feuer so schwer zu zähmen war, ließ sich nun kontrollieren, fügte sich in das fein gesponnene Netz aus Beziehungen und Abhängigkeiten. Ihre Bereitschaft, sich in gewisser Weise zu fügen, war ein Zeichen dafür, dass auch sie ihren Platz in diesem komplexen Geflecht gefunden hatte, eine Rolle, die ihr, so widersprüchlich es auch klingen mag, eine gewisse Art von Freiheit bot. »Es macht mich so viel zufriedener, als ich jemals geglaubt hätte, Mamma.«

KAPITEL ACHTUNDFÜNFZIG

BELLA

Die Wände des Raumes schienen mit jeder Sekunde näher zu rücken, eine erdrückende Enge, die meinen Atem zu stehlen drohte. Angst kroch in mir hoch, ein wachsendes Gefühl der Verzweiflung und der Hilflosigkeit, das mich zu überwältigen drohte. Ich konnte das Eingesperrtsein nicht mehr ertragen, diese unerbittliche Isolation. »Ich werde durchdrehen. Ich halte das nicht mehr aus, Mauro.« Mit jedem Atemzug wuchs die Panik, ein wildes Tier, das in meiner Brust tobte und nach Freiheit verlangte. Ich begann, unruhig hin und her zu laufen, meine Bewegungen ziellos und getrieben von der verzweifelten Suche nach einem Ausweg. Meine Hände zitterten, während ich die Wände abtastete, als könnte ich eine verborgene Tür finden, die mir bisher entgangen war. »Ich muss hier raus. Ich muss endlich mit Lea und Cara reden.«

»Du musst mal durchatmen.« In diesem Moment der zunehmenden Verzweiflung spürte ich, wie Mauro mich von hinten ergriff. Seine Arme umklammerten mich fest.

»Solange wir hier sind und er uns einsperrt, sind wir sicher. Jetzt tut er uns nichts.«

»Aber vielleicht tut er Lea oder Cara etwas.«

»Du hast gesagt, dass er Cara begehrt«, erinnerte er mich mit ruhiger Stimme.

»Aber Lea nicht.« Sie sah er auf eine seltsame Art an, die mich mit jedem weiteren Gedanken daran immer unruhiger werden ließ.

»Sie ist high. Egal, was geschieht, sie wird damit umgehen können.« Mauros Nähe, sein Versuch, mich zu beruhigen, war wie ein Anker in dem stürmischen Meer meiner Emotionen. Trotz der Intensität meiner Angst und meines Verlangens nach Freiheit spürte ich allmählich, wie seine Präsenz eine beruhigende Wirkung auf mich hatte. Seine Umarmung bot mir einen Halt, einen Punkt der Orientierung in dem Chaos, das mich zu verschlingen drohte.

»Ich kann das alles nicht mehr.« Während ich in seinen Armen stand, begann mein Atem sich langsam zu beruhigen, mein Herzschlag verlangsamte sich, und die unmittelbare Panik begann nachzulassen. Es war keine vollständige Erlösung von der Beklemmung, die mich gefangen hielt, aber Mauros Eingreifen gab mir die Möglichkeit, durchzuatmen, einen Moment der Ruhe in der unerträglichen Situation zu finden. »Hol Luft. Ganz langsam einatmen und wieder ausatmen.« Er machte es mir vor. »Wir werden hier rauskommen, Bella.«

»Ich glaube mit jedem Tag weniger daran.« Wir taten so viele Dinge, die uns immer weiter von den Menschen entfernten, die wir gewesen waren. Wie sollten wir jemals wieder in unser Leben zurückkehren?

Ganz nah an meinem Ohr konnte ich seinen regelmäßigen Atem hören. »Wir werden rauskommen, das habe ich dir versprochen. Irgendwann wird er unvorsichtig werden und dann nutzen wir die Chance.«

»Aber merkst du nicht, was er mit unseren Köpfen macht?«

»Doch, natürlich. Wenn diese Gedanken in mir aufkommen, dass wir niemals hier rauskommen, dann stelle ich mir vor, wie unser Leben aussieht, wenn es so weit ist.« In einem bewussten Versuch, die wachsende Unruhe in mir zu dämpfen, begann ich, mich auf seinen Atem zu konzentrieren, auf das sanfte Ein- und Ausströmen der Luft. Langsam, mit jeder Einatmung, versuchte ich, meinen Atem an den seinen anzupassen, seine Ruhe zu meiner zu machen. Es war, als würde ich mich an einem unsichtbaren Faden entlangtasten, der mich aus der Dunkelheit meiner Angst herausführte. »Verstehst du, was ich meine? Es ist keine Ob-Frage, sondern eine Wenn-Frage.«

»Was stellst du dir dann vor?«

»Unser neues Zuhause. Wir werden umziehen, das Haus einrichten, so wie du es dir immer vorgestellt hast. Die Möbel werden weiß sein, es wird einen Wintergarten geben, in dem dein Schreibtisch steht, sodass du beim Schreiben immer nach draußen schauen kannst.« Mit jeder gemeinsamen Atembewegung fühlte ich, wie ein Teil der Beklemmung von mir abfiel, wie die enge Umklammerung der Angst nachließ und Platz machte für ein Gefühl der Sicherheit. Mauros stetiger Atem an meinem Ohr wurde zu einem Anker, zu einem leisen Versprechen, dass nicht alles verloren war, dass es einen Weg geben würde, diese Flut der Emotionen zu überstehen.

»Das klingt schön.«

»Es wird vier Kinderzimmer geben. Jedes wird so eingerichtet, wie die Kinder es sich vorstellen. Egal, welche Frage oder welches Thema. Sie haben die freie Wahl.«

»Wieso vier? Du hast nur drei Kinder.«

»Für unser Baby«, sagte er und legte den Kopf in meiner Halsbeuge ab.

Bis zu diesem Moment hatte ich, ehrlicherweise, meine Zweifel gehegt, ob er jemals bereit sein würde, den entscheidenden Schritt zu wagen und sich von Lucia zu lösen. Diese Zweifel hatten wie ein Schatten über meinen Hoffnungen und Träumen gehangen, sie gedämpft und manchmal sogar zum Verstummen gebracht. »Du möchtest das?«

»Wenn wir hier rauskommen, dann ist das mein Plan unseres Lebens. Das ist der Wunsch, den ich immer hatte. Ich wollte immer eine Familie mit dir, ein Haus, einfach glücklich sein.«

»Das klingt wundervoll.«

Doch hier stand er nun vor mir, sprach mit einer Klarheit und Entschlossenheit, die keinen Raum für Unsicherheit ließ. Er skizzierte eine Zukunft, in der wir nicht nur gemeinsam waren, sondern in der wir ein Leben aufbauten, das von tiefer Verbundenheit, Zielen und geteilten Träumen geprägt war. Es war, als würde er ein Bild malen, in dem jeder Strich, jede Farbe darauf abgestimmt war, unsere beider Sehnsüchte und Hoffnungen widerzuspiegeln. »Das wird die Realität werden, Bella. Ich spüre das. Es wird alles gut werden.«

Vorsichtig streichelte ich über seine Arme, die um meinen Bauch geschlungen waren. »Ich hoffe es.«

»Wir haben uns, das ist das Wichtigste.« In seinen Worten fand ich die Bestätigung, die ich so lange gesucht hatte, das feste Versprechen, dass die Gefühle, die ich für ihn hegte, erwidert wurden. Die Details, die er beschrieb, von unserem Zuhause bis zu den kleinen Alltagsmomenten, die wir teilen würden, sprachen von einer durchdachten und tief empfundenen Hingabe. »Das ist alles, was zählt. Er kann es uns nicht nehmen.«

Diese Offenbarung ließ mein Herz schneller schlagen, erfüllte mich mit einem neuen Gefühl der Hoffnung und des Mutes. Die Barriere der Skepsis, die ich um mein Herz errichtet hatte, begann zu bröckeln, ersetzt durch die wachsende Gewissheit, dass das, was wir hatten, echt war und das Potenzial hatte, zu etwas noch Größerem zu wachsen.

KAPITEL NEUNUNDFÜNFZIG

CARA

In der Stille der Küche, nur begleitet vom leisen Murmeln der Kaffeemaschine, stand ich da, eine dampfende Tasse Kaffee in den Händen haltend. Ein unerwartetes und verwirrendes Gefühl hatte sich in mir breitgemacht, eine Art von Anziehung zu X, die ich mir selbst kaum eingestehen konnte.

Es war ein Gefühl, das gegen jede Vernunft, gegen jedes moralische Empfinden in mir rebellierte. X, der so viele Facetten meines Lebens durcheinandergebracht und mich vor unvorstellbare Herausforderungen gestellt hatte, sollte die letzte Person sein, zu der ich mich hingezogen fühlte. Und doch, in den unergründlichen Tiefen meines Herzens, konnte ich nicht leugnen, dass da etwas war, eine Art magnetischer Zug, der mich trotz all meiner Widerstände zu ihm hinzog.

Ich nahm einen Schluck, ließ die Wärme sich in mir ausbreiten, in der Hoffnung, sie könnte die Kälte vertreiben, die diese Erkenntnis in mir hinterlassen hatte. Die Komplexität meiner Gefühle ließ mich zweifeln, brachte die festen Überzeugungen, die ich über mich selbst und meine Fähigkeit, klare Entscheidungen zu treffen, hatte, ins Wanken.

Dieses Gefühl, so falsch es auch sein mochte, war nicht zu leugnen, ein stilles Flüstern im Hintergrund meines Bewusstseins, das immer lauter wurde, je mehr ich versuchte, es zu ignorieren. Die Vorstellung, dass zwischen all den Spannungen, den Konflikten und den Machtkämpfen, die unsere Interaktionen definierten, eine seltsame Form der Verbundenheit bestehen könnte, war beunruhigend und zugleich faszinierend.

Mich ließ der Gedanke an den Kuss nicht los. Es war ein Moment, eingefangen in der Zeit, der immer wieder in meinen Gedanken auftauchte, als wäre er gerade erst geschehen. Die Erinnerung daran ließ mein Herz schneller schlagen, eine süße Qual, die mich mit einer Mischung aus Sehnsucht und Verwirrung erfüllte.

Ich erinnerte mich an das Gefühl seiner Lippen auf meinen, zart und doch so voller unausgesprochener Versprechen, die in diesem einen flüchtigen Kontakt verborgen lagen. Es war, als hätte sich in diesem Augenblick die ganze Welt um uns herum aufgelöst, und es gab nur noch uns beide, verloren in der Tiefe eines Kusses, der mehr sagte als tausend Worte.

Die Erinnerung an die Weichheit meiner Knie war lebhaft in meinem Gedächtnis verankert. Ich hatte mich gefühlt, als würde der Boden unter mir nachgeben, als könnte ich jederzeit zusammenbrechen, nicht wegen Schwäche, sondern wegen der überwältigenden Intensität des Gefühls, das mich durchströmte. Es war ein Gefühl der Verletzlichkeit und zugleich der tiefen Verbindung, eine körperliche Reaktion, die die emotionale Turbulenz widerspiegelte, die der Kuss in mir ausgelöst hatte.

Jedes Mal, wenn meine Gedanken zu diesem Moment zurückkehrten, spürte ich ein Ziehen in meinem Bauch, eine Sehnsucht, die schwer zu unterdrücken war. Der Kuss war wie ein Geheimnis, das wir beide teilten, eine stille Vereinbarung, die uns auf eine Weise verband, die ich noch nicht ganz verstand.

Die Erkenntnis, dass ich auch nur den Hauch von Sympathie für ihn empfinden könnte, ließ mich innerlich zurückschrecken. Ich wusste, dass jegliche Zuneigung oder gar Verständnis für ihn nicht nur unangebracht, sondern geradezu gefährlich war. Er war ein Psychopath, jemand, der uns ohne Zögern Schmerz und Leid zugefügt hatte, ein Manipulator, der Freude daraus zog, uns gegeneinander auszuspielen und zu quälen.

Mit jedem Atemzug versuchte ich, das Gefühl der Anziehung, das mich so verwirrt hatte, zu unterdrücken, es zu verbannen in die dunkelsten Ecken meines Bewusstseins. Ich sagte mir immer wieder, dass es krank wäre, auch nur den geringsten Funken von Sympathie für ihn zu empfinden. Wie konnte ich auch nur einen Moment lang vergessen, wer er war und was er getan hatte? Die Momente der Angst, des Schmerzes und der Verzweiflung, die er uns allen zugefügt hatte, waren Beweise genug für seine Grausamkeit.

Jeder Versuch, die Erinnerung an den Kuss zu romantisieren oder zu verklären, stieß auf die harte Realität seiner Taten. Es gab keinen Raum für Zuneigung in einem Herzen, das so viel Leid erfahren hatte, kein Verständnis für jemanden, dessen Handlungen jenseits jeglicher Menschlichkeit lagen. Die Vorstellung, auch nur den kleinsten Teil von mir mit ihm zu teilen, fühlte sich wie ein Verrat an mir selbst an, ein Verrat an all den Schmerzen, die er verursacht hatte.

In diesem inneren Kampf, in dem ich mich bemühte, die aufkeimenden Gefühle zu ersticken, wurde mir bewusst, wie wichtig es war, wachsam zu bleiben, mich nicht von momentanen Schwächen überwältigen zu lassen. Die Klarheit, die aus dieser Erkenntnis hervorging, war schmerzhaft, aber notwendig. Ich durfte nicht zulassen, dass seine Manipulationen mich so tief erreichten, dass ich das Ungeheuerliche seiner Taten vergaß. Die Erinnerung an den Kuss musste verblassen, überschrieben von der Wahrheit dessen, wer er wirklich war – ein Psychopath, der uns quälte und dem gegenüber jegliche Sympathie nicht nur unangebracht, sondern ein gefährlicher Irrtum war.

KAPITEL SECHZIG

X

Cara nahm meine Hand und erhob sich mit einem leichten Schwanken vom Stuhl. Wir hatten gemeinsam gegessen. Das gedämpfte Licht tauchte den Raum in ein Glühen und die leise Tango-Musik ließ mein Herz schneller schlagen. Unsere Augen trafen sich und es war, als würden wir durch Gedanken miteinander kommunizieren. »Ich hoffe, du tanzt Tango?«

Sie legte sanft ihre Hand auf meine Hüfte, ihre Berührung fühlte sich wie Feuer auf meiner Haut an. In meiner rechten Hand hielt ich ihr Schulterblatt. »Ist schon länger her, aber bekomme ich schon hin.« Sie lächelte. Die Musik floss weiter. Unsere Körper verschmolzen förmlich, als ob sie füreinander geschaffen wären.

Ihre Lippen waren nur einen Hauch von meinen entfernt und ich spürte die Hitze ihres Atems auf meiner Haut. »Du lässt dich gerne führen, hm?«

Ihre Augen strahlten eine tiefe Leidenschaft aus und zugleich eine Unnahbarkeit, die mich bannte. »Das kommt auf den Moment an«, erwiderte sie zaghaft.

Ich fing ihren Blick ein. Mit einem Ruck zog ich sie näher an mich heran. »Das passt gut, denn ich führe unheimlich gerne.« Alles wurde still um uns herum und es gab nur noch uns beide, die sich in dieser leidenschaftlichen Umarmung verloren hatten. Die Musik trieb uns weiter an, aber unsere Blicke hielten inne.

Unsere Beine fanden den Rhythmus des Tangos und wir tanzten im Einklang, als ob wir eine Symphonie aus Leidenschaft und Verlangen spielten.

»Danke.« Sie lächelte.

Jeder Schritt auf dem Parkettboden fühlte sich an wie ein elektrischer Schlag, der meine Haut erzittern ließ. Der Tango näherte sich seinem Höhepunkt und wir tanzten, als ob unser Leben davon abhing. Als die Musik schließlich verebbte, verharrten wir einen Augenblick in unserer innigen Umarmung, als ob wir den Zauber dieses Augenblicks für immer bewahren wollten. »Ich finde, wir haben genug getanzt«, raunte ich und drängte sie mit jedem Schritt weiter zur Wand.

»So? Was möchtest du stattdessen tun?« Sie legte den Kopf leicht in den Nacken, als ich meine Hände fester über ihre Hüften gleiten ließ.

Ich drehte sie und presste mich gegen sie. Wann war ich das letzte Mal so beeindruckt von einer Frau gewesen? Ich hatte nicht den Hauch einer Ahnung. »Ich möchte, dass du dein Kleid ausziehst und dich auf diesen Tisch setzt«, flüsterte ich gegen ihren Hals, ehe ich ihn hauchzart berührte.

Mit einem verführerischen Lächeln drehte sie sich um und begann langsam, die Träger ihres Kleides herunterzuziehen. Ihre Hände glitten über ihren Körper, als sie das Material des Kleides von den Schultern gleiten ließ. Das Kleid fiel wie ein schwebender Schleier auf den Boden und ich folgte jeder ihrer Bewegungen. Die Seidenstrümpfe reichten bis auf die Hälfte ihrer Oberschenkel und umspielten ihre Beine. Beides hatte ich ihr vor dem Treffen gebracht. Ich schluckte hart. Sie war nicht real, oder? Wie konnte sie so perfekt sein und noch genug Köpfchen und Klasse besitzen, um mich wirklich zu fesseln? Das seidige Material glänzte im Licht der Leuchter. Die Strümpfe, die an einem Strumpfhalter befestigt waren, zogen meinen Blick auf sich und verliehen ihr einen Hauch von sinnlicher Eleganz. Ihr Körper war nur noch in Dessous gehüllt. Mein Schwanz wurde mit jeder Sekunde härter, ohne dass sie mich berührte. Es war ihr Blick, der vollkommen ausreichte.

»Bist du immer so gut vorbereitet?«, fragte ich nach.

Sie trat näher an mich heran und knöpfte mein Hemd auf, während sie sprach: »Du hast dafür gesorgt.«

Ich hielt sie fest, als sie sich auf den Tisch setzen wollte. Meine Meinung hatte ich schon vor einigen Minuten geändert. Ich wollte sie bei mir haben. So dicht bei mir. »Wenn ich dich so ansehe, habe ich tausende Ideen, wie wir die Nacht verbringen könnten, Pupetta.« Ich drängte sie gegen den Tisch und ließ meine Hand über ihren Bauch gleiten. An der Naht ihres Slips hielt ich kurz inne, ehe ich meine Finger hineingleiten ließ. War sie mit diesem Vorsatz in die Bar gekommen? Ich bewegte meine Finger langsam, wollte jede Sekunde auskosten.

Mit einem leisen Stöhnen ließ sie den Kopf gegen meine Brust sinken. »Ich weiß nicht, ob das richtig wäre.«

»Dann vertrau mir. Ich bin mir sicher.«

Sie atmete schwerer, als sie sich mit beiden Armen auf den Tisch stützte. Sie stieß den Satz so leise aus, dass es beinahe ein Hauchen war. Die Art, wie sie sich immer wieder gegen die Bar lehnte und den Kopf in den Nacken fallen ließ, ließ mich beinahe schwach werden.

»Du fühlst dich verdammt gut an.« Ich konnte mich nicht konzentrieren, wenn ich daran dachte, wie sie sich auf die Lippe biss, wie sie nachdachte und das Feuer in ihr aufflammte. »Erzähl mir, woran du denkst.« Mein Herz pochte heftiger gegen die Brust, als ich den Blick nicht mehr abwandte.

»Das kann ich nicht mit gutem Gewissen tun.« Unsicher schüttelte sie den Kopf. »Immerhin kenne ich dich doch gar nicht richtig.«

Ich stieß ein Lachen aus. »Es reicht, wenn ich alles über dich weiß.« Ich hatte nicht gescherzt, als ich sie aufgefordert hatte, es mir zu sagen. »Ich will es hören, Cara.« Oh, ich wollte jedes Wort hören, das aus ihrem Mund kam, jeden noch so schmutzigen Gedanken, der sich in ihr ausbreitete. Denn ich sah ihr an, dass Abgründe in ihr existierten, und ich wollte, dass sie es aussprach.

»Ich habe darüber nachgedacht, wie gerne ich dich jetzt in mir spüren würde und wie oft ich daran denken würde, wenn ich hier an dem Tisch sitze.« Ein leises Seufzen entwich uns zeitgleich, als ich ihre Hand zu meinem Schwanz führte.

»Dreh dich langsam um«, forderte ich sie auf. Ich wollte sie ansehen und keine einzige Sekunde davon verpassen.

»Warum?« Sie sah mich an, als keimte in ihr die Angst, dass sie etwas falsch gemacht hatte. Doch das hatte sie nicht. Ich wollte nur noch mehr von ihr sehen.

»Hör auf mich.« Ich durchbohrte sie beinahe mit meinem Blick, bis sie tat, was ich befohlen hatte. »Zieh den BH aus und lass ihn auf den Boden fallen«, herrschte ich sie an.

Sie wandte den Blick nicht von mir ab, als sie die Hände nach hinten führte und die Haken öffnete. Dann schlich sich das Lächeln, das mich so fasziniert hatte, wieder auf ihre Lippen und ich war mir sicher, dass ich nicht noch härter werden konnte. Der BH fiel schließlich auf den Boden, ebenso wie meine Selbstbeherrschung.

»Und jetzt den Slip.« Ich war ein Gentleman, aber meine Besonnenheit hatte in der Sekunde geendet, als sie mich mit diesem Blick bedacht hatte. Gott, diese Augen machten mich so unfassbar schwach.

Nervös biss sie sich auf die Unterlippe, ohne dabei den Blickkontakt zu mir zu verlieren. Sie löste die Haken, die die Strümpfe hielten und ließ ihren Slip auf den Boden gleiten. Dann streckte sie die Arme nach hinten aus und lehnte sich weiter auf den Tisch. »Und was jetzt, Benito?« Herausfordernd funkelte sie mich an.

Ich schloss den Abstand zwischen uns wieder und legte meine Hand an ihren Hals. Ihre Wangen waren gerötet und einige der kupferfarbenen Strähnen fielen über ihr Gesicht. Meine Augen glitten tiefer, blieben an ihren Brüsten hängen. Ich legte meine Hand auf ihre Brust und glitt mit dem Daumen über ihren Nippel.

Ihr Atem streifte meine Lippen. Ohne länger darüber nachzudenken, ließ ich meine Hand zu ihrem Hintern gleiten und fasste fester zu. Und dann küsste ich sie endlich, denn ich hielt es selbst nicht mehr aus, noch eine Sekunde länger zu warten. Mit der gleichen Leidenschaft, wie ich sie an den Tag legte, erwiderte sie den Kuss und öffnete bereitwillig ihre Lippen, um meiner drängenden Zunge Einlass zu gewähren. Ich zögerte nicht, sondern vergrub meine Hände in ihrem Haar.

Ich gab sie nicht frei, drängte sie so weit zurück, dass sie sich mir entgegenbog. Entschlossen strichen meine Finger ihr Kinn entlang, hinab zu ihrem Hals. Am Ansatz ihrer Brüste hielt ich kurz inne, baute die Spannung zwischen uns weiter auf, bis ich sie knetete. Ein leises Aufstöhnen entwich ihrer Kehle, als ich fester zufasste. Ihr Körper bäumte sich auf und sie presste sich unweigerlich gegen mich. Oh, sicher konnte sie meinen harten Schwanz spüren. Ich strich neckend über ihre Mitte, bis zu ihrer Klitoris, über die ich mit leicht wachsendem Druck so lange rieb, bis sie aufstöhnte und sowohl meinen Gürtel als auch meine Hose öffnete.

»Das fühlt sich gut an«, raunte sie und ließ den Kopf gegen meine Brust sinken.

Mit beiden Händen hob ich sie auf meine Hüfte, ließ meine Hand über ihren Körper wandern. Als mein Schwanz in sie eindrang, krallte sie ihre Hände in meinen Nacken. Immer wieder neckte ich sie mit meinem Penis, indem ich ihn kurz eintauchen ließ und mich dann wieder zurückzog.

Mit einem schnellen Stoß drang ich in sie ein. Die Kraft, ihr etwas Zeit zu geben, um sich an meine Größe zu gewöhnen, konnte ich nicht lange aufbringen. Immer schneller und kraftvoller drang ich in sie ein, presste ihren Körper mit jedem Stoß gegen den Tisch.

»Härter«, wimmerte sie, während sie sich um meinen Penis zusammenzog.

Meine Stöße büßten keinerlei Tempo ein. Ich vergrub meine Hand zwischen uns und rieb mit leichtem Druck über ihren Lustpunkt. Es dauerte nicht lange, bis sie die Augen schloss und mit leicht geöffnetem Mund und ekstatischem Gesichtsausdruck von einer Welle der Lust mitgerissen wurde. Das Gefühl berauschte sie, was möglicherweise daran lag, dass ich nicht den Gedanken hatte, jetzt schon aufzuhören.

Ich rieb und bewegte mich im gleichen Takt weiter, obwohl ihr Körper unkontrolliert zuckte und sich immer enger um meinen Penis zusammenzog. Cara warf den Kopf in den Nacken und stöhnte auf. Mein kehliger Laut riss mich in die Realität zurück, als ich kam. Mit rasendem Puls und wild pochendem Herzen sackte ich gegen sie und senkte meine Stirn gegen ihre

KAPITEL EINUNDSECHZIG

LEA

Mein Körper rebellierte gegen das Fehlen der Tabletten und jede Faser meines Seins schien in Aufruhr zu sein. Ein ständiges Jucken unter meiner Haut, eine unerträgliche Unruhe, die mich dazu trieb, nach einer Linderung zu suchen, von der ich wusste, dass sie nicht kommen würde. Er verweigerte sie mir schon wieder. Ich war dieses Spiel so leid.

In einem fast tranceartigen Zustand begann ich, mich an den Armen zu kratzen, in dem verzweifelten Versuch, das Brennen, das sich unter meiner Haut ausbreitete, zu beruhigen. Die Aktion des Kratzens bot einen flüchtigen Moment der Erleichterung, aber er war trügerisch, denn er verstärkte nur die Spirale aus Schmerz und Verzweiflung, in der ich gefangen war.

Gerade als ich dachte, dass ich dem Druck nicht mehr standhalten könnte, öffnete sich die Tür und Bella trat ein. Ihr Erscheinen war wie ein Lichtstrahl in der Dunkelheit. Der Anblick ihres besorgten Gesichts, ihre Anwesenheit in diesem Raum der Qual, ließ mich innehalten, brachte einen

Moment der Klarheit in den Nebel meines Geistes. »Oh, zum Glück lebst du.«

»Es fühlt sich in den meisten Momenten nicht so an«, gab ich kleinlaut zu. Ich konnte mich selbst nicht mehr wiedererkennen. Alles fühlte sich falsch an.

»Du siehst wirklich elend aus.«

»Er hat mich seit zwei Tagen nicht rausgelassen. Wieso durftest du herkommen?« Ein Gefühl der Erleichterung durchflutete mich, fast als hätte ich auf ein Zeichen gewartet, dass ich nicht allein war in diesem Kampf. Bellas Anwesenheit war wie ein Anker, der mich zurück in die Realität zog, weg von dem Abgrund, an dessen Rand ich getaumelt war.

»Er wollte es«, meinte sie und setzte sich neben mir auf den Boden.

»Das ist bestimmt ein Trick.« Alles in diesem Puppenhaus war ein Trick. Vielleicht waren es auch nur die Stricke, die uns Marionetten steuerten.

Als Bella näher zu mir rutschte, legte sie ihre Hände sanft an meine Wangen, zwang mich, ihren besorgten Blick zu erwidern. Ihre Berührung war sanft, aber ihre Augen drangen tief in mich ein, als wollte sie mir ohne Worte vermitteln, wie ernst die Lage war und wie wichtig es war, dass ich einen Weg fand, mich aus der Dunkelheit des Entzugs zu befreien. »Du musst clean werden. Wir brauchen dich.«

»Das bringt doch alles nichts. Er ist uns hundert Schritte voraus.«

Sie schüttelte den Kopf. »Ich glaube, das ist eine Illusion, die er erzeugt. In Wahrheit ist er bestimmt gar nicht so schlau.«

»Er tut wirklich schlimme Dinge.« In diesem Moment, gefangen in ihrem Blick, konnte ich nicht anders, als die

Wahrheit ihrer unausgesprochenen Worte zu erkennen. Ich wusste, sie hatte recht. Der Weg zur Besserung, zum Clean-Werden, war nicht nur notwendig, sondern überlebenswichtig. Doch die Last der Umstände, unter denen ich stand, erschien mir nahezu unüberwindbar. Die Trauer um meinen verstorbenen Mann, ein Schmerz, der tief in meinem Herzen vergraben lag, und die Angst um meinen Hund, der sich in X' Gewalt befand, waren erdrückende Realitäten, die meine Welt verdunkelten.

»Das darf uns keine Angst machen. Wir müssen zusammenhalten, okay? Wir müssen einen Weg suchen, wie wir hier rauskommen.«

Wenn ich sie ansah, dann kam ich nicht umhin, ihre Stärke zu bemerken. Es war etwas in ihrer Haltung, das ich nur bewundern konnte. Diese Stärke, das Durchhaltevermögen … Ich wünschte, ich hätte nur einen Hauch davon. »Warum bist du so stark? Ich kann das alles kaum ertragen.«

»Ich auch nicht. Aber Aufgeben ist auch keine Option.«

»Es wirkt aber so verlockend.« Ich wollte aufgeben, vielleicht nicht sterben, aber mich zumindest so betäuben, dass ich nicht darüber nachdenken musste, was mit Keno geschehen war. Und wenn der Gedanke mich nicht quälte, dann die Frage, wo Gilbert sich befand.

Bellas eindringlicher Blick und ihre warmen Hände an meinen Wangen boten einen Kontrast zu der Kälte und der Verzweiflung, die mich umgaben. »Baby, das wird wieder. Ich verspreche es dir. Hör auf, die Tabletten zu nehmen und konzentriere dich. X wird nachlässig und sobald der Moment reif ist, müssen wir ihn nutzen.« In ihrer Geste lag nicht nur die Aufforderung, stark zu sein und den Kampf gegen die Abhängigkeit aufzunehmen, sondern auch ein Versprechen der Unterstützung, das unausgesprochen zwischen uns hing. Es war, als würde sie mir sagen, dass ich diesen Weg nicht allein gehen musste, dass es Menschen gab, die bereit waren, mich durch die dunkelsten Momente zu begleiten.

»Wenn wir scheitern, wird er uns umbringen.«

»Ich sterbe lieber, als für immer eine Puppe zu sein.« Die Last, die ich trug, war schwer, fast erdrückend in ihrer Intensität. Die Trauer, die Angst und die Unsicherheit bildeten einen stürmischen Ozean, in dem ich zu ertrinken drohte. Doch in Bellas Augen, in ihrer Berührung, fand ich einen Anker, einen Punkt der Hoffnung inmitten des Sturms. Ihre stille Entschlossenheit erinnerte mich daran, dass es, trotz der Dunkelheit, die mich umgab, immer noch Lichtblicke gab, Gründe, weiterzumachen und für eine bessere Zukunft zu kämpfen, eine Zukunft, in der ich frei sein konnte von den Fesseln der Abhängigkeit und des Schmerzes. »Er ist krank. Er hat seine Mutter konserviert. Sie sitzt im Haus von Signora Verde auf dem Sofa.«

»Ehrlich?«

Sie nickte. »Er spricht mit ihr, als würde sie leben.«

»O Gott ...«

»Lea, du musst stark bleiben. Versprich es mir.«

Ich legte meine Arme um sie, klammerte mich an sie, als wäre sie der einzige feste Punkt in einem Meer aus Chaos und Verzweiflung. Ihre Umarmung war fest und sicher, ein Hafen in dem Sturm, der mein Leben umtoste. »Wenn du mir versprichst, dass du eine Lösung findest.«

»Mauro und ich arbeiten daran.«

Mit meinem Kopf an ihrer Schulter spürte ich, wie die Last, die auf mir lag, zumindest für diesen Moment, ein wenig leichter wurde. Bellas Nähe, ihre Wärme und ihr fester Griff gaben mir ein Gefühl der Sicherheit, das ich seit Langem nicht mehr gespürt hatte.

»Es wird alles gut werden. Er wird seine Strafe bekommen«, sagte sie in die Stille hinein.

»Ich hoffe es.« Ich hoffte, dass sie den Weg weisen könnte, dass ihre Stärke und Entschlossenheit uns den Pfad aus der Dunkelheit aufzeigen würden.

KAPITEL ZWEIUNDSECHZIG

CARA

Als X und ich das Haus betraten, spürte ich, wie er meine Hand ergriff, fest und entschlossen. Seine Aufregung war spürbar, fast ansteckend, auch wenn der Grund dafür nicht so bizarr gewesen wäre. Er führte mich durch die Räume mit dem klaren Ziel, mich seiner Mutter vorzustellen. »Bist du bereit, Mamma kennenzulernen?«

Wortlos nickte ich.

Wir betraten das Wohnzimmer, in dem seine Mutter schon wartete. Ihre Augen schienen leer in den Raum zu blicken und doch hatte X sie so drapiert, als würde sie jeden Moment zum Leben erwachen und an unserem Gespräch teilnehmen. »Mamma, das ist Cara, meine Verlobte«, sagte er und deutete auf mich.

X‘ Verhalten war das Merkwürdigste an dieser ganzen Situation. Er sprach mit der Puppe, als wäre sie lebendig, führte einseitige Gespräche und wartete sogar auf Antworten, die nie kamen. Seine Stimme war warm und liebevoll, so als würde er mit einer echten Person sprechen, nicht mit einem leblosen Objekt. Die Art und Weise, wie er ihr die

Hand hielt, sie behutsam berührte und ihr sogar gelegentlich über das künstliche Haar strich, war so surreal, dass es mir schwerfiel, meine Verwirrung und mein Unbehagen zu verbergen. »Sie ist von der alten Schule, keine Sorge. Du bekommst noch einen richtigen Antrag.«

Ich stand da, unfähig, zu entscheiden, wie ich auf diese groteske Vorstellung reagieren sollte. Einerseits wollte ich X' Gefühle nicht verletzen, denn es war offensichtlich, dass diese Puppe für ihn eine tiefe, wenn auch unerklärliche Bedeutung hatte. Andererseits war die ganze Situation so bizarr, so weit entfernt von jeder Normalität, dass es mir schwerfiel, meine Bestürzung zu verbergen.

»Warum bist du so still, Pupetta?«

»Ich bin ein wenig überfordert.« Mit einem Gefühl der Unwirklichkeit, das mich umgab, setzte ich mich vorsichtig neben die Puppe, die in ihrem Stuhl so menschenähnlich drapiert war. Die Nähe zu diesem leblosen Objekt, das so detailgetreu einem Menschen nachempfunden war, ließ mich innerlich zurückschrecken, doch ich unterdrückte den Impuls, aufzustehen und wegzulaufen. Stattdessen versuchte ich, meine Gedanken zu ordnen, die von Verwirrung und einer tiefen Beunruhigung geprägt waren.

»Mamma ist ganz lieb. Siehst du, sie freut sich, dass du hier bist. Erzähl ihr etwas über dich.«

Ich hatte nicht den Hauch einer Ahnung, was ich ihr über mich sagen sollte. Vielleicht, dass ich eine Idiotin war, weil ich geglaubt hatte, ihn lenken zu können, wenn ich ihm gab, was er wollte? Oder dass ich es sogar vor meinen Freundinnen aufrechterhielt, obwohl ich wusste, dass es unsinnig war?

»Ich bin Cara«, meinte ich stattdessen. Das war das Einzige, was ich sagen konnte, ohne meinen Plan zu offenbaren.

Benito lachte. »Das weiß sie doch schon, Dummerchen.« Doch die Realität dieser Situation, die so offensichtlich seine Untauglichkeit zeigte, zwischen Realität und Fiktion zu unterscheiden, ließ mich erschauern. »Mamma, ich habe sie im Internet kennengelernt. Dort hat sie Bilder von sich gepostet und ich war sofort fasziniert.« Immer wieder schaute er sie an, fing ihren Blick regelrecht ein, obwohl sie sich nicht rührte. »Das ist wirklich toll, nicht wahr?«

Die Überzeugung, dass X klinisch irre sein musste, verdichtete sich in meinem Kopf zu einer unumstößlichen Gewissheit. Die Art und Weise, wie er der Puppe Zuneigung und Aufmerksamkeit entgegenbrachte, als wäre sie ein lebendes Wesen, war so weit entfernt von jeglicher Rationalität, dass es unmöglich war, diese Verhaltensweisen als bloße Skurrilität abzutun. Es war, als hätte sich eine Kluft aufgetan zwischen der Welt, wie ich sie kannte, und der verzerrten Realität, in der X lebte. »Wie ist sie gestorben?«

»Oh, das ist eine lange Geschichte. Möchtest du sie wirklich hören?« Er nahm meine Hand.

Ich war mir nicht sicher, ob ich das wollte, aber vielleicht musste ich es, um ihn zu verstehen. Möglicherweise konnte die ganze Sache nur Sinn ergeben, wenn alle es glaubten. Bellas Plan, darauf zu warten, dass er unvorsichtig wurde, würde viel zu lange dauern. Also nickte ich.

»Mamma hat mich sehr früh bekommen und mein Vater war selten da. Wir hatten immer Schwierigkeiten. Erst finanziell und später auch persönlich.« Während er redete, blieb ich stumm. Jedes Wort, das er an die Puppe richtete, jedes Lächeln, das er ihr schenkte, verstärkte nur die surreale Atmosphäre des Raumes. Ich fühlte mich wie gefangen in einem schlechten Traum, aus dem ich nicht erwachen konnte, umgeben von der beklemmenden Stille, die nur durch X' Stimme unterbrochen wurde. »Sie hatte schon immer eine Sammelleidenschaft. Vor allem für Puppen. Sie hatte unzählige davon und ich durfte sie niemals anrühren.« Obwohl Benito zuhörte, wie er seelenruhig sprach, konnte ich nicht umhin, von einem tiefen Unbehagen erfasst zu werden. Seine Stimme war ruhig, fast sanft, doch es war die Art, wie seine Augen mich ansahen, die mich zutiefst beunruhigte. Sie waren tot und ausdruckslos, als wären sie Fenster in eine leere, emotionslose Welt. »Nicht wahr, Mamma? Du warst wirklich streng.«

»Warum durftest du das nicht?«

»Meine Eltern wollten es nicht. Es war kein Spielzeug für Jungs.«

»Okay ...« Das erklärte nicht im Ansatz, warum er so war, wie er nun mal war.

»Ich habe es immer heimlich getan. Ich habe sie unheimlich gerne angesehen, ihre perfekte Haut und das Haar bewundert und mir ihr Leben vorgestellt, was hinter dem Porzellan geschah.« Es war, als würde er durch mich hindurchsehen, als ob mein Dasein für ihn keine Bedeutung hätte.

Diese leeren Blicke ließen mich frösteln, denn sie verrieten nichts von dem, was in seinem Inneren vorging. Es gab keine Wärme, kein Funkeln, das auf Leben oder Empathie hindeutete; stattdessen schien eine kalte, unheimliche Leere aus ihnen zu sprechen.

»Hast du Ärger bekommen?«

Er nickte. »Mehr als einmal. Nicht wahr, Mamma? Du warst wirklich nicht nett zu mir.« Dann ließ er meine Hand los, um ihre zu tätscheln.

»Wie ist sie gestorben? Das hast du mir nicht beantwortet.«

Auf seinen Lippen bildete sich ein Lächeln, das mir das

Blut in den Adern gefrieren ließ. »Sie hat mir widersprochen.« Diese Diskrepanz zwischen der Ruhe seiner Stimme und der Leblosigkeit in seinen Augen schuf eine Atmosphäre, die so gruselig war, dass sie mich innerlich erstarren ließ. Es war, als befände ich mich in der Gegenwart eines Raubtiers, das in menschlicher Gestalt verborgen war, berechnend und undurchschaubar.

Seine Worte hingen schwer in der Luft, beladen mit einer düsteren Implikation, die mein Blut in den Adern gefrieren ließ. Ich erstarrte, unfähig, mich zu bewegen oder zu sprechen, während mein Gehirn hektisch versuchte, die Tragweite dessen zu erfassen, was er gerade angedeutet hatte.

Die Ruhe, mit der er diese Information preisgegeben hatte, stand in gruseligem Kontrast zu der schrecklichen Möglichkeit, die sich vor meinem inneren Auge aufzutun begann. Hatte er etwa seine eigene Mutter ermordet? War der Tod seiner Mutter das Resultat einer Auseinandersetzung, die in einer unfassbaren Tat endete?

Mein Herz schlug mir bis zum Hals, während ich versuchte, Benitos Gesichtsausdruck zu deuten, der nach wie vor ruhig und unbewegt blieb. Seine ausdruckslosen Augen boten keinen Hinweis auf Reue, Schuld oder sogar Verständnis für die Schwere seiner Worte.

»Ja, es ist wahrscheinlich sehr nachvollziehbar, denn sie hat mich wirklich an die Grenze getrieben. Irgendwann stand sie einfach in meiner Wohnung und hat herumgeschnüffelt.« Jedes Wort, das Benito sprach, während er so dasaß und mit der Puppe interagierte, ließ die Szenerie nur noch gespenstischer erscheinen. Die Art und Weise, wie er ohne jegliche Regung in den Augen von Alltäglichkeiten sprach, als wäre dies die natürlichste Situation der Welt, verstärkte nur das Gefühl der Surrealität, das mich umgab. »Nicht wahr, Mamma? Das war ein großer Fehler.«

»Was hat sie gesehen?«

»Euch. Sie hat euch gesehen und alles, was ich bis zu dem Zeitpunkt gesammelt hatte. Dann hat sie herumgeschrien und ich konnte mich selbst nicht mehr beherrschen.«

Ich begann, die tiefgreifenden Widersprüche in seinem Verhalten zu realisieren, die ihn als eine zutiefst gespaltene Persönlichkeit erscheinen ließen. Einerseits gab es Momente, in denen er eine fast schon liebevolle Zuneigung zeigte, vor allem in der Art und Weise, wie er mit der Puppe, die seine Mutter darstellen sollte, umging. Diese Fürsorglichkeit, die er einem leblosen Objekt entgegenbrachte, stand in krassem Gegensatz zu der Kälte und Grausamkeit, die in seinen Worten mitschwangen, als er über den Tod seiner echten Mutter sprach. »Also habe ich die Vase gegriffen und sie niedergeschlagen.«

»Du hast sie getötet«, wiederholte ich atemlos.

»Nein, sie ist sehr unglücklich gefallen.« Diese Diskrepanz in seinem Verhalten ließ mich zutiefst verwirrt und beunruhigt zurück. Wie konnte ein Mensch gleichzeitig so grausam und so liebevoll sein? Seine Fähigkeit, so ruhig und gefasst über etwas so Erschütterndes wie den Tod seiner Mutter zu sprechen, als wäre es eine belanglose Alltäglichkeit, und dann im nächsten Moment eine Puppe mit einer fast rührenden Zärtlichkeit zu behandeln, deutete auf eine tiefe innere Zerrissenheit hin. »Das sieht Mamma inzwischen auch so.«

Seine gespaltene Natur und die Möglichkeit, dass er zu extremen Taten fähig war, ließen mich innerlich erschaudern. Doch trotz der Furcht, die mich ergriff, traf ich die bewusste Entscheidung, sein Spiel mitzuspielen, um mich selbst in dieser unberechenbaren Situation zu schützen.

»Weißt du, ich bin kein Mörder oder so was. Ich habe einfach nur dafür gesorgt, dass niemand meinen Puppen etwas tun kann. So wie sie das ihr ganzes Leben auch getan hat.«

Ich versuchte, die Oberfläche seiner Persönlichkeit zu durchdringen und den verwundeten Kern zu erkennen, der darunter verborgen lag. Es war, als würde ich auf einem Drahtseil balancieren, stets bemüht, nicht in die Abgründe seiner Psyche hinabgezogen zu werden, während ich gleichzeitig versuchte, einen Weg zu finden, zu ihm durchzudringen.

Die Panik, die mich umklammerte, wurde von Momenten der Klarheit durchbrochen, in denen ich erkannte, dass hinter Benitos verstörendem Verhalten tieferliegende Schmerzen und vielleicht ungelöste Konflikte steckten. Diese Einsicht ließ mich vorsichtig Hoffnung schöpfen, dass es vielleicht einen Weg gab, zu ihm durchzudringen, ihn zu erreichen, bevor seine innere Zerrissenheit uns beide in ein Unglück stürzen könnte.

Mit jedem Wort, das ich äußerte, und jeder Geste, die ich zeigte, versuchte ich, eine Verbindung zu dem verborgenen, verletzten Teil von Benito herzustellen, der vielleicht noch für Empathie und menschliche Nähe zugänglich war. Es war ein gefährliches Spiel, geprägt von der ständigen Angst, einen falschen Schritt zu tun und seine unberechenbare Seite hervorzurufen. Gab es wirklich ein Warum, weswegen er so geworden war, oder würde ich die Antwort darauf niemals erfahren? Schließlich gab es Menschen, die einfach verrückt waren. Sie hatten Krankheiten und tickten anders als die Norm. Möglicherweise war er einer von ihnen.

Ich verspreche dir,
dass ich dich auf Arten leiden lasse,
die dein Kopf sich gar nicht vorstellen kann.

KAPITEL DREIUNDSECHZIG

BELLA

Als ich zum Fenster ging und hinausschaute, erhaschte ich einen Blick auf Lea, die auf der Straße auf und ab lief. Ihre Bewegungen waren unruhig und ziellos, als würde sie von inneren Dämonen getrieben, die sie nicht zur Ruhe kommen ließen. Es war ein beunruhigender Anblick, Lea so zu sehen, so offensichtlich außer sich und neben der Spur.

Während ich sie beobachtete, wie sie mal hierhin und mal dorthin lief, fast so, als würde sie nach etwas suchen, das sie selbst nicht benennen konnte, spürte ich, wie Mauro sich hinter mich stellte. »Vertrau ihr«, flüsterte er mir ins Ohr.

»Kann ich nicht. Ich habe panische Angst davor, dass sie einen Fehler macht.« In meinem Kopf begannen sich Fragen zu formen, ob Leas Zustand vielleicht auf einen Entzug zurückzuführen war. Ihre nervösen Bewegungen und die offensichtliche Unruhe, die sie ausstrahlte, passten zu den Symptomen, die ich mit Entzugserscheinungen in Verbindung brachte. Es war schwer mit anzusehen, wie jemand, den ich kannte, so sehr mit sich selbst und dem, was in ihr vorging, zu kämpfen hatte.

»Lea ist eine erwachsene Frau. Sie weiß, was sie tut.«

»Vor allem ist sie bereit, für den nächsten Kick alles zu tun.«

»Unterschätz sie nicht. Sie schafft es, clean zu bleiben. Du bist ihr wichtig und gibst ihr Kraft.«

Die Situation weckte in mir ein Gefühl der Hilflosigkeit, gepaart mit einem tiefen Mitgefühl für Lea. Ich fragte mich, was sie dazu gebracht hatte, in einen solchen Zustand zu geraten, und ob es eine Möglichkeit gab, ihr zu helfen, diesen inneren Kampf zu überstehen. »Ich hoffe es.«

Plötzlich spürte ich Mauros Lippen an meinem Hals. Sein Kuss war zart und doch trug er eine Intimität in sich, die mich für einen Moment alles um mich herum vergessen ließ. Seine Hand glitt behutsam über meine Schulter, seine Berührungen waren sanft und liebevoll, als wollte er mir ohne Worte Trost und Zuneigung schenken. »Mach dir nicht immer so viele Sorgen.« Er saugte immer mehr an meiner Haut.

»Wie kannst du jetzt an Sex denken? Wir sitzen in einem Käfig fest.«

»Eben. Es könnte jeden Augenblick vorbei sein, wenn es blöd läuft.« Die Wärme seines Atems an meinem Hals, die Weichheit seiner Lippen und die Sicherheit seiner Hände ließen eine wohlige Entspannung in mir aufkommen. Für einen kurzen Augenblick fühlte ich mich geborgen und losgelöst von den Sorgen und der Unruhe, die mich zuvor umfangen hatten. »Wir sollten jede Sekunde nutzen, die uns bleibt.«

»Du warst dir sicher, dass wir rauskommen.«

»Bin ich auch immer noch, aber dennoch sollten wir die Zeit schätzen.« Dann zog Mauro mich zu sich, seine Hände fanden meine Taille und drehten mich zu ihm um. Die plötzliche Nähe, das Gefühl seiner Hände auf meiner Haut, ließ mein Herz schneller schlagen, eine Mischung aus Vorfreude und Nervosität, die mich erfüllte.

Kaum stand ich ihm gegenüber, blickten wir uns einen Moment lang in die Augen.

Dann neigte er seinen Kopf und seine Lippen trafen meine in einem Kuss, der an Intensität und Tiefe alles übertraf, was ich bis dahin gefühlt hatte. »Heirate mich«, raunte er gegen meine Lippen.

»Was?«

»Ich meine es ernst. Heirate mich, wenn wir hier rauskommen.«

Ich stutzte. »Machst du mir einen Antrag?«

Ohne den Blick von mir abzuwenden, sank er vor mir auf die Knie. Diese Geste ließ mich innehalten. Es war, als würde er mir seine Hingabe und seinen Respekt auf eine Weise zeigen, die Worte nicht auszudrücken vermochten. »Ich habe keinen Ring, aber den bekommst du, sobald wir frei sind.« Seine Augen leuchteten auf. »Heirate mich, Bella.«

Die Offenbarung, dass er mich heiraten wollte, hallte in meinem Kopf nach, eine süße Melodie voller Versprechen und Hoffnung. Es war, als hätte das Universum plötzlich eine geheime Tür geöffnet und mich in eine Welt geführt, in der all meine tiefsten Wünsche und Sehnsüchte Wirklichkeit wurden.

Die Idee der Ehe, dieser tiefen, lebenslangen Verbindung mit Mauro, war etwas, das ich mir in meinen kühnsten Träumen nicht zu erhoffen gewagt hatte. Und doch kniete er hier vor mir, seine Augen voller Liebe und Entschlossenheit, bereit, sein Leben mit mir zu teilen. Es war ein überwältigendes Gefühl, zu realisieren, dass die

Liebe, die wir teilten, so stark und echt war, dass sie uns zu diesem entscheidenden Schritt führte.

Entschlossen stieß er mich gegen die Wand und schob das Kleid ein Stück nach oben. Er begann am Knie und küsste mein Bein hinauf. »Ich meine es ernst. Heirate mich.«

»Du wolltest nicht noch mal heiraten«, erinnerte ich ihn. War das ein Impuls? Glaubte er, wir würden sterben und deswegen tat er es? Was war los mit ihm?

Seine Hände glitten an meine Hüften, griffen den Slip und schließlich zog er ihn mir aus. »Ich will, dass jeder auf dieser verdammten Welt weiß, dass du zu mir gehörst.« Er legte mein Bein auf seine Schulter und näherte sich meiner Mitte. Es war kein Spiel. Er berührte mich sofort mit seiner Zunge, gab mir einen Vorgeschmack.

»Fuck …«

»Du hast mir noch nicht geantwortet, Bella.« Seine Stimme wurde rauer, fordernder. Verschmitzt grinste er mich an, als er sich wieder zu meinem rechten Bein beugte und federleichte Küsse rund um mein Knie verteilte. Es faszinierte mich, dass alle Gedanken plötzlich still wurden. Instinktiv legte ich mein Bein über seine Schulter. Er zögerte keine Sekunde und verteilte Küsse auf die empfindliche Haut zwischen Oberschenkel und Becken. Jedes Mal, wenn er an meiner Haut saugte, wölbte ich mich mehr in seine Richtung.

»Ich kann nicht.«

»Du kannst nicht antworten?«

Hastig schüttelte ich den Kopf. »Ich kann nicht denken.« Mein Atem kam in kürzeren Stößen und sah er zu mir auf. In seinem Gesicht spiegelte sich keine Schuld. Er schien auch nicht zu zögern oder zu überdenken, wo wir uns befanden. Mit einem zufriedenen Grinsen quittierte er, dass ich beide Hände in den Marmor krallte. Dann bewegte er seinen Kopf zwischen meine Beine. Mit den Armen packte er meine Schenkel und hielt sie an den Seiten seines Kopfes fest.

»Dann entspann dich. Genieß es.« Bei der erneuten Berührung meiner empfindlichen Haut mit seiner Zunge, sog ich die Luft scharf ein. Als ein leises Stöhnen ließ ich sie wieder entweichen. Er bewegte seine Zunge, als hätte er eine Ewigkeit darauf gewartet, als wäre es alles, was er in diesem Moment tun wollte. Und ich fiel. Ich fiel so hart in dieses wohlige Gefühl. Instinktiv legte ich meine Hand auf seinen Hinterkopf und drückte ihn fester zwischen meine Schenkel, sodass sein Mund sich in meiner Mitte vergrub. Er befeuerte mein Kribbeln mit dem gierigen Eintauchen seiner Zunge.

Er nahm meine Klitoris zwischen seine Lippen und saugte mit steigendem Druck daran. Je mehr er meine Lust steigerte, desto verzweifelter stöhnte ich auf. Verdammt. Er war so gut darin. Mit der anderen Hand steuerte ich seinen Kopf, bis mein Stöhnen lauter wurde.

»Heirate mich. Ich meine es vollkommen ernst. Werde meine Frau, Bella.«

Ich konnte kaum fassen, dass dies die Realität war, dass die Worte, die er gesprochen hatte, wirklich an mich gerichtet waren. Die Aussicht, seine Frau zu werden, ihn an meiner Seite zu haben, Tag für Tag, in guten wie in schlechten Zeiten, fühlte sich an wie ein Geschenk von unermesslichem Wert. Es war, als würde sich mein Herz ausdehnen, bereit, all die Liebe und das Glück aufzunehmen, die diese Verbindung mit sich bringen würde. »Wenn wir hier rauskommen, heirate ich dich«, stöhnte ich und spürte das Kribbeln des Orgasmus in meinem gesamten Körper. Es durchzuckte jeden Zentimeter.

Als Mauro sich aufrichtete und mich mit einem Blick ansah, der so tief und intensiv war, dass er bis in die verborgensten Winkel meiner Seele zu dringen schien, wurde mir bewusst, dass ich noch nie zuvor einen Mann so sehr begehrt hatte wie ihn. »Das ist eine wundervolle Entscheidung.« Seine Augen sprachen Bände und in ihnen fand ich alles, was ich je gesucht hatte: Verständnis, Zuneigung und eine tiefe Verbundenheit, die über Worte hinausging. Die Art, wie er mich anschaute, ließ mein Herz schneller schlagen und füllte mich mit einem Glücksgefühl, das so intensiv war, dass es fast körperlich schmerzte.

»Wieso änderst du deine Meinung?«

»Ich habe dem Tod ins Auge gesehen und alles, woran ich denken konnte, warst du. Ich hatte keine Angst um mich, lediglich um dich.« Mauro hatte die seltene Gabe, mich mit einem einzigen Blick glücklich zu machen, mich mit einer simplen Geste zu beruhigen und mir mit einem Lächeln zu versichern, dass alles in Ordnung sein würde. In seiner Gegenwart fühlte ich mich vollständig, als ob alle fehlenden Teile meines Lebens plötzlich an ihren Platz fielen und ein harmonisches Ganzes bildeten. »Das ist etwas, was ich bei Lucia niemals gefühlt habe.«

KAPITEL VIERUNDSECHZIG

LEA

Als ich Bellas Haus betrat, um mich mit ihr und Cara zu treffen, spürte ich sofort die angespannte Atmosphäre, die den Raum erfüllte. Bella stand mit verschränkten Armen da, ihre Körperhaltung signalisierte Herausforderung und eine gewisse Aggressivität, als wäre sie auf Krawall gebürstet.

Ihre Augen funkelten vor Unmut, und es war offensichtlich, dass sie bereit war, sich jeder Konfrontation zu stellen, die sich ihr in den Weg stellen könnte. Es war, als ob sie sich auf ein bevorstehendes Gefecht vorbereitete, ihre gesamte Erscheinung strahlte eine Art von trotzigem Widerstand aus.

»Ich habe ihn dazu gebracht, uns zu vertrauen«, warf Cara ein.

»Wie?« Bellas Blick war ernst.

»Das ist nicht wichtig.« Sie saß ruhig auf dem Sofa, doch in ihren Augen lag ein ungewöhnliches Funkeln, das schwer zu deuten war. Es war eine Mischung aus Erwartung und einem Hauch von Verschwörerischem, als hätte sie ein Geheimnis oder einen Plan, den nur sie kannte. Dieses seltsame Leuchten in ihren Augen verlieh ihr eine rätselhafte Aura, die mich neugierig, aber auch ein wenig vorsichtig machte.

»Doch, mir ist das wichtig.«

Ich ließ mich ebenfalls auf das Sofa sinken. »Wir sollten uns nicht schon wieder streiten, sondern nach einer Lösung suchen.«

»Was ist das für ein Funkeln in deinen Augen?«, hakte Bella nach und ließ Cara nicht aus der Gefangenschaft ihres Blicks frei.

Sofort machte sie eine wegwerfende Handbewegung. »Die funkeln nicht.«

»Natürlich tun sie das.« Die Dynamik zwischen den beiden war spürbar geladen und ich fühlte mich, als wäre ich in eine Szene geraten, die kurz davor stand, sich zu entfalten.

Ich legte den Kopf schräg. »Sag ihr, warum deine blöden Augen funkeln, damit wir uns den wichtigen Dingen widmen können.« Es war klar, dass dieses Treffen mehr als nur ein gewöhnliches Zusammensein unter Freunden sein würde.

»Benito ist nett zu mir.«

»Benito ...« Bella zog eine Augenbraue in die Höhe.

Wild gestikulierte Cara mit den Händen. »Das ist sein Name.«

Bella schaute zu mir, ihre Augen verdunkelten sich immer weiter. »Du siehst das auch, oder? Sag mir bitte, dass du es auch hörst.«

Ihr Blick schweifte immer wieder ab, verlor sich in der Ferne, bevor sie sich ruckartig wieder ins Hier und Jetzt zurückholte, als wolle sie sich selbst daran erinnern, präsent zu bleiben.

Jedes Mal, wenn das Gespräch eine Wendung nahm oder ein Name fiel, der mit der Quelle ihrer Zuneigung verbunden war, konnte man sehen, wie ein leises Lächeln ihre Lippen umspielte, schnell unterdrückt, aber dennoch sichtbar. Ihre Augen, normalerweise so ausdrucksstark und lebhaft, schienen in diesen Momenten zu leuchten. »Drehst du durch? Knallt da gerade irgendwas in deinem Kopf durch?«, fragte ich an sie gewandt.

»Nein, ich glaube nur ... Es ist nicht wichtig.«

»Sag es.« Die Wut, die Bella schon die ganze Zeit ausstrahlte, kochte auch in mir hoch.

Cara senkte den Blick. »Vielleicht gibt es einen Grund, warum er das tut.«

»Weil er ein irrer Psychopath ist!«, brüllte Bella und ich ahnte, dass sie nicht mehr weit davon entfernt war, einfach die Nerven zu verlieren.

»Das bestreite ich ja gar nicht. Aber er ist bestimmt nicht so auf die Welt gekommen.« Cara bemühte sich, an der Konversation teilzunehmen, ihre Beiträge waren durchdacht und gezielt, doch manchmal schien sie in Gedanken weit entfernt, gefangen in einer Welt, die nur ihr bekannt war.

Plötzlich legte sich eine bedrückende Stille über den Raum, die die vorherige Dynamik und die untergründigen Spannungen zwischen uns abrupt unterbrach.

»Du glaubst nicht, wie gerne ich dir eine Ohrfeige geben würde, damit du wieder klarkommst«, sagte Bella.

Doch ich konnte das alles nicht glauben. Es war doch absurd, dass sie ihn verteidigte, oder? »Cara ist nicht blöd. Sie würde sich niemals auf ihn einlassen.«

»Hat sie schon. Ich sehe es ihr an.«

»Es war nur ... Es war nur Sex.« Trotz ihrer Anstrengungen, die wahren Emotionen zu maskieren, war es für einen aufmerksamen Beobachter klar, dass Cara von einem tiefen Gefühl erfasst war, einer Zuneigung, die sie vielleicht selbst noch nicht ganz verstand oder zu akzeptieren bereit war. Dieser Zustand der Verliebtheit, so vorsichtig verborgen hinter einer Mauer aus Zurückhaltung, verlieh ihr eine Verletzlichkeit und zugleich eine Art von Schönheit, die in der Authentizität ihrer unausgesprochenen Gefühle lag.

Dieses Geständnis wirkte wie ein Funke, der Bellas ohnehin schon brüchige Beherrschung endgültig zum Einsturz brachte. Ihre anfängliche Wut, die bis dahin unter der Oberfläche geschwelt hatte, entlud sich. »Schaff sie hier raus oder ich bringe sie um.«

»Wir müssen zusammenhalten. Wenn wir uns streiten, dann hat er, was er wollte, Bella.«

»Du, Mauro und ich sind ein Team! Cara hat sich gegen uns gestellt!« Sie begann, zu schreien, ihre Stimme durchdrang den Raum mit einer Intensität, die jeden von uns erstarren ließ. Die Worte, die sie ausspuckte, waren durchtränkt von Empörung und Verrat, während sie Cara und die Entscheidungen, die sie getroffen hatte, angriff. Ihre Gestik wurde wilder, ihre Bewegungen hektischer, als sie versuchte, die Wut und die Enttäuschung, die in ihr brodelten, zum Ausdruck zu bringen.

»Vielleicht müssen wir nur seinen Grund verstehen, um eine Lösung zu finden.«

»Verschwinde aus diesem Haus, Cara. Ich vergesse mich sonst.« Mit jedem weiteren Wort, das Bella aussprach, steigerte sich ihre Hysterie. Tränen mischten sich mit ihren Schreien. Es war, als ob die Grundfesten ihrer Welt ins Wanken geraten wären, und diese Erschütterung entlud sich in einem Sturm aus Zorn und Verzweiflung.

»Vielleicht ist er ja nicht böse«, warf Cara ein.

Als Bella auf sie zustürmte, sprang ich dazwischen.

Über die Schulter schaute ich sie an. »Cara, geh.«

»Ihr versteht mich vollkommen falsch«, meinte sie, doch sie fing nicht an, sich zu erklären. Sie tat es einfach nicht. Eigentlich starrte sie uns nur an.

»Raus!«, schrie Bella. Die Intensität ihrer Reaktion ließ den Raum vibrieren und wir alle waren wie gelähmt von der rohen Emotion, die sie zur Schau stellte. Caras Geständnis und Bellas darauffolgende Reaktion rissen alte Wunden auf und brachten verborgene Spannungen an die Oberfläche, die das Gefüge unserer Beziehungen zueinander auf die Probe stellten.

Nachdem Cara das Haus verlassen hatte, blieb eine spürbare Anspannung zurück. Bella stand da, immer noch bebend vor Wut, ihr Atem ging schwer und es war offensichtlich, dass sie noch immer mit den heftigen Emotionen rang, die das Geständnis in ihr ausgelöst hatte.

»Hast du gemerkt, wie hörig sie ihm ist?«

Ich nickte. »Er scheint sie nicht so zu quälen, wie es bei uns der Fall ist.« In einem Impuls der Fürsorge trat ich auf Bella zu und umarmte sie, in der Hoffnung, ihr etwas Trost und Halt in diesem Wirbelsturm der Gefühle zu bieten. Ihre Körperhaltung war zunächst steif, doch nach und nach spürte ich, wie sie sich ein wenig entspannte, sich der Umarmung hingab und zuließ, dass die Nähe einen Teil ihrer Anspannung milderte.

»Sie wird keine Hilfe sein, einen Fluchtplan zu finden.«

Es machte die Sache nicht einfacher, aber der Gedanke daran, dass ich es hier keine Sekunde länger aushielt, brachte mich dazu, mich zu fokussieren. »Wir sind auf uns gestellt. Lass uns überlegen, wie wir weitermachen.« Während ich sie hielt, kreisten meine Gedanken um Caras abrupten Abgang und die möglichen Gründe dafür. War ihr Geständnis aufrichtig gewesen, oder steckte vielleicht eine tiefere Taktik dahinter? War es möglich, dass Cara ein Spiel spielte, das wir nicht durchschauten, eine Art Theater, inszeniert, um bestimmte Reaktionen in uns hervorzurufen oder X' Pläne zu bedienen?

Die Ungewissheit nagte an mir, die Frage, ob wir Cara wirklich verloren hatten, ob sie sich so weit von uns entfernt hatte, dass eine Versöhnung unmöglich war, oder ob es noch Hoffnung gab, die Risse zu kitten, die sich zwischen uns aufgetan hatten. Die Möglichkeit, dass Cara ihre eigenen Motive hatte, die wir nicht verstanden, oder dass sie möglicherweise in einem größeren Plan gefangen war, ließ mich zweifeln und sorgte für eine tiefe Besorgnis über das, was noch kommen mochte.

»Wir müssen irgendwie den Strom abschalten, das ist klar«, begann ich, meine Worte vorsichtig wägend.

Bella, deren Miene noch immer von der vorherigen Wut gezeichnet war, schien für einen Moment in Gedanken versunken. »Es muss eine Sicherungsbox oder so etwas geben. X kann nicht alles kontrollieren.«

»Richtig, aber wie kommen wir da ran, ohne entdeckt zu werden? Jede falsche Bewegung könnte uns verraten.«

Bella fuhr sich mit einer unruhigen Geste durch die Haare. »Wir müssen es irgendwie schaffen, nachts rauszugehen. Vielleicht gibt es einen blinden Fleck in X' Überwachung.«

Ich nickte langsam, die Idee durchdenkend. »Und wenn wir es schaffen, den Zaun zu überwinden ... Was dann? Wir können nicht einfach ins Blaue laufen.«

»Wir müssen einen Treffpunkt festlegen, irgendwo, wo wir sicher sind. Und wir brauchen einen Plan B, falls etwas schiefgeht«, sagte Bella, ihre Stimme fester als zuvor, ein Zeichen ihrer wiedergewonnenen Entschlossenheit.

»Einverstanden. Wir müssen alles genau durchplanen. Keine spontanen Aktionen«, stimmte ich zu, während ich spürte, wie die gemeinsame Planung uns beiden ein wenig Hoffnung und Entschlossenheit zurückgab, trotz der scheinbar ausweglosen Situation.

KAPITEL FÜNFUNDSECHZIG

BELLA

Vertieft in meine Gedanken über die schwierige Aufgabe, die vor uns lag. Der elektrische Zaun, der uns von der Freiheit trennte, war nur ein Hindernis; das größere Problem war X selbst. Wie konnten wir ihn ausschalten oder zumindest ablenken, damit wir genug Zeit hatten, den Zaun zu überwinden?

Verschiedene Szenarien spielten sich in meinem Kopf ab, jede Idee sorgfältig abgewogen gegen die potenziellen Risiken. Vielleicht gab es eine Möglichkeit, seine Aufmerksamkeit auf etwas anderes zu lenken, eine Art Täuschungsmanöver, das uns einen entscheidenden Vorteil verschaffen könnte. Aber jede Strategie brachte ihre eigenen Gefahren mit sich, und das Fehlschlagen könnte katastrophale Folgen haben.

Verloren in diesen Überlegungen, spürte ich kaum, wie Mauro den Raum betrat und sich leise neben mich auf das Sofa setzte. Sein plötzliches Dasein riss mich aus meinen Gedankenspielen, und ich wandte mich ihm zu, überrascht von seiner stillen Anwesenheit. »Ich habe etwas für dich.«

»Was denn?«

Mauro wirkte für einen Moment nachdenklich, bevor er eine Bewegung machte und etwas aus seiner Tasche zog. Was er mir dann präsentierte, brachte ein Lächeln auf mein Gesicht. In seiner Hand hielt er einen provisorisch gebogenen Ring, aus einem Stück Draht geformt. Trotz seiner Einfachheit war in diesem kleinen, handgemachten Schmuckstück so viel Bedeutung und Zuneigung eingefangen, dass es mein Herz im Sturm eroberte. »Den habe ich im Keller gefunden und ich dachte, dass du irgendeinen Ring brauchst, bis du einen richtigen von mir bekommst.« Er lächelte mich verschwörerisch an, ein Lächeln, das sowohl Zuversicht als auch eine gewisse Schläue ausstrahlte.

Ich nahm den Draht-Ring entgegen und betrachtete ihn einen Moment lang. Die Tatsache, dass Mauro sich die Zeit genommen hatte, diesen Ring zu basteln, etwas Schönes und Bedeutungsvolles zu schaffen inmitten unserer trostlosen Lage, berührte mich zutiefst. »Der ist wunderschön, weil er eine Bedeutung hat.«

»Du kriegst so schnell wie möglich einen anderen.« Ohne zu zögern, steckte ich den Ring auf meinen Finger, wo er überraschend gut passte. Er war zwar einfach, aber in diesem Moment war er das wertvollste Schmuckstück, das ich mir vorstellen konnte. Ich blickte zu Mauro auf, meine Augen voller Dankbarkeit und Liebe. »Ich habe noch etwas im Keller gefunden.«

»Was denn?«

Bevor ich etwas sagen konnte, zog Mauro mich sanft in seinen Arm, umhüllte mich mit einer Wärme und Sicherheit, die mir in letzter Zeit so sehr gefehlt hatten. »Er hat eine Zange und Säge dort vergessen.«

»Ehrlich?«

Er nickte. »Damit können wir den Zaun vielleicht überwinden.«

Während Mauro mich in seinen Armen hielt, ließ ich meine Hand sanft über seine Brust gleiten, in einer sorglosen Geste, die Außenstehenden suggerieren sollte, dass unsere Interaktion nichts weiter als ein liebevoller Austausch war. »Meinst du, du kannst die Stromleitung trennen?«

»Ziemlich sicher sogar.«

»Mauro, das ist toll.« Es war ein Hoffnungsschimmer am Horizont.

»Es gibt nur einen Haken.«

»Welchen?« Mit jeder Bewegung meiner Hand auf seiner Brust, spürte ich Mauros Herzschlag, stark und beständig unter meiner Berührung. Es war ein beruhigendes Gefühl, das mir Kraft gab und mich an die Dringlichkeit unserer Lage erinnerte. Wir mussten einen Weg finden, diesem Gefängnis zu entkommen, das X für uns geschaffen hatte.

»Wir müssen ihn aus dem Weg räumen oder zumindest so lange einsperren, dass wir mit allen flüchten können.«

»Ich bin mir nicht sicher, ob wir alle gehen würden.« Schließlich, in einem Impuls, der teils strategisch, teils getrieben von der Nähe, die wir teilten, rutschte ich von der Seite in seinen Schoß. Meine Bewegung war fließend und intim, perfekt inszeniert, um den Anschein zu wahren, während ich ihm gleichzeitig näherkam. Mauros Augen suchten die meinen.

»Was soll das heißen?«

Ich schluckte hart. »Cara wechselt die Seiten.«

»Niemals«, erwiderte er mit einer Entschlossenheit, die mich stutzen ließ.

Dicht vor seinen Lippen, in einem Abstand, der kaum Raum zwischen uns ließ, flüsterte ich: »Doch.«

»Das spielt sie. Sie verliebt sich doch unmöglich in dieses Monster.« Mauros Reaktion war ein stilles Verständnis. Seine Hände fanden sanft meinen Rücken, seine Berührung sowohl tröstend als auch ermutigend. Trotz der Gefahren, die vor uns lagen, trotz der Unsicherheit, die unsere Zukunft umgab, wusste ich in diesem Moment, dass wir gemeinsam stark genug waren, um jedem Hindernis zu trotzen und unseren Weg in die Freiheit zu finden.

»Glaub es mir, wenn ich es dir doch sage.«

»Nein, das traue ich ihr nicht zu. Sie ist so eine ehrliche Haut. Das würde sie nicht tun, nach allem, was er euch angetan hat«, sagte er mit einer festen Überzeugung in der Stimme, die mich innehalten ließ.

»Sie hat ein weiches Herz.«

»Aber sie ist doch keine Idiotin, Bella.« Seine Worte ließen mich nachdenklich werden. Mauros Glaube an Cara, seine Weigerung, zu akzeptieren, dass sie uns verraten könnte, brachte eine neue Perspektive in das wirre Geflecht unserer Situation. Die Vorstellung, dass Caras Handlungen Teil einer größeren Strategie sein könnten, um X zu überlisten oder uns einen Vorteil zu verschaffen, schien plötzlich nicht mehr so abwegig. »Sie ist deine beste Freundin. Wir lassen sie niemals bei diesem Spinner. Wir gehen alle.«

»Und wenn sie das nicht will?«

»Dann nehmen wir sie dennoch mit.«

Die Möglichkeit, dass Cara auf unserer Seite stand, dass ihre scheinbare Nähe zu X nur ein Spiel war, um uns zu helfen, gab mir einen Funken Hoffnung zurück. Vielleicht hatten wir sie und ihre Absichten falsch eingeschätzt. Vielleicht war sie immer noch die Cara, die wir kannten und der wir vertrauten. »Du hast recht«, antwortete ich leise, meine Worte fast verloren im Raum zwischen uns.

»Das habe ich meistens.«

»Ja, du hast wirklich recht. Wir können sie nicht zurücklassen. Vielleicht ... vielleicht macht er etwas mit ihrem Kopf. Es gibt doch dieses Syndrom.«

»Ja, das Stockholm-Syndrom.« Mauros fester Glaube und seine rationale Betrachtung der Situation ließen mich meine eigenen Zweifel überdenken. Es war tröstlich und zugleich beunruhigend, zu erkennen, dass es noch so viel gab, was wir nicht wussten, so viele Möglichkeiten, die noch unentdeckt waren. Doch in diesem Moment, gestärkt durch Mauros Zuversicht, erlaubte ich mir, an das Beste zu glauben.

»Vielleicht hat sie das.«

»Zu ihr ist er nett. Ich denke, dass sie am anfälligsten dafür wäre. Aber ich denke eher, dass es Taktik ist.« Die Idee, dass Cara eine Rolle spielte, um uns letztendlich zu helfen, brachte ein neues Licht in die Dunkelheit unserer Lage. Vielleicht waren wir nicht so allein, wie wir dachten. Vielleicht gab es noch einen Weg, X zu überlisten und unsere Freiheit zurückzugewinnen. Mit dieser neuen Hoffnung im Herzen und Mauros unterstützender Nähe fühlte ich mich bereit, den Herausforderungen zu begegnen, die noch vor uns lagen.

»Wie räumen wir ihn aus dem Weg?« Die Nähe zu Mauro, seine Unterstützung und der Gedanke, dass Cara vielleicht doch auf unserer Seite stand, verdichteten sich zu einer unbezwingbaren Kraft in meinem Inneren. Ich war bereit, alles zu tun, um aus dieser bedrückenden Situation zu entkommen, aus diesem Gefängnis, das X um uns errichtet hatte.

Die Grenzen meiner eigenen Furcht, die mich bis dahin zurückgehalten hatten, schienen zu verblassen. Jedes Wort, das Mauro und ich wechselten, jede Berührung, die zwischen uns geteilt wurde, stärkte meinen Entschluss. Ich würde mich den Gefahren stellen, die uns noch im Weg standen, würde mich den Herausforderungen entgegenstellen, die notwendig waren, um unsere Freiheit zurückzugewinnen.

»Hör mir gut zu, okay? Das wird dir nicht gefallen, aber das ist der einzige Weg, der mir einfällt, Bella.«

KAPITEL SECHSUNDSECHZIG

CARA

Ich hatte mich entschieden, meine Freundinnen zu täuschen, eine Maske aufzusetzen und Gefühle vorzutäuschen, die ich nicht wirklich empfand. Der Gedanke dahinter war klar und doch so riskant: Wenn Benito glaubte, dass ich Gefühle für ihn hätte, könnte das vielleicht eine Ablenkung sein, die uns allen zugutekäme, eine Möglichkeit, ihn von unseren wahren Plänen abzulenken und uns die Chance auf Flucht zu geben.

»Hast du mir zugehört?«, fragte Lea.

Ich nickte.

»Was sagst du dazu?«

»Dass es dumm ist.« Diese Täuschung war jedoch nicht ohne emotionale Kosten.

Jedes Mal, wenn ich Lea oder den anderen gegenübertrat, mit gespielter Verliebtheit in meinen Augen, fühlte ich, wie ein Stück meiner Aufrichtigkeit erodierte.

Lea, die mir so nahestand, in dem Glauben zu lassen, ich hätte mein Herz an Benito verloren, war eine der härtesten Rollen, die ich je spielen musste. Ihre besorgten

Blicke, ihr Unverständnis und ihre leisen Vorwürfe trafen mich jedes Mal wie ein Schlag.

»Ernsthaft?«

»Ja, es ist eine blöde Idee. Er ist uns garantiert unzählige Schritte voraus und würde niemals zulassen, dass wir gehen.« Die Unsicherheit über meine eigenen Gefühle machte alles nur noch komplizierter. Inmitten all der Lügen und Halbwahrheiten, die ich webte, begann ich, manchmal zu zweifeln, wo die Täuschung endete und die Realität begann. Die Nähe zu Benito, die ich vortäuschte, ließ mich manchmal innehalten und mich fragen, ob es da nicht doch einen Funken echter Emotion gab, der durch das Dickicht der Lügen schimmerte.

Doch immer wieder erinnerte ich mich an den Grund für mein Handeln, an die verzweifelte Hoffnung, dass diese Täuschung der Schlüssel zu unserer Freiheit sein könnte. Dieser Gedanke gab mir die Kraft, weiterzumachen, die Maske aufrechtzuerhalten und das Spiel zu spielen, so gefährlich und zehrend es auch sein mochte.

»Meinst du das oder hoffst du das?«

Die Schwere der Situation, die Verstrickung aus Täuschung und der Druck, den ich mir selbst auferlegt hatte, ließen mich verstummen. Ich spürte, wie meine Stimme in meiner Kehle erstarb, wie die Worte, die ich sagen wollte, sich in Luft auflösten, und ich wurde von einer lähmenden Stille umhüllt.

Lea schien von meiner plötzlichen Veränderung vollkommen überrumpelt zu sein. Ihr Gesicht erstarrte in fassungslosem Staunen. Ihre Augen weiteten sich, als sie versuchte, meine abrupte Stille zu deuten, zu verstehen, was in mir vorging. Es war, als hätte sie erwartet, dass ich mich verteidigte, erklärte oder rechtfertigte, doch stattdessen bot ich ihr nur Schweigen.

Dieses Schweigen zwischen uns war erdrückend, gefüllt mit unausgesprochenen Fragen und unausgelösten Emotionen. Leas fassungsloser Blick spiegelte nicht nur ihre Verwunderung über meine plötzliche Veränderung wider, sondern auch die tiefe Kluft, die sich zwischen uns aufgetan hatte.

»Hatte Bella mit dem, was sie gesagt hat, recht?«

»Es war nur Sex«, erwiderte ich. Die Stille, die sich zwischen Lea und mir ausbreitete, hegte ich die stille Hoffnung, dass sie unter der Oberfläche meiner Worte die tieferen Schichten meiner Absichten ergründen konnte. Ich wünschte mir so sehr, dass sie verstand, warum Offenheit in diesem Moment keine Option war. Benitos unsichtbare Präsenz, die allgegenwärtige Überwachung, legte uns Fesseln der Vorsicht an, machte jedes Wort zu einem potenziellen Risiko.

»Aber irgendetwas hat er in dir verändert.«

»Vielleicht hat Benito wirklich gute Absichten und einfach nur schlechte Wege, um es umzusetzen.«

Genervt stöhne Lea auf.

»Ich meine es ernst. Er hatte kein einfaches Leben. Ein bisschen verstehe ich ihn.« Ich hoffte, dass Lea, die mich so gut kannte, zwischen den Zeilen lesen und die verzweifelte Notwendigkeit unserer Situation erkennen konnte. Dass jede meiner Handlungen, so irreführend oder unverständlich sie auch erscheinen mochten, letztlich einem einzigen Ziel diente: uns allen einen Weg aus dieser ausweglosen Lage zu bahnen.

»Weißt du, was er mit Bella und Mauro gemacht hat? Ganz zu schweigen von mir. Das kannst du unmöglich einfach so abtun.«

»Mache ich nicht. Das ist schrecklich, aber vielleicht wusste er sich nicht anders zu helfen.« In den Jahren unserer Freundschaft hatten wir eine tiefe Verbundenheit und ein gegenseitiges Verständnis aufgebaut, das über bloße Worte hinausging. Ich klammerte mich an die Hoffnung, dass dieses Fundament stark genug war, um die aktuellen Turbulenzen zu überstehen. Dass Lea in meinem Schweigen nicht Verrat oder Gleichgültigkeit sah, sondern die stummen Schreie einer Freundin, die in einem Netz aus Lügen und Manipulationen gefangen war und verzweifelt versuchte, uns alle zu retten.

»Er wusste sich nicht anders zu helfen, als uns zu stalken, zu entführen, Bella zu vergewaltigen, Elia zu töten und Keno ihn essen zu lassen?«

»Vielleicht wurde er dazu getrieben.«

Lea hob ihre Hand und ohrfeigte mich. Der Schlag traf mich unvorbereitet, seine Wucht ließ mich für einen Moment taumeln. Vollkommen perplex über diese plötzliche Wendung, legte ich instinktiv meine Hand an die brennende Wange, die von der Ohrfeige gerötet war. Mein Herz schlug heftig vor Schock und Verwirrung. Wie konnte Lea, die mich so gut kannte, zu einer solch extremen Handlung greifen? Hatte die Verzweiflung unserer Situation uns beide so weit gebracht?

In diesem Moment, mit der schmerzenden Wange und dem Blick, der sich mit Leas traf, suchte ich nach einem Anzeichen von Verständnis in ihren Augen, nach einer Spur des gegenseitigen Vertrauens, das wir über die Jahre aufgebaut hatten. Es war unvorstellbar für mich, dass sie wirklich glauben konnte, ich sei Benito verfallen, dass ich unsere Freundschaft und unsere gemeinsamen Ziele so leichtfertig verraten könnte.

»Also möchtest du nicht gehen?«

»Ich bin mir einfach nicht sicher, ob die Welt außerhalb so gut für mich wäre.«

»Er hat dir eine Gehirnwäsche verpasst.«

»Oder mir die Augen geöffnet«, sagte ich und glaubte mir selbst kein Wort.

»Bella hatte wirklich recht. Du drehst durch.« Als Lea mit einer abrupten, fast stürmischen Bewegung den Raum verließ, hinterließ sie eine spürbare Leere und ein Chaos aus ungelösten Emotionen. Ihr hastiger Abgang war ein deutliches Zeichen ihrer inneren Zerrissenheit und Verzweiflung, eine Reaktion, die die Schwere unserer Lage und die Zerbrechlichkeit unserer Beziehungen unter dem Druck, den X auf uns ausübte, unterstrich.

In der Stille, die auf Leas Weggang folgte, fühlte ich mich überwältigt von einer Mischung aus Sorge und Entschlossenheit. Trotz der Spannungen, die zwischen uns herrschten, trotz der Missverständnisse und Konflikte, die uns zu entzweien drohten, blieb mein tiefster Wunsch, dass Lea, Bella und die anderen sicher entkommen konnten. In meinem Herzen betete ich, dass meine Rolle, die ich spielte, und die Aufmerksamkeit, die ich von X auf mich zog, ihnen die Möglichkeit geben würden, zu fliehen, einen Weg in die Freiheit zu finden, der ihnen bisher verwehrt geblieben war.

Der Gedanke, dass meine Ablenkungstaktik ihnen die entscheidenden Momente verschaffen könnte, die sie brauchten, um dem Albtraum zu entkommen, gab mir Kraft. Ich klammerte mich an die Hoffnung, dass sie, sobald X' Aufmerksamkeit voll und ganz auf mich gerichtet war, die Chance ergreifen und das Gefängnis, das er um uns errichtet hatte, hinter sich lassen könnten.

KAPITEL SIEBENUNDSECHZIG

X

Als ich in Bellas Haus eintrat, stand meine Absicht fest: Ich wollte Druck ausüben, dominieren und vielleicht sogar ein wenig tyrannisieren, um meine Position zu festigen und sicherzustellen, dass meine Botschaft klar verstanden wurde. Doch das, was ich vorfand, war nicht das, was ich erwartet hatte. »Na, Pupetta. Was machst du?«

»Nichts Besonderes und du?«

»Ich dachte, wir reden mal ein bisschen. Du warst nicht nett zu Cara.«

Sie empfing mich mit einer Gelassenheit und Freundlichkeit, die mich völlig aus dem Konzept brachte. Statt Angst oder Widerstand, wie ich es erwartet hatte, begegnete sie mir mit Entschlossenheit, die mich irritierte. »Hast du uns doch beobachtet, obwohl du gesagt hast, dass du es nicht tun würdest?« Ihre Worte waren bedacht und höflich, ihre Gesten einladend, als würde sie mich nicht als Bedrohung, sondern als Gast betrachten.

»Ich muss meine Puppen doch im Auge behalten.«

Sie lächelte mich an. »Darf ich dich etwas fragen?«

Schließlich nickte ich.

»Hast du sie beobachtet oder mich?«

Je mehr ich versuchte, meine Autorität geltend zu machen, desto mehr wich sie aus, begegnete meinen Versuchen, sie einzuschüchtern, mit einer ruhigen, fast mütterlichen Geduld. Ihre Fähigkeit, unter Druck ruhig und freundlich zu bleiben, war verwirrend und brachte mich dazu, meine eigene Rolle und meine Absichten zu hinterfragen.

Ihre Nettigkeit war wie ein Spiegel, der mir nicht nur meine eigene Härte und vielleicht auch die Sinnlosigkeit meines Vorhabens zeigte, sondern mich auch dazu brachte, über die Dynamik zwischen uns nachzudenken. Mit einer Selbstsicherheit, die mich überraschte, schritt sie auf mich zu, verringerte die Distanz zwischen uns mit jedem Schritt. Ihre Augen verrieten eine Mischung aus Entschlossenheit und einem Hauch von etwas, das ich zunächst nicht einordnen konnte. Als sie schließlich direkt vor mir stand, legte sie ihre Hand sanft auf meine Brust, eine Geste, die sowohl vertraut als auch herausfordernd wirkte.

»Möchtest du meine Frage nicht beantworten, Benito?«

»Ich beobachte euch alle.«

»Hast du keine Lieblingspuppe?« Die Wärme ihrer Hand durch den Stoff meines Hemdes war unerwartet und brachte eine seltsame Unruhe in mir hervor. Ihre Berührung, ihr Blick, die Art, wie sie mit mir spielte, widersprachen allem, was ich erwartet hatte, und stürzten mich in ein Meer aus widersprüchlichen Gefühlen.

»Was soll das?«

Sie biss sich auf die Unterlippe. »Vielleicht möchte ich das sein.«

Ihre Fähigkeit, die Kontrolle über die Situation zu übernehmen und mich mit einer Mischung aus Charme und

Kühnheit zu konfrontieren, ließ mich zweifeln und brachte meine geplante Haltung ins Wanken. Ihre direkte Art, die Herausforderung, die in ihren Augen lag, und die sanfte Berührung ihrer Hand auf meiner Brust, all das ließ mich für einen Moment vergessen, warum ich hier war und was ich zu tun beabsichtigt hatte. »Du hast gesagt, dass ich eine Kämpferin bin. Vielleicht kämpfe ich darum, an erste Stelle zu kommen. Möglicherweise möchte ich, dass du mich beobachtest.«

Instinktiv griff ich nach ihrem Kinn. In diesem Moment, als unsere Augen sich trafen, lag eine Intensität, die die Luft zwischen uns zum Knistern brachte. »Seit wann bist du so gefügig?«

»Ich möchte dir gefallen.« Sanft, doch mit einer Bestimmtheit, die keinen Widerstand duldete, strich ich durch ihr dunkles Haar, ließ die weichen Strähnen durch meine Finger gleiten. Bevor Bella realisieren konnte, was geschah, hatte ich sie gegen die Wand gedrängt. »Oder kann niemand Caras Platz einnehmen?« Meine Hand fand dann den Weg zu ihrem Hals, nicht bedrohlich, sondern in einer Weise, die Nähe und eine gewisse Beherrschung ausdrückte. Meine Finger legten sich sanft um ihren Hals, eine Geste, die mehr andeutete als sie verriet. In der Enge des Raumes, mit ihrem Rücken gegen die Wand, war eine Spannung spürbar, die sowohl elektrisierend als auch gefährlich war. »Du machst dich verdächtig.«

»Wirklich?« Sie schob meine Hand fester an ihren Hals. »Vielleicht hast du mich gebrochen und jetzt bin ich abhängig. Jetzt will ich mehr davon. Mehr von dir.«

Trotz der scheinbar unterlegenen Position, in die ich sie gebracht hatte, war da eine unerschütterliche Stärke in ihrem Blick, ein Funke, der mich unerwartet reizte. Ihre Reaktion auf meine dominante Geste, weit entfernt von

Furcht oder Unterwerfung, trug einen Hauch von Trotz, gemischt mit einer unterschwelligen Herausforderung. Es war, als würde sie durch ihre Haltung, die Art, wie sie meinen Blick erwiderte und die leise, doch spürbare Spannung, die sie aufrechterhielt, sagen: *Ich bin nicht so leicht zu bezwingen*. Diese Mischung aus Stärke, Selbstbewusstsein und der leisen Provokation in ihrem Verhalten entfachte in mir eine Bewunderung und ein Verlangen, das ich so nicht erwartet hatte.

Ihre Fähigkeit, auch in einer scheinbar ausweglosen Lage eine gewisse Kontrolle zu behalten, ihre Bereitschaft, sich der Situation zu stellen und sogar damit zu spielen, reizte mich auf eine Weise, die ich nur schwer in Worte fassen konnte. »Du überzeugst mich noch nicht, Bella.«

Es war, als reagierte sie auf die Herausforderung. Langsam sank sie auf die Knie, ohne den Blick eine Sekunde abzuwenden. Sie öffnete den Gürtel und streifte meine Hose ab. Der normale, gleichmäßige Takt meines Herzens wurde von einem aufgeregten Trommeln übernommen, als ob meine Gefühle die Kontrolle über die Melodie meines Herzschlags übernommen hätten. Die Zeit schien für einen Augenblick stillzustehen, während die Vorfreude wie ein elektrischer Funke durch meine Adern zuckte. Jeder Herzschlag fühlte sich an wie ein Trommelschlag, der die aufgeregte Atmosphäre in mir wiedergab.

Mit der freien Hand griff ich ihre Mähne und hielt den Kopf ruhig. »Mach den Mund auf und lass ihn offen.«

Sie tat es wie ein braves Mädchen, ließ zu, dass ich meinen Schwanz in ihren Mund schob und schien jede Sekunde davon zu genießen. Sofort erhöhte sie den Druck, doch das war es nicht, was ich wollte. Noch nicht.

Ich trat ein Stück zurück, um mein Werk zu bewundern. Sie schloss die Lippen nicht und der Speichel lief ungehindert aus ihrem Mund, tropfte auf ihr Oberteil, über die Brüste.

»Es gefällt mir erstaunlich gut, dir dabei zuzusehen, wie du Stück für Stück die Kontrolle verlierst«, raunte ich und kam ihr wieder näher. Es war ein Spiel aus Nähe und Distanz. Die Vorfreude schien in meiner Brust zu tanzen, und jeder Herzschlag war wie ein Schlagzeug, das die Spannung in der Luft verstärkte. Ein Moment des Einfangens, ein Atemzug vor der Aufregung, als mein Herz vor Vorfreude einen Tango tanzte. Mein Blick lag auf ihr, wie sie mit sich kämpfte. Sie schien keine Frau zu sein, die gern die Kontrolle verlor ... aber ich war ein Mann, der sie liebend gern dazu brachte.

Ich verfolgte, wie die Spucke aus ihrem Mund tropfte und widerstand dem Drang, die Tropfen mit meiner Zunge aufzufangen. »Ich bin mir sicher, du bereust, dass du dich erst jetzt auf mein Spiel eingelassen hast, hm?« Sie zu betrachten, wie sie vor mir kniete, ließ meinen Schwanz hart werden. Ich hatte ihr Zeit geben wollen, aber von diesem Wunsch war nichts mehr in mir übrig, als ich sah, wie ihre Haare am Mund klebten. Ihre Fassade brach in winzige Stückchen und es gab keinen schöneren Anblick. Schließlich öffnete ich den Gürtel meiner Hose und ließ sie auf den Boden gleiten. Immer wieder schüttelte sie den Kopf, aber darauf ließ ich mich nicht ein.

»Du hast ja keine Ahnung, wie sehr es mich anmacht, dass du dich kein bisschen wehren kannst.« Ich trat näher, positionierte meinen Schwanz so dicht vor ihren Lippen, dass sich die Vorstellung der Berührung schon real anfühlte. Ich konnte mich selbst nicht mehr beherrschen, wenn ich sie so kämpfen sah. Doch sie hatte etwas an sich, was mich faszinierte. Auf eine Art versuchte sie immer noch, die Kontrolle zu behalten. Sie ließ nicht vollends los. »Ich mag es, zu kontrollieren«, hauchte ich, als ich meinen Schwanz in ihren Mund drängte und streifte mit der Spitze ihr Gaumenzäpfchen, was mich aufstöhnen ließ. »Du hast ja keine Ahnung, wie gut sich dein Würgen an meinem Schwanz anfühlt.« Sie zog sich so eng um meinen Schwanz zusammen, dass ich nicht anders konnte, als den Vorgang immer und immer wieder zu wiederholen. Ihre Augen wurden von einem Schleier der Traurigkeit umhüllt. Jeder Tropfen, der auf ihre Wimpern fiel, trug die Last von unausgesprochenen Gefühlen. Die Schwerkraft schien ihre eigene Geschichte zu erzählen, während die Tränen den Weg ihres schmerzlichen Weges markierten. »Fuck ...«

Sie fühlte sich so gut an. Noch viel besser als in meiner Vorstellung. Ich verpasste keine Sekunde, in der ich ihr Gesicht betrachten konnte. Sie kämpfte mit meinem Schwanz, mit mir und vielleicht sogar mit ihrer Moral.

Die Bögen ihrer Wangen wurden von Tränen überzogen, die wie sanfte Flüsse ihre Konturen hinabglitten. Die Feuchtigkeit, die auf ihrer Haut zurückblieb, trug die Botschaft des Würgens, das sich in jedem Salztränenkristall spiegelte. »Oh, du weißt das vielleicht noch nicht, aber Tränen sind das größte Kompliment für mich.«

Ich wischte sie nicht weg, sondern betrachtete ihren Weg genau. Auf Höhe ihres Kinns vermischten sie sich mit dem Speichel, der an meinem Schwanz hinablief. Sie konnte nichts dagegen tun, außer es auszuhalten. Ich war mir sicher, dass ein Teil von ihr es genoss, denn immer, wenn ich in die Nähe ihres Gaumenbändchens kam, stöhnte sie leise auf. Ich fickte ihren Mund, ich tat es gnadenlos, so wie sie es kaum ertragen konnte, aber ich eroberte ihn nicht. Noch nicht.

Bella nutzte ihre Position zu ihrem Vorteil und biss mir in den Schwanz. Der Schmerz, der daraufhin meinen

Körper durchzuckte, war so intensiv und überwältigend, dass er jede andere Empfindung überlagerte. Es war, als würde ein Blitz durch mich hindurchfahren, der jede Faser meines Seins mit einem brennenden, lähmenden Schmerz erfüllte. Tränen schossen mir reflexartig in die Augen, ein instinktives Zeichen der körperlichen Reaktion auf die plötzliche und brutale Agonie.

Bevor ich noch vollständig begreifen konnte, was geschehen war, spürte ich einen weiteren Schmerz, diesmal an meinem Kopf. Es war, als hätte mich ein weiterer Schlag getroffen, eine Kraft, die mich von der Seite erfasste und meine Sinne benebelte. Die Welt um mich herum begann zu verschwimmen, Farben und Formen vermischten sich zu einem ununterscheidbaren Wirrwarr, während der Schmerz weiterhin durch meinen Körper pulsierte. In diesen letzten Momenten des Bewusstseins, überwältigt von Schmerz und der einsetzenden Dunkelheit, verlor ich den Kampf, wach zu bleiben. Die Ohnmacht umfing mich wie ein dunkler Schleier, der mich von der Realität abschnitt und mich in eine leere, bewusstlose Stille hüllte. Das letzte, was ich wahrnahm, bevor alles in vollkommene Schwärze überging, war das Gefühl des Fallens, des Loslassens, während mein Körper der Dunkelheit nachgab und ich in die Ohnmacht glitt.

KAPITEL ACHTUNDSECHZIG

BELLA

Neben Mauro im Auto sitzend, war jeder Kilometer, den wir zurücklegten, gefüllt mit einer steigenden Anspannung, die sich wie ein dichter Nebel in meinem Inneren ausbreitete. Mein Körper zitterte unkontrollierbar, ein Ausdruck der tiefen Nervosität und der Abscheu, der mich durchströmte. Die Erinnerung an X, an die Nähe und die ungewollte Intimität, haftete an mir wie ein dunkler Schatten, den ich nicht abschütteln konnte. Der Geschmack, der noch in meinem Mund lag, war eine ständige, ekelhafte Erinnerung, die meine Sinne überwältigte und mir fast den Atem nahm. »Ich habe ihn niedergeschlagen und gefesselt. Hoffentlich hält das lange genug.«

»Es wird halten«, sagte er mit ruhiger Stimme.

Wie konnte er nur immer so ruhig sein? »Was meinst du, wo diese Box ist, in die wir den Code eingeben können, den er dabei hatte?«

Das leise Summen des Motors und das gelegentliche Knirschen der Reifen auf dem Asphalt schufen eine monotone Kulisse, die in krassem Gegensatz zu dem Sturm der

Emotionen stand, der in mir tobte. Mit jedem Meter, den wir dem Zaun näherkamen, spitzte sich meine Angst zu. Die Nähe zu Mauro, die normalerweise ein Quell der Sicherheit und des Trostes war, schien meine Nervosität nur zu verstärken, denn die Tragweite dessen, was vor uns lag, wurde mit jedem Augenblick realer.

»Es muss irgendwo einen Sicherungskasten geben. Und den werden wir finden.«

Meine Finger krallten sich in die Sitzpolster, als versuchte ich, einen Halt in der sich schnell verändernden Realität zu finden. Der Gedanke an den Zaun, an die Flucht und an all die Unwägbarkeiten, die jenseits dieser Barriere auf uns warteten, ließ mein Herz bis zum Hals schlagen. Die Ungewissheit, gepaart mit der frischen Erinnerung an X, schuf eine Atmosphäre, die so dicht war, dass man sie fast schneiden konnte. »Was ist mit Lea und Cara?«

»Lea meinte, dass sie das regelt und sie dann kommen.«

Als wir schließlich vor dem Zaun zum Stehen kamen, umgab uns eine fast greifbare Stille, unterbrochen nur durch das leise Summen des Stroms, der durch die Drähte zischte. Vor uns erstreckte sich der Wald, dicht und undurchdringlich. Die Bäume standen wie stumme Wächter im Zwielicht, ihre Umrisse verschwommen und mysteriös, als hielten sie die Geheimnisse der Nacht in sich verborgen.

Mit einem tiefen Atemzug stiegen wir aus dem Auto, jeder Schritt, den wir auf den Zaun zumachten, schien schwerer zu werden, als würde die Luft dichter, die Last der Ungewissheit, die vor uns lag, schwerer. Trotz der Nähe, die Mauro und ich in den letzten Stunden geteilt hatten, fühlte sich jeder von uns in diesem Moment isoliert, gefangen in den eigenen Gedanken und Ängsten über das, was uns jenseits des Zauns erwarten mochte.

Lea und Cara waren noch nirgends zu sehen. Das Warten auf sie, in der drückenden Stille, unterbrochen nur durch das gelegentliche Rascheln der Blätter im Wind, steigerte die Anspannung nur noch.

Unsicherheit lag wie ein dichter Nebel über uns, während wir dastanden, den Blick auf den Zaun und den dahinterliegenden Wald gerichtet. Was uns erwartete, war ein Rätsel, eine unbekannte Wildnis, die sowohl Zuflucht als auch neue Gefahren bergen konnte. Die Entscheidung, diesen Schritt zu wagen, den Schutz des Bekannten, so trügerisch und gefährlich er auch war, hinter uns zu lassen und uns in das Unbekannte zu stürzen, war eine Entscheidung, die Mut und Verzweiflung zugleich erforderte.

Seine Bewegungen waren zielgerichtet, doch jede Sekunde, die verstrich, ohne dass er fündig wurde, schien die Luft um uns herum dichter und schwerer zu machen. Ich beobachtete ihn von der Seite, spürte, wie meine eigene Unruhe mit jeder seiner Bewegungen wuchs. Das leise Knistern des elektrifizierten Zauns erinnerte uns stetig an das unmittelbare Risiko, das wir eingingen. Die Vorstellung, dass jeder Moment, den wir hier verbrachten, uns näher an die Entdeckung durch X oder seine Handlanger brachte, ließ ein nervöses Zittern durch meinen Körper laufen.

Jede weitere Minute, die wir in der Nähe des Zauns verbrachten, ohne einen Weg zu finden, den Strom zu deaktivieren, steigerte meine Nervosität exponentiell. Die Ungewissheit darüber, ob wir den Schaltkasten rechtzeitig finden würden, ob unser Plan funktionieren würde oder ob wir entdeckt und in unserem Vorhaben gestoppt würden, ließ mich innerlich vor Anspannung beben. »Sobald sie da sind, deaktivieren wir den Strom.« Jeder Moment, der verstrich, ließ die Spannung ins Unermessliche steigen, während wir dort standen, eingehüllt in die Dunkelheit, die nur vom schwachen Schein des Mondlichts durchbrochen wurde.

Mein Herzschlag, ohnehin schon beschleunigt durch die Anspannung der Situation, schien mit jeder Minute, die wir in der Nähe des Zauns verbrachten, heftiger zu werden. Es war, als würde mein Herz gegen meine Brust trommeln, getrieben von der Angst vor Entdeckung und der Sorge, dass unser Plan scheitern könnte. Jedes Geräusch in der Dunkelheit ließ mich zusammenzucken, ließ mich befürchten, dass es das Zeichen unserer Entdeckung sein könnte. »Was ist, wenn sie nicht kommen?«

Die Zeit des Wartens, in der Ungewissheit und die ständige Gefahr im Hinterkopf, schuf eine Atmosphäre, die fast körperlich zu spüren war. Die Luft schien dicker zu werden, jeder Atemzug schwerer. Die Vorstellung, dass X sich befreien und uns entdecken könnte, bevor wir die Chance hatten, zu fliehen, ließ mich innerlich erstarren. Jedes Knistern im Unterholz, jedes Rascheln der Blätter verstärkte meine Furcht, er könnte plötzlich aus dem Schatten treten und unseren Fluchtversuch vereiteln.

»Mauro, was tun wir, wenn sie nicht kommen?«, fragte ich noch einmal.

»Wir gehen nicht ohne sie.«

Diese Angst war nicht bloß eine flüchtige Sorge, sie war allgegenwärtig, ein ständiger Begleiter in diesen Momenten des Wartens. Sie malte Bilder in meinem Kopf, Szenarien, in denen unsere sorgfältig geplanten Schritte zu nichts führten, weil X uns einen Schritt voraus war. Die Gedanken daran, wie er mit kaltblütiger Präzision jeden unserer Züge vorhersehen und kontern könnte, ließen mein Herz bis zum Hals schlagen.

Das Wissen um seine Ressourcen, seine Intelligenz und

seine Skrupellosigkeit machte die Vorstellung, entdeckt zu werden, umso beängstigender.

Diese panische Angst war lähmend, sie drohte, meinen Mut und meine Entschlossenheit zu untergraben. Sie ließ mich an allem zweifeln, an jedem Plan, den wir geschmiedet hatten, und an jeder Hoffnung, die wir gehegt hatten. In diesen endlos scheinenden Momenten des Wartens war die Furcht vor X und seiner möglichen Befreiung eine dunkle Wolke, die über uns hing, bereit, jeden Funken Hoffnung mit einem Schlag auszulöschen.

KAPITEL NEUNUNDSECHZIG

LEA

Am Auto stehend, blickte ich unruhig die Straße entlang, in der Hoffnung, Cara endlich erscheinen zu sehen. Jede Sekunde, die verstrich, fühlte sich an wie eine Ewigkeit, und mit jedem Tick der imaginären Uhr in meinem Kopf wuchs meine Sorge. Die Zeit dehnte sich unerbittlich und die Stille wurde nur durch das gelegentliche Zirpen der Grillen unterbrochen. Mein Herz schlug ungeduldig, während ich darauf wartete, dass Cara sich uns anschloss, damit wir unseren Plan in die Tat umsetzen konnten.

Schließlich, nach einer gefühlten Unendlichkeit, tauchte Cara am Ende der Straße auf. Ihr Gang war zögerlich, fast als würde sie mit jedem Schritt hadern. Ich konnte die Unsicherheit in ihrer Haltung erkennen, selbst aus der Entfernung, und ein Knoten bildete sich in meinem Magen. Was hatte sie so lange aufgehalten? Und was ging in ihr vor?

»Nimm die Beine in die Hand. Wir haben nicht ewig Zeit!«, rief ich ihr zu.

»Wo ist er?« Als sie näherkam, konnte ich sehen, dass

ihre Augen unruhig waren, ein Sturm an Gedanken und Emotionen schien hinter ihrer Stirn zu toben.

»Bella hat ihn ausgeschaltet. Zumindest vorerst. Jetzt steig ins Auto.« Ich setzte mich ins Auto, machte Anstalten, loszufahren, in der Annahme, sie würde folgen und einsteigen, sodass wir unseren Weg fortsetzen konnten. Doch zu meiner Überraschung blieb sie stehen, zögerte an der Schwelle des Autos, als wäre es eine unüberwindbare Barriere.

»Ich weiß nicht, ob das so eine gute Idee ist.«

Ihr Zögern ließ mich innehalten, den Motor noch nicht gestartet, die Hand immer noch an der Zündung. Ihre Unentschlossenheit, einzusteigen, war ein deutliches Zeichen, dass etwas nicht stimmte. War es Angst, Zweifel oder vielleicht etwas, das sie auf dem Weg hierher erfahren hatte? Ihr Schweigen und ihr Zögern hüllten die Situation in ein Rätsel, das ich nicht zu entschlüsseln vermochte. »Bitte?«

»Ich habe ein schlechtes Gewissen.«

Überwältigt von der Dringlichkeit unserer Situation und Caras unerwarteter Zögerlichkeit, stieg ich hastig wieder aus dem Auto aus. Mein Herz schlug heftig vor Frustration und Sorge, während ich wild gestikulierte, um die Dringlichkeit unserer Lage zu unterstreichen. »Willst du mich verarschen?«

Mit jedem Moment, den wir hier verbrachten, wuchs das Risiko, entdeckt zu werden, exponentiell. Ich konnte und wollte nicht zulassen, dass unsere Chance auf Flucht durch Zögern zunichtegemacht wurde. »Der Kerl hat uns entführt, gequält, Elia und Keno getötet. Er hat Bella vergewaltigt und in dir weckt er immer noch Mitleid? Das kann doch nicht dein Ernst sein.«

»Ich glaube, er hat kein leichtes Leben gehabt.«

»Cara, steig in dieses verdammte Auto. Bella und Mauro warten am Zaun auf uns.« Getrieben von der Notwendigkeit, zu handeln, griff ich nach Caras Arm, in der Absicht, sie ins Auto zu drängen. Doch zu meiner Überraschung und Bestürzung wehrte sie sich mit unerwarteter Heftigkeit. Ihre Gegenwehr war stark und entschlossen, als würde sie gegen eine unsichtbare Bedrohung kämpfen. Ihre Bewegungen waren geprägt von einer verzweifelten Entschlossenheit, die mich für einen Moment innehalten ließ.

»Vielleicht sollten wir die Polizei rufen und einfach hier mit ihm warten.« Cara, die sonst so ruhig und überlegt war, schien in diesem Moment eine andere Person zu sein. Ihre Augen blitzten vor Angst oder vielleicht auch vor Entschlossenheit und ihr ganzer Körper sträubte sich gegen den Zwang, ins Auto gedrängt zu werden.

»Steig ein!«, brüllte ich.

Doch sie schüttelte den Kopf. »Ich werde hierbleiben und auf die Polizei warten.«

In einem Zustand tiefer innerer Zerrissenheit und wachsender Verzweiflung rang ich mit mir selbst. Die Erkenntnis, dass Cara sich, indem sie sich meiner Aufforderung widersetzte, in unmittelbare Gefahr brachte, lastete schwer auf mir. Ihre Weigerung, ins Auto zu steigen, ihre heftige Gegenwehr, all das verstärkte nur die Angst in mir, dass ihr Zögern uns alle ins Verderben stürzen könnte.

Während ich umhertigerte, getrieben von der Notwendigkeit zu handeln und doch gehemmt von dem Gewicht meiner eigenen Moral, fiel mein Blick auf einen Stein am Boden. »Du hast wirklich ein gutes Herz.«

Mit zitternden Händen griff ich nach dem Stein. Der Gedanke, Gewalt anwenden zu müssen, um Cara zu retten, um sie vor den Konsequenzen ihres Zögerns zu bewahren, war zutiefst beunruhigend. Jeder Muskel in meinem Körper sträubte sich gegen das, was ich im Begriff war zu tun, und doch überwog die verzweifelte Überzeugung, dass dies der einzige Weg war, uns alle zu retten.

Mit einem schweren Herzen und einer Hand, die von Angst und Entschlossenheit zugleich geführt wurde, hob ich den Stein und schlug ihn mit einer abrupten Bewegung auf Caras Kopf. Cara sank zu Boden. »Du wirst mir noch dafür danken.« Ich hob ich sie vorsichtig vom Boden auf, ihr bewusstloser Körper eine stumme Erinnerung an die Schwere meiner Tat. Trotz der inneren Zerrissenheit, die mich erfüllte, war ich getrieben von der Überzeugung, dass dies der einzige Weg war, um uns alle zu retten.

Ich zerrte Cara ins Auto, ihre Bewegungslosigkeit machte die Aufgabe umso herzzerreißender. Jeder Schritt, den ich tat, während ich sie ins Auto legte, war begleitet von einem Sturm aus Emotionen – Schuld, Sorge, aber auch einem unbeugsamen Gefühl der Loyalität. In diesem Moment wurde mir klar, dass unsere Freundschaft, unsere Verbundenheit, über allem stand. Trotz der extremen Maßnahmen, die ich ergreifen musste, war das Band unzerstörbar.

Mit zittrigen Händen startete ich den Motor und fuhr in Richtung des Zauns, der die Grenze unserer Gefangenschaft markierte. Der Weg dorthin war geprägt von einer stillen Entschlossenheit und dem festen Glauben daran, dass wir, egal was geschehen mochte, zusammenhalten mussten.

In diesen dunklen Momenten war die Erinnerung an die *Drei Musketiere* – einer für alle, alle für einen – ein Leitstern. Als wir schließlich am Zaun ankamen, spürte ich, wie die Bedeutung unserer Freundschaft und unserer gemeinsamen Kämpfe noch stärker wurde. Trotz der Ungewissheit, die vor uns lag, und der extremen Maßnahmen, die ich ergreifen musste, blieb die Gewissheit, dass wir zusammengehörten, dass unsere Freundschaft uns durch die dunkelsten Zeiten tragen würde. Die Freiheit war zum Greifen nahe.

Wirst du den Schmerz
jemals vergessen, Pupetta?

EPILOG

X

FÜNF MONATE SPÄTER …

In der sterilen Umgebung der forensischen Psychiatrie saß ich hinter einer Glasscheibe, die eine Barriere zwischen mir und der Welt außerhalb meiner eigenen Gedanken und der engen Grenzen meiner Realität bildete. Gegenüber von mir saß meine Psychologin, ihre Miene professionell und neutral, während sie versuchte, die Schichten meiner Psyche zu durchdringen und zu verstehen, was mich zu dem Punkt gebracht hatte, an dem ich mich jetzt befand.

In meinen Händen hielt ich drei Puppen: eine mit leuchtend roten Haaren, eine mit tiefbraunen Wellen und eine mit blondem Haar. Jede Puppe war auf ihre Weise einzigartig, jede schien eine eigene Persönlichkeit, eine eigene Geschichte zu besitzen. Doch für mich waren sie mehr als nur Spielzeug oder Sammlerstücke; sie waren Symbole, Manifestationen von Freundschaften, die ich in meinem Geist gepflegt und idealisiert hatte.

»Signor Ferrara, wie fühlen Sie sich heute?«

Ich strich immer wieder sanft über ihr Haar, über ihre kleinen, sorgfältig genähten Kleider, als könnte ich durch diese Geste eine Verbindung zu einer Welt herstellen, die außerhalb meiner Reichweite lag. Die Bewegungen waren repetitiv, fast meditativ, und boten einen seltenen Moment des Friedens in der Turbulenz meiner Gedanken. »Sie haben mich verraten.«

»Ich?« Sie stutzte.

»Meine Puppen.« Sie dienten als Anker, als stille Zuhörerinnen meiner Erzählungen und der fragmentierten Erinnerungen, die ich mit der Psychologin teilte. In ihren stummen Gesichtern, den aufgemalten Lächeln und den glänzenden Knopfaugen fand ich ein Maß an Verständnis und Akzeptanz, das ich in der realen Welt so schmerzlich vermisste.

Schließlich räusperte sie sich. »Puppen sind ein Gegenstand, Signor Ferrara. Das haben wir in den letzten Monaten doch so oft besprochen.«

»Sie waren meine Puppen und sie waren gerade dabei, perfekt zu werden, als alles außer Kontrolle geraten ist.«

»Was macht das mit Ihnen?«

Die drei Puppen in meinen Händen erinnerten mich schmerzhaft an den Verrat, den ich empfand. Die Tatsache, dass meine Puppen geflohen waren, war ein Stich ins Herz, eine Zurückweisung, die ich nicht akzeptieren wollte. »Es macht mich furchtbar wütend.«

»Haben Sie Rachegedanken?«

Das Lächeln schlich sich auf meine Lippen. »Ich bin kein Idiot. Sie lassen mich hier niemals raus, wenn ich den Hass nicht überwinde. Nicht wahr?« Ihre Flucht allein war schon schwer genug zu ertragen, aber die Aussagen, die sie vor Gericht über mich gemacht hatten, wie sie mich als ein Monster darstellten, entfachten in mir einen Sturm der Empörung. In meinem Geist hatte ich sie nicht eingesperrt oder ihnen Leid zugefügt; ich hatte sie gerettet, hatte ihnen Zuflucht und Sicherheit geboten vor einer Welt, die ich als grausam und gefährlich empfand.

»Ihr Urteil wurde im Eilverfahren gefällt. Sie sitzen Ihre Strafe ab und kommen danach in die Sicherheitsverwahrung.«

»Das ist sehr tragisch.« Die Wut, die durch mich pulsierte, war nicht nur auf den Verrat zurückzuführen, den ich zu spüren glaubte, sondern auch auf die Unfähigkeit der anderen, zu erkennen, was ich in meinen Handlungen sah: eine Form der Rettung, des Schutzes. »Ich habe doch immer nur das Beste gewollt.«

»Glauben Sie das wirklich oder sagen Sie mir das nur?«

»Schauen Sie mich an. Würde ein netter Mann wie ich so etwas Grausames einfach nur aus Spaß an der Freude tun?« Jede Berührung der Puppenhaarsträhnen, jeder stumme Blick in ihre gemalten Gesichter verstärkte mein Gefühl des Unrechts, das mir widerfahren war. In meinem verwirrten Geist waren die Grenzen zwischen Realität und Fiktion, zwischen Rettung und Gefangenschaft, längst verschwommen. Die Vorwürfe, die vor Gericht gegen mich erhoben wurden, schienen meine verzerrte Sichtweise nur zu bestätigen, dass die Welt außerhalb meiner Kontrolle undurchschaubar und feindselig war. »Eben. Diese Frauen hatten mein Herz.«

Ich ließ meinen Blick über die Psychologin schweifen, die mir gegenübersaß. Etwas an ihr, vielleicht die Art, wie das Licht ihre dunklen Haare umspielte, oder der tiefe, durchdringende Blick ihrer Augen, weckte in mir eine unerwartete Assoziation. Sie erinnerte mich an Bella, an die Art, wie sie sich bewegte, an die Intensität ihres Blicks, an die

Art, wie sie ihre Worte wählte. »Wissen Sie, Sie erinnern mich ein bisschen an eine von ihnen.«

Es war nicht nur die Ähnlichkeit ihrer Haare und Augen, die mich faszinierte, sondern auch ihr Körperbau, der Bella auf verblüffende Weise ähnelte. »Bella, sie war die Kämpferin. Sie hat mir die anderen entrissen und Sie ... Nun, Sie haben die gleichen Haare wie sie.« Ich fühlte noch genau, wie ich Bellas Haarsträhnen das letzte Mal angefasste hatte, wie sie durch meine Finger geglitten waren. »Darf ich Sie mal anfassen?«

»Nein, das dürfen Sie nicht. Das wäre eine Grenzüberschreitung.«

Fast reflexartig, getrieben von dieser unerwarteten Verbindung zu meiner Vergangenheit, formte sich ein charmantes Lächeln auf meinen Lippen. »Dann schaue ich nur, das ist auch okay.« Ich war schließlich ein genügsamer Mann. »Zumindest für den Anfang.«

»Die Therapie ist nicht besonders effektiv, wenn Sie nicht mitarbeiten.«

»Wie Sie schon gesagt haben: Ich sitze hier für den Rest meines Lebens fest. Wir haben doch alle Zeit der Welt, *Pupetta*.« Die Faszination, die von der Psychologin ausging, war nicht nur auf ihre Ähnlichkeit mit Bella zurückzuführen, sondern auch auf das intellektuelle Duell, das sich zwischen uns zu entfalten begann. Es war die Jagd nach Verständnis, die mich reizte, das tiefe Bedürfnis, die Mechanismen hinter ihren Gedanken und Handlungen zu entschlüsseln. Ich wollte wissen, was sie antreibt, welche verborgenen Motive und unerzählten Geschichten sich hinter ihrer professionellen Fassade verbargen.

Jede Frage, die sie stellte, jedes Wort, das sie wählte, wurde zu einem Puzzleteil in einem komplexen Bild, das ich zusammenzusetzen versuchte. Ihr analytischer Blick, die Art und Weise, wie sie meine Antworten aufnahm und reflektierte, weckte in mir eine tiefe Neugier. Es war ein intellektuelles Spiel, eine Herausforderung, die mich fesselte und antrieb.

Mein Wunsch, alles über sie zu erfahren, war nicht nur von einer oberflächlichen Neugier geprägt, sondern von einem tiefen Verlangen, die Essenz dessen zu verstehen, was sie als Mensch ausmachte. Ich wollte die Schichten ihrer Persönlichkeit abtragen, bis zu den verborgenen Tiefen vordringen, die jeder Mensch in sich trägt. Es war, als könnte ich durch das Verstehen ihrer Motivationen und Ängste, ihrer Hoffnungen und Träume, einen Spiegel zu meiner eigenen Seele finden.

»Wie haben Sie mich gerade genannt?«

»Ich habe keinen Namen gesagt«, log ich. Die Faszination, die ich für die Psychologin empfand, vertiefte sich, als ich darüber nachdachte, wie es sich anfühlen würde, ihre Haut zu berühren. Ich malte mir aus, wie es wäre, die Textur ihrer Haut zu spüren, die feinen Linien und die Wärme, die von ihr ausging. Diese Gedanken waren nicht nur von einer körperlichen Neugier geprägt, sondern auch von dem tiefen Wunsch, eine Verbindung herzustellen, die über das Intellektuelle hinausging, eine Verbindung, die intensiv war. »Sie haben etwas wirklich Faszinierendes an sich.«

Was, wenn sie zu meiner neuen Obsession wurde, meiner neuen Puppe? Die Idee, sie in das Pantheon meiner fixierten Interessen aufzunehmen, sie zu einem Teil meiner inneren Welt zu machen, die ich kontrollieren und gestalten konnte, war verführerisch.

Diese Vorstellung, sie in den Kreis derer aufzunehmen, die ich in meiner Vorstellung gerettet hatte, brachte eine dunkle Faszination mit sich. Es war, als könnte ich durch diese imaginäre Kontrolle, durch die Umwandlung von ihr in eine weitere Puppe meiner Sammlung eine Form der Macht und des Verständnisses erlangen, die mir im wirklichen Leben verwehrt blieb.

Die Erkenntnis, dass meine alten Puppen mich zutiefst enttäuscht hatten, hinterließ eine brennende Leere in mir. Ihre Flucht, ihr Glücklichsein ohne mich schnitt tief in mein Inneres, hinterließ Wunden des Verrats, die nicht heilen wollten.

Diese Verräterinnen hatten die Welt, die ich um sie herum erschaffen hatte, verlassen, eine Welt, in der ich die Kontrolle hatte, in der ich glaubte, sie vor den Grausamkeiten des Lebens beschützen zu können. Ihre Abkehr von mir, ihre Weigerung, Teil meines geschaffenen Refugiums zu bleiben, war für mich unverständlich.

Diese neue Puppe würde nicht nur ein Ersatz sein, sondern auch eine Chance, die Fehler der Vergangenheit zu korrigieren, eine neue Gelegenheit, die ideale Verbindung zu schaffen, die mir so sehr fehlte.

Der Gedanke an eine neue Puppe brachte eine seltsame Mischung aus Erregung und Entschlossenheit mit sich. In meinem Geist erschien es als die ultimative Lösung, als der Weg, die Kontrolle zurückzugewinnen, die ich verloren hatte. Sie, so fantasierte ich, würde die Leere füllen, die Verräterinnen ersetzen und mir das Gefühl von Macht und Zugehörigkeit zurückgeben, nach dem ich mich sehnte.

ENDE

WIE TÖTET MAN EINEN MENSCHEN,
DER ES VERDIENT, ZU STERBEN?

Der Mörder
Du denkst, dass deine Seele dunkle Abgründe kennt, weil du anstatt wegzulaufen, deine Finger in das Blut der Leiche getaucht und neugierig betrachtet hast?
Oh Maddy ... ich zeige dir die wahren Tiefen der dunklen Welt.

Der Cop
Du hättest schneller laufen und besser lügen sollen, Maddison.
Jetzt habe ich dich und was einmal mir gehört, lasse ich nicht wieder gehen.

Maddy
Fuck.

Maddy flieht vor ihrem gewalttätigen Ex-Freund und versucht, sich ein neues Leben aufzubauen. Kaum lebt sie ein paar Monate in der neuen Stadt, findet sie die Leiche ihres Nachbarn.
Anstatt wegzulaufen, ist sie fasziniert, weil eine Frage ihr halbes Leben dominiert: Wie tötet man einen Menschen, der es verdient, zu sterben?
Sie entdeckt ihre verbotenen Sehnsüchte in dem maskierten Mörder wieder und lässt zu, dass er sie stalkt.
Als wäre das nicht genug, beginnt sie ein Verhältnis mit dem Cop, der den Fall aufklären soll.
Schon bald wird sie von ihrer Vergangenheit eingeholt und ahnt nicht, dass jeder der Männer in ihrem Leben ein dunkles Geheimnis verbirgt.

Observed
Von Kristin Glimmer
ISBN: 978-3-98942-634-4

TRIGGERWARNUNG

Dieses Buch behandelt folgende potentiell triggernde Themen.

- Entführung
- Betäubung
- Tablettenmissbrauch
- Mord
- Ehebruch
- Nekrophilie
- Kannibalismus
- Stalking
- Sexuelle Übergriffe